関東学院大学出版会

さまざまなデフォー

仙葉　豊

亡き父と元気な母へ

さまざまなるデフォー〈目　次〉

目次

序章　「非国教徒処理の近道」と曖昧なるデフォー……一
第一章　身の上相談と小説の起源……二三
第二章　幽霊実話「ヴィール嬢の幽霊」……五三
第三章　デフォーにおけるフィクションの始まりと終わり……七一
第四章　クルーソーとガリヴァー――実話からフィクションへ――……九三
第五章　疫病小説『ペスト』……一四一
第六章　『モル・フランダース』のカズイストたち……一六五
第七章　『カーネル・ジャック』とピカレスク小説の変貌……二三三
第八章　アンチ・ロマンスとしての『シングルトン船長』……二七一

第九章　『ロクサーナ』と悪魔の誘惑……二九七
第一〇章　「ジョナサン・ワイルド」と犯罪小説……三一七
終　章……三八一
あとがき……三九一
注
引用・参考文献

序　章　「非国教徒処理の近道」と曖昧なるデフォー

ダニエル・デフォーは、曖昧な作家だといわれる。彼の政治的な見解がまずホイッグ的なのかトーリー的なのか、どうもはっきりしないところがあるし、彼の創作した作品の登場人物の性格が曖昧だし、そこで使われるレトリックや比喩も曖昧なので、さまざまなレベルで「あいまいな作家」であるといわれている。[1]これは何よりも、彼の生きた時代と、彼の生き方とに深く関連しているだろう。まず、はじめに、この彼の自伝的な背景を簡単に述べておきたい。

デフォーは、ロンドンの獣脂ろうそく商であったジェイムズ・フォーを父親に一六六〇年に生れている。父親はロンドンの肉屋組合に加入を許されているほどだから、商人といっても相当に羽振りのよい地位にいたといえよう。王政復古期ではあったが、まだピューリタン革命という動乱期の余燼のさめやらぬ不安定な社会に幼年期をすごしたデフォーは、一六七五年前後に、チャールズ・モートンの主宰する非国教徒のための学校であるモートン・アカデミーに入学し、ここで実学中心の教育を受けることになる。ロンドンのすぐ北にあったこの学校は、当時の、古典を中心にしていたオックス・ブリッジなどの学校教育とは違い、外国語、自然科学、歴史、地理など実学中心の教育をしていたという。商人としての家系と非国教徒として受けた実学中心の教育は、後のデフォーの精神形成のうえで大きな影響力を持っていくことになる。

聖職者への道をあきらめたデフォーは、商人として一本立ちし、一六八四年にはワインの樽類の製造業者の娘であるメアリー・タフリーと結婚することになるのだが、翌一六八五年には、チャールズ二世の庶子モンマス公の王位請求の反乱に加わっているくらいだから、相当血気さかんなところがあったのだろう。新婚ほやほやの家庭を捨てて、新婦には三七〇〇ポンドという巨額の持参金があったということをおいても、突然に反政府軍の反乱に参加する彼の心境はどのようなものだったのだろうか。プレスビテリアン系の非国教徒の家系に生まれた彼は、王政復古から名誉革命までの暗い宗教的な混乱の時期を背負っていたはずだ。セッジムーアの戦いで反乱軍は敗北し、その後の厳しい残党狩りのもとで、自分の身近な友人たちが逮捕され刑死していったという現実は、そこを逃れて生きのびたデフォーにとっても癒しがたい心の傷になったのだろう。

一六八〇年代の後半から九〇年代の前半にかけて彼は商人としての活動領域を広げ、ストッキングなどの下着卸売商としてイギリス国内を広く旅すると同時に、ワインやタバコの輸入商として大陸へも渡っている。また、香料をとるためにジャコウ猫の飼育業を手がけて失敗したり、戦時海運保険業に関与して一七〇〇〇ポンドの莫大な借金を負ったりする一方で、エセックスのティルベリーにレンガやタイルの製造工場をつくり、これが、今までの借財をすっかり返済することができるほどの大当りをとったこともあるなど、手広く商売をしつつも、浮き沈みの多い商人活動をしていたわけである。

一六九〇年前後から、ジャーナリズムへの寄稿や政治パンフレットの執筆に手をそめ始めたデフォーは、九五年以降、自分の姓の Foe の前にフランス風の "De" をつけ、DeFoe というペンネームを使用するようになる。ちなみにJ・M・クッツェーのポストコロニアル小説『敵あるいはフォー』はこのもとの姓のフォーをタイトルに使っている。このデフォーの名前を一躍有名にするのが、一七〇一年に書かれた諷刺詩、『生粋のイギリス人』であった。名誉革命以後、ウィリアム三世支持のパンフレットを書いていたデフォーは、ウィリアム三世がオランダから来た外国人国王であることを諷刺された出版物が出された機会をみてとり、これに対して逆に、一体イギリスには生粋のイギリス人の国王などいたのだろうかと反論を加えたわけである。これを機に国王のおぼえもめでたくなり、デフォーの政治的野心もふくらんだわけであるが、ウィリアム三世は落馬がもとで翌年にあっけなく亡くなり、これを継いだアン女王の即位とともに、政治の流れは一転逆に、国教徒寄りになり、デフォーたち非国教徒にとっては望ましくない方向に急転回していくことになる。このような政治的転換を背景に書かれたのが強烈なアイロニー文学として知られる「非国教徒処理の近道」（一七〇二年）である。

国教徒右派の仮面をかりて、過激な非国教徒撲滅論を展開したこの作品は、出版当初は急進的な国教徒右派からは喝采をもって受け入れられたのであったが、やがて作者が非国教徒のスポークスマンであるデフォーと知れるや、当局は人身を惑わし、煽情的文書を書いた科でデフォーを逮捕し、投獄の上、三日間さらし台の上に立たせることになるのである。この筆禍投獄事件のために、繁盛していたタイル工場は破産してしまい、家族も路頭に迷いかねないほどの経済的な打撃を受けたのであった。

有能なジャーナリストとしてのデフォーの筆力に目をつけ、デフォーをニューゲート獄から釈放するために尽力したのは、穏健なトーリー中道の指導者だったロバート・ハーレーである。デフォーもこの恩義に報いるべく、出獄後は『レヴュー』誌（一七〇四―一七一三年）を出し、ハーレーの政策支持を読者に訴え続けていくことになるのである。

デフォーは、その生涯で二六もの新聞雑誌類に関与したといわれているが、その中でも最もよく知られているのがこの『レヴュー』誌である。当時行われていたトーリー党とホイッグ党間の、紙戦争とも呼ばれている激しいプロパガンダ合戦のさなかにあって、ハーレー寄りの論調を機関銃のように書き続け、後のハーレー政権の樹立に大きな役割を果たしたといわれている。週三回発行のこの新聞を九年間にわたって、ほぼ独力で編集と執筆をしたというから、そのすさまじい筆力には驚かされる。彼がミスター・レヴューと呼ばれたゆえんである。

しかもこの新聞を発行しながら、デフォーは当時の政治課題であったイングランドとスコットランドの合併問題にも深くかかわり、ハーレーや他の大臣の密命をうけて何度もスコットランドに出向き、いわば政治的スパイとして、イングランドとスコットランドの合併促進のための情報収集にあたっている。この時の体験が合併後に、大著『合同の歴史』（一七〇九年）という形で生かされ、また何度かにわたる旅行の道すがらの観察は、後に『グレート・ブリテン周遊記』（一七二七年）という形でまとめ上げられることになる。恐るべきバイタリティといえるだろう。

一七一四年に女王アンが急死し、ジョージ一世が即位するとともに政権はホイッグ党に移り、ハーレーは失脚する。大逆罪の疑いをかけられてロンドン塔送りになったハーレーを弁護するパンフレットを書いたりしていることからも、デフォーが最後まで自分のパトロンに忠実だったことがわかる。たしかにデフォーの政治的足どりは、ホイッグ寄りからトーリーへ、そしてハーレーの失脚後は再びホイッグ政権下についているし、そのためか、デフォーは政治的変節者であったともいわれるが、ハーレーへの恩義は最後まで変わっていない。その一方、一七一五年ごろから一七二四年まで、当時の有力なトーリー右派の新聞『ミスト』誌の内部に入りこみ、編集者としてその極端な反政府的論調を抑えるというような微妙な役割も果しているから、彼の政治的な立場には、多分に曖昧なところもある。だがこれはデフォーの中庸を求める政治理念の結果と考えてみたい。

とにかく、反ジャコバイトの二つのアイロニカルなパンフレットを書いたために、一七一三年と一七一四年とに再度、再々度、逮捕役獄の憂き目をみたデフォーは、ハーレーという大きな後だてを失って、政治的には四面楚歌とでもいいうるような状況になっていたのである。幸か不幸か、彼の政治的不毛は文学の豊饒へとつながっていく。最初の近代小説ともいわれる『ロビンソン・クルーソー』が書れたのは、一七一九年のことであり、その時デフォーは五九歳になっていたのである。

チリ沖の孤島からの帰還者アレクサンダー・セルカークにヒントを得たというこの物語は、クルーソーの難破と孤島漂流前後の二八年間の自然との格闘を克明に描いてあまりにも有名であるが、その自主独立の精神と信仰上の回心はデフォーのピューリタン的特徴を十二分にあらわしていると考えられ、彼の姿の内に、西欧の近代個人主義の原型をみる批評家も多い。爆発的売れゆきに気をよくしたデフォーは、『続ロビンソン・クルーソー』（一七一九年）と『クルーソー反省録』（一七二〇年）をたて続けに出版することになり、フィクションという自己の新しい鉱脈につきあたることになるのである。さらに、風がわりな船医ウイリアム・ウォールターズの登場する海賊談『シングルトン船長』と一七世紀後半の大陸とイギリスとを舞台にした戦記物である『ある王党員の回想』などが一七二〇年に書かれている。

一七二二年はデフォーにとっての驚異の年といわれている。一月に『モル・フランダース』が、三月には、『ペスト』が、そして一二月には、『ジャック大佐』がと、デフォーの主要フィクションが、それも三〇〇頁以上の形で続々と出版されたからである。女スリで女詐欺師であるモルのバイタリティーあふれる一生を小気味よく描いた『モル・フランダース』は、従来は悪漢小説の流れをくむものと考えられてきたが、現在では、当時ポピュラーだった犯罪者伝記小説との関連が注目されている。

デフォーは一方で、当時の脱獄の名手ジョン・シェパードやマフィアのような組織犯罪の頭目ジョナサン・ワイルドなど犯罪者実録の名手でもあったので、これらの作品では、彼自身のニューゲート獄での体験や知識が大いに役立てられている。『ペスト』は、一六六五年にロンドンを襲ったペストのおぞましい実情を、まるでカメラで現場を撮ってでもいるかのように克明に描いていることで、デフォーのリアリズムの好例とされている。また『ジャック大佐』は、ロンドンでスリをしながら育った孤児ジャックがアメリカ大陸の植民地経営で巨額の財産を手に入れ、帰国後はさまざまな女性に欺かれるという話であり、デフォーの物語の特徴がモザイクのように寄せ集められた観がある。

『ロクサーナ』（一七二四年）はデフォーの最後の主要フィクションといわれている。フランス、イギリスの上流階級を舞台に、夫に蒸発された若い女主人公が、高級娼婦として生きていく物語である。里子に出した実の娘に自分の身元を暴露されそうになると、ロクサーナは娘を殺してしまおうとするが、このような背徳的な後半部のテーマのせいか、長い間正当な評価を受けていなかった。近年ことに、結婚しない女としての男性からの独立を説くロクサーナの女性像に、フェミニズム批評から再評価の声が高い。

『ロクサーナ』以後のデフォーの作品が、想像力を縦横に使ったフィクションというよりむしろ、実録的な、現代でいえばノンフィクションに近いものになっていくのは興味深い現象である。海賊本人やその裁判記録、そして現場の証人などから詳細な情報を仕入れて書かれた『海賊実録総史』[2]は、のちにスティーヴンソンの『宝島』などの海賊文学の原典になるものだったし、また死の二年前に出された『ロバート・ドルーリー航海記』では、マダガスカル島で一五年間原住民の捕虜になっていたドルーリーという実在人物に話をきき、その原話の編集者として、ゴーストライターのような立場で実録を記したといわれている。波乱に富んだ商人、ジャーナリストの生涯のはてに、政治の不毛からかようやくフィクションという新しいジャンルに行きついたデフォーではあったが、最終的には、作り物としてのフィクションの限界性からか、ノンフィクションへと移っていったデフォーであった。

散文フィクション以外の作品も多数ある。初期には『社会改革私案』(一九六七年)や、これはフィクションだが、月世界旅行談『調停者』(一七〇五年)があり、読む劇の形で書かれた『家庭内信仰指導』(I・II、一七一五年、一七一八年)、『宗数的求愛』(一七二二年)もある。紳士、徒弟、夫婦生活の理想と過誤を説いた『完全なる商人』(一七二五年)、『完全なる紳士』(死後出版 一八五五年)、家庭生活の過誤を暴いた『淫らなる婚姻』(一七二七年)なども忘れてはならないものである。

長らくデフォーには信頼のおける全集が存在しなかった。ただ近年、ファーバンクとオーエンズによって、デフォーのキャノンの洗い直しが行われていることはある。デフォーは匿名・変名で書くことが多く作品の著作性がなかなかわからずにいたのであり、従来のキャノンの推定にはジョン・ロバート・ムーアのものがあるが、これは定期刊行物を除いて五二〇とデフォーの作品をかなり多めに推定している。ファーバンクとオーエンズはこの数を二四九まで絞り込んでいる。[3] 曖昧なデフォーのイメージはこのような作品の著作性の不確定さにも依っているところが多いので、ことに彼の出した数多くのパンフレットについては、その内容に一貫性がみられなくなることも多かったのだ。ここから彼の作品ではないものを除けばより明瞭なデフォー像が見えてくるかもしれない。

デフォーは一七三一年四月二六日、ロンドンのロープメイカーズ・アレーという裏通りの安宿で身を隠しつつ死んでいった。昔の債権者から裁判をむしかえされ、その呼び出しを恐れながら、一人隠れ住んでいたというのである。病に罹っていたこともあり、最後は寝たきりになって「比較的軽めの発作」のために孤独のうちに死んだといわれている。一説には、この裁判による追及の背後には、彼の政敵の陰謀があったともいわれている。[4]

このようにデフォーの生涯と作品とを一瞥しただけでも、いかに彼のたどった道のりが波乱に富んだものであったのかわかるだろう。代表作『ロビンソン・クルーソー』のタイトルは、「ストレインジ・アンド・サプライジング」という形容詞が置かれているが、この「奇妙な驚くべき」という言葉は、むしろ作者であるデフォーの生涯に冠してもよさそうなくらいに思われるのである。大学院のときであっただろうか。当時、標準的な伝記とされていた、ジェームズ・サザランドの『デフォー伝』を読み終えたときに、筆者は同じようにデフォーの生き様に強烈な印象をもったものだった。現在ではこれは、『ロビンソン・クルーソー』を書いた男の物語―ダニエル・デフォー伝―』[5]となって見事な翻訳になっているので比較的簡単に読めるのだが、当時はかなり苦労して読み終えただけに、その達成感もあったのか、デフォーという人物がまるで小説中の波乱万丈の登場人物であるような気さえしたものである。

たしかにデフォーの生きた時代はイギリス史にあっても大転換期とでもいえそうな時期ではあった。彼の生まれたのは王政復古のときだったのであり、以後、名誉革命、イングランドとスコットランドの統合、本格的議会制政治の始まり、ジャーナリズムの勃興、などなど、歴史の大波がデフォーという小船を襲ったことはあっただろう。デフォーの生涯はこのような大変革期とともにあったわけなのだろうが、それにしても、ウィリアム三世やロバート・ハーリーなど当時の有力な人々との直接の接触もあり、また情報収集者としてのスコットランドでのスパイ活動あり、また、度重なる投獄体験やお尋ね者としての逃亡生活、ジャーナリズムでの経験豊かな編集者でもあったのであり、この時期のさまざまな階層の表から裏の裏まで知り尽くした豊富な経験は、彼が後年、小説を書き出したときの大きな材源になったに違いない。

波乱万丈のデフォーの生涯は、その多くの部分が歴史の裏側を生きていた印象もあるのだが、その彼が時代の表面に浮上し、汚名という名のスポットライトをあびたのが、一七〇二年の筆禍事件であった。ウィリアム三世の急死から、国教徒よりの立場といわれるアン女王の治世となるこの時期は、時代の流れが左から右へと大きく転換しようとしていたのだ。そこには根強い宗教的対立が噴出する。ヘンリー・サシェヴェレルなどの国教会右派が、寛容法を無視して激しい非国教徒への攻撃を始めたのだった。このような流れのなかで出版されたのがデフォーの（もちろん匿名出版だったのだが）「非国教徒処理の近道」（一七〇二年一二月）だった。この作品は、前にも述べたように、国教徒右派の口吻を真似た、サシェヴェレル風の非国教徒撲滅論を、極端なまでに展開して、非国教徒たちは国を毒する蛇のような存在だから「冷然として毒蛇やヒキガエルを殺すのは残酷である。しかし、彼らの本性としてもつ毒を防ぐためとあれば、これらの動物を殺すのは、隣人に対する愛の行為である。すでに危害を加えられたからではなく、予防のためである。彼らが悪をなしたからではなく、今後なすかもしれないからなのである」（宮崎二一四）[6]というような書き方をしたのである。問題にならないわけがなかった。

無論このような筆法は、非道で理不尽な方策を、極端なまでに誇張して描くことで、読者に、逆にこのような方策の非を悟らせるという諷刺の技法の一つであったわけなのだが、この場合には、この技法がうまく働かなかったのだ。始めは右派から、言えないことをはっきり言ってくれたと大喝采されたのだが、当の作者が非国教徒のデフォーであることが明らかになると、その反動は大きかった。結局、デフォーは文書誹毀罪に問われ、逃亡、逮捕、投獄、晒し台、破産と彼の人生は転落の道をたどっていくことになる。その意味で、この作品は彼の生涯での大きな転機でもあったのだ。

ただわかりにくいのは、デフォーと立場を同じにする非国教徒の対応だった。作者がデフォーであることが明らかになり、対立する国教徒右派を欺く諷刺であることが判明した後にも、敵方に一泡吹かせたのだから、拍手喝采があってもいいはずで、その後のデフォーの窮状に手を差し伸べてもよさそうだが、非国教徒たちは、投獄されたデフォーの支援をするわけでもなかった。出獄に手を貸したのは、当時の宰相ロバート・ハーリーであったのだ。デフォーが裏切られた気持になったのは無理もないところがあるのだが、この非国教徒たちの対応は、この事件以前にあった、デフォーと非国教徒の中心人物たちとの間に、一般的に「便宜的国教帰依」と呼ばれた政治・宗教問題という大きな対立点があったので、それがこの事件に尾を引いていたのだ。

「オケイジョナル・コンフォーミティ」というこの問題は、当時の差別的な公職採用のありかたと大きく関係のあった重要課題だったのである。一六七三年の審査法以来、官吏になるためには、国教を信奉するという宣誓を行わなければならなかった。ただ、非国教徒は年に一度、便宜的に国教を信奉することによって、つまり、国教会の教会に出かけて、国教会の聖餐式（サクラメント）を受けることによって、表向きの国教徒の姿勢を見せておけば、公職につくことも可能であったのだ。形式的に国教会の聖餐式を受けた後で、自分たちの非国教徒の集会所に行くことが許されていたので、この「便宜的国教帰依」という一種の便法を用いることで、非国教徒は差別的な審査法をくぐり抜けていたのであった。

ウィリアム三世からアン女王へと歴史の風向きがいわば右傾化したときに、審査法逃れともいえるこの「便宜的国教帰依」を廃止しようという動きが国教徒右派の間で出てくるのも、当然といえば当然の流れだっただろう。デフォーの「非国教徒処理の近道」が出版された一七〇二年一二月は、まさに、この「便宜的国教帰依」を違法とする法案が議会で議論されており、一二月九日にはこの法案が上院で否決されていたという際どいときだったのである。[7] ところが、デフォーは前々から、この「便宜的国教帰依」という手段に対して、完全に反対の立場をとっていたから、ことはさらにややこしくなる。この一種の便法によって、ロンドン市長などの要職についていた非国教徒の有力者たちもいたのだから、デフォーはこの筆禍事件をきっかけに、同胞としての非国教徒たちからも胡散臭い目でみられていくことになる。デフォーは四面楚歌だったといっていいだろう。

「非国教徒処理の近道」出版の五年ほど前に、デフォーは、「公職任用の際の非国教徒の便宜的国教帰依を考える」（一六九七年）というパンフレットを書いて、この「便宜的国教帰依」の問題にはっきり反対の姿勢を示している。この作品が書かれたきっかけは、当時のロンドン市長であった非国教徒のサー・ハンフリー・エドウィンがとった便宜的国教帰依の行動であった。ロンドン市長になったばかりだった彼は、当然の便宜的帰依の慣例的な手続きとして、まず、セント・ポール寺院で国教会の儀式によりサクラメントを受け、それから非国教会系の集会場ピナーズ・ホールへ赴き、正式な市長の衣装をつけたまま、こちらの儀式にも参加したのだった。その際、太刀持ちのマン氏という男から強制的について行かされたとクレームがついて、二度とこのようなことがないように市議会から注意されたという事件であった。これはあくまで、きっかけだったのであろう。デフォーは当時の慣行とされていたこの「便宜的国教帰依」にかなり強固に反対している。そして、一七〇〇年の第二版では、初版のサー・ハンフリー・エドウィン宛の序文が、ジョン・ハウというプレスビテリアン系の当時の代表的な非国教徒牧師宛へと変っている。ハウ牧師は「便宜的国教帰依」に賛成の立場だったので、デフォーはこの人物を論敵として、この問題をむしかえしたともいえるだろう。いずれにしても、デフォーは、この問題がその後に大きく浮上する前から一貫してこの「便宜的国教帰依」には反対しているのであり、ハウとの論戦が続いていたのであるから、その影響が「非国教徒処理の近道」の事件に陰に陽にも出るのはいたしかたなかったのだ。

宮崎芳三の論文、「あいまいなるデフォー」は、この「非国教徒処理の近道」を、デフォーの語る二つの声という文体論的な観点から、見事に分析していて今も色あせていない。デフォーの書き方を、国教会右派の論法の語り口で語りながら、機会をつかんではそれを誇張してあてこすり、皮肉をあびせ、語り手は、「あたかも敵に仮装してそれに近づき、その懐に入ってそれを刺すというやり方に似ている」（二六五）と言っているのはうまい比喩だろう。そして宮崎はさらに論をすすめて、だが、この作品にあっては、後半から別の声が入ってきて、それは、単に国教徒右派の論点を切るのみでなく、逆に味方であるはずの非国教徒までを論難するようになるというのだ。そして後半では、語り手は「敵に近づいたと見せかけて身をひるがえして味方をとらえ、とっさにこれを切ったのである」といって、「便宜的国教帰依」の賛成派への批判をおもわずもらしてしまったと分析するのである。ある意味では、この「非国教徒処理の近道」の誤解と曖昧性は、このような表面上の偽声と裏面上の肉声という、方向の全く違うものの混在から生まれたのではないかというのだ。デフォーが「あいまい」なのも、理想主義者デフォーと現実主義者デフォーのどちらをとればいいのか、読者にはっきりしないことがあるからだというのだ。

宗教の自由を保障されている現在のわれわれからみると、審査法によって非国教徒が公職につけないなどということは、明らかに宗教的差別ということになろうが、当時の人々にとっては、悪法も法のうちであったので、経済力をつけつつあった非国教徒のロンドン商人たちにとっては、この「便宜的国教帰依」という手段は、どうしても存続させなければならない生命線だったわけである。ただ、デフォーは、このようなハウ師もこのような立場から「便宜的国教帰依」を認めていたのだ。ただ、デフォーは、このような非国教徒の大勢の意見に抗して、論争中にもぶれることなく、一貫してこの便宜的帰依に反対していたのだ。同じ非国教徒として、信仰と職の選択の苦悩は十分にわかっていたデフォーではあったのだが、同胞との連帯を犠牲にしてまで孤立を覚悟で便宜的帰依に非を唱えるのは一体どのような理由があったのだろうか。デフォーは信仰と現世的生き方の選択にあって、はっきり、信仰とそれを支える良心をとれというのだ。どうも世俗的と考えられがちなデフォーとはイメージが違う。以下の引用は、このようなデフォーの論理が明白に表出するところであり、それゆえに大いに物議をかもしたところである。

さらにサクラメントそのものについて言わなければならない。国教会であれ非国教会であれ、様式は違うとはいえその内容は同じものである。それなのに、ある場所では非宗教的な行いで、別の場所では宗教的な行いになるというのは、どういうことなのだろうか。これは全能の神と隠れん坊遊びをして、神を貶めるものではないだろうか。非宗教的な行いをしているのに、宗教的な行いをしているとはいえないはずだ。それを同時にすることができるという主張にはこう答えればいい。サクラメントは宗教的な行いであって、それ以外のものではないのだと。もしサクラメントを非宗教的行いとするなら話は別である。だが、サクラメントを宗教的ではないと受けとることなどありえないのだ。誓いの言葉はどうしてもしなければならない義務として受けとられている。サクラメントは、誓いのうちでも、最も聖なるものなのだから、当然、これもまたそのようなものとして受けとられねばならない。もしある人が儀式をするような形で、これはサクラメントではなく単にあなたにパンの一切れとワインを一口、友人として差しあげたのですと言ったならば、それは全く別のことになるだろうが、聖職者がパンをあなたに差しだして、主イエス・キリストのご聖体ですと言い、あなたも、敬虔な気持で膝をついて聖体拝領を受け、祈りにあわせてアーメンと言えば、これを宗教的ではないなどとはとてもいえない。そんなことは、キリスト教をないがしろにすることで、とても恐ろしくて、敬虔なキリスト教徒なら、考えることだってできないだろう。

（デフォー「公職任用の際の非国教徒の便宜的国教帰依を考える」四八）[8]

「便宜的国教帰依」に対するデフォーの意見はこの一節からも明らか過ぎるほど明らかだろう。二つの教会から聖体拝領することは、信仰的にはおかしいことで、あってはならないことだというのだ。デフォーの言い方は単純ではあるものの、融通の利かない、原則を決して曲げない、原理主義者的なところがあって、このような「便宜的国教帰依」を続けることは、神をないがしろにし、「全能の神と隠れん坊遊び」をすることにもなるというのだから、穏やかではない。全知全能の神と隠れん坊をしてもそれはすぐにわかってしまうことだから、神の能力を軽んじることにもなるというわけなのだろうが、その深い部分で、自分の信仰する教会以外のところで隠れてサクラメントを受ける便宜的国教帰依者たちを非難する響きもあるだろう。いずれにせよ、この「全能の神と隠れん坊をする」という表現は不敬ととられ、非国教徒の間での大きな反発を招いたのだから、彼らがデフォーに対する態度を硬化させることも無理はなかった。サザランドの発見したデフォーへの卑俗な戯画、「ダニエル・デ・フォーと馬跳びをする悪魔」(9)は、いつどんな背景でつくられたのかわからないものだが、これはひょっとすると、この「全能の神と隠れん坊」遊びをするといったデフォーを揶揄したものかもしれない。いやお前こそ悪魔と「馬跳び」遊びをしているのではないかというわけだ。デフォーの曖昧で不可解な立ち位置ゆえの攻撃だったかもしれない。

非国教徒からすれば、この便宜的国教帰依という政治手法は、あくまで宗教的な差別に抵抗するためのもので、それにより非国教徒の社会的地位の向上がはかられてきたのだから、便法ではあるが、悪法からの緊急避難としては許されるべきものだったのだろう。個別の難しいケースを経験と知恵によって乗り越える現実主義を理解せず、デフォーにはこのような状況に対する斟酌というものが全くない、と反発したのも無理はなかったのであった。

この本では、デフォーの小説の解釈に当たって、決疑論(カズイストリー)という概念に、多くの箇所で言及している。このカズイストリーは、一三世紀以降カトリックの国々で行われてきた、道徳的に難しいケースをどのように扱うかについての神学的な概念だった。エドモンド・レイテスの簡便な記述に従えば、これは、別名を「良心判例学」ともいわれ、個々の人間が日常生活上判断に困るような道徳上の難問を、エキスパートとしての聖職者に解決をしてもらっていたことからきていて、決疑論という訳語も、道徳上の疑問を解決する議論の意味からきている。日常的な良心上の悩み事の解決策として、信者たちの大きな支持を得、信者の告解をきく神父たちにとっても、信仰指導上かかせないものになっていたのだった。神学校でも、訓練のため、さまざまなケース・スタディが学習上の必須事項となり、教科書としてのハンドブックも作られていくことになったのである。[10]

イギリスでも、一七世紀前半にはこのような良心判例学は教区での信仰指導に大いに取り入れられて、ウイリアム・エイムズの『良心の諸問題』、ウィリアム・パーキンスの『良心問題集成』、リチャード・バクスターの『キリスト教指針』などが書かれ、ピューリタンの間でも盛んになっていく。梅津順一がいうように、「ピューリタニズムは、敬虔で熱心な牧師の説教運動として出発し、人々の信仰と生活とを新たに作り上げることを目指したが、その過程で生み出されたのが体系的実践指導書、これがすなわち決疑論であった」（一五〇）[11]ので、このピューリタンたちのごく近い末裔でもあった非国教徒たちは、この決疑論を十二分に理解していたのである。ただ、レイテスによれば、このようなカズイストリーの盛んになったのも、一七世紀末までのことで、以後は、当然ながら、個人がさまざまなケースを考え、対応していくという個人の意思が唱導されることになり、上からの解決策の提示よりも個人の努力が求められることになり、やがて、不必要というよりはむしろ危険な思考法ということになっていったという。「便宜的国教遵守」の問題に戻ろう。

ハウ師を中心とした非国教徒の人々の考え方は、この決疑論的な考え方に近いといえるだろう。審査法という差別的な悪法のもとでの過酷な状況をなんとか生き抜いていくためには、嘘も方便ではないが、国教徒の教会でサクラメントを形式的に受けて、職を得ることがこの場合の最善の方法だと考えたわけだ。デフォーはこの現実的な慣行を全否定していることになる。教会に行き、聖体拝領をすることは、神と誓約を交わすことなのだから、それを非宗教的行為と言って、いいぬけることができるのだろうか、結果的には二つの神に仕えることにならないか、と「便宜的国教帰依」の便法性を批判するのだ。非国教徒たちの心中をさぐれば、悪法を逃れるためには、良心をこの程度までなら許すことで、現実の困難な状況を逃れることができるなら、それも可であると考えたのだろう。デフォーはこのような決疑論的な思考を許さない。後年の彼の小説中にみえる濃厚な決疑論的思考は一体どこにいったのだろうか、どうも曖昧である。

G・A・スターの『デフォーとカズイストリー』[12]が出版されたのは一九七一年のことであった。スターはこのなかで、デフォーにおける決疑論の重要性を力説しながら、デフォーの小説研究に新たな一頁を開いたわけだったのだが、以後、デフォー研究にあっては、この決疑論的な論点はほとんどといっていいほど取り上げられなくなっているようだ。詭弁的な悪いイメージがその根底にはあるのだろうが、もう少し再評価の方向が出てきてもいいのではなかろうか。この本がその一翼を担えれば幸いである。最近のベストセラーとして、マイケル・サンデルの『これからの「正義」の話をしよう』がある。[13] これは、さまざまな現在の道徳的ジレンマをとりあげながら、「正しいことをする」とはどういうことかを俎上にのせた「正義論」の伝統をふまえたものだが、この書に述べられている行為選択に関するジレンマは、われわれが論じることになる決疑論のそれと重なり合うことが多い。

洪水で被害にあって困っている人々に対して、法外な値段の水を売るようなケースを、自由市場の原理のみで判断するのは倫理的にはおかしいのではないか、累進課税で富裕者から多くの税金を取るのは、個における所得の権利を侵すことにはならないか、難破・漂流した四人の船乗りたちが死んだ人間を食べて生きながらえるのは正しいことなのか、自殺を許容する安楽死を否定できるのか、保険の査定で命の金銭化が可能なのか、過去の戦争犯罪や植民地における収奪を次世代の人々は償わなければならないのか、などなど、サンデルのこの本は、いずれもケース・スタディに身を置く決疑論的な問題設定に満ち満ちている。

道徳という日本語は、「道徳教育」などと言う場合のように、正しいと思われる既成の規則を、外部から押し付けるという妙に権威主義的なイメージがあるが、サンデルは、このような従来の絶対的な規範が破綻してしまうようなケースから出発して、原理や結果よりも、その行為選択のときの意識の過程をモラルとして捉えているのではないか。この本のなかには一言も決疑論やカズイストリーは出てこないが、その拠っているところは非常によく似ている。小説の現在が常に過去から見直されるように、小説の過去も常に現在から見直されなければならない。サンデルのモラル・ジレンマの講義が多くの人を惹きつける状況は、デフォーの作品が多くの読者を惹きつけた状況と似かよっている。戦争や貧困、差別や虐待、詐欺や陰謀などわれわれの直面するさまざまな困難に、たとえそれが危険で不快なものであっても、その地平にわが身を置いてみる想像力が要求されよう。このような思考に魅力を感じる読者が増えてくると。また決疑論は新しく見直されるかもしれない。

第一章　身の上相談と小説の起源

一

ここでいう身の上相談とは、新聞紙上などでみられる読者投稿欄のことで、一般の読者の悩み事の投稿に対して、新聞社側が用意した回答者が答えるというものである。一般的にはアドバイス・コラムと呼ばれているこのような、お悩み相談の形式は、日本では現在も「人生相談」とか、「人生案内」などというコラムで知られているものであり、嫁・姑の関係や、子育ての問題、性の悩み、事故や相続などの法律相談、そして恋愛問題など、一般庶民の身近な悩み事に、人生智にあふれる回答者が適切な対応策を伝授する類のものであることは言うまでもない。そこに読者が期待するものは、英雄・偉人など、自分より上位の人々の問題と言うよりは、自身に近い、等身大の庶民の心の悩み事を読み、共感するというものだろう。事実報道や社説などの硬い記事とは別に、身近な、人間そのものに関する記事であり、困った人たちの心を覗き見するというとちょっと聞こえが悪いが、自分との状況の違いを感じて、安全な立場にいる自分を喜んだり、相手に同情して悲しんだりすることになるのだから、他人の心を覗き込んで、そのアドバイスとしての賢者たちの意見を考え、自分の人生のシミュレーションをしていくという点からいうと、われわれが小説を読む行為と似通っているともいえよう。

山田邦紀の『明治時代の人生相談』によると、日本に人生相談の新聞コラムが登場したのは、本格的には、今の『東京新聞』の前身である『都新聞』であったという。明治三九年一二月一九日の紙面に、「今日から新たにこの一欄を設けました。読者諸君にして、何なりとも記者へ相談したいことがおあんなさる方は、その事情を書いて係記者宛にしてお寄越しなさいませ。・・・そのお手紙を当欄へ載せた上、記者よりお答えをいたす場合もあります[1]」とあるから、もう日本でも一〇〇年以上の歴史があることになる。ここには、男女関係の相談や、職場でのトラブル、道ならぬ恋、結婚問題、金銭問題、などなどが赤裸々に書いてあって、これを読めば、明治も今も、悩める庶民の姿は変らない。この『都新聞』では、読者からの投稿に記者が答えるという形になっているが、現在の新聞コラムでは、医者や弁護士、小説家などの専門家が現実的な対応を教えるのが普通になっている。無論、文体も庶民に分かりやすい話し言葉になっているのが特徴的だ。

アメリカでは、近代化と都市化が進むにつれ、ジャーナリズムが大規模に発達してくる一九二〇年代あたりから、新聞に載る、このようなアドバイス・コラムが評判を呼び、報道記事以外の柔らかな読み物としての、いわゆる、ヒューマン・インタレストのような読み物が重視され、シンジケート化されて全米をカバーする読者投稿欄が登場してくる。注目すべきは、一九三〇年一〇月から始まった、精神科医のカール・メニンガーが『レディーズ・ホーム・ジャーナル』誌に掲載した読者投稿欄の回答だろう。これは、回答者がフロイト的な精神分析学者であることからも明らかなように、かなり、性と心の悩みに特化された人生相談だった。マスターベーションやホモセクシュアルなどの悩みが数多く寄せられていて、専門家がそれに答えるという特徴になっている。そのコラムの名前は、「家庭における精神衛生」だった。[2] 当時のアメリカが、体の健康とともに、心が病むことの概念に着目し始め、心の悩みが精神的な障害に発展していくことを予防することを基本的な目標にしていたことがわかる。両大戦間のアメリカにおけるフロイトのイメージ受容を調べた小倉恵実によれば、一般大衆の安易で図式的なフロイト精神分析学の受容を、一種の社会神話だとして、アメリカの心理学者がこの誤謬を是正・訂正する動きがあり、この文脈の中で多くの大衆紙がその舞台を提供していたと言い、これが逆にフロイト精神分析学の大衆受容に拍車をかけることになるというのだ。[3] メニンガーもその大きな担い手の一人だった。第二次大戦以後になると、このような人生コラムは、新聞のフィーチャー記事として多くの人々に受け入れられ、軽快なユーモアあふれる回答で知られる、アン・ランダースの「アースク・アン・ランダース」や、アビゲイル・ヴァン・ビューレンの「ディア・アビー」などの全国ネットワークの身の上相談欄となっていって、より親しみやすくなっていく。読者の投稿と回答者のアドバイスという新聞紙上のコラムが、われわれの身近な存在になってから、一世紀以上の経過があったのである。

文学の分野では、『夜はやさし』（一九三四年）のなかで、フロイトの名前を言及しているフィッツジェラルドが、精神分析的な概念導入の比較的早い例だろうが、盟友のナサニエル・ウエストは、読者投稿欄回答者を意味する言葉をそのままタイトルに使った、『ミス・ローンリーハート』を、一九三三年に書いている。この作品は、一九二八年に、スーザン・チェスターという実在の新聞のアドバイス・コラムの書き手から、ウエスト自身が、読者からの投稿を実際に見せられたのがきっかけだというから、(4)もう、一九三〇年代初頭には、この制度がアメリカのジャーナリズムに幅広く受け入れられており、この事情のゆえに、ウエストは、このような当時の身の上相談という制度の中で働く人物を、彼の作品の主要登場人物として定位することができたのだろう。

この小説は、鮮烈な散文詩のような地の描写と、鼻の欠けた女の子などのグロテスクな登場人物、そして、当時の新聞社の読者投稿欄の内部事情がよくわかるという点で大変興味ぶかいものなのだが、今は立ち入って語る余裕はない。ただ、中心人物である回答者の上司が発する、この投稿欄という制度の意味について語る言葉は、熟考に値するだろう。新聞社の上司であるシュライクは、なかば冗談交じりの口調で、主人公に、このコラムの社会的な役割について、教会との比喩で語ろうとするのだ。教会で大切なのは音楽なんだ、そして、愛するものの死なんだ、ひょっとすると賢明な老司祭かも知れない。そう言いつつ、この制度にあっては、だから、大切なのは投稿される手紙なんだ、と続けて、「ミス・ローンリーハートてのはな、二〇世紀アメリカの司祭さまなのだって、俺は言わなかったかな」[5]と言うのである。シュライクは明らかに、カトリックの告解の場における司祭と信者の関係を、回答者と投稿者になぞらえている。日々の些細な悩み事や、ちょっとした罪の告白をする信者に対して、それを優しく聞き、慰め、そして許す司祭の立場に、主人公がいることを教えているのである。カトリックの司祭、ないしは神父たちは、教会内部にあるコンフェッション・ボックスという小部屋で、信者と一対一で向かい合い、信者たちのかかえる悩みや、罪の告白を聞き、それを癒し、宥め、そして許しを与えることになる。無論、そこには、弁護士などと同等の信者に対する守秘義務があるのだが、このようなカトリックにおける告解の制度は、新聞紙上での悩みの相談のありかたと、その問題性の解決や、応答性の保障という点でよく似ていることがわかるだろう。新聞の読者投稿欄は、罪を許すという宗教的な特権的立場にはないものの、シュライクは、苦しみ、悩み喘いでいる人々に慰めになるような回答をすることが何よりも重要なのだと語っているのだ。

シュライクが、「二〇世紀アメリカの」というときには、当然、アメリカがピューリタンの国家的な伝統をもっている事に言及している。ルター以来、このような形での許しの秘蹟を否定したプロテスタントは、教会という救いという仲介の組織を脇において、個人と神との直接の関係に重点をおくようになる。もちろん、カトリック、プロテスタントの別なく、信者たちの個人的な罪の意識と日々の問題はなくなることはないのだから、これをプロテスタントがどのように処理していくのかは大きな問題として残されることになるが、「二〇世紀アメリカ」の解決の一つの方法が、新聞のアドバイス・コラムになるというわけなのであり、回答者はカトリックの司祭ないしは神父的な役割を社会から期待されているということになる。この小説の物語は、主人公の回答者は男性であるのだが、投稿者の女性と関係をもつ羽目になり、癒しという役割とは正反対の罪に落ちていくことになる。そして、このせりふが主人公の心にいつまでも響いていくことになるように計算された構成になっているのである。

フロイトにおける神経症の治療の根幹は、のちに展開されるような仮説上の理論がどうであれ、初期の『ヒステリー研究』にみられるような、患者と治癒者の一対一のセッションであろう。そのいくつかの症例（ケース）が明らかにするところは、患者の語る過去の行為から現在の心の症状の原因を探っていく、治癒者の同情と共感にもとづく観察がもっとも重要な出発点になっているということであろう。悩みと苦痛を訴える患者の話を丁寧にききながら、それを記述し適切なアドバイスを行う治癒者の立場は、その秘匿性という側面を除けば、われわれが問題にしているアドバイス・コラムの回答者のそれと重なり合うところが多いのは自明のことだろう。そう考えてみると、秘儀性、公開性、秘匿性という異なった側面はあるものの、告解の儀式、アドバイス・コラム、そして精神分析のセッションはどこか似通ったところがあり、一九二〇年代以降のアメリカにあっては、古くから存在し続けてきた告解というカトリックの秘儀の近代的な生れ変りともいえるだろう。

二

デフォーが後年彼を有名にすることになる一連の小説を書かなかったとしても、それ以前の新聞『レヴュー』誌を中心にした、初期ジャーナリズムの勇として、文学史上に名を残しただろう、とはよく言われることである。彼の、ほぼ独力で出したといわれる『レヴュー』（一七〇四－一七一三）[6]は、それだけでも特筆に価するものではあるが、その紙面の一部を割いて作られた身の上相談の欄は、なかなか興味深いものがある。身の上相談というと今日のわれわれにもなじみ深いものだが、嫁姑の関係、子育ても問題、性の悩み、不倫、事故や相続などの法律問題、恋愛問題、また心の悩みなどは、四〇〇年前にも存在していて、デフォーはこのような身の上相談のコラムを、比較的早くから新聞の一つの読み物として『レヴュー』に取り入れたのである。

事実報道という表向きの新聞のありかたは、それだけでは内容が硬すぎて読みづらく、面白くないと感じる読者も多かったのであり、新聞それ自体の発行部数を上げるためにも、誰もが気楽に楽しめる、いわゆるアドバイス・コラムは、それゆえ、新聞発刊の歴史とともにあったといえるのである。そして、このアドバイス・コラムが、当時の市民化が進んでいく社会にあって果たした機能には、庶民の読み物という点でも、小説という新しい文学ジャンルの勃興に大きな影響を与えることになる。

身の上相談を読む最大のものは、他人の悩み事を読みながら、その心の内がわかるということだろう。それは今も昔も変らない。人はこんなことに悩んでいるのか、そして苦しい胸のうちを明かすときの心情は一体どのようなものなのか。それは、昔からある、英雄・豪傑の、才子佳人の物語ではなく、読者自身と地位や身分の親しい人物の悩みや決断であるのだから、なによりも自分の身近なものとして共感されただろう。つまり、話者と読者とは等身大の悩みにお互いの心を通わせあうことになるのだ。悪くいえば、一種の覗き趣味ともいえるだろうが、困った人の内面を覗きこんで、逆に自分の安全な立場との相違を感じたり、困っているわけではない自分を喜んだり、相手に同情したり悲しんだりする。こうなると小説を読む行為と変らない。また、読み手は、回答者の適切な判断を聞きながら、自分だったらこうするなどという、人生の選択というシミュレーションを行い、困難な状況を乗り越えていこうとする強い自己形成の場にしていくことになるのだ。身の上相談を読む者の心理は、小説を読むものの心理と十分に重なり合う。

デフォーは一七〇三年に「非国教徒処理の近道」という当時の宗教諷刺パンフレットを出版する。名誉革命からウィリアム三世の突然の死をはさんで、アン女王の戴冠までの四半世紀のイギリスは、政治・宗教事情が最も混迷した時期であったといえるだろうが、当時のイギリスの宗教状況を、主流の国教会を中心におき、左派として非国教徒、そして、右派にハイ・フライアーズと呼ばれたカトリック寄りのグループを置いてみるとわかりやすいだろう。デフォーはもちろん非国教徒の立場にあったわけだが、この「非国教徒処理の近道」では、彼は右派の仮面をかぶって、非国教徒などは国を蝕む悪でしかないのだから、改宗しない者は、奴隷船送りや絞首刑に処すのが最も有効な国を安全にする方法なのである、と真面目な顔で、極端極まりない発言を行ったのである。

もちろん、書き手が、左派のディセンター、つまり非国教徒であることなどおくびにもださず、自己の意見とは正反対の主張をしたわけだったから、はじめは、国教会右派の人々は、言いたくても言えなかった強烈な弾圧的な方策に喝采をしたのだった。ところが、著者がデフォーであることが明らかになると事情は一変する。実際には、スウィフトの有名なブラック・ユーモア「慎ましやかな提案」にも似た、敵対する陣営の筆法をまねた、諷刺パンフレットであったのだから、双方の陣営も驚愕し、ついには、双方の陣営から怒りをかうはめになり、政府は、世間を騒がせた罪で、デフォーを逮捕するに至るのである。獄中にあって背景関係を厳しく追及され、困り果てたデフォーを救ったのは、ときの宰相ロバート・ハーリーだった。ハーリーは、ジャーナリズムの強力な影響力が、世論を導いていくのに必要不可欠なことを知っていたので、デフォーのすさまじいばかりの筆力に目をつけ、救出することによって、デフォーに自陣への政治プロパガンダとしての役割を期待したのだった。

ハーリーに恩義を感じたデフォーは、出獄後、『レヴュー』を発刊し、ハーリーの政策と政権樹立に向けて支援していくことになる。これが『レヴュー』の誕生の経緯である。『レヴュー』は、当時の、植民地戦争の対戦国であったフランスへのハーリーの政策支持を訴えたもので、そのタイトルの全文は、『フランス事情に関するレヴュー』というもので、対仏政策をわかりやすく説いた、現在でいうところの「意見紙」のようなものであった。一般向けの新聞ではあったが、やや硬い政治的な内容の記事が多かったせいか、はじめはなかなか読者数が伸びなかったこともあって、より柔らかで、誰もが関心をもつような読者投稿欄とそれに対する回答欄を毎回半分ほどの紙面で導入したのだった。当時の一般読者の娯楽性の強い読み物を求める要求に応じることで、発行部数も伸びたといわれている。

ジョン・マクビーによれば、デフォーの『レヴュー』の身の上相談欄は、一六八〇年代にヘンリー・ケアが出した『ローマからのアドバイス』誌から採ったものではないかと推測しているが[7]、そのアドバイスという名前はともかく、実質的には、後に詳しく述べることになるジョン・ダントンの『アテネ・ガゼット、あるいはカズイスト週報』(一六九一年五月発刊)の影響が大きいと考えられている。以後、アーロン・ヒルの『ブリティッシュ・アポロ』誌では、パズルやなぞなぞのような軽い分野も登場し、そして、よく知られたリチャード・スティールの『タトラー』誌(一七〇九年四月—一七一一年一月)と、アディソンとスティールの『スペクテイター』誌(一七一一年三月—一七一二年)へとつながっていくことになるのである。

『スペクテイター』になると、編集者的な立場にあるスペクテイター氏を中心にしたクラブが形成され、田舎紳士サー・ロジャー・ドカバリー、商人アンドリュー・フリーポート、伊達男ウィル・ハニコームなど、社会の各層を代表する人物が、その典型的なキャラクターともども、活躍することになる。もちろん、読者投稿欄もあり、それらについての回答者の意見も出されるのであるが、次第に登場人物たちの性格が前面に出るようになっていき、むしろ、連続短編小説の趣さえ窺われるようになってくるのだ。ダントンやデフォーの回答者たちは、ただ、回答集団を代表して登場してくるだけで、「アテネ・ソサイエティ」とか「スキャンダラス・クラブ」などの団体名はあるものの、その個人名などは明らかにされていないのに較べてみると、『タトラー』、『スペクテイター』になると、その物語性から言っても、三人称体のフィクション的な側面が大きく浮上してくるとはいえるだろう。そこには、身の上相談の当初に見られた一人称で語られる個人の悩みや内面の問題は比較的弱まっていくように思われる。

デフォーの『レヴュー』は、当初は週一回の発行だったのだが、これら身の上相談欄のせいもあってか、すぐ週二回となり、さらに、月・水・金の週三回となって評判となっていく。これは、一般参加という当時にしては珍しい試みによって、読者の好みに応じるというデフォーの姿勢から生まれたものとも考えられよう。この頃の新聞は、さまざまな新聞が政党の意見紙として世論をリードするために発刊されていたので、政権交代や採算上の理由からその寿命は短命なものが多く、マージョリー・ニコルソンによれば、一八世紀初頭の一六年間だけで三〇〇種以上の定期刊行物が出版されたという。[8]

そのなかにあって、デフォーの『レヴュー』は九年間も継続し、そのほとんどがデフォーの手になるものだったというから、いかに彼が多産な書き手だったことがわかるだろう。『レヴュー』の発行部数は五〇〇部程度のものだったが、『スペクテイター』でさえ三〇〇〇部程度だったことを考えてみると、そして宿屋やコーヒー・ハウスなどで多数の人に読まれていたことを考慮に入れると、その影響力もあなどれなかった。『デフォー伝』を書いたジェイムズ・サザランドによると、「アン女王の時代のロンドンの人は、ほとんどなじみのコーヒー・ハウスで当時の新聞・雑誌を読んでいたから、『レヴュー』一部でも一週間のうちに、四・五〇人の人間によって読まれ——そして議論され——ていた[9]」というのであるから、やはり相当の影響力があったのだろう。それに、コーヒー・ハウスなどでは、朗読者がいて、字の読めない人々のために、新聞の音読をしていたということもあるのだから、身の上相談も相当多くの読者に知られていたと考えていいだろう。

『レヴュー』の読者投稿欄の正式な名称は、「メルキュール・スキャンダール、あるいは、スキャンダラス（スキャンダルともつづられる）・クラブからのアドバイス」というものだった。前にも述べたように、本体の『レヴュー』は、『フランス事情に関するレヴュー』というものであり、当時の敵国フランスの事情に関する情報誌だったので、このクラブはフランスの事情通が裏に存在していることを物語っている。ただ、実際に投稿するのはイギリスの人々であったので、この部分はなにか母体とかなり異質な趣がある。実際の投稿ももちろん多数あったのだろうが、その文体からも、いずれもデフォーの手が入っているのは明らかであり、なかには、デフォーが勝手に投稿者の形を装って、自ら質問を作っている場合もあったといわれている。この投稿欄の好評は、すぐに、「月刊サプリメント」という形になって対応され、毎月三〇頁ほどの身の上投稿欄のみを集めたものが『レヴュー』の付録となって出版されていく。たとえていえば、母屋の『レヴュー』のひさしを借りていた投稿欄が、母屋をのっとった形になっていくのである。その好評振りがわかろうというものだ。

もう一つ考えておかなければならないのが、「クラブ」という概念である。ここでは、投稿された質問に答えるのが「スキャンダル・クラブ」という風に命名されているのだが、これは、回答者集団を意味していて、人生智にたけた知識人たちが、提出された問題を議論しこれに答えることになっているのである。イギリスの一八世紀は「クラバブル・エイジ」、つまり、クラブに相応しい時代と呼ばれていたことからもわかるように、さまざまなクラブが生まれていた。基本的には、経済、政治、文学など、共通する支持政党、商人のグループ、文学愛好家たちがそれぞれ当時知られたコーヒー・ハウスに集合して意見交換をしていたのであった。[10] このようなクラブを形成した回答者たちが、「クラブ」とか「ソサイエティ」などと呼ばれて、「賢者」（ワイズ・メン）として、人生の指針を送っていたのである。たとえば、『スペクテイター』の場合には、第一号の末尾に、投稿者は、スペクテイター氏宛ての手紙を、発売もとの、サミュエル・バックリーのリトル・ブリテンにある店にとどけていただきたい。われわれのクラブは、火曜と木曜の夜ごとに会合をもって、これらにお答えするという趣旨の、投稿を慫慂する告知文をのせている。実際に送られてきた手紙が残されている場合もあり、これが、紙面をかざったことはもちろんあっただろう。[11]ダントンやデフォーの場合も同様だったのだろう。

このような、投書と回答という形式による「身の上相談」を最初にあみだしたのは、出版者ジョン・ダントンであった。彼が出版した『アテネ・ガゼット[12]』は、一六九一年から九七年まで、毎週二号ずつ、一部一ペニーで売られていた初期の新聞で、五八〇号まで続いた当時としてはよく知られていたもので、ここに初めてアドバイス・コラムを登場させたのである。タイトルのアテネという地名は、アテネの人は新しいニュースを聞いたり話したりすることが好きだという、いわれからきている。質問者は匿名にして、それに答える者を対にして新聞に載せることを思いついたのは、ダントンが友人二人とロンドンのセント・ジョージの野原を歩いているときのことだった。彼はこの思いつきが気に入って、「私は、今、いいアイデアを思いついた。五〇ポンド貰っても売る気はない[13]」と言ったというのだ。そして、自称専門家たちが集まった「アテネ・ソサイエティ」というクラブが、週二回、ストック・マーケット近くのスミス・コーヒー・ハウスで会合をもち、投書に答えるという形のコラムを登場させたのだ。身の上相談の原型が完成した瞬間であった。

ダントンは、自分を含めて、すぐさま、この回答者集団を集めることになる。ケンブリッジ大学の数学者で作家のリチャード・ソールト、それにアングリカン牧師のサミュエル・ウェズリー（後のメソジストの始祖、ジョンとチャールズ兄弟の父である）を、これにあてて、回答者の給与などもとりきめている。回答者集団が専門家でかなりの数をそろえているような印象を紙面では宣伝していたものの実際には三人で質問者を割り振って回答していたようだ。

デフォーは、このダントンの手法をまねて、ほぼ一〇年後に、身の上相談欄を登場させたのだった。デフォーとダントンがどのような関係にあったのか、はっきりしないが、デフォーの家族の信頼の厚かった、プレスビテリアン系の牧師であったサミュエル・アンズリーは、ダントンの義理の父親だったから、両者にはどこかで接点があったかもしれない。マクシミリアン・ノヴァックはその浩瀚な伝記の中で、二人の接点の可能性を示唆している。[14] また、当時の三文文士としてよく知られていたチャールズ・ギルドンは、後に『ロビンソン・クルーソー』の作者がデフォーであることを暴いて、デフォーと論争をすることになる人物だが、ダントンに乞われて、『アテネ・ソサイエティの歴史』（一七一〇年）という宣伝文を書いている。このなかでギルドンは、身の上相談という新聞のコラムの草案者がダントンなのであることを口を極めて称揚している。アドバイス・コラムは、時代の好みに適合し、大いに盛んになって、その「有益なプロジェクト」は世間に認められているのは大変結構だが、そのおおもとのアイデアの発案者はダントンなのであり、そのことを人々は十分認識すべきだと言って、「ウィットもなく、同様の価値あるものを生み出す力もない」盗人たちが、「ダントンの努力と負担によって耕された畑から、その収穫物を刈り取って生きようとする[15]」と、批判するギルドンなのである。この発言は、『レヴュー』でこの形式を採用して成功したデフォーへのあてつけのようにも読めるのではなかろうか。

ダントンとデフォーの身の上相談には違いもある。ダントンのそれは、実際の回答者がいて、ソールトやウェズリーは、現代の身の上相談コラムの書き手のように給料をもらっているし、実際の投稿も多数あったのだろう。ところが、デフォーのものは、違っていた。彼は、その投稿の多くを、実際の投稿から採るのではなく、むしろ自分で書いてしまったのではないかと疑われているのだ。彼が『レヴュー』をほぼ単独で執筆していたらしいことは、前述したが、その対応のスタッフの少なさからいっても、とても投稿を処理して、他の回答者との間の仲介をするようなことはとても無理だった。すべてを自分で切り盛りして、やっていかなければならなかったので、投稿も回答も一人でやってしまったのだろう。

投稿はもちろん実名でなくてもいいし、回答集団らしきものをでっちあげて、ダントン風の形式を整えておけばいいのだから、あまり、身の上相談の事実性を疑われることはなかったのだろう。あとは、自分で質問を作り出す能力が必要になる。ごく普通のひとの、ごく普通の悩みごとを想像して書くことは、作家として小説を書くときに、その状況設定やキャラクターの行為選択に大いに勉強になったのではなかろうか。困ったジレンマに追い込まれた、身近かな人々の悩みを想像しながら書くことは、むしろ創作上のヒントになることもあっただろうから、後の小説家デフォーの出発点になったとも考えられよう。

三

それでは、具体的にデフォーの身の上相談を「スキャンダラス・クラブ」の例から見ていこう。まず最初は、聖書の記述と現実の重婚の問題を扱ったものである。信仰の基盤中のもっとも重要な聖書は、そのなかに重婚の例がでてくるものがあり、その場合、どのように解釈をして、過去と現在の折り合いをつけていくのか、信者たちにとっても疑問に感じられるものだったのだろう。

一七〇五年六月二〇日

紳士のみな様。うるさく尋ねてくる質問者たちに、寛大かつ率直に答えていらっしゃるのをみて、私も、以下の質問の、できる限り早い回答をお願いする気になりました。

一、昔は罪であったものが、必ずしも（現代では）罪でなくなるのだろうか。

二、昔は罪であったものが、今でも罪になるのだろうか。

三、ヤコブやダビデやソロモンたちが二人以上の妻を娶っているのは、罪であったのだろうか。

四、（それが国の法律に反していないとしても）男が二人の妻を持つことは罪であろうか。紳士のみな様、早いご回答をお願いできればありがたいです。

XX

このXXという署名の人物の質問は、罪の概念が、聖書の時代と現代では変ってしまっているのかという問題である。旧約聖書の時代のヤコブ、ダビデ、そしてソロモンたちが、二人以上の妻を娶っているという記述があるのに、どうしてそれが現代では罪になるのか、と問うているのだ。聖書の記述がすべて完全なる真実だとすると、それを根拠に現代の重婚を合法化する向きも出てくるかもしれない。結婚の問題は当時にあって最も多い質問だったであろうし、重婚は最大の問題として意識されていたことがわかる。この問題の回答者の意見は、最終的には、時代が変れば法も変ってくるということになるが、この問題に対する回答がどうあれ、当時の人々には、重婚という問題が法と倫理の間で揺れていて、だれもが抱くごく身近な悩みであったことだけは確かだろう。

ここには、具体的なケースが書かれているわけではないし、論理と聖書記述の矛盾を単に結びつけただけの、机上の難問という気がしないではないが、デフォーがこのような、現実的な悩みに直面する庶民の良心上の問題を発見して、それをフィクションという形で問題化する姿勢をもっていたことは大変重要に思える。この時期から一〇年後に、彼は、『モル・フランダース』や『ロクサーナ』という小説の形式で、女主人公たちの陥らざるをえない重婚のテーマを取り扱っていくことになるからだ。モル・フランダースは、いわゆる婚姻の冒険と呼ばれる一連の物語のなかで、妻が精神病院に入っている男や、妻が浮気をしている男とつきあうことになるが、このような場合に、彼女の内部には重婚という問題が発生してくる。また、ロクサーナは、夫が破産して蒸発してしまった場合に、資金援助をしてくれる隣の男から求愛をうけ、良心的なジレンマに悩まされることになる。これらの状況には、過酷な現実と法や倫理の問題が複雑に絡んできて、当時に流行していた型どおりに展開するロマンス物語とは違い、市井の普通の人の直面する悩みごとが、物語りにリアリスティックな要素が入ってくることになるのだ。

もう一つの「スキャンダラス・クラブ」からの例は、主人と召使の関係の問題である。

一七〇五年九月五日

回答者の紳士のみなさま、どうか教えてください。召使が主人のために嘘をつくことは法に反しているでしょうか。私の一緒に暮らしている主人は、しばしば、私の良心に反して嘘をつけと命じるのです。私は、ことがさらに悪くならないように、主人の命令をきいた方がいいのか知りたいのです。といいますのも、もし私がこれを断ると、主人は大変怒って、悪態をつきののしるので、家中に大騒ぎが起こるのです。どうぞ、可能な限り早めにお教えください。そうしていただけば、あなた方に好意をもつファンにはありがたく思います。

冒頭で「回答者の紳士のみなさま」と呼びかけられているのは、回答集団の架空の「賢者」たちなわけである。ここで問題化されているのは、主人の命令で「良心に反して」嘘をつくことは許されるのかという問題であり、さらに一般化して言えば、「主人の命令は絶対的なものか」ということになるだろう。命令を断ると、家庭内騒動になるので、嘘をついてことを丸くおさめた方がいいのか悩んでいる召使からの投書になっているわけだ。横柄な召使たちへの諷刺であったスウィフトの『召使心得』とは視点が違っていて、こちらは良心的な召使のジレンマになっているものの、ここには、彼らが通例よく直面しそうな悩ましい状況が描かれている。主人の命令に背けば、首を言い渡される召使というような場面を付加すれば、さらに小説的な一場面を構成していくことになるだろうし、そうすれば、小説家デフォーへはもう一歩というところになるだろう。

われわれには、「嘘も方便」という言い方がある。この場合の召使の心境は、このようなものだっただろう。ただ、白黒をはっきりさせることの多い欧米の文化にあっては、善と悪とをはっきりさせることを要請されることがどうしても多くなる。キリスト教的な倫理観にあっては、嘘をつくことが悪いことであるなら、そして、主人の命令に従うことが絶対的な義務であるとしたら、このような状況下では、召使は良心と義務の間のジレンマは解くことができない。果たして、嘘をつくことは、どんな状況でも許されないことなのだろうか。家庭の平和のためにという条件は、嘘をつくことを許容しないのか。近代化し、都市化するにしたがって、人間関係が錯綜し複雑になり、一刀両断の善悪の判断ができない状況が増えていく。ここに悩みをもった人物の内面を描くフィクションの存在価値が高まっていくのである。

「フィクション」というと聞こえがいいが、辞書的な意味としては、一八世紀には、「嘘」もあったのであり、このような召使の置かれた立場に小説家を置いてみると、何らかの口実をつくって、嘘を主人につくことが、読者にフィクションを提供することに重なってくる。小説の起源を考えると、それ以前には、フィクションとは虚言のことで、嘘をつくことによって、読む人の心を誑かすことにもなりかねないわけなのであり、小説を読み、書くことが危険な行為であるという考え方は古来より強かった。ここで、召使の言う、「家庭の平和」のような、何か役に立つことがあるのならば、このような、小説＝フィクション＝虚言＝悪という一連の連想から、新しい一歩が踏み出せることになるだろう。おおげさにいえば、フィクションの合法化に繋がっていく。デフォーが小説を書くときに、このような複雑化した現実を捉えるために、自分の意見をそのまま述べる論説や、事実を描く歴史記述以外にも、フィクションという文学形式が存在していることに気がつくヒントが、身の上相談にあったと考えることができるのではなかろうか。最後の例は、息子の結婚に対する父親の反対に関するものである。

一七〇五年七月八日

私にはみなさんに聞いていていただきたい、こんなケースがあります。

ケース：教養あふれる教育を受け、人柄も卑しからぬ立派な家族の若い紳士がおりまして、ある美しい女性に恋をいたしております。彼女は、大変美しく、気立てのいい女性で、魅力ある妻をめとるということがどんなことかわかっている男にとっては、あらゆる点において、幸せになることができるような人なのです。彼女の財産も、彼が十分期待できるものです。——彼は求婚をして期待していたものをすべて名誉とともに得ることができています。ただ、不幸なことに、彼の父親がこの結婚に強く反対しているのです。その理由は、以下のようなものです。

第一番目、彼女の家の出自が卑しいこと。これはその通りです。

第二番目、彼女が受け継ぐ財産は、彼女の親が不正なやり方で取得したものであること。

第三番目、もしこれが正しいのなら、そのような財産には呪いがかかるというのが、父親の意見なのです。彼は自説を証明するため。多すぎるほどの聖書のテキストを持ち出してきているのです。

ライサンダー

この投書は、ある友人の結婚問題を心配するライサンダーという人物のものである。ライサンダーというような名前は、実名というよりは、ロマンスに登場しそうな、あまり現実味のない匿名だが、デフォーのフィクションくさい命名ではある。この男が、友人が恋をして結婚したいと思っているのだが、父親の反対にあっている状況を説明して、それに対する解決策をもとめているのだ。まず、この友人は、父親の意に反して結婚するような不従順な息子ではないし、相手の女性も、この男が子としての義務に反する行為に賛成するようなふしだらな女ではないと、恋する二人の両親に従順な性格と、自分の、二人を擁護する基本的な立場を語りながら、問題が、親、ことに父親の反対にあることを明らかにするのである。当時の結婚事情は、もちろん、両親の了解をどうしても必要とするほど、家長の意見が絶対視されていたことも考えておかなければならないが、依頼者は、裏で、これほど美徳あふれる、相思相愛のカップルに結婚を許さない頑固な父親の立場に異論を唱えているのである。

父親の権威が絶対的なもので、これに逆らえずに、嫌いな男との結婚を強いられる女性の苦しみは、なんといっても、半世紀ほどあとの、サミュエル・リチャードソンの『クラリッサ』（一七六五年）という長大な作品に克明に描かれることになるのだが、その当時の、若い男女の読者たちにとっては、よくある大問題だった。リチャードソンのこの小説なども、父親に大嫌いな男と結婚させられそうになったときに、美男子の放蕩者から駆け落ちをもちかけられたらどうするのか、という身の上相談的なテーマにもなっているわけだった。理不尽な迫害を受ける乙女を主題とする初期小説が多いのも、強大な家父長制のもとで悩む女性がいかに多かったかということを、逆に例証していることにもなっている。

父親の反対の理由は、相手の娘の生まれが卑しいこと、彼女の父親が獲得した財産が、不正な手段による疑いがあること、そのような財産には「呪い」がかかっているので、結婚しても良くないことが起こるということ、この三点だった。現在のわれられの個人主義の目から見ると、ひどい迷信と偏見に満ちているようにもみえるが、当時は珍しいことではなかった。息子が惚れた女性の人柄や容姿を評価するのではなく、彼女の家柄と汚れた財産を理由に反対する父親に、はたして投稿者の友人は反論できるのだろうかと問題を設定しているのだ。

これに対する回答者の意見はどのようなものだったのだろうか。この例は、非常に物語的な要素をもっていて、これから話をするように、デフォーの小説の中に、その発展した形が組み込まれている点でも、大変興味深いところがある。

「ソサイエティ」と呼ばれている回答集団は、両親の意向は尊重するものの、このような場合には、まだ反論が可能であると、この結婚に賛成の意見を述べている。この回答者、もうデフォーと呼んでもいいだろうが、人格上の「美徳」は「家系の良さ」にまさるものであり、このような新しい考え方に偏見をおもちの方は、どうか、『生粋のイギリス人』（一七〇一年）という詩をお読み願いたいと、アドバイスするのである。『生粋のイギリス人』は、デフォーがウィリアム三世を擁護した諷刺詩なのであるから、回答者はそのことをおくびにもださないのだが、デフォーはちゃっかり自作の宣伝をしていることになる。これは、この回答がデフォーの手によることの証明にもなっているのだ。

この作品は、オランダからやってきたウィリアム三世が、生粋のイギリス人ではない、という批判を浴びていたときに、その反論として書かれたもので、デフォーを一躍有名人にした作品であった。イギリスには、もともと純粋に高貴な血統などという概念は存在していなかったものであり、王や貴族たちもその歴史を遡れば、みな卑しい身分のものであったのだから、純潔を誇示するのはあたらないし、現在の身分もなりあがった末の話なのだから貴族の家系も絶対的なものではない、という論旨を開陳している。デフォーは、のちに、『完全なる紳士』（一七二八年）というエッセイを書いて、新興中産階級の地位向上による新しい「紳士論」を展開し、家門のみの古いタイプの紳士概念を批判しているから、ここにも彼の持論が透けてみえることになる。そして、このような、ジェントルマン志向の社会的上昇概念を自分の数多くの小説の登場人物の中に植え込んでいくことになるのだ。

回答者は、「教育は、ことにイギリスでは、生まれに優ることが多いので、われわれは、貴族の娘が農民の娘になり、商人の娘が貴族の娘になるのを目にするのである」と言って、教育次第で人は高貴にもなりうると主張している。大陸と違い、イギリスでは、教育が強く働くのだとして、家門や血筋より人間としての価値を上げることを力説している。現在では当然の考え方なのだが、当時としては、ロックなどの個人主義の浸透にともなう、英国商人の作りだした富と、それにより生まれる「十分な教養教育」を受けた新しいタイプのジェントルマンによって凌駕されているのが現在なのだから、このような婚姻にあっては、家柄や血筋は問題にならないと言って、父親に反論すべきだと結論づけるのである。

イギリスの富を背景とするこのような議論は、富の概念そのものにも変更を加えていくことになる。相手の娘の父親が、不正な手段による蓄財をしているのではないかという疑念を、父親は問題視するのだが、このような論点にも回答者は否定的である。投稿の手紙には「不正に獲得された財産」とあるだけで、具体的には何も記されていないが、ありそうな可能性をいえば、金貸しのような商売だったかもしれない。伝統的に利子を取ることを禁じたキリスト教社会のなかでは、否定されるような財産形成だったのだろう。しかし、回答者によれば、「美徳ある人物の手におかれる」金銭には、立派な使い道が開けるというのだから、デフォーは、このような不正な手段による金銭もまた、使いようによっては役に立つと考えていたようだ。

不正に獲得された資産が、新しい家族に呪いをかけるという父親の意見にも、回答者は反論している。富裕な人々の財産も、その先祖まで遡ってみると、大方は不正な手段がどこかの時点で入り込んでいることが多いと説きつつ、聖書の「父親の違法行為によって子らが罰を受けてはならない」という言葉を引用して、金銭はそれを獲得する手段よりも、それを手にした人の行動の問題となり、正直で勤勉な行動さえ伴っていれば、呪いなど心配にはあたらないというのだ。ただ、回答者の考え方には明らかに矛盾もある。このような考え方によれば、不正な獲得行為や手段は、最終的には社会的な断罪を受けずに許容されることになってしまうから、現実的には悪を認めてしまうことにはならないのか。あるいは、より一般的にいえば、獲得した金銭を善用するという目的を設定すれば、不正行為そのものには目をつぶることができるか、というあらたな問題が浮上してくるのだ。

このような獲得手段と使用意図のジレンマという問題は、デフォーにとってかなり大きなテーマだったようで、のちのフィクションの主人公たちが直面する状況としてよく使われてくる。たとえば、『シングルトン船長』（一七二二年）においては、主人公シングルトンが、海賊行為で得た「不正な手段で手に入れた富」[16]をどう処理したらよいか良心的に悩む場面がある。このときに、不正な手段による獲得財産も、使い方によっては有効なものになりうるのだから、決して早まって廃棄しないように勧める、彼の友人のクウェーカー教徒のウィリアムが登場する。そして、このウィリアムの助言を入れるシングルトンなのである。ちょうど回答者の意見と役割が一致するわけだ。また、高級娼婦のロクサーナは、好きになってしまったオランダ商人との結婚を考えるとき、相手と自分の財産獲得の手段が違うことに悩んで、自分に向かって、次のように言うのだ。

なんて哀れな女なんだろう。不正な手段で得た私の財産、富裕への欲の産物、売春と姦通の破廉恥きわまる生活の産物を、衣につく蛾か毛虫のように、あの穢れを知らない紳士の、正当な手段で得た財産のなかに入りこんで、ごた混ぜにし、彼とその財産に天罰を呼ぼうというのか。

（『ロクサーナ』四七八[17]）

この少しあとで、ロクサーナは自分の財産を「呪いがかかっている」と形容しているから、使われている言葉の類似性からも、このような考えは、手紙で言及されている父親の「呪いのかかった」金銭と同様のものであることがわかるだろう。ここでは、悪しき金銭と良き金銭という区別が意識されていて、これらを結婚によって一緒にすることへの危険性が悩みの種になっているのである。デフォーにとって非常に重要なケースであったことがわかるだろう。

この回答者の金銭観は明らかに、デフォーのそれと同様に、近代的なものといっていいだろう。それまでの旧来の金銭観は、手紙の父親やロクサーナの見解にみえており、当時の状況では、この新旧の金銭観が並立していた問題含みの領域だったことがわかる。持参金のもつ悪銭的な性格が、一つになることによって、まるで病原菌が伝染するかのような恐怖の感覚が残っていて、それは、衣服を食い散らす比喩によく表現されているといえよう。近代的な金銭観は、あくまで使い手の意志と手段による中性的な存在としてのみ意識されており、そこに呪術性はかかわってこない。これ以後の近代資本主義を支えていく通貨という概念が可能になっていくのは、このような魔術的な「呪われた金銭」という考え方がすたれ、必要な量の認識のみによる一つの貨幣単位として、交換可能性が認識されていくからだろう。このような金銭観もデフォーのものであった。

前項最後にみた、結婚を許さなかった父親に関する投稿は、その冒頭で、「ケース」という表現によって、この投書の状況をまとめていた。ここで「ケース」とは、身の上相談の一つ一つの相談の具体例にあたるといっていいだろう。デフォーの小説は、題材としてこのようなモラル上のジレンマが使われることが多いのだが、小説の中にもこのような「ケース」という表現が頻繁に登場する。『モル・フランダース』を例にとれば、結婚した相手が弟だったらどうするのか、夫が蒸発したら再婚は可能か、男が騙してきたら騙し返していいものか、相手の男の妻が精神病だったり、あるいは浮気をしていたら、つきあうことは許されるか、もし貧乏で食っていけなくなったら盗みを働いていいのか、自分が助かるためには仲間の密告をしていいのか、そこには無数のケースがでてくる。ある意味では、デフォーの小説は、主人公を一人設定して、この人物が次々と、さまざまなケースを体験してそれを時間軸にそって数珠繋ぎにして書いている印象がある。そして、主人公の周りには、副主人公として、ロクサーナには忠実な召使エイミーが配され、モルには彼女にさまざまな援助をあたえるガヴァネスが置かれ、それぞれのケースの主人公の行為選択に身の上相談回答者のような、カウンセラーやアドバイザー的な役割を果たすことになっている。彼らは、困難な状況を、これらの助言者の言葉によってサバイブしていくことになるのだ。身の上相談上の良心的な問題は、よりリアルな当時の市民たちの悩みをデフォーに提供したのだろう。デフォーは、この身の上相談から一〇年ほどたってから、これらをフィクションという彼にとっては新しいジャンルのなかで生き生きと展開していくことになるのである。

第二章　幽霊実話「ヴィール嬢の幽霊」

一

一七〇五年九月八日のことであった。英国はカンタベリーに住むごく普通の中年の婦人であったバーグレーヴ夫人は、ドーヴァーに住んでいた昔の知り合いのヴィール嬢の訪問を受けた。(1)長い間会っていなかった二人だったが、旧知の間柄だったので、それから二時間ほど積もる話をしたのだったが、後になって、バーグレーヴ夫人が、ヴィール嬢はその訪問の一日前に死んでいたことを知らされてから、ことは大きくなった。バーグレーヴ夫人がヴィール嬢の幽霊に会ったという話はたちまち広がり、近在の人はもちろん、ロンドンからの新聞記者や、名のある聖職者や名士たちが、ことの真相を確かめようと毎日のようにバーグレーヴ夫人のもとを訪れることとなり、とうとう話は女王アンの夫君ジョージ公の耳に入ることとなった。興味をもった公は、侍医にして文人であったジョン・アーバスノットに命じて調査をさせるというほどに大騒ぎになったのだった。片田舎のなんの変哲もない三十歳ほどの一主婦が、この幽霊騒動のおかげで、一躍時の人として、有名人になりおおせたのである。(2)

一八世紀の古典的幽霊騒動としては、メソジストの開祖ジョン・ウェズレーの生家エプワース牧師館での事件（一七一六年一一月）と、サミュエル・ジョンソン、ホレス・ウォルポール、オリヴァー・ゴールドスミス等の文人を巻き込んだことでも知られる、コックレイン事件（一七六二年）の二つが良く知られているが、これらは、物音がしたり、物が移動するだけで幽霊の姿は見えない、いわゆるポルターガイストであり、ヴィール嬢の幽霊の場合のような視覚的要素はあまりなかった。[3]さらにこれら二つの場合、騒動の中心人物がいずれも少女であり、感じやすい年頃の思い込みであったり、周りの大人の強い暗示がもとになっての偽りの事件になることも多かったから、「破瓜期や思春期の少女がいたずらの主犯になるケースが多い[4]」と判断されることもあったことを考えると、事件の信憑性からは、このヴィール＝バーグレーヴ事件が一八世紀の幽霊事件中の最大のものであったといえるだろう。

この事件をもとに書かれたのがデフォー作といわれる「ヴィール嬢の幽霊」である。[5]最初の現代的な幽霊譚といわれるこの作品がデフォーの純然たる創作ではなく、実在の事件のレポートであることを最初に証明したのは、G・A・エイトケンであった。書かれてから一世紀ほど時間がたつと、この事件そのものは忘れ去られ、デフォーの書いたものが彼の創作だとみなされるようになり、そして、デフォーのいわゆる「真実らしさ」の筆致の典型とされていたのである。事件が起こり、作品が書かれ、事件の事実性がかき消え、作品の虚構性のみが喧伝されてから、エイトケンの考証まで、二世紀の時の経過があったのである。以後、ドロシー・ガーディナー、C・H・ファース、ロドニー・ベイン、アーサー・H・スカウテン、A・W・セコード、フランク・ハイゲンボッタムなどの努力により、この事件をとり扱った当時の書簡、新聞記事が発掘されるに従って、実在のモデルが、ほんの輪郭程度のものにせよ、より具体的に確認されるようになってきたわけである。[6]

現存している資料を年代順に書き出し、多少のコメントを付してみる。

一七〇五年九月七日、ヴィール嬢がドーヴァーで死ぬ。

九月八日、ヴィール嬢の幽霊がカンタベリーのバーグレーヴ夫人のもとに出現する。

・・・・・・・・・・・・・・

（一）九月一三日付のE・Bというイニシャルのカンタベリー住人の手紙の中でこの事件への言及あり。

（二）一〇月九日付のルーシー・ルーキンというカンタベリー在住の女性の、叔母あての手紙に言及あり

（三）一一月一五日付のスティーヴン・グレイの手紙。これは、初代王室天文台長ジョン・フラムスティードが、文人としても知られる王室侍医ジョン・アーバスノットの依頼により、カンタベリー在住のスティーヴン・グレイという人物に、事情調査にあたらせたそ

の報告である。

（四）一二月二四日付の『ロイヤル・ポスト』誌の記事。

（五）一七〇六年七月五日、デフォーの「ヴィール嬢の幽霊」出版。

（六）一七一四年五月二一日、エイトケンの発見したラテン語のマニュスクリプト。デフォーの版の第四版に付けられたバーグレーヴ夫人との会話。物語はいくつかの細部を除いて、概ね事実であると彼女は答えている。ただ、彼女自身は自分の知らない所で出版されたとも言っている。

（七）一七二〇年、ジョン・スパーヴァン編、仏人シャルル・ドレランクール作の宗教書の英訳「キリスト教徒の慰め――死の恐怖に抗して」に付けられたデフォーの別の版。

（八）一七二二年、トマス・ペイン師によって書かれたデフォーのものとは別の版。実際バーグレーヴ夫人に会い、デフォー版の不正確な点を改めたと言っている。

以上、デフォーのもの以前に、E・B、ルーシー・ルーキン、スティーヴン・グレイの三つの書簡と『ロイヤル・ポスト』誌の記事があり、出版以後にデフォーの作をもとにしたスパーヴァン、それにペインの二つのヴィール＝バーグレーヴ・ストーリーがあることになる。（六）はエイトケンの英訳で一一二字程の短いものである。三つの書簡は私信であるから無論デフォーの目には入っていない。[7] これらから、バーグレーヴ夫人の語った原話を復元し、デフォーが採った箇所の差異を比較する試みは、すでにベインによって行われているが、われわれは、その借入の度合が意外に多いのを知って驚かされるのである。[8] なる程、デフォーのものは、会話的要素の多い巧妙な語り口ではあるが、幽霊談の面白さという点では、ほとんどすべて原バーグレーヴ譚を踏襲しており、われわれはむしろ、バーグレーヴ夫人の語る見事な細部描写に感心する位なのである。

霊的存在と人間の物理的接触を描いた、二人の再会のあいさつの場面をとってみてもこれは明らかであろう。あいさつのキスをしようとするバーグレーヴ夫人の動きを、手を振って拒否するヴィール嬢のことわりのしぐさは、すでにE・Bの書簡中にも見えているから、この見事な描写のタネは、原バーグレーヴ譚に存在していたと考えてよい。決してデフォーの創作ではなかったのであり、デフォーは当時流布していた実話譚をそのまま踏襲していたのでる。

ヴィール嬢の服装、お茶を飲むのを断る場面、旅行と死への旅立ちの比喩、また細部描写の例として有名な「スカウアード・シルク」"Scower'd Silk" にしても、いずれもバーグレーヴ夫人の語ったものから出ている。作中で語られる信仰書なども、デフォーが勝手に取り入れたものではない。ヴィール嬢の幽霊の推薦書であるドレリンコートの「死の恐怖に抗して」やジョン・ノリスの「ダモンとピシアスあるいは完全なる友情」にしても、先行のバーグレーヴ原話中に言及がみえるから、デフォーの創作ではなく、バーグレーヴ夫人がすでに語っているものなのである。[9] この作品にデ

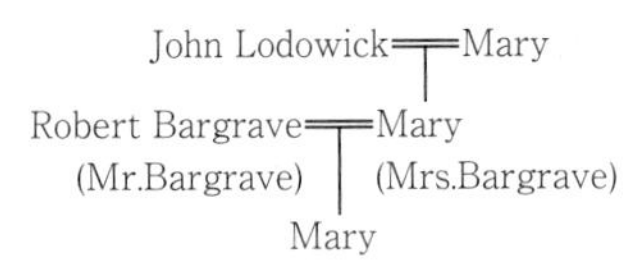

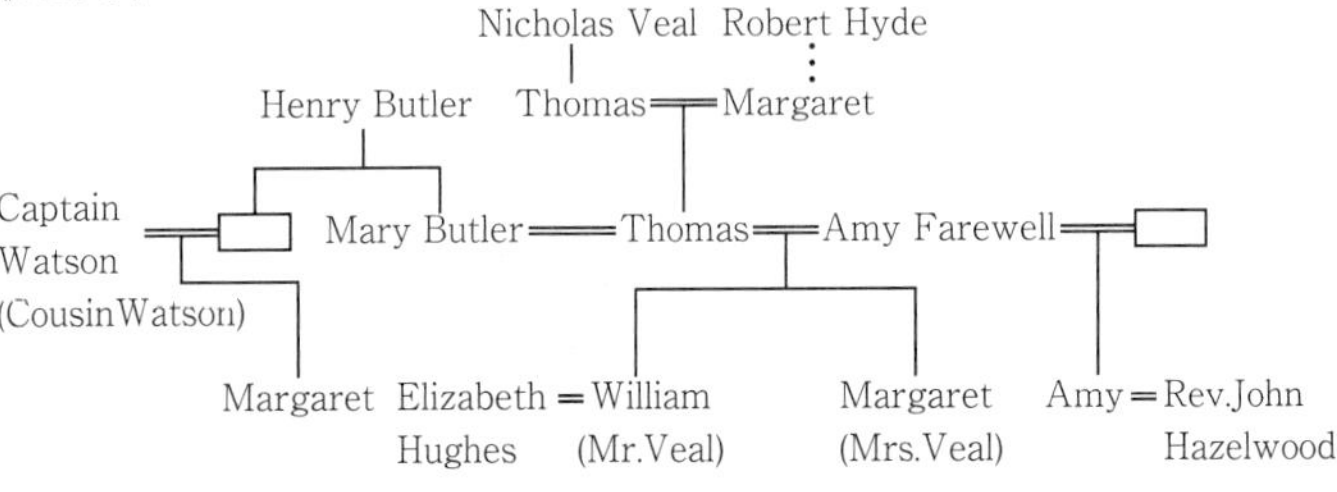

【図1】バーグレーヴ家、ヴィール家の家系図

フォーのみごとな創作幽霊談を期待するむきには、軽い失望感を味わうことになる。

さて、上述の如く、デフォーの作品と先行資料の類似点、借入度については、調べがほぼついているから、この小論では、角度を加え、むしろ相違点について調べてみたい。原バーグレーヴ譚中にあり、デフォーがあえて取らなかった箇所を指摘しつつ、その意味を考えてみようと思う。

二

この作業は実在モデルの人間関係を抜きには考えられない。まず、バーグレーヴ家、ヴィール家の家系図をまとめておく。【図1】[10]

バーグレーヴ夫人の父はジョン・ロドウィックといい、一六一一年七月二〇日にケント州サンドイッチの教区の教区牧師に任ぜられている、長老派教会寄りの、国教会聖職者である。一六七七年一二月にドーヴァーのセント・メアリー教区の副牧師になって、当地へ移っている。年収は八〇ポンド位だったから、中の上ぐらいの社会的収入であったわけだ。バーグレーヴ夫人の生年月日は不明であるが、サンドイッチ時代に生れドーヴァーで幼年時代を過したのだろう。ここでヴィール嬢との交遊関係ができる。

ヴィール家の方はセコードが力説するように、かなり良家の血統である。父方は代々グロースターシャーの荘園領主であり、祖父トマスはピューリタン革命中に王党側について大佐として戦い、『英国人名事典』にも載っているほどの人物であった。祖母マーガレットはハイド家の血筋をひき、王家と遠縁にあたるという家柄である。クロムウェル時代に財産を没収され、王政復古後の財産復帰訴訟も思うにまかせず、祖父トマスは一六三三年に死ぬ。父トマスは、王政復古後の一六六六年にグロースターの租税徴収官に任ぜられ、より順調に道を歩む。初婚の相手はメアリー・バトラーで、このメアリーの女兄弟と結婚するのがワトソン大尉である。娘のマーガレットとともにバーグレーヴ夫人の語る幽霊物語を聞く最初の人々になるのである。一六六六年一二月、トマスはエイミー・フェアウェルと再婚し、ドーヴァーに住むことになる。できた子供がマーガレットとウィリアムであり、デフォーのいうヴィール嬢と兄のウィリアムである。母に連れ娘があり、これがエイミーで、ペイン版で明らかになるヘイズルウッド師と結婚することになる。

父トマスは、再婚直前の一六六六年六月にサンドイッチ港の関税官になるのだが、すぐに事務管理の不始末（あるいは公金流用か）の科で逮捕され、以後二〇年間、負債に悩まされることになるのである。一六七四年（そしてヴィール嬢はこの直後に生れることになる）には、トマスはリチャード・ブレトン（この人物が、デフォー版でいう老ブレトンで、ヴィール嬢に秘密遺産として年一〇ポンドを送っていたという）[11]とともにサンドイッチ、ドーヴァー、ディール三港の関税徴収官の権利を入手するが、前述の負債の関係からか、現実の地位にはつけなかった。ヴィール嬢の幼年時代の生活不如意は、デフォー版によると、衣食に事欠く有様だったという。バーグレーヴ夫人は隣人として、慈善の精神を発揮して、ヴィール嬢のさまざまな生活面の世話をしたと思われる。片や、「熱狂的な王党派員[12]」であり、片やピューリタン寄りの国教徒と、宗教的基盤の全く違うヴィール嬢とバーグレーヴ夫人の二人が親しくなる背後には、ヴィール家の側での切迫した経済的事情があった。バーグレーヴ夫人上位のこのような幼少時の交遊関係は、あるいはヴィール嬢の兄のウィリアムまで及んでいたかも知れず、はるか後のこの事件のヴィール家対バーグレーヴ夫人の対立関係へ尾をひいていくことになる。

デフォーの作品を読んでよく分らないのは、ヴィール嬢の兄ウィリアムのバーグレーヴ夫人に対する反感である。「彼（ウィリアム）は、この幽霊譚を取り消し、否定するのに全力をあげた」と言われているように、やっきになってこの話が広まるのを抑えている。ウィリアムばかりでない。グレイ版では、「ドーヴァー在の兄ウィリアム氏は、親戚、友人をあげてこの話を忘れさせせようと、話が広まるのを抑えようと、あらゆる手段を講じた」とあるように、ヴィール家とその親戚、友人たち総がかりで、バーグレーヴ夫人の話を否定し、これを虚言として押さえつけようとしているのである。旧友にヴィール嬢の姿をした「よき天使」（デフォー）が現われて、会話を交したからといって、何故それをヴィール家への中傷ととるのか、デフォーのものだけを読んでいては、さっぱり分らない。はっきりした証拠があるわけではないのだが、当主ウィリアムに代表されるヴィール家とバーグレーヴ夫人の間には、この幽霊事件以前にも意識、無意識裡の葛藤が存在していたのではないだろうか。

一六八七年頃までには、父トマスの職務嫌疑もとけたウィリアムは、一六九二年、サンドイッチ港の監督官に任命される。以後は順調に出世して、一七二九年、死んだ時にはサンドイッチ、ドーヴァー、ディール、ファーヴァーシャム港の税関長になっている。[13] この昇進の足がかりになる一六九二年の就職について、ペイン版はデフォー版にはない、面白い情報を与えてくれる。

バーグレーヴ夫人の親戚に当たるボイス氏という紳士の口利きで、ヴィール嬢の兄ウィリアムは、ティロットソン大主教に会うことができ、さらにアン女王の謁見に賜ることができた。女王は、兄ウィリアムの母方のハイド家の血筋ゆえに、彼が今就いている税関のポストを与えたのだった。

ペイン版は、デフォー版に拠っているが、これを「ひどく文離滅裂で不完全なものであるばかりか、細部において過ちがみられる」ものであると批判し、加筆訂正を試みたとその序文で言っている。この引用でも明らかなように、デフォーの中立的な筆使いに比べて、かなり感情的にウィリアムを攻撃しているという事実は、事件後一七年を経たペイン版出版（一七二二年）の時点でも双方は和解せず、むしろ対立が深まっていたことを示している。問題はウィリアム就職のエピソードに対する解釈の相違である。バーグレーヴ夫人の親戚にあたるボイス氏と、ヴィール家の名門の血統のどちらが就職に与って力があったのか[14]、この文章でさえも曖昧であるところをみれば、両者の意見のくい違いも明らかであろう。バーグレーヴ夫人の方は世話をしてやったのにという意識があっただろうし、ウィリアムの方は自己の名門の力を信じていただろうから、バーグレーヴ夫人の恩着せがましい言い方には反発したと考えられる。E・Bというイニシャルの書簡を書いた人物によると、「女王は彼（ウィリアム）により高い地位を与え、その地位に相応しい立派な屋敷に移ることになり、ヴィール嬢も兄についてバーグレーヴ夫人のもとを去った」のだった。ヴィール嬢とバーグレーヴ夫人の親密な交際は実質的にはこの時点で終るのである。

これがバーグレーヴ夫人が幸福なうちはまだいい。不幸な結婚とともに彼女の境遇が一転して悲惨な生活を送らなければならなくなると、話は大分変ってくる。ウィリアムが昇進した一年半ほど前に、バーグレーヴ夫人は、リチャード・バーグレーヴなる人物と一緒になるのだが、この亭主、

『ロイヤル・ポスト』誌の記事によれば、「事務弁護士」なのだが、どの版をみても酒飲みで暴力をふるう評判の良くない人物になっている。デフォー版には、「乱暴な夫」と軽くふれられているだけだが、グレイ版によると、数日家をあけて女郎屋にいつづけ、夫人に迎えにこられていることもあったというのである。さらにこの夫のバーグレーヴ氏は、幽霊事件の一年ほど前に失職してしまう。E・Bによれば、「バーグレーヴ氏は、事務弁護士といういい職についていたのだが、無頓着と酒飲みのせいで身持ちが悪くなり、職を失った」という。失職と同時にドーヴァーを離れ、求職のためか、半年ほどロンドンで暮し、ようやくカンタベリーに落ちつくのが、事件直前の半年前である。娘一人を抱えた一年余の放浪生活のうちでバーグレーヴ夫人は、この一〇年間に、ヴィール家とバーグレーヴ家の経済的な立場が完全に逆転したことを意識したに違いないと思われる。

ペイン版には、生前のヴィール嬢の恋愛とその挫折についてのエピソードが新しい情報として載っている。

ヴィール嬢は、死のしばらく前に、シブール陸軍少将という紳士（ショーンバーグ公の庶子といわれる）から求愛を受けた。シブール少将はモンスの戦いで戦死するまで大陸で転戦していたのだ。だが、兄ウィリアムの反対にあい、これが原因で彼女は発作を起こすようになって、それがもとで亡くなったと信じられている。

軍人との結婚を兄ウィリアムが許さず、これはヴィール嬢のラヴ・メランコリーのひきがねになって、さらには、死の原因にもなった、と暴露しているのだから、バーグレーヴ夫人の挑戦的な態度はここにも読みとれる。この文章が公になるのは、一七二二年のことで、幽霊事件後一七年がたっていることは前にも言ったが、前述のウィリアム出世の解釈と同様、デフォー版にみえるバーグレーヴ夫人とヴィール家との間の対立は少しもおさまっていないのだ。デフォー版では、ヴィール嬢が数年来「発作」に悩まされてきた、としか書かれていないが、この資料により、ヴィール家内部でのヴィール嬢の立場がある程度伺えそうである。

シブール少将がどのような人物であったか、今のところ正確には分っていない。ただモンスの戦いがあったのは一七〇九年であるから、彼の死後その公表によって問題が生じなくなってからのもので、幽霊事件の直後には出せなかった個人名なのだろう。シブール少将は有力軍人ショーンバーグ公の息子だったというが、いかんせん庶出で、ウィリアムは家門不釣合と考えたのだろう。あるいは、やっと出世の糸口をつかみかけていたウィリアムは、より良い縁組みを妹のために考えていたかも知れない。一族あげての反対がヴィール嬢のロマンスを打ちくだくことになったと思われる。バーグレーヴ夫人はこのようなヴィール家内部の情報を、親しかったヴィール嬢から知らされていたのだろう。それを暴露したのだから、ヴィール家とその一党は彼女を心良く思うはずがないのである。

家族史家ローレンス・ストーンによれば、この一八世紀初頭は、門閥、家財を重視する家長指導型の結婚観から、個人主義的恋愛に基づくそれへの移行期にあたっており、適齢期の良家の子女の胸はこの二つの価値観の両極をゆれ動いていたという。たとえば、没落貴族の娘メアリー・グランヴィルは、家の再興をかけた家族ぐるみの意向で、泣く泣く政略結婚に同意している。このときメアリーは一七歳で、相手は大地主で痛風やみの六〇歳の老人であった。「私には相談する人もない。家族のものは皆で、この結婚は私にとって利益になるものだからと説得する。だれも私の気持などは考えてくれない[15]」と言ったという。このような孤立無援のメアリーの嘆きは、ヴィール嬢のそれに通じる所があると思われる。少なくともバーグレーヴ夫人の目には、ヴィール嬢が、ヴィール家の家運再興の犠牲のように映ったであろう。このエピソードの裏にも、ヴィール家とバーグレーヴ夫人のひそやかな対立要素がみられると思う[16]。

三

デフォーによって原バーグレーヴ譚から削除、変化された最大の部分は、おそらく幽霊のもたらすメッセージに関するものであろう。歴史家キース・トマスは、一七世紀英国幽霊談の特徴として、幽霊の手渡すメッセージが、残された人々の間の人間関係の修正、変更をせまるという、特別の「社会的役割[17]」をもつようになったことを指摘しているが、この幽霊談にもその特徴は残っている。

バーグレーヴ夫人は、ヴィール嬢からウィリアムへの遺産贈与に関するメッセージの伝達役をたのまれることになるのだが、デフォー版では「指輪」、「金貨の入った財布」、「硬貨二枚」の三品と遺産目録の数も少なく、一パラグラフで軽く片づけられているのに反し、他の資料から想定される原バーグレーヴ譚では、墓石の建立に関するメッセージが残されており、しかもこれが「主たるメッセージ」（グレイ版）だったというのだ。そして、グレイ版はヴィール嬢の要望として「兄は、母のお墓を作ると言っていたが、まだ作っていない。それで、私は私と母が一緒に入れる大きな墓を兄に作ってもらいたい」と、バーグレーヴ夫人に墓石づくりを依頼している。E・Bになるとデフォー版にいう「キャビネットの中の金貨」の使い道を墓石づくりに指定している。ヴィール嬢は、「私はキャビネットの中に金貨を置いておいたが、父と母にはまだ墓石がないので、墓石を一つおいて、そこに私も埋めてください」（E・B）と告げたというのだから、このメッセージはかなり意味のあるものだったのだろう。この部分でのデフォー版における欠落は何を意味しているのだろうか。

ピューリタンの葬式儀礼に対する嫌悪はよく知られている。鎮魂ミサ、祈禱、葬儀行列などが、簡素化、廃止されたように、墓石も見棄てられてくる。一七世紀の古物蒐集家ジョン・ウィーヴァーは、「墓石は、この時代の恥辱ともいえようが、壊され、真鍮の碑銘も消され、割られ、そして盗まれている」(18)と、このようなピューリタン的風潮を嘆いているほどだ。「葬儀における死者のためのとりなしが否定」[19]されるピューリタンの教説のもとでは、ヴィール嬢の、墓石がなければ安らかに眠れないといわんばかりのメッセージは、とてもデフォーには許容できなかったと思われる。この部分のメッセージの弱さはデフォーのピューリタン的教説上の検閲ではないだろうか。

メッセージの内容ばかりでなく、メッセージの役割そのものにも問題がある。予言型ないしは予言無視型なら、まだしもお話しとしてかたがつくが、殺人、土地横領といった不正告発型の幽霊譚では、当然のことながら、生者間の利害の対立がメッセージそのものの真偽に大きくかかわってくる。いくらバーグレーヴ夫人が、自分の利するところはないと弁明しても、ウィリアムの方は被害者の意識をすてきれなかったであろう。事件後一〇カ月、両者対立の最中に出された作品中には、それゆえ、デフォーもいきおい、このウィリアムに対する告発のメッセージを変更するか、ないしは焦点をそらせる必要があったのではなかろうか。

さて、ヴィール嬢の幽霊が処理をしてもらいたかったものは、あまりにもささいなことだったし、この遺品の処理に関して、何等かの不正義の告発を狙ったものでもなかったので、ヴィール嬢の幽霊の出現は、ただそれが真実のものであったことを証明するためだったのであり、かつまた、世の人々に、バーグレーヴ夫人の見聞きしたことが事実であることを納得させるためのものであったのである。

（デフォー版）

デフォーはメッセージを「ささいなこと」にしなければならなかった。ハムレットのように復讐を求めるようなものでは、ことが大きくなりすぎるであろうし、また、たとえそれが遺産相続のあり方に対する不正の告発や、ヴィール嬢の過去の恋愛を抑圧した家族への恨みつらみのようなものであっては、そのメッセージのもたらすものは、バーグレーヴ夫人とヴィール家の間に大きな溝をつくることになるからだ。そこで、デフォー版では、「ヴィール嬢の大きな二つの目的は、苦しみのさなかにいるバーグレーヴ夫人を慰め、友情を絶ってしまったことへの謝罪をすることだったのだ」と言って、幽霊の目的を告発ではなく、慰撫と謝罪に方向転換せねばならなかったのだ。

幽霊とは、煉獄で生前に犯した罪ゆえに苦しむ死者の魂が、地上に舞い戻ってきたものだというカトリックの教説に鋭く反発したプロテスタントは、幽霊現象の説明には、「死者の魂」が地上にまい戻ったものとする代わりに、「よき天使か精霊[20]」が死者の姿をとったものであるとの解釈を行っていた。それゆえ、この幽霊を「よき精霊」（デフォー版）とする原バーグレーヴ譚はことのほか、デフォーにとっては魅力的であったと思われる。だが利害関係の対立するメッセージの部分は、その取扱いに苦労しただろう。実話モデルとそれを記述する者の間の問題は、新しくまた古い。デフォーが直接バーグレーヴ夫人を取材したのであれば、当然両家の対立には気づいていたはずだし、デフォー版の序に述べられているごとく、その間に情報提供者があったとしても、この話を、現実ありのままに書くことはできなかったであろう。「それでは、どうしてミスター・ヴィール（ヴィール嬢の兄）が、この話を自分たちへの非難ととるのか（彼がこの話を押さえつけようとしていることからもそれとわかる）、私にはわからない。みんながこれを、よき精霊であり、たいそう神々しい話だとしているのに」と語り手は言うのである。

どちらにしてもこの様に生々しい現実には頬かむりせねばならなかったであろう。とすれば、前述したように、ウィリアムとバーグレーヴ夫人の対立がぼかされ、中立的筆致で描かれているのもうなずける。この事件の二〇年後においても両者間の対立は収っていない。デフォーの幽霊実話集『幽霊の歴史と実在』（一七二七年）に、この作品が入っていないのは、このようなモデル間の不和を、双方の納得のゆく形で、作品上処理しきれなかったからではなかったか。

第三章　デフォーにおけるフィクションの始まりと終わり

しかしながら、私は、少々、悪魔的な言葉で語りたい気持になる。
（デフォー『アップルビー・ジャーナル』[1]）

一

狂気と理性がお互いに相対化しあい、幸福なる共存状態のもとで「際限のない円環」関係のうちにあったルネッサンス期からほぼ一世紀をへると、オーガスタン期には、狂気は「非神聖化」され、忌むべき病として社会から隔離されるようになる。ミッシェル・フーコーのいう「大いなる閉じこめ[2]」の時代になるのである。詩人、狂人、恋人の三者の心のうちに共通して働く力を「イマジネーション」という言葉で表現したのはシェイクスピアであった。ここに、三者がそれぞれにもつ、創造力、狂気、情熱という三つの概念が理性とイマジネーションの対立、相関関係の上に成立していることを読み込むのは容易だろうが、デカルト、ホッブズ、ロックのいわゆる「冷たき哲学」が登場するや理性の絶対化が始まりイマジネーションの倭少化が起こる。ロックの次の一節をみてみよう。

あらゆる修辞法・・・あらゆる人工的かつ比喩的な言葉の使用は、・・・単に誤ったアイデアを吹き込み、情感を動かし、それによって判断力を誤らせるのであり、それはまさに完全な詐術ということになる。[3]

ここでは言語の創造性は「レトリック」として抑圧され、「情感（パッション）」はその高貴な姿を失い、正確な「判断力」を妨げる、好ましからざる情念として捉えられている。ロックにとって詩作は「完全なる詐術」としか写らなかったのである。「イマジネーション」という語についても同様である。「感官には実際に表われぬものを心中でつくり出す働き[4]」という意味内容はシェイクスピアのそれと変らないが、語の外延性の良い部分が失われていく。まさしく「詩神の沈黙する時[5]」であったのである。デフォーのフィクションはこのような時代に書かれた。

このように、現実と作者の間におけるイマジネーションの機能が、作品と読者の間におけるパッションの機能が、いわば創作行為の否定の磁場として働いてくると、作品そのものも存在する余地がなくなってくる。フィクションの意味が作り話としか考えられなくなってくるのも道理だ。詩と散文の差異を強調してもはじまらない。『ロビンソン・クルーソー』（一七一九年）に対して投げかけられた「この話は作られたもので、（登場人物の）名前は、借りてこられたものであり、全くの作り話（ロマンス）だ[6]」という非難を、デフォーが必死に打ち消さざるを得なかったような否定の磁場は厳然と存在していた[7]。デフォーにおけるフィクションの価値転換の問題は、彼がこのような時代精神を最も強く反映しているピューリタンの立場に立っていたことを考えると、さらに不可解になる。「清教徒は嘘を憎む。従ってロマンスを憎み虚構を拒否する[8]」とすると、ルドルフ・スタームならずともどうして「創作家[9]」たり得たのか不思議である。

この小論では、フィクションに対して抑圧的に働く、イマジネーション、パッションの否定の磁場に、悪魔のイメージが濃厚にまつわりついていることを示したのち、デフォーがいかにして創作意欲と倫理観念のディレンマを解決し、発展させ、そして最終的には挫折していったか、その過程を最初の作品『ロビンソン・クルーソー』（一七一九年）と最後の『ロクサーナ』（一七二四年）とに見てみたいと思う。

二

クルーソーはその続編の冒頭、またしても放浪癖にとりつかれる[10]。齢六〇を越し、妻子もあり、彼の理想としていた「中流の暮らし」に幸福なる隠退生活を送っているはずの彼の心を、「慢性の病気」のように乱したのは、もう一度あの島を見たいという強いパッションであった。「あの島に残してきた自分の新しい農園や、植民地などを見たいという欲求」（八）にかられて、彼の心には妄想作用としてのイマジネーションが働いてくる。「私は一晩中、夢の中でも見たし、昼は昼で、ただひたすら想像を逞しゅうした。いつも念頭に一番強く浮んでくるのもそのことであった。空想することといったらもうただそのことだけであったせいか、寝言にまでいいだす始末であった」（八）と言うほどになる。これが昂じると狂気同様の事実誤認に陥る。妄想がそれほど強くなって、そのせいで自分があの島に戻っている気になって、狂気の一歩手前のような錯覚に陥るクルーソーなのだ。だがクルーソーは完全には狂わない。狂い始めると同時に自己分析が開始され、「自分がぼんやり何もしていないときとか、さし迫って何も重要な仕事がないときに、もっぱら、むらむらと妄想が襲ってくるのに気がついた」（一二―一三）とその原因をつきとめる。自己診断のあとはその治療策である。自然に接することと働くことの一挙両得の治療法として、彼はベッドフォードの田舎にひきこもって農園の経営に従事することになるのだ。そして結果は良好であり、「私は妄想の力と闘い、それを理性の力で打ち払って、・・・一言で言えば、私はこの妄想にうちかったのである」（一二）というわけである。心理的には、クルーソーにおける労働の意味は軽度の狂気に対する自衛手段であった。[11]

一時的狂気としてのイマジネーション、その引き金となる悪しきパッション、治療法の根幹をなす理性、これらの関係は、小説中のプロットとして組み込まれると、主人公の過誤と反省という形で繰り返し表現されることになる。たとえば、孤島生活四年目にクルーソーは孤島を離れて、アフリカ本土にあえて行ってみたい欲望にかられ、カヌーを作って自力による脱出を試みるが、この際にも計画に熱中するあまり周囲の状況に対する適切な判断を忘れて、作ったカヌーを海まで運べないのだ。この錯誤を自分で評して「妄想の強さに負けて」ということになるのである。有名な浜辺の足跡の事件の後にも、恐怖という名のパッションがクルーソーの妄想力を刺激する。砦に戻ってくる途中、遠くの切り株の一つ一つが人間のように見えたりもするのだ。このように恐怖にかられた彼は、営々として築いてきた島の生活を破壊する愚を犯すのである。自らの妄想によって、パッションの虜になる場合もある。残虐な人食土人の習慣に接した時、彼は「こんな悪魔のような非道残虐な野蛮行為がまたとあろうか、いやしくも人間がこれ程野獣化するとはなんと恐しいことか、などと私は思った[12]」(『ロビンソン・クルーソー』二二四)といい、続いて復讐の念にかられて皆殺しを計画する場面では、「私の妄想が高ずるあまり、彼ら(インディアンたち)を見張って、待ち伏せするのにいい場所を、数日間もかかって探したのだった」(二二九)と彼の最も特徴的な冷静さを失い、半ば正常な判断ができない状態になっているのである。

一七世紀ニューイングランドのピューリタンにおける、神学と生理学が奇妙に混合された認識論を詳細に調べたペリー・ミラーは、パッションそのものは決して悪しきものではないが、理性が妄想の作用によって狂って来た時は、それが倫理的悪のニュアンスを含んでいるとしている。理性には悪しきイメージとよきイメージを篩い分ける力があるとされていたのだ。ミラーは、当時のニューイングランドのパッションの抑制理論を、ウィリアム・コーンウォリスという神学者から引用している。

しかしながら、それが堕落した状態の時には、妄想の座はイメージを理性に送るのではなくて心臓（という感情）に送ってしまうので、パッションは自然にそのイメージに反応してしまい、知らぬ間に理性を無視してしまうのである。

（ミラー『ニューイングランド精神――一七世紀』[13]）

ここでは妄想は、脳前部にある器官として考えられている。デフォーがこのような当時の心理学の理論をどこまで信じていたか分からないが、彼の答はむしろ否定的であっただろう。これを徹底的におし進めてゆくとデカルト流の機械論的説明に堕す懼れが多分にあったからだ。妄想力の説明にはむしろ霊的存在の直接介入という、よりイメージに訴える方法がとられる。かくてパッション、イマジネーションという言葉の回りには、悪と罪と悪魔のイメージが多用されることになるのである。

デフォーには『悪魔の策略の歴史』（一七六二年）、『魔術のシステム』（一七二六年）、『幽霊の歴史と実在』（一七二七年）という一連の悪魔論、魔術論、幽霊論がある。ここには、それが「よき精霊（グッド・スピリット）」であれ「悪しき精霊（イーヴル・スピリット）」であれ、霊的存在を信ずるデフォーの姿勢が強く前面に出ている。バジル・ウィリーはジョゼフ・グランヴィルの『サドカイ派撲滅論』の書かれた意図を、信仰擁護のためとしつつ、「一七世紀においては、霊的世界への不信の念は、それを信じない物質的な傾向と関連づけられ、その結果、霊魂の不滅と宗教の真実をすべて否定するものと考えられていた[14]」、といっているが、デフォーもこのようなグランヴィルの姿勢と一致していた。彼が「人々が悪魔は存在しないと信ずるようになれば、次にくるのは、神は存在しないということになる」（デフォー「天使界の幻想」）と言うゆえんである。『ロビンソン・クルーソー』における霊的な要素と、霊的自伝や信仰ガイドブックなどの共通点を力説するJ・ポール・ハンターも言うように、これらは、当時の理神論の台頭による宗教界の混乱へのデフォーの反発のマニフェストであったのだ。

次のような「天使界の幻想」の一節を読むとデフォーの小説中の神による「密やかな暗示」や悪魔の誘惑が単なる比喩ではないことが分かる。

霊的な世界が存在するばかりでなく、それを知ることもできるということを私は疑っていない。・・・霊の世界とこの世の霊とは、つまり、肉体をもたない、実体化しない霊と、実体化した人間の魂、血と肉という体を与えられた魂の間には、ある一定の交感があるのだ。
（デフォー「天使界の幻想」[15]）

このように霊と人間の間の交感関係が成立すると、そこにパッション、イマジネーションを誘惑の技法とする悪魔の姿が実在のものとして人間の心理に影響を与える、とする考えが当然生れてくる。デフォーの描く悪魔は無論、神によって「鎖を懸けられ」、その力を制限されており、作物を枯らしたり、人間に直接手を下して殺したりする能力はないのであるが、人間にとりつき（ポゼション）、姿を変え（ディスガイズ）、声を使う（ヴォイス）という「策略」の数々は、具体的エピソードとしてデフォーの作品中に数多く登場する。興味深いのは、配下の悪魔や、悪魔化した人間（これをデフォーは「手先」あるいは「肉体化した悪魔」と呼んでいる）のようなエージェントが近くにいない時には、悪魔の王セイタン自身が直接人間のパッションを刺激すると考えていることである。「セイタン、あの、われわれのよこしまなパッションを巧妙に操るものは、彼の手下のエージェントがいないときには、うらやみや嫉妬の火でわれわれをこれ以上はないほど巧みに煽りたてるのである」（『悪魔の歴史』[16]）とデフォーは指摘して、人間の危うい、危険な感情を悪魔が利用しているというのである。あるいは同様のことを『魔術のシステム』に見てみよう。

悪魔が人への妄想を意図するとき・・・つまり悪魔に心酔させようとするときには、悪しき考えを人に注入することによってそれを起こそうとするのだ。人のパッションや情緒を動かし、彼の意図する悪にはどうしても必要なものである、ありとあらゆる悪魔のイマジネーションを吹き込むことによって、それを成し遂げようとするのだ。

（『魔術のシステム』[17]）

というように悪魔が形象化されパッションとイマジネーションの機能のうちにそのイメージがぬり込められてくるのだ。

外界と作者の（あるいは作品と読者の）レヴェルでこのように悪魔的なイマジネーションが否定の磁場を形成してくると、作品と作者のレヴェルでの創造的イマジネーションが圧倒的に排除されてくるのは容易に想像がつく。実際に存在せぬものを存在しているかの如く描くこと、それはクルーソーの妄想同様、悪魔的イマジネーションに踊らされていることにもなりかねないからだ。

デフォーは嘘の合理化をはからねばならなかった。抑圧の壁が巨大であればあるほど、壁を破壊して突き進むより、迂回を考えねばならなかった。それにしてもデフォーはいかようにしてこれを成しとげたのであろうか。

二

デフォーが嘘の合法化のためにまず初めにとった方法は、ハンターのいう「予表論的アレゴリー[18]」を利用することであった。これは厳密には「新約聖書の注釈で用いられる方法で、旧約に出てくる事件や人物が、歴史的事実であると同時に、福音とキリストの啓示を予言し、予表するものとして理解する方法[19]」であった。これがデフォーの時代には広義に拡大して解釈されるようになっており、単に旧約、新約間の事象の関連性のみならず、聖書記述とデフォー当時の時代の事象との関連が重視されるようになってくる。現実のピューリタン的体験が聖書上のユダヤ・キリスト教徒の体験と重ね合わされるという、時間軸を飛びこえた歴史解釈が行われていたわけだ。不定形な現実からとり出されたものが、聖書記述中に前もって言及されて（プリフィギュア）さえいれば真実のものとして認められてくることになると、この関係が作中人物とモデルの関係に容易に結びついてくる。クルーソーが、自己の存在を保証しようとして、「有名なドン・キホーテの物語は、・・・メディナ・シドーニア公（という実在人物）の寓意的な物語であった。公はその当時のスペインでは有名な人物だったのだ。オリジナルの人物を知っている人にとっては、そこから生まれた者（フィギュア）たちは、生きたものとして容易にそれと知れたのである[20]」といった時、実存せぬはずの登場人物（Figures）が実在人物（Original）に多少なりとも類比関係が成立すれば、もうその真実性が保証されると言っていたのである。かくてデフォーにとって「作られた物語であっても、実際の物語に正しく言及していない物語など存在しない」と言うことも可能であったのだ。

次に作者と登場人物の関係について考えてみよう。当時の諷刺家チャールズ・ギルドンが『メリヤス商ダ・デ・フー氏の驚くべき不思議な冒険』（一七一九年）というパンフレットで、『ロビンソン・クルーソー』の刊行直後に、クルーソーの虚構性をパロディ化して攻撃したことはよく知られている。ギルドンは比較的デフォーに近く、クルーソーという仮名をとりながら、実在人物のように書いているデフォーをよく知っていたのだろうし、この作品がフィクションであることも見抜いていたのだろう。ギルドンは作者（デフォー）と作中人話（クルーソー）の対話という形式をとりつつ、デフォーにクルーソーに向かってこう言わせている。

ダ〔ニエ〕ル：だから、わが息子よ、お前が思っている以上に私はお前のことが好きなのだ。お前は、優しき父であるダ〔ニエ〕ルの、真に寓意的な姿（アレゴリカル・フィギュア）なのだから。私は、私の心の作用によってお前を作り出した。私だって同じように、今までぶらぶらと無節操な暮らしを送ってきたのだ。

（『メリヤス商ダ・デ・フー氏の驚くべき不思議な冒険(21)』）

ギルドンの揶揄的なタイトルに、「メリヤス商」とあるのは、もちろん、デフォーの作家以前の商人としての商売のことを指しているのは言うまでもないだろう。クルーソーよ、お前のようなあちこちぶらぶらする放浪癖は、実は、お前の生みの親たるデフォーの一貫性のない生き様を写したもので、それは、「真に寓意的な姿」に違いあるまい、とその虚構性を言い張るデフォーを攻撃するギルドンなのだ。

これに答えてデフォーは、体験の断片化と感情の同一化によって、いわば存在せぬはずのクルーソーのアリバイ工作をすることになるのだが、明らかにギルドンはデフォーがその創作原理として「予表論的アレゴリー」を持ち出すことを予期している。そしてこれを逆用し、もしデフォー＝クルーソーならば、作者は作中人物と同様「無節操」になるぞ、とからかっているのである。

また作者と作中人物が父と子、創造主と被造物の類比によりその真実性が強調されているのも明らかだ。それはたとえば「無限の力をもつ全知全能の神は、無から何かを作り出すことができるだろうし、以前には存在しなかった物を、新しく存在させることができるのである[22]」という表現のうちにも察せられるような、無から存在を生み出す神の概念になぞらえつつ肯定されるのである。ギルドンは、ピューリタンとしてのデフォーの弁明、そしてそれは多分フィクションを嫌っていたはずのピューリタンにとって残された唯一の虚構の合理化であっただろうが、これを十分に同時代的感覚で察知していたといえるだろう。だからこそ逆にデフォーは開き直って、かの者（ギルドンのこと）が諷刺のつもりで言っていたものは、最大の賞賛になったのだ」（『クルーソー反省録』二六〇）と答えた次第なのだ。

二世紀以上ののち、カミュの『ペスト』（一九四七年）のエピグラフにとられて一躍有名になる次の一節も、このデフォーのタイポロジー的創作原理の根幹にふれている箇所である。

何か実際に存在するものを、存在しないもので表現することが理にかなったことであると同様に、ある種の囚われの状態をもう一つの囚われの状態で表現することは理の通ったことである。

（『クルーソー反省録』二六一）

文章の後半部は、作者デフォーの心のあり方（「ある種の囚われの状態」）を「もう一つの囚われの状態」（つまりクルーソーの孤島体験）で表現することは決しておかしなことではない、と己の創作行為の弁護になっている。もちろん、ここでは、抽象化された作家体験は、デフォーの投獄体験というよりむしろ一般化された囚われの状態を虚構によって表現することを言っているのだろう。そしてこれが「理にかなう」ものとして許されることの証明として前半の文が提出されている。「存在していないもの」つまり無から「存在しているもの」つまり被造物を造り出す神の創造性が

「理にかなう」ものであると同様にというわけである。それが表層の意味だが、「存在しないもの」は深層には、やはりフィクションをも意味しているので、「(作家)―体験―作品」という関係を、「(神)―被造物―無」という関係におきかえるレトリックが使われているのは明らかだろう。

もしデフォーがこの方法を順当に発展させていたなら、ロマン派的な創造的イマジネーションに到達していたであろう。がデフォーはそうならなかった。前節で述べた悪魔のイマジネーションという否定の磁場があまりにも強大であったからだ。むしろデフォーはこの磁場にふさわしい方法を開発してゆく。これがG・A・スターのいう「決疑論(カズイストリー)」的嘘の合法化である。

四

予表論的アレゴリーが神の創造性に類比されていたのに対し、この「決疑論」には悪魔のイメージがぬりこめられている。『オックスフォード英語辞典』によれば、「決疑論」とは、宗教上の一般的戒律を、個々人の特殊例にあてはめることにより、良心上の問題を解決する倫理神学の一部門で、そのモットーは「状況が変われば事情も変わる」であり「しばしば、義務に関する難しい良心判例を取り扱うときに、言い抜けや逃げ口上的なやり方をする際に用いられる」とある。「鎮静のモラル」とも称されるこの「決疑論」は「罪の意識を軽減して懺悔の問題を単純化する効用があるはずだった」が、これが一たびその解釈や運用を誤ると道徳的放縦主義に通ずる危険が大きかった。今はカトリックにおいても有罪を宣言され、修正されて久しいこの教説は、一六－一七世紀イエズス会の極端な道徳神学者によって多用され、弊害を生んだことはパスカルの『田舎人への手紙』による攻撃によってよく知られているところだ。しかし、英国においては、一七世紀末にはこの教義は国教徒、非国教徒の別なく、幅広く肯定的に受け入れられていた。この素地に基づいてジョン・ダントンが一六九〇年代に、『アテネ週報』誌上で身上相談欄をもうけ、一般市民の良心的問題をとりあげる。これに倣ってデフォーは『レヴュー』誌別冊付録「スキャンダル・クラブ」、あるいは「リトル・レヴュー」誌上に、同様のカズイストリー的解答を載せ、これが彼の後年の小説の主題、方法論に大きく影響を与えたとスターは推断するのだ[23]。

不良商品を売らねばならぬ商人の利益と良心のディレンマ、生きた犬を解剖せねばならない外科医の研究と動物愛護精神のディレンマ、夫に蒸発されて子供をかかえたまま苦悩する妻に紳士が接近、愛人になってくれと頼まれる、このような時の妻の良心問題、等々の状況が呈示される背後には、無論当時の苛酷な現実がある。現実が苛酷になればなる程、生き抜くための嘘の方便が許容されてくるわけだ。フィクションをリアル・ストーリーというような状況が存在すること、嘘をつきながら真実のものだと言い張って、良心的に悩まずにすむこと、このような思考が可能になる背景には、決疑論的現実処理の方法論が存在していたのであろう。グスタフ・ルネ・ホッケがこのような決疑論を「もっともいかがわしい、いやもっとも邪悪な、だが翻って――不条理の中では

——創造的な刺激の動因となる諸傾向のひとつ[24]」と捉えた時、彼は確かにこのことに気づいていたのである。

デフォーは「決疑論」の影響を受けていただろう。また関心を持ってもいただろう。がしかし、スターのいうように「単に合法的なものであるばかりでなく必要なもの」（五〇）として、その価値を全面的に肯定していたのだろうか。そうではあるまい。ピューリタン的厳格な倫理意識は終始一貫してデフォーの中に存在しており、そしてそれは「決疑論」を良きものとしては認めていない。彼の意識の上ではあくまで悪徳人物の違法行為の諷刺であったはずだ。いや、少なくとも始めのうちはそのつもりであった。

デフォーには常に道徳鼓吹者的側面と虚構創作者的側面の二面性が存在しており、時事的作物になると前者が前面に押し出されてくる。つとに一七〇三年、非国教徒の指導者として有名であったジョン・ハウ師と「便宜的国教帰依」について論争し、ハウに代表される肯定派を「カズイスト」になぞらえ、「かれらは、たまたま必要になったときに役に立つならそれを真実とし、同じことでも別なときにはそれを虚偽とする」（『コンソリデイター[25]』）、と言って揶揄している。道徳家デフォーにとって、「便宜的国教帰依」は「全能の神と隠れん坊遊び」をすると言ってもいいほどなので、これは、「ある王に誓いをたて、それでいて別の王に祈ること、ある君主に禄をはみながら、別の君主の仕事をする」（『コンソリデイター』三五四）ことになるのであり矛盾しているのである。

神が悪魔より強いならなぜすぐに神は悪魔を殺してしまわないか、というフライデーの素朴な神学的難問の返答に窮したクルーソーが、「私は歳をとってはいたが、神学についてはは学びたてで、難問の解決者としてのカズイストとしては、十分には資格がなかったのである」（『ロビンソン・クルーソー』二九二）といった時のカズイストも、デフォーは決して肯定的に使っているのではなく、むしろ単純なフライデーの質問にまともに答えずに回避的な態度をとるクルーソーの回避的態度を示しているのではなかろうか。そして、ロクサーナが某国の大公との結婚を考える際、二人の前夫との関係が彼女の良心を悩ます。重婚ではなく合法であると考えたいロクサーナを決疑論的思考に誘うのは悪魔である。

そのうえ、私には、この疑念を払ってもらえるようなカズイストがいなかった。（重婚を合法だと吹き込んだ）同じ悪魔は、だれかカトリックの神父のところへ行って、告解という口実で、事情をちゃんと述べれば、それが全く罪にはあたらないと解決してくれるだろうと言った。
（『ロクサーナ』[26]）

ロクサーナは「それはどうしても避けることの出来ないことだから、合法的だと言っていい」と自分に言い聞かせ、マクシミリアン・ノヴァックのいう、状況的「必要性[27]」を理由に、大公との結婚の合法性を自分にいいきかせ、良心の平安を保とうとするわけだが、道徳家デフォーにとっては、このような結婚はまさに「ただただ婚姻の名を借りた姦淫」にしかすぎなかったし、それゆえにまたロクサーナの存在を「婚姻の名を借りた姦淫[28]」への警告として諷刺的態度で執筆したと誇示しなければならなかったのである。

またデフォーは、カズイストの姿に悪魔の影をしみ込ませている。特定の状況下において、その時の条件を不当に拡大解釈することにより、嘘を合法化してゆく姿勢は、常に悪魔の誘惑に踊らされていると考えているのだ。『悪魔の歴史』の中で「カズイスト」を「悪魔の策略をよく知る者」と定義しつつ、悪魔の「二枚舌」が「割れたひずめ」によって象徴されている、と考えているところがある。「悪魔は、一つのことを言って別のことを意味し、約束をしてもすることは別で、断言しても意中は別物」（『悪魔の歴史』二九六）だというのだ。このような悪魔の、そしてカズイストの二枚舌的性格は、少々肯定のオブラートで包むと、言語における曖昧性を最高度に発揮できること、事象を単純に解釈せず常に裏を考えること、誓言や約束を履行せずにすむ理由をたやすくみつけられること、文字通りの意味とその真意とを上手に使い分けること、真実を表現するために巧妙に嘘がつけること等々の性格に容易に変化しうるのである。デフォーの手になった人物にこのような性格が多いのもうなずける。『ロクサーナ』のエイミーは都合よく婚姻法を解釈する「レトリック」（二一九）を持っているし、クウェーカーの夫人は、それが「あからさまな嘘」（三〇九[29]）でなければ事実上の嘘も可という。そしてここに到ると、デフォーのフィクションに対する姿勢と、このような決疑論的思考法が少しづつ重なり合ってきているのに気がつくだろう。

厳格な道徳唱導者としてのデフォーと、「決疑論」により不道徳な行為を正当化していく人物を造形する作家としてのデフォーは、その当初においては、作品をアレゴリーとみなすことによって、辛じて均衡を保っていた。それがデフォーによるフィクションの始まりでもあった。アレゴリーといいつつ、いかようにも不道徳を題材とし、描写を可能にすることができた。それは、ひとえに作者と人物間に明確な距離が存在したからにほかならない。ところが小説が進むにつれてこの均衡が破れてくる。彼の意識とはうらはらに道徳家デフォーが創作家デフォーの内に組み込まれ、吸収されてゆく。感情移入が深まれば深まる程、虚構を真実とする決疑論的な登場人物が、自己のフィクションに対する立場のように思えてくるのだ。エイミーがロクサーナの最初の夫と偶然出会い、嘘と涙の演技で相手を欺く一節は、デフォーにとっても、自己の創作法に対する意識が重なりあっていただろう。

そして、エイミーはまた大泣きを始めた。その泣きじゃくる姿は全くの偽りであったが、その様子があまりに真に迫っていたので、彼はすっかり騙されてしまって、その言葉をすべて信じてしまったのだ。

（『ロクサーノ』九一）

作者と人物の同一性が深まり、最終部で頂点に達すると、あまりにも悪魔的存在になり果てた自己にデフォーは愕然とする。そこで道徳家デフォーは作家デフォーに復讐を開始することになるのだ。

ロクサーナの到達した世界は、悪魔に操られた狂気の世界そのものであった。執拗に母親ロクサーナを追求する娘スーザンは「あの娘の中には悪魔がいる」とエイミーに評されるし、そのエイミーも、娘の殺害の意図をもらし「お前、頭でもおかしくなったの」（二七三）とロクサーナの怒りを買う。ロクサーナ自身も例外ではない。例の狂気の妄想という名のイマジネーションが起ってくる。以下の例は、ロクサーナがフランスで、とあるドイツの大公との恋愛の末、大公の妻になれたかもしれないとの妄想をする場面である。

高慢と野心に心が強く囚われてしまうと、それが、心中に入ることを許されたとたん、心は妄想そのものになってしまう。このようにとり憑かれてしまうと、われわれはある考えを妄想の中に作りだしてしまい、それが妄想作用にもかかわらず実際のもののようになってしまうのだ。そのような場合には、ごくごく単純なことも、馬鹿げたことになる。男も女もあの完全なる妄想の病に罹ってしまうのだ。悲しみで人は死に、喜びで人は狂うのだ。
（『ロクサーナ』二三八）

クルーソーにあれ程特徴的であった自己治療の機能が完全に麻痺し、狂った世界に突入する。これは決疑論の思考をとったロクサーナの行きつくべき世界であったし、それはまた即ち作家デフォーのフィクションに対する姿勢の行きつくべき地点でもあった。殺した娘の映像にとりつかれるロクサーナの姿は悲惨である。「娘は私の妄想の中にとり憑いてしまった。・・・私は、あるときには、娘の喉がかき切られ、またあるときには、首を切られ、頭を殴り殺されるのを見てしまった」（三二五）というロクサーナである。彼女が娘を狂気のうちに殺さざるを得なかったと同様に、デフォーもフィクションを殺さねばならなかった。抑圧されてきた道徳家デフォーが急速に、そして唐突に自己主張を始める。それがこの小説の不自然な結末に結びつくのであろう。

あまりにも悪魔的決疑論の深みにはまりこんだロクサーナが、あたかも鏡に写し出された自画像の如く感じられてくる背景には、常に作動している大きなフィクションへの否定の磁場が介在している。そしてこの磁場からの解放は、パッションがリチャードソンによって自然なものとして回復されるまで待たなければならなかったのである。[30]

第四章　クルーソーとガリヴァー――実話からフィクションへ――

一

「この物語はフィクションである」というテレビドラマのあとのキャプションと、「この物語はファクトである」という『ロビンソン・クルーソー』の序の言葉のありようを比較してみると、三世紀の間に、いかに物語コミュニケーションの磁場が変容してしまったかあらためて認識されることになろう。われわれがテレビを見る時は事実（ニュース）か、フィクション（ドラマ）か、を知って見ているのであるが、『クルーソー』が書かれた時代の読者にはこのようなファクトとフィクションの区別がつきにくい状況にあった。当時にあっては、いわば、フィクションの概念が不分明だったといっていい。物語がすべてファクトとして読者の前に提示されていたのであって、作者の存在は隠されたものでなければならなかったのである。現代における「この物語はフィクションである」というドラマの但し書きは、したがって、ほとんどの読者がテレビ・プログラムの虚構性が分かっているなかで、これを真実と誤解しかねない視聴者への断り書きとしての意味をもっているのである。フィクションをフィクションとして受け入れることが現在では当たり前になっているので、逆にリアルなものとして受け入れられる可能性すら生じているのだ。そうなった場合、リアルなものと取られることから生じる不都合を避けるためのテレビ局なりの責任回避になっているのだろう。

テレビドラマにあっては、フィクションがファクトと取られることを懼れているのに、『クルーソー』では、フィクションがファクトと取られることを望んでいるのであり、真偽のディスコースの発動する磁場が逆転しているといっていいだろう。前者は、このような「ファクト／フィクション」という物語伝達構造の分節化という現代の現象が分からない、あるいは分かろうとしない視聴者へ出されたただし書きなのである。一方後者は、「著作性」(オーサーシップ[1])という制度と、天才という概念によっておしすすめられたこのような物語磁場の分節化が起こる以前の、フィクションをファクトと区別することが難しかった時代における、偽りの境界標示なのである。

近年さかんになってきている小説史研究の一つの方法として、「作者―フィクション―読者」の三者関係から、フィクションを成立させる条件としての語りの構造の変化をさぐる研究がある。一八世紀初頭には、フィクションに対する不信の念が広く浸透しており、根強い「真理コンプレックス[2]」があったために、事実の枠組がなければ物語を語ることができなかった。一八世紀中葉に至ると、この枠組が崩れ、無意識化され、フィクションをフィクションとして書き、かつ読むことができるようになる。この語りの磁場の変化を近代小説の出現と重ねあわせようとするわけだ。当時の散文物語には、ほとんどの場合、出版経緯にかかわる事実起源を示す枠組がかせられており、偶然発見された物語、あばかれた書簡、出どころの分からぬ投げ込まれた物語、翻訳を装った物語などのような体裁をとっている。ここにあっては、作者は姿を消し、「その作品の作者としてより、むしろ、物語発見者、もしくは報告者として自分を位置づけて[3]」いることになる。一方読者は、事実なのかフィクションなのか判然としないディスコースの「未分化の母体[4]」に直面していたわけである。

デフォーやスウィフトが共有していた、このような真偽の境界の不分明な語りの場が、フィールディングに至ってようやく分離し、フィクションが文学的想像力の産物として、作者によって創り出された「戦略としてのフィクション[5]」として市民権を得ることになる。文学という「精神のご馳走の精髄も、材料よりは作者の調理の腕にある[6]」というフィールディングの言葉に明らかなように、材料の事実性よりむしろ、作り手の才能に力点が移動することになるのである。作者の登場であり編集者の退場ということになる。また、読者にとっては、ファクトとフィクションが一体化した言説における分節化の始まりといえるだろう。

フィクションを事実めかして語るための最大の文学形式上の装置は、原話とそのオリジナル原稿の入手過程を明かす序文、およびその編集者の存在である。デフォーの『モル・フランダース』では、その「原話」（オリジナル）の中の不適切な表現を、より控えめに書き直した編者がいることはその序に明らかだし、『ロクサーナ』では、「この婦人の最初の伴侶であり、かの醸造業者ならびにその父君ときわめて昵懇の間がらにある」[7]語り手（リレーター）が彼女の原話を手直ししたのだったし、スウィフトもまた、『桶物語』（一七〇四年）中で、実に六つもの序文を加えつつ、彼特有の実作者の神秘化をはかっていることはよく知られている。このようなコンヴェンション化した事実提示の枠組を最も強く要請されたのが旅行記であったことは自明であろう。[8]

いかにフィクションとはいえ、物語を語るには、クルーソーのような「驚くべき奇妙な」体験をした実在の人物を仮定せねばならず、その話は、「彼自身によって書かれたもの」とあるようにクルーソーのものであり、また、「レミュエル・ガリヴァーによって書かれたもの」とあるように、ガリヴァー自身のものでなければならなかったのである。この小論では、デフォーがいかにこのような事実の枠組の忠実な継読者であり開発者であったか、またスウィフトがいかに巧妙にそれをパロディ化したかを、当時の旅行記の序のあり方を下敷きに考えてみたい。[9]

ある統計によると、一七〇〇年から一七四〇年までの散文フィクション全体に占める旅行記の割合は一五％にのぼるといわれ（残りはロマンス四〇％、諷刺・教訓物二〇％、大衆向簡略本二〇％）、また一八世紀には、空想的旅行記だけでも二一五を数えたといわれる。[10]旅行記物がいかに流行したかわかるであろう。さらにこの二人の旅行記に対する傾倒ぶりも忘れてはならない。デフォーは『ロビンソン・クルーソー』のほかにも多くの海洋旅行談を書いている。『続ロビンソン・クルーソー』ではあの絶望の島に残された者たちの共和国形成の寓話が語られ、『クルーソー反省録』では奇妙な植民地拡張論が説かれる。『シングルトン船長』は海賊フィクションであり、『海賊実録総史』は後に、『宝島』などの海賊文学の原典になるノンフィクション的な作品である。『新世界周遊記』は南アメリカ沿岸の植民地開拓を説く書斎流旅行記であり、『ジョージ・ロバーツ航海記』はケープ・ベルデ諸島に漂着したロバーツの物語で、当時の他の漂流記の改作フィクションである。そして、『コンソリデーター』のような月世界旅行譚もある。などなど、まさに海洋文学の始祖の名に恥ない。

デフォーほどではないにせよ、スウィフトも旅行記文学をよく読んだようだ。『ガリヴァー旅行記』を執筆する際に「多くの興味深い実録物や旅行記を読んだ[11]」という彼自身の言葉は、数多くのソースを挙げたウィリアム・エディのソース研究を一瞥しただけで確かめられようし[12]、当時の船員の手引きであったサミュエル・スターミーの『船員操典』（マリナーズ・マニュアル）の一節が、ほぼそのまま本文に挿入されているという事実や、小人国へ向かう途中の記述の、文字の書き方の違いを述べる件の一節が、ウィリアム・シムソンの『新東インド航海記』の剽窃であるという指摘などを考え合わせると[13]、スウィフトの資料渉猟ぶりが浮かび上がってくる。

一八世紀旅行記研究の第一人者であるパーシー・G・アダムズは、当時の旅行記を、なんらかの形で実際に旅行をしたものによって語られる「真正旅行記」と、架空の旅行者によって語られる

「空想旅行記」と、読者をだます意図で創りあげられた「偽旅行記」の三種に大別している[14]。まずこの分類を出発点にしよう。

「真正旅行記」は、当時設立されて間もない英国王立協会の唱導する、実証的科学精神の影響下で書かれたもので、「客観性、懐疑主義、正確性[15]」という三つの特徴を備えていた。協会は、船乗りたちに航海日誌を常備することを勧め、未開の地の言語、習俗、地誌を簡潔な飾らぬ文体で書くという、事象をありのままに観察し、記録する科学者的旅行記を奨励したのであった。協会の『哲学会報』に載ったこれらの報告は、いわば、最初の学術調査風のフィールド・ワーカーたちの記録ともいいえるかも知れない。ガリヴァーが、荒唐無稽な「ラガード学術院」の実験で諷刺の対象にしたのは、まさに、この大本山の王立協会だったのであるし、その序文で、「私のいとこであるダンピア氏」と言及したときのウィリアム・ダンピアは、この真正旅行記の典型である『新世界周航記』をものした人物であったのである。

事実性を強調した「真正旅行記」の作者たちによって、壮麗なる絵空事で世人を欺く害を流していると攻撃されたのが「空想旅行記」であり「偽旅行記」であった。「空想旅行記」は幅が広く、月世界旅行談などの哲学的、諷刺的ユートピア旅行談が中心であるが、『クルーソー』や『ガリヴァー旅行記』などの、実際譚を装った枠組が提出されているフィクションもこの内に入る。「偽旅行記」は、本人の体験記という体裁をとりながら、その実、行きもせず見たこともない異国の風物を、先行出版物や当時の地図をたよりに事実談らしく見せかけたもので、いわゆる「書斎派旅行者」の手になったものである。この二つの旅行記の厳密な区別は難しいが、ともにフィクションとして一括し、ノンフィクション的な「真正旅行記」と対置することは可能であろう。「空想・偽旅行記」は「真正旅行記」のもつ真実を基調とした記述や枠組を、その事実性の効果をあげることを目的として模倣し、逆に「真正旅行記」もより手の込んだ事実保証を行なうことを常道としていたのである。この二種類の旅行記はお互いに模倣と反発とを繰り返し、読者にとっては、逆にこの真実らしさとその偽装の混乱状態のために、真偽の曖昧な語りの空間が形作られることになる。[16]

デフォーは、その死の二年前の一七二九年に『ロバート・ドルーリー航海記』の出版に関与したといわれる。この作品は、マダガスカル沖で難破したドルーリーという実在の少年が、一五年間その土地の土着民の捕虜になり、帰国後、その体験を自伝の形で書いたもので、「海難―捕囚―脱出―帰国」という典型的なパターンをもつ実話旅行記であった。デフォーはドルーリー原話の転写者（トランスクライバー）として、実名を伏せたゴーストライターの資格でこの物語の出版に関与し、部分的には加筆もしたと考えられている。実在の情報提供者がいる点、「真正旅行記」の一種といえるだろう。まずこの作品を例に、「真正旅行記録」の語りの枠組を調べてみよう。この作品の序文の冒頭は次のようになっている。

この書が初めて世に出されると、世の人はきっと、また『ロビンソン・クルーソー』のような荒唐無稽なロマンスと受けとるでしょうが、この書に、多産な頭脳から生み出された巧妙な作り物を期待される向きには、がっかりされるでしょう。出版関係者の知る限りでは、これは簡潔にして正直な事実の物語以外の何物でもありません。ロバート・ドルーリーによって書かれた原本（オリジナル）は、フォーリオ版にして八冊、各々一〇〇頁に近いものでしたので、心地よく読めるように縮めねばなりませんでした。もっともドルーリー氏は常に転写者と印刷者の脇に控え、不正確な、異様な、複雑な状況には逐一、十分に助言が与えられるよう最大の注意をはらわれたのでした。

（『ロバート・ドルーリー航海記[17]』）

この作品におけるデフォーの関与が事実だとすれば、彼は一〇年の間に、自作であるはずの『ロビンソン・クルーソー』のフィクション性を公言する地点にまで行きついていることになる。デフォーが転写者として身を隠し、そのことでかえって作品の事実性を高めようとしていること、情報提供者のドルーリーの存在を公言している点、この作品が原本を圧縮、編集しなおしたものであることなどは明白であろう。さらに興味深いことには、この序の前に、何の説明もなく、ウィリアム・マケットなる船長のドルーリーに関する人物証明書が付加されている。

ロバート・ドルーリーは、マダガスガルで一五年間捕虜になり、私自身によりそこから救出された人物であることをここに証明する。彼は正直で真面目な人物にして、評判もよく、この彼の奇妙な驚くべき冒険の数々は、事実にして真正のものであることを私は確信しております。

一七二八年五月七日　　ウィリアム・マケット

（『ロバート・ドルーリー航海記』[18]）

この『ドルーリー航海記』は、実話からフィクションへそしてまた実話的ノンフィクションへと物語のとらえ方が変わってきた問題作ではあるが、一七一七年に東インド会社に属するドレイク号の船長ウィリアム・マケットが、マダガスカル島でドルーリーを救出し帰国したことが事実としてつきとめられて以来、この物語が「真正旅行記」に属すると考えられるようになったのである。物語自体、「偽旅行記」と「真正旅行記」の虚と実の語りの間を行きつ戻りつしていたわけである。前述のマケット船長の人物証明も、恐らく、デフォーが下書きをして船長から署名をもらったのではないかと推測され、見てきたように嘘をつくといわれるデフォー特有の語りのトリックとはいえないということになった[19]。

無論、語り手自ら読者の前に姿を見せるのが最大の証明になる。『ドルーリー航海記』の物語末尾には、「私は、毎日、バーチン・レインにあるオールド・トム・コーヒーハウスにおりますので、お声をかけていただけば、ここに書かれたことをさらにご説明し、どんな方にも満足していただける用意がございます・・・ロバート・ドルーリー[20]」という後書きがついている。名士となったドルーリーは著者の実在性を保障することによって、本の販売にでも協力したのであろう。また、これもデフォー作といわれる「偽旅行記」、『ジョージ・ロバーツ航海記』の末尾には、「この物語の中でしばしば言及された少年が、現在、モニュメント・ヤードのガルピン氏経営にあたるタバコ屋に勤めておりますので、細部の真実性に関してお問い合わせください[21]」との注記がある。いずれも語り手や登場人物の存在証明なのであるが、後者においては、語り手本人ではない間接証明になっていたり、前者の自信溢れる宣言に比べるとどうもたよりないのは、これも「偽」であるせいかも知れない。『ドルーリー航海記』と『ガリヴァー旅行記』における語りの枠組を対照的に図示してみよう。

実話の語り手に想定されているガリヴァーの性格設定は、上述のような真正旅記録の語り手になぞらえられている。『ドルーリー航海記』には夥しい数のマダガスカル語が本文中にちりばめられ、ご丁寧に付録とし、「マダガスカル語―英語」の対照表までがつけられている。未開地に足を踏み入れての言語蒐集家としてのドルーリーの特徴はクインブス・フレストリン＝大人間山のようなリリパット語の造語に投影されているし、ラピュータの語学授業では「紙片の片方の欄にたくさん言

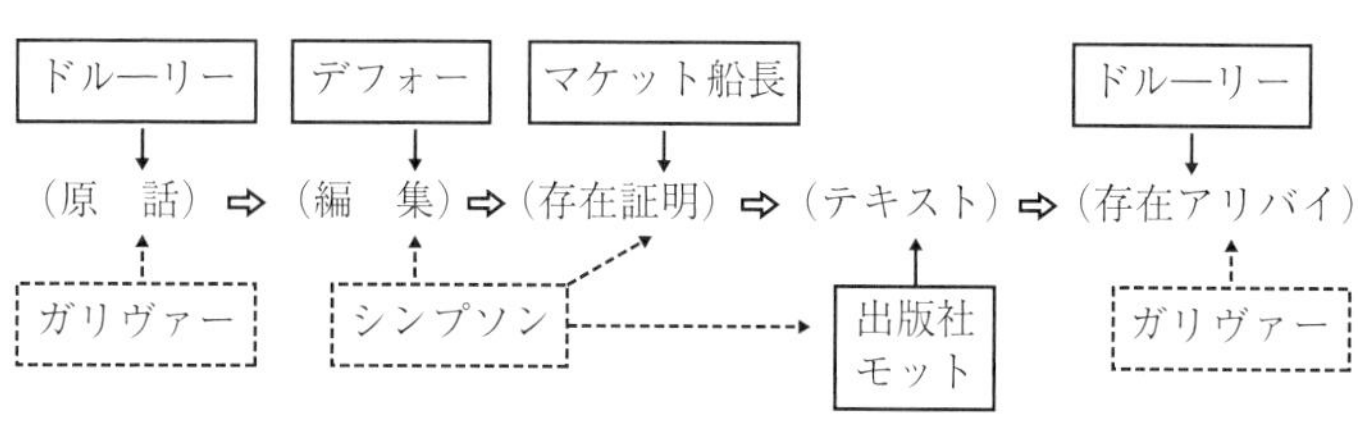

【図2】語りの枠組み

葉を書き、その反対側の欄に訳語を書きつける」ガリヴァーなのである。ガリヴァーはかたことながら七か国語を話し、どの国に着いてもたちまちその国の言語をマスターする抜群の言語習得者なのでもある。彼は医学のメッカであるオランダのライデンに留学した有能な医師であり、船医として克明な航海日誌をつけている。また彼は、パット・ロジャースの言うように、「眼鏡をかけた最初の英雄[22]」といわれる知識人なのであり、当時の最新の地図であったハーマン・モルの地図を訂正し、編集によって大幅に削られた海事情報を残念がる地誌学者なのである。さらに、ラピュータの飛島の観察においては、王立協会の『会報』顔まけの正確な「科学的記録」を披露する冷静な科学者なのであり、何にもましてガリヴァーは、代表的真正旅行記作者であるウィリアム・ダンピアのいとこなのである。スウィフトが、当時爆発的に流行していた「真正旅行記」の枠組みを、いかに綿密に模倣しつつこれをパロディ化しているかがわかるだろう。

『ドルーリー航海記』において編集者の役割を果たしていた転写者（デフォー）は、『ガリヴァー旅行記』の中では、序文の作者であるリチャード・シンプソンにあたる。スウィフトが出版者ベンジャミン・モットと出版交渉にあたったときにでっちあげた架空の人物である。[23]「編者から読者へ」という物語冒頭の書簡体の序文で、彼はガリヴァー氏との関係と自分が刊行に際して果たした役割を次のように述べている。

シンプソンはガリヴァーと長い間親しい友人としてつきあっており、しかも母方を通してのいとこにあたっているので、オックスフォードシャーにガリヴァー家の墓碑があることを知っている。ガリヴァーは帰国後二年間、ロンドン近郊のレドリフに住み、自宅で体験談をききに来る人々の応対をしていたのだが、その結果、ガリヴァーは真実を語ることにおいて人びとによく知られるところとなる。ガリヴァーから原稿の処理を一任された自分は、一般の読者に読みやすいように、海事用語、その他詳しすぎると思われる部分を削って約半分の量にするという編集を行ったと記しつつ、最後を「本著作の全篇を、著者の筆になる原形そのままにおいてご覧になりたきご熱心なる意向のある方には、喜んでご要望にそうつもりであります」（四三五）と結んでいる。

ガリヴァーの存在証明、人物証明、出版者との交渉、原稿の保管とまさに八面六臂の大活躍をするシンプソンは、前述の『新東インド航海記』の作者名シムソンから取ったという説もあり、さらに「ダンピアー—ガリヴァー—シンプソン（シムソン）」の三人がいとこ同士であると仮定されていることも考えあわせると、『ガリヴァー旅行記』の枠組はまさに当時の旅行記の枠組の精妙な模倣ということがわかるだろう。ガリヴァーが自宅で訪問者に会っているところは、ロンドンのコーヒー店で好事家の応対をしたロバート・ドルーリーの実話証明法と同じであるし、ガリヴァーの実話の草稿を読みやすく半分の量に縮めたというシンプソンの言い分は、これまた、ドルーリーの物語の筆記者の言い分と重なるのである。無論、枠組の模倣だけではパロディの機能は作動しない。この枠組内部の、とてもありそうには思えないガリヴァーの異常な冒険談との対比においてはじめて、そのパロディ性が読者に認識されることになる。

ナラトロジーの視点からいえば、ガリヴァーの冒険談は、彼の英国への帰還後の物語と、物語のレヴェルにおいて次元が違うことになる。ドン・ペドロ船長によるガリヴァーの救出と帰国、妻子との再会とガリヴァー原話の執筆、そして隠退という帰国後の物語は、冒険を語ったガリヴァーの「今」についてテキスト末尾に描かれる、その後のガリヴァーの物語という枠組によって埋めこまれているので、物語中の物語とかメタ物語と呼ばれているわけだが、(24)この二重構造の対照性こそが強力なパロディを生みだす源になっているのである。

人は異様な体験を語ることによって有名になり金を儲け、そして英雄になることができるのは今も昔も変わらない。もちろんその話が事実であることを証明できればだが。後にスウィフトによって揶揄されたジョージ・サルマナザールの例がこれである。南仏生まれの彼は、イエズス会修道士から聞いた話をもとに、日本人や台湾人になりすまし、自分が勝手に捏造した台湾語「フォルモーサン」を駆使して王立協会主催の公開討論を行ない、朝日や夕陽に向かってする日本式礼拝なるものを見世物化して、しばらくの間はこれが事実として受けとめられ、ロンドンで大評判になった人物である。彼の書いた『台湾地誌』（一七〇四年）はまさに壮麗なる偽旅行記であった。彼は単にフィクションを書くことに満足せず、フィクションを公の場で演技することによってその事実性を証明しようとしたわけであり、まさに、「語り」を「騙り」にかえてしまった点で、「文学的詐欺師[25]」という名にふさわしい人物であった。サルマナザールの例は少々極端にすぎようが、それでも旅行記作家にとっていかにその後の物語が重要であるかということの例にはなるだろう。ちょうどオールド・トムのコーヒーハウスでドルーリーが客のもとめに応じて自己の物語をくりかえし語り、身をもって物語の事実性を証明したように、あるいはガリヴァーもレドリフの自宅でフウィヌム語をあやつる自己の姿を見世物化したのかもしれない。なにせ、リリパットから帰って来た彼は、持ちかえったミニ羊を「多くの上流階級その他の人びとの観覧に供してかなり大儲けした」（一〇〇）ことのある男なのだから。

内部物語の信憑性を別にすれば、真正旅行記と『ガリヴァー旅行記』の間の最大の相違点は、恐らく、語り手の性格の変容ということになろう。旅行者としての冷静な観察眼と客観的な描写距離を保っていたガリヴァーは、第四巻のフウィヌム国に至ってそれを失い、理想的なフウィヌムの美徳を賞賛するあまりそれにかぶれて、帰国後も人間の生活に同化できなくなる。彼の見せる半狂気と自己疎外が枠物語の主要なテーマになっているのである。

ドン・ペドロ船長に救出された時の彼の姿は、「上着は革製、靴の底は木製、靴下は毛皮」という異様な服装で、馬のいななきに似た奇妙な調子でとほうもない過去を語る彼をみた周りの者は、あまりの「不幸に理性がおかしくなって」いると判断し、逃げ出さぬように「船室に鎖で繋」いだのだった。自分の過去を語っても「ありもしないこと」を言っているとして理解をしてくれない人間たちに、「嫌悪と軽蔑の情はますます増大」するガリヴァーである。異様な風体でたわごとをわめきちらすガリヴァーのイメージには、当時見世物化されていたベドラム精神病院の中の狂人のそれに重ね合わされていることはいうまでもない。「騙り」が意識的な状態を超えて、妄想と周りのものから見られてしまう地点までいってしまうガリヴァーは、なかば狂気に陥ってしまっているとも考えられよう。

帰宅したガリヴァーを妻は抱擁とキスで迎えるのであるが、あのフウィヌムの川で水浴びをした時に、雌ヤフーに抱きつかれたことを思い出したのか、妻に対しての嫌悪のあまり失神してしまう彼である。子供たちを見るにつけても、これが妻たる雌ヤフーとの交わりの産物かと考えると、おぞましさで一杯になり、家族と一緒の食卓にさえ座れない。人間を見るたびに、あのヤフーの鋭いキバと爪の恐ろしさにおびえ、そのすさまじい悪臭を消すために鼻腔に臭い消しの香り草（ヘンルーダ、ラヴェンダー、タバコなどの葉）をつめる。人間をさけて暮らす彼が唯一ホッとするのが、買い求めた「まだ去勢されていない若い雄馬二頭」と一緒にいる時なのだ。内部物語の非日常的空間から枠物語の日常空間へとスムーズな移動を行なえないガリヴァーは、いわば異文化間の落差によるカルチャー・ショックにかかったようなものであり、その精神バランスの失調は、自己と同一の物を周囲に見いだせなかった者の異化の悲喜劇なのである。

『ロビンソン・クルーソー』にはこのような枠物語は存在せず、冒険の物語を語り終えたところでテキストは終了する。ただ『続ロビンソン・クルーソー』の冒頭部に、新たな旅立ちの前のクルーソーが、前作をうける形でその後のクルーソーとして描かれている。何不自由なく幸せな隠退生活を送っていたクルーソーではあったが、またぞろ放浪癖にとりつかれ、ことにあの島に残してきた自分の新しい農園や、植民地などを見たいという欲求に襲われる。そして、このような強度の再訪願望のゆえに、夢や寝ごと、そして人の心の中で働く想像の力や妄想の激しい作用であらぬものを見てしまい、一種の幻覚にとりつかれることになる。ちょうどガリヴァーがフウィヌムへの帰国願望から生まれた「妄想作用」のせいで軽度の狂気に侵されたと同様に、クルーソーも妄想作用や病的な精神のゆえに自己を見失うのである。ただその解決策と結果は大いに異なる。

狂気の治療策としてクルーソーがとった方法は、「ベッドフォード州に小さな農園を買って」、「土地の開墾とか、囲いこみや植えつけなどの仕事」をすることになる。そして「私は自分の土地を耕作した。地代を払う必要もなかったし、どんな契約にも拘束されることはなかった。樹木を引きぬくことも切り倒すことも、思いのままであった」と島での「田園の生活」を再創造して、それになれ親しむことによって、しばらくの間ではあったが、自己の妄想作用に打ち克つのである。馬を飼うことにより人間嫌いから自己回復を願ったガリヴァーの行為が、結局現実逃避にすぎなかったことを思えば、両者の差異は明白であろう。

ガリヴァーが異化作用を象徴するとすれば、クルーソーは同化作用を象徴する。ガリヴァーが否定し、収縮し、断種し、自己とは異なるものを見てしまうのに対し、クルーソーは肯定し、拡張し、増殖し、自己と同じものを創り出してしまう。クルーソーは、そのベッドフォードシャーの農園で、オリノコ川河口のあの孤島の植民地で行なったのとまったく同様の行為を行いつつ、そのコピーを創りあげることによって自己を克服する。そして、これは見方を変えれば植民地化による自己増殖につながっていくとも考えられる。一方、ガリヴァーは、その序で、「新しい国土を私が発見したからといって国王陛下の領土の拡張にすぐ資するつもりはなかった」(四二一)と言って、反植民地化の宣言を行うように、母国から子としての植民地を増殖していくことには反対なのであり、「レドリフのわが家の小さな庭」で満足する小英国主義者なのである。クルーソーの孤島における自己増殖のモデルは、植民地主義の原動力となり、やがて、一九世紀に大英帝国を築きあげていくことになる英国拡張論へとなるのである。再度冒険に出発する六一歳のクルーソーは、妻が「二番目の子を孕んでいた」のに対し、ガリヴァーは妻と交わることさえできない。ガリヴァーが飼っていた二頭の馬が種馬だったことは、彼の生殖機能の回復願望を暗示しているのではなかろうか。自己増殖モデルとしてのクルーソーと自己縮小モデルとしてのガリヴァーの対比は非常に興味深いものがある。

一七三五年、スウィフトはフォークナー版の『ガリヴァー旅行記』出版を期に、新しく「ガリヴァー船長より従兄シンプソンへ宛てた書簡」をつけ加え、出版六ヵ月後のガリヴァーの心境を語らせている。この中で彼は、世の腐敗、堕落を匡正する意図で書かれたこの書物の真意が理解されず、逆にさまざまな批判を受けたことから、自己の諷刺による社会改良に限界を感じ、その疎外感から絶望へと、その不信感から人間に対する増悪へと追いやられるのである。そして、「この王国に住んでいるヤフー族を矯正しようなどという馬鹿げた」、「幻を追うような計画」を以後はあきらめるといいつつ筆をおくのである。この悲痛なガリヴァーの声は、自己の提案を、「幻を追うような考え」といってあきらめる「控え目な提案」の語り手と同様、諷刺がもつと考えられていた浄化再生作用によって、自己と同質の人間をつくり出すことに絶望したことを意味する。彼にとっては書く行為も生殖行為同様、不毛だったのである。クルーソーの同化のモデルは、以後近代個人主義と西洋ブルジョアの自己拡張のための指導理念を用意することになるのだが、ガリヴァーの異化のモデルは、これを徹底的に憎悪し、否定し、そしてある意味では、これを恐れたのである。ナイジェル・デニスの「デフォーはスウィフトの忌み嫌ったもののすべてを具現している。デフォーはスウィフトが全生涯をかけて、無視しようと闘った、あのもう一つの英国そのものなのだ[26]」という評が、まさに至言であるゆえんだろう。

二

『ガリヴァー旅行記』(一七二六年)出版の際に、スウィフトは、出版者モットとの交渉において、細心の注意を払っている。筆跡を辿られぬように、自筆原稿は転写させているらしいし、その転写原稿も印刷終了後には焼却させられた可能性が強い。また、信頼のおける友人たちに交渉代理人になってもらい、モット宛の手紙の代筆、面談による細部打ち合わせ、原稿料の受けとり、初版以降の訂正などに働いてもらっている。自身、ロンドンでこの作品の出版を見ることができず、アイルランドへ戻らねばならなかった事情があるにせよ、この間の作者隠しは手がこんでいる。「世間を楽しませるというよりむしろ怒らせる[27]」意図で書かれたこの作品の強烈な諷刺の毒を、自ら意識してたがゆえの自衛手段と考えるのが普通だろう。

その雰囲気の中で『ガリヴァー旅行記』が着想されたというスクリブリーラス・クラブ以来の友人アレクサンダー・ポープは、作品出版直後にモットから聞いた話として、モットの原稿入手経路に関する秘話をスウィフトあての手紙の中で報告している。「この原稿は、夜中にモットの家の前に、時刻をみはからったようにやって来た貸馬車から投げ棄てられたもので、誰がどこから持って来たのか、彼自身にもわからないとのことでした[28]」というのだ。無論ポープはスウィフトが作者であることを知っている。ただこのような謎めいた原稿の受け渡し方法についてはきかされていなかったのであろう。「この件に関しては、そんなに秘密にしておく必要はなかったですね[29]」と、ポープはスウィフトの過度の警戒を揶揄している。

また、『ガリヴァー旅行記』の編者として作品の序文を書いているリチャード・シンプソンは、出版交渉における偽名として、作品の誕生以前に登場している。シンプソン名義のモット宛の出版交渉の手紙は、スウィフトが友人ゲイに頼んで書いてもらったとされているが、この書簡には、もし印刷出版を了承されるなら、三日後の夜九時に、稿料二〇〇ポンドを紙につつみ、こちらの差し向ける人物に渡すように、そうすれば残りの原稿もお送りするとあり[30]、その秘密主義は何やら誘拐犯人の身代金受け渡し要求にも似た用心深さを思わせる。投げ込まれた原稿といい、稿料受けとりの段取りといい、あるいは事実だったかも知れないが、恐らく、スウィフト一流の神秘化であっただろう。こうなると、単なる諷刺作家の自己防禦というよりむしろ、作品との結びつきを断つという意思的な戦略であったように思える。

スウィフト最初の諷刺大作『桶物語』（一七〇四年）にしても、出版者が、作者本人の知らないうちに、人手を経て入手した原稿を公にするという体裁の出版経緯なので、作者は誰かさまざまな憶測がたったほどだし、『現在の国事に関する随想』（一七一四年）の出版に際しては、スウィフトは、代理人チャールズ・フォードに宛てて細かに指示を送り、「読後、第三者を使ってB氏（出版社バーバーのこと）に原稿を送ること。・・・郵便やあなたの使用人は使わぬこと。自宅以外の場所からポーターを雇うといい。だれか友達に短信を写させ、宛名も書かせて同封すること[31]」などと記している。出版社と自己の間に人物を介し、作者が誰であるかがわからぬように細工をしているのは、『ガリヴァー旅行記』にとどまらない。後年（一七三二年）、スウィフトが、「私は人々を怒らせるものをいくつか書いてきたが、それらを送りとどけるのに、いつも第三者をつかっていた。出版社は気がついていたかも知れないが、（そのことで）私を非難できなかった[32]」と、自己の出版方法を回想するとき、われわれは、「いつも」という彼自身の言葉の中に、意識的一貫性を読みとることができはしないだろうか。

スウィフトと代理人たちの間には、当時流行していた文人クラブ的な信頼の雰囲気があり、これが諷刺の逆火を防いでいたのに対し、このような出版に際しての人的クッションの存在しなかった一匹狼デフォーは、自ら手痛い傷を負うことになる。デフォーが匿名で出した政治的パンフレット「非国教徒処理の近道」（一七〇二年）は、狂信的国教徒右派のマスクを借りて「非国教徒の集会に出席した者はこれを国外に追放し、説教者はこれを絞首刑に処す、という法律が制定され、かつまた厳格に施行されれば、人々はみな国教会へ戻りめでたし、めでたし[33]」などと過激な非国教徒撲滅策を論じた。ちょうどアン女王即位直後で、政治の流れが国教徒寄りに傾きかけた時期、議会では、非国教徒を実質的に公職から排除しようとする「便宜的国教帰依禁止法案」が上呈され、非国教徒にとっての政治的状況悪化の折もおり、このようなパンフレットを読んだ非国教徒は、不安のあまりパニックに陥ったといわれ、逆に国教徒過激派は、我が意を得たとばかりに喝采したと伝えられる。ところが、真の作者が非国教徒のスポークスマンたるデフォーであり、極端でグロテスクな狂信者を真似ることにより、その非を訴えるアイロニーがその意図だと知れるや、政府は、扇情的文書誹謗の罪でデフォーを告発し、五〇ポンドの懸賞金をかけて指名手配をし、ついに逮捕、三日間さらし台の上に彼を立たせることになる。完璧に正反対の立場を偽装してもそれだけではアイロニーは機能しない。作品がアイロニーとして読まれるためには、匿名の作者は、その正体が発かれねばならない。デフォーは「かぎ鼻、とがった顎、灰色の目、口元の大きなほくろ[34]」が特徴という彼自身の素顔を人前にさらすことによって、この作品を完成させたといえる。

裁判でこのパンフレットの作者がデフォーであることを証言したのは、原稿を出版者にとどけたエドワード・ベラミーという男で、以後デフォーは、再三、ベラミーという男の名を裏切者の代名詞として使い無念を晴らしたというが[35]、この場合、明らかに諷刺の矢は自己にはねかえり、自らを傷つける結果になっている。スウィフトはデフォーを軽蔑して、「あのさらし台に立たされた奴で名前も忘れた[36]」と言ったと伝えられている。しかし、まかり間違えば当人も同じ立場に立たされたかも知れない。スウィフトの周到な作者匿しの戦略も、十分にそれだけの理由はあったのである。

作者匿しは、現実への言及とそれによる社会的制裁という諷刺特有の現象に対する、作家の側での防衛本能だけから生まれてきたのではない。より包括的な、作者―作品（フィクション）―読者という語りの構造そのものにも帰因している。『ロビンソン・クルーソー』は爆発的な売行きをみせ、デフォーはこの年の九月、たて続けに続編を出版した。その直後に出されたのが、チャールズ・ギルドンの『ロンドンのメリヤス商、ダ・デ・フー氏の生涯と不思議な驚くべき冒険の数々』である。タイトルは明らかに『ロビンソン・クルーソー』の原題のパロディである。作品の中で、ばかげた不合理な性格づけをされたことを怒ったクルーソーとフライディが、夜中に帰宅途中のデフォーを急襲し、散々からかったあげくに処刑するというメタフィクション仕立てのバーレスクと、高名なる『ロビンソン・クルーソー』の著者デフォーへ宛てた書簡体の攻撃という二部構成のパンフレットの中で、ギルドンは「貴書は単なる荒唐無稽なロマンスでしかありません(37)」といってその虚構性を発いたのであった。

筋と登場人物の性格の矛盾をつくギルドンの攻撃内容そのものはとるに足らないものだったが、デフォーの著作性と言う弱点を的確に見ぬいていたことも確かである。『ロビンソン・クルーソー』はクルーソー自身によって書かれた「事実の正しい記述」であり「フィクションらしいものはまったくない(38)」と序文に明言しているのだから、クルーソーという人物が実存せず、この作品が「高名なるダ・デ・フー氏」によってつくり出されたものである、と発かれることはデフォーにとっては致命的なものだったはずだ。

約一年後に、デフォーは『クルーソー反省録』を出し、その序文で、このギルドンの発言を意識しつつ反論を行うことになる。「私ことロビンソン・クルーソーは、このような非難が、その意図において、スキャンダラスなでっちあげであると同時に、事実においても誤っているということを、ここにはっきり申し上げておく[39]」とあくまでしらを切り通すデフォーであったが、存在しないはずの人間のアリバイを証言せねばならないのだから、いかに寓意性と教訓性を持ち出して自己弁護しようとしても、不自然になるのは道理であった。

もっとも、八七の仮面を使って書いたというデフォーの匿名の作品群からみれば[40]、このような発かれた作者という二つの例は、むしろ例外に属するといっていいだろう。大部分の作品は、「ある紳士」と名無しの匿名でかかれるか、ロビンソン・クルーソーのように虚構上の偽名が用いられていた。偽名もアンドリュー・モートンのようにたびたび使われると、作者への指示性が生れるが、これは「『レヴュー』の作者による」などといった形の先行作品への言及と同様、薄い著作性の保証にしかならない。実作者デフォーは、事実上、作品の表面から姿を消しており、変名、偽名、匿名という形の不透明な、あるいは半透明なガラスの向こうに横たわっているのであり、当時の読者には、実の作者の姿はなかなか見えなかったのである。

この傾向は、彼が主要なフィクションを書き始める時期と軌を一にして強くなって行く。そのフルネームは、自己の政治信条弁明の書『名誉と正義に訴える』（一七一五年）を最後に、D・F・というイニシャルでさえ、『絵画法大全』（一七二〇年）の訳者として登場するのを最後に、デフォーの名前は、その作品から全く姿を消してしまう。[41]『ロクサーナ』以後は、魔術・幽霊・悪魔論、犯罪者小伝、旅行記、商人道徳論などジャーナリスティックな論説物が多くなり、ノンフィクションに近づいて行く。死の二年前に出された『ロバート・ドルーリー航海記』（一七二九年）は、彼が最終的にいきついた地点を暗示している。この作品でデフォーは、マダガスカル島で一五年間原住民の捕虜になっていた実在の人物ドルーリーの原話を編集する「転写者」として登場し、加筆も行ったといわれている。名誉ある作者の座を棄て、無名のゴーストライターとして、完全に姿を消したデフォーであった。[42]

臍の緒を断ち切ることによって、子としての作品を廃嫡したデフォーに対して、スウィフトは親として、作品を認知する方向にむかう。『ガリヴァー旅行記』が発売以来三週間にしてロンドン中の話題をさらっているとその評判ぶりを報じつつ、ゲイは、出版者の否認にもかかわらず、「あなたが作者だと一般的にいわれております」[43]（一七二六年一一月一七日付、スウィフト宛書簡）と、スウィフトの著作性が半ば公認化されつつあったことに言及している。一年も経つと、政治的に反対の陣営にいたアベル・ボイヤーでさえ、スウィフトの作であったことに気がついているのであるから、[44]スウィフト＝作者説は、相当幅広く浸透し、もはや事情を知るものの間では、公然の秘密となっていたといえよう。

しかし、スウィフトは、『ガリヴァー旅行記』の作者が自分であることを決して公言はしなかった。親しい友人に宛てた書簡においてすら、無断で公表されることを恐れて、用心深く言質をとられぬようにしている。『桶物語』や『ドレイピア書簡』(一七二四年)の出版後の事情も同様である。[45]

作者であって作者でない、想定された作者としての曖昧な立場をむしろ楽しんでいるかに見えたスウィフトは、ダブリンの出版者ウィリアム・フォークナーからの作品選集の出版申し込みを機に、一転して、『ガリヴァー旅行記』を自作として認知したい意欲にかられ始める。一七三二年七月、スウィフトは、モット宛ての書簡の中で遺作出版に関する説明をした後、「同様に、私は、私が自分のものと認めた散文と詩のすべてを・・・私の存命中に、それぞれあなたの手によって出版していただきたいと思っております[46]」と書き送って自己の著作を認知し、モットへの版権保証を行うのだが、翌一七三三年二月には『ダブリン・ジャーナル誌』にフォークナー版作品集の広告が載ることを考え合わせると、この時期には、フォークナーとの秘密裡の交渉は始まっているはずで、モットへの約束はむしろ割引いて考えねばならない。スウィフトの真意はむしろ作品の認知宣言にあったのではないだろうか。

版権をめぐってのフォークナーとモットの争いは良く知られている。『ガリヴァー旅行記』の版権はモットが買いとった形になっており、スウィフトの同意のもとに、モットしか出版できなかったのだが、一七一〇年の著作権法は、アイルランドにはこれが及ばないという大きな欠陥があり[47]、フォークナーはここをついたのだった。間に立っていたスウィフトの動きは微妙であった。ダブリンでの出版を抑えるように依頼するモットには、自分はフォークナー版と無関係で法的にも無能だと、むしろ迷惑をしているような振りをしつつ、裏では、フォークナーの出版にさまざまな援助を与えている。匿名の作品などもあって、「実の作者が正典の確立に手を貸さないかぎりは、フォークナーといえども偽作を印刷する可能性が避けられなかった」[48]のであるから、この事実のないフォークナー版にはスウィフトの最終的な意向が伝えられていると考えられているのも理由のないことではない。

ではなぜスウィフトは、当時でいえば海賊出版のフォークナーに肩入れをしたのだろうか。通例、スウィフトのアイルランド愛国者としての姿勢や、モット版におけるテキスト改悪への不信などが考えられているが、これらに加えて、モットを中心とした何人かの著作権所有間に協定が結ばれない限りは著作集が出版されない、という当時のロンドンでの出版事情にも原因があったのではなかろうか。一七七四年まで、著作権は永久版権と考えられており、通常の財産と同様に遺贈され、競売され、譲渡され、そのたびごとに細分化され、著作権者の数も増えていったという事情がある。[49]著作権者が増えれば増える程、著作集の出版は困難になるだろうし、存命中の出版を強く希望していたスウィフトにとっては不安にもなっただろう。フォークナーが著作集の出版はロンドンでは無理でしょうといった時、スウィフトは、「いやパートナーたちが同意すれば可能だ[50]」と答えたという。この「パートナーたち」とは、モット以外の著作権所有者を意味している。またついに一七三五年、全四巻からなるスウィフトの著作集（『ガリヴァー旅行記』はその第三巻）がダブリンで発行された後、スウィフトは、モットに事情を説明し、「著作権所有者間の同意がついて、これらの作品がロンドンで印刷されることが私の望みだったのです[51]」と述べている。スウィフトはもうロンドン版を待てなかった。この時、六七歳になっていたのである。

スウィフトはフォークナー版という海賊版の利点を利用しつつ、ロンドンでの出版の困難を乗り越えた。そして『ガリヴァー旅行記』の作者として世に出るのである。終生仮面をかぶり続けたデフォーとは好対象である。実名で『トム・ジョウンズ』を書いたフィールディングに作家の誕生をみるとすると、デフォーは典型的な「仮装の時代[52]」の子であり、スウィフトは、作家誕生前夜の人であった。

三

出版者兼印刷者ウィリアム・テイラーの名前で、四月二三日に書籍組合に登録された『ロビンソン・クルーソー』はその直後に市場に登場し、すぐさま圧倒的な評判を得て、年内に四版を重ね、縮刷版や海賊版が出され、新聞の再録連載もされていくことになる。さらに、この好評に支えられた形で、『続ロビンソン・クルーソー』が同じ年の八月七日に、『クルーソー反省録』が、翌二〇年一一月頃にたて続けに出版され、いわゆる「クルーソー三部作」が出来上がって、合本の形でも入手できるようになっていく。そして、一八世紀の中頃までには、バニヤンの『天路歴程』と並んでよく読まれたベストセラーとして定着していくことになる[53]。一九世紀に入ると、児童向けに翻案された作品が数多く出現し、その挿絵とともに冒険物語の原型として流行する。『「ロビンソン・クルーソー」挿絵物語』を書いたデイヴィッド・ブルーエットにいわせると、この物語は、時代の拡張主義を背景に、イギリス国民の「帝国ナショナリズムを体現していく[54]」というのだ。以後の「ロビンソナード」と呼ばれるロビンソン変形譚を視野に入れると、このロビンソン・クルーソー像の広がりは単にイギリスという国民性のみを表わすというより、イアン・ワットのいうように、近代個人主義の神話的な原型とさえ考えられることになっていくのである[55]。さらにM・グリーンが、冒険物語とは、植民地化と人種差別の鼓吹を底に宿しているものだというに至っては、『ロビンソン・クルーソー』はその元凶ということになる。南アフリカの作家クッツェーが『敵あるいはフォー』の中に、舌を切り取られたフライディを陰画として描き出すのもこの文脈からである。作者・デフォーの存在がすっかり忘れ去られるほどに、この作品の主人公・クルーソーの人間像が前景化してくるのである[56]。

作者としてのデフォーの姿が見えなくなってしまったのには、一八世紀初頭という作品誕生時の、作家とフィクションの関係のあり方が大いに関わっている。【図3】は『ロビンソン・クルーソー』

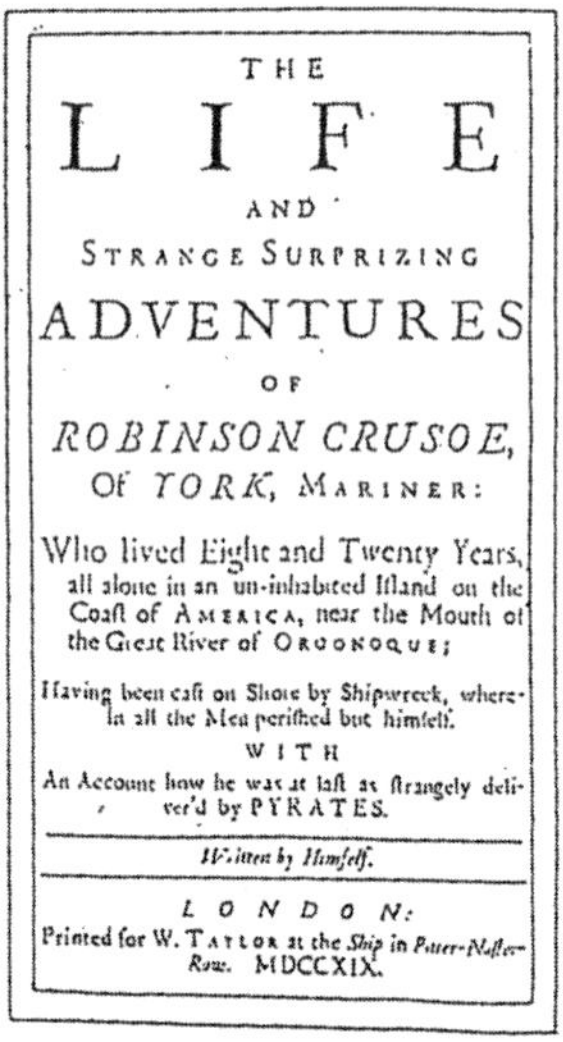

THE
LIFE
AND
STRANGE SURPRIZING
ADVENTURES
OF
ROBINSON CRUSOE,
OF *YORK*, MARINER:
Who lived Eight and Twenty Years, all alone in an un-inhabited Island on the Coast of AMERICA, near the Mouth of the Great River of OROONOQUE;
Having been cast on Shore by Shipwreck, wherein all the Men perished but himself.
WITH
An Account how he was at last as strangely deliver'd by PYRATES.
Written by Himself.
LONDON:
Printed for W. TAYLOR at the *Ship* in *Pater-Noster-Row*. MDCCXIX.

【図3】『ロビンソン・クルーソー』タイトル頁

の初版本の扉ページであるか、その下の部分で明らかなように、この作品はクルーソー「自身の手によって書かれた」ものとなっていて、そこには作者・デフォーの名前はない。作品はあくまで実在の人物によって書かれた実録として世に流布していたのである。ただ、作者がデフォーであったことは出版界の事情通にはすぐわかったらしく、同時代の三文文士であったチャールズ・ギルドンから、すぐさまクルーソーが実在の人物ではなく虚構上のペンネームであることを暴露されている。出版から五ヵ月後に出されたチャールズ・ギルドンの『ロンドン出身のストッキング商、ダ・デ・フー氏の生涯と数奇な驚くべき冒険』でデフォーは作中人物のクルーソーに置き換えられ、『ヨーク出身の水夫、ロビンソン・クルーソーの生涯と数奇な驚くべき冒険』という作品のタイトルをもじられているのだ。ストッキング商というのは、デフォーの攻撃者がよく使った彼の商人時代の職業への揶揄で、その出自が嘲笑されていたわけだ。クルーソーやフライディなどの登場人物が、散歩中の作者・デフォーを急襲して、毛布で空中に放り出すという、『ドン・キホーテ』などでも登場する一種のいたずらを行ってデフォーを失禁させ、妙な性格に作られたことへの恨みを晴らすというのが、この諷刺パンフレットの筋なのであるから、作者対被創造者という構成そのものが焦点になっていることがわかる。存在しないはずの語り手を捏造したと楽屋を暴露されて、デフォーは窮することになったのである[57]。

大きな時代の枠組みでいえば、イギリス一八世紀前半は想像力の抑圧された時代であったといえよう。いわゆる「理性の時代」と呼ばれる標語からも明らかなように、感性や感覚的なものが理性や判断力を狂わせるものとされ、「イマジネーション」は「妄想」の意味に、「フィクション」は「嘘」の意味に劣化し、後にロマン派によって称揚されることになる高貴な想像力は、その精神作用そのものが危険なものとみなされたのである。浜辺に人間の足跡を発見したクルーソーは、恐怖のあまり正常な判断ができなくなり、木立や切り株が自分を襲ってくる者たちに見えてしまう有名なエピソードがあるが、このときに彼の心を動揺させる心の作用を、クルーソーは「イマジネーション（妄想作用）」と呼び、幽霊のような存在しないはずのものを見てしまう危険な精神状態を指しているのが思い出されよう。まして、宗教的に厳格なピューリタンの精神的基盤に立つデフォーやリチャードソンは、フィクションをつくることは、ひそやかに仮面をかぶってのことであればいざしらず、おおやけには、自分の子としての作品を認知しにくかったこともあっただろう。フィクションということになれば、作者が存在するということは自明のことである。そこにデフォーが取った実録の語り手としての戦略の理由があり、リチャードソンが取った書簡編集者としての立場の理由もある。作者は作品の陰に隠れていなければならなかったのである。[58]

『ロビンソン・クルーソー』が真実の物語として提示されたのには、この作品が一七世紀に爆発的に広まった旅行文学というサブジャンルに属していたこともあるだろう。陸上や海上の交通拡大に伴い、さまざまな文化交渉が文字として記録され多くの読者に提供されていたのである。グランド・ツアーと呼ばれた貴族の子弟のための大陸旅行の案内記やイエズス会などの異国での宣教活動報告、そして海外での植民地抗争を背景にした海賊譚や探検物語など膨大な数になり、チャールズ・ミッシュの推計によれば、一七〇〇年から一七四〇年までの散文フィクション全体に対する旅行記の割合は、一五パーセントにのぼったといわれているほどである。[59] 書簡体や日記・日誌などによる異文化の報告記録という多彩な語りの種類も存在し、デフォーがこの文学伝統に精通していたことは、彼の『シングルトン船長』など海賊物語や『新世界周遊記』（一七二四年）などの他の作品にもみてとれる。旅行記という事実性の枠組みを強く意識していたデフォーである。

この物語は表紙のタイトルにあるように、「二八年間、アフリカ沿岸はオリノコ河の河口付近にある無人島で、他の同僚は死に、たった一人難破によって浜辺に打ち上げられ、最後には海賊に奇跡的に救出された男によって書かれた」ものということになっており、これがいかにも真実の記録であるかのように書かれていく。モデルとして喧伝されたアレクサンダー・セルカークの存在がよく知られるようになるのは、アディソンの『ザ・イングリシュッマン』誌に報道された一七一三年以後のことだから、これは『クルーソー』発刊の六年も前のことになり、ジャーナリストとして新鮮な話題を常に意識していたデフォーとしては、少し時間が立ちすぎているのではないか。むしろ、上述の分厚い旅行記文学の伝統の中にこそヒントがあるのではないかと考え、この作品を書く際に使われたデフォーの資料を徹底的に洗いなおしたのが、アーサー・W・セコードの『デフォーの物語技法研究』（一九二四年）であった。キャプテン・ノックスの『セイロン島誌』や、セルカークを救出した船長でもあったウィリアム・ダンピアの『新世界周遊紀行』など数多くの先行旅行記が、テキストとの比較検証の上、『ロビンソン・クルーソー』の創作資料として確かめられたのである。セコードの功績はより広範な、先行旅行記の資料操作によって、デフォーはこの作品を書いたことを考証したことにあった。見てきたように嘘をつくとか、単に思いつくままに書きとばしただけといわれていたデフォーの無技巧を、逆に、よく調べて書いたものとしてその技法を評価したわけである[60]。

『ロビンソン・クルーソー』の舞台が北アメリカのオリノコ河の河口付近に設定されたのは、この作品の発刊時期における当時のイギリスの、対スペイン植民地拡張政策プロパガンダの一環ではなかったかという解釈がある。J・R・ムーアによれば、長く、サー・ウォルター・ローレーのギアナ植民地化計画に関心のあったデフォーは、ちょうどこの時期にギアナ植民地化推進のパンフレットを出していることからしても、当時喧伝されていた「南海会社」への世論喚起が念頭にあったのではないかとしている。[61] 会社の株が高騰の後急落して倒産し、最大の初期恐慌を生むことになるのは、この作品が書かれた一年後であった。河口の島に一人漂着した男が忍耐と努力でやがて自分の王国を築くに至るクルーソーの物語は、荒唐無稽な夢物語としてではなく、リアルであればあるだけ読者の関心を呼び起こし、オリノコ河という地域への一般の意識を焦点化する作用を果たしたのではなかろうか。「南海」(サウス・シー)を赤道以南の太平洋、大西洋と考えれば、セルカークの島であるセント・フェルナンデス島がチリ沖にあったのとは対照的なギアナの位置関係ではあるし、なかなか魅力的な解釈でもある。

この物語において、従来にはあまり見られなかった種類のリアリズムがデフォーの手によって結実していくより直接的な要因を考えてみると、一つには、フィクションをフィクションとして許容し、産出していくことが可能な、いわば物語の社会的磁場とでもいうべきものがまだ十分に形成されていなかったため、事実としてしか物語が提出できず、その事実性の保障のために書き手の意識的な戦略が必要だったということがまず考えられよう。また、膨大な旅行記のなかで、とくに、「真正旅行記」といわれるタイプのものには、書き手の直面する状況が客観的かつ事実を重視した書き方になっていて、デフォーはこの伝統を受け継いで、数字や表を多用するいわゆる「状況的リアリズム」へ向かったのだろう。

デフォーの名前が小説史上で大きく取り上げられるようになるのは、イアン・ワットの『小説の勃興』（一九五七年）以降であろう[62]。前述した「真実らしさ」を紡ぎだす、独特の即物的リアリズムで知られていたものの、それまでのデフォーは、怪しげな商人であり、政治的な変節漢であり、いつも他人の仮面で語る曖昧な作家として位置付けられており、近代小説の祖としてはいささか見劣りのする存在だったのである。近代小説の「起源」は一世代あとの一七四〇年代に登場するフィールディングとリチャードソンの作品群に与えられていたといっていいだろう。ことに「散文による喜劇的叙事詩」という標語にみられるような、古典的な構成と新しい散文ジャンルの融合として、「小説」を作り出したという点で、フィールディングは近代小説の「父」と呼ばれていたのである。

まずワットはクルーソーのうちに近代個人主義の原型を見出している。一八世紀にはいると、伝統的な集団の規範から逸脱して、自己中心的な価値観をもった個人主義的な世界観が社会の表面に顕在化してくる。過去の伝統という名で呼ばれる思考形態や行動様式から離れて、身分や階級とは関係なく、個人の自律性に基づいたイデオロギーに依存した人間観がより強く主張されてくるというのだ。共同体の秩序に対する批判と反抗という意味合いでは、以前のピカレスク小説に登場する人物と似た側面があるともいえるのだが、そしてクルーソーも世界を放浪すると言う意味では、この特徴を受け継いでいるともいえるのだが、ワットのいう近代個人主義という概念では、一貫した個人の利潤追求と、そこに生じるその内面への罪の意識という点で根本的に相違があり、このウェーバーのいう世俗主義と新教主義の結合が、近代資本主義を担っていく階層になるというのである。

父親が安定した中産階級の利点を説いたにもかかわらず、クルーソーは家出を決行し自らの欲望に身を任せていくことになるのも、家族という伝統的な価値観からの離脱なのであり、そしてこの父親からの離反がのちのちクルーソーに「原罪」の意識を植えつけることになる。帳簿をつけて財産の合理的な管理と運用をはかり、契約を交わして人間関係を築き、日誌を付けて内面との対話をはかるという資本主義精神の諸特徴が、孤島に漂着した一人の男の、住居を建築し、動植物を管理し、穀物を栽培収穫し、土器やパンを作っていく姿の中に定着されていくと解釈するのだ。女性が登場しない唯一の有名な小説という評価も、合理的な行動と資本運用をさまたげる、気まぐれで危険な要因としての恋愛を排除したと考えると、この個人主義な人間像につじつまがあうとまでいうのである。

このようなクルーソー像は、後に大塚久雄によって「経済人ロビンソン・クルーソウ」と呼ばれ、経済的余剰を最大にするために現実的かつ合理的な計画を着実に推進していく「経営者」としてのクルーソーとなっていく。大塚の『社会科学における人間』（一九七七年）によれば、当時のイギリスの農村に広範にみられた中小の毛織物製造業者が、クルーソーの「社会的なモデル[63]」とされている。このようなホモ・エコノミクスとしての解釈は、また、G・A・スターの『デフォーと精神的自叙伝』（一九六五年）や、G・K・ハンターの『反抗的ピルグリム』（一九六六年）などによって提出された、ピューリタン的な精神性を探っていく研究方向から生まれた、いわば「宗教人クルーソー」とでもいえる側面とバランスがとられていくことになる。[64] この物語を信仰上の改悛者の視点からみてみると、「（父親への）反抗―（孤島生活という）懲罰―（信仰のめざめという）改悛―（孤島からの脱出という）救済」という一貫したパターンがはっきり存在しているが、これは、当時、若者たちの精神的指導書としてポピュラーだったピューリタンの説教文学の主題と構成からとられたものだというのだ。労働と信仰が融合した神話の形成である。

ワットのもう一つの『ロビンソン・クルーソー』評価は、表現技法としての「形式的リアリズム」を重視していることにある。ここでいう「形式的リアリズム」とは、従来からいわれていた、数字や表によって真実らしさを表現するという「状況的リアリズム」と基本的には変わらない。ただ、ワットが、この概念をフィールディングの「評価のリアリズム」と対比的にもちだしたところが、彼の小説史観と直接にかかわっていて、すぐれて独創的なところであった。

ロマンスなどの従来型の文学形式からの連続的展開というよりも、むしろ非連続的離脱を近代文学の特徴と考えるワットは、一七世紀後半から一八世紀にかけての広範な世界観の変遷をまず「哲学的リアリズム」の誕生としてとらえ、それに呼応して、個と外界の新たな認識の枠組みに基づいた「形式的リアリズム」が誕生したと考えている。個が独自のアイデンティティを備えたものであるためには、それぞれの個がある特定の時間と空間のうちに定位されなければならないと同時に、自己の内面が意識化されなければならない。「ヒストリー」という言葉が、歴史と物語の両義をおびていたように、ある個としての人生が独自のものとして、過去と現在の時間の流れに置かれてこそ具体的なものになり、ある特定の場所と時刻を与えられて初めて、普遍的な象徴や寓意ではなく、一般的な個の類型でもない、確かな独特の色合いをそなえた人物になる。地名や人名などの現実的な固有名詞の使用や、時間的および数量的な規定の仕方が、近代小説の描写技法として欠かせない基準の一つになるというのだ。「クルーソー」という名前はドイツ系の父方の「クロイツナーエル」という原名がなまってできたとテキスト冒頭に書かれているが、R・W・エイヤーズによれば、これは「クルーズ（航海する）」と「クロス（十字を切る）」の二つの意味が掛け合わされているという[65]。当時としては比較的珍しい名前を使いながら、その人物独自の意味合いが読者につたわるように計算されていたのではないかといわれるのも、ワットのいう「形式的リアリズム」の一例にあたるのだろう。

『ロビンソン・クルーソー』が先行の旅行記と大きな相違は、その内面の観察にある。たった一人難破から助かると、神への感謝を忘れないクルーソーなのだが、やがて平穏な日常が戻ると、その信仰に懐疑的になることになる。地震が起こったり、天使に罰せられる夢を見たり、人食い人種の存在に気がついたり、孤島生活が脅かされるたびに神からの罰を意識し、改心への努力を誓う彼なのだが、この内面が、上述の「改心のパターン」に従って、ゆっくりとした波のような反省と忘却のリズムで語られていくとき、この内面省察は一種の近代小説に特有の心理観察に通じていくのであり、これは、日記をつけて神との対話をはかることで、内面を書きとめていくことを推奨されたピューリタンの習慣を、起源とする内面描写の誕生ということになる。

従来は近代小説の父と目されることの多かったフィールディングを、「評価のリアリズム」という観点からみるワットは、その特徴を、類型化した登場人物を外部から評価しその行為を外部から判断するのみで、人物の内面まで入ってはいかないことを指摘するのである。以前は賞揚されていた巧みなアーティストとしての筋の構成や人物造形も、古典的教養に依存しすぎた嫌いがあって、新しいジャンルの形成には至らなかったと消極的な評価になってしまっている。後年「『小説の勃興』についての真摯な反省録」（一九七七年）という論文を書いて、『小説の勃興』後半部からスターン論を大幅にけずらなければならなくなって、その結果「評価のリアリズム」に関しては十分にその積極的な評価をできなかったと弁明しているが、デフォーとリチャードソンというピューリタン系の作家たちに特徴的な「形式的リアリズム」を賞揚したこの評論は、書かれた当時の文脈でいえば、当然のことながら、伝統的小説史観への大胆な挑戦であったのである。[66]

ワットの議論は、資本主義成立前夜における幅広い文化状況の変化と、それを支える新興中産階級の勃興が、デフォーを中心とする作家たちの文学表現技法とそれを受け入れる読者層の成立とに呼応していたことを、大きな歴史の筋道のなかで描ききったものだといえようが、「クルーソー三部作」の作品制作プロセスという細部にはほとんど言及がない。さらに根本的には、社会変化と文学形式の対応を直線的に結びつける前提には誤りはないのか、問題が残るところだ。また「形式的リアリズム」と「評価のリアリズム」の価値判断に関していえば、後代の小説のどのような側面を重視したかによって、評価にずれが起こってくることが考えられよう。あらゆるジャンルを飲み込んで肥大し続ける小説のような不定形な芸術形式が、一つのジャンルという枠組みのなかに囲い込みにくい現在から見ると、その選択は難しいだろう。小説の定義が不分明だとすれば、その単一の「起源」を遡って求めることには無理がある。そして、「ノヴェル」という表現自体が、一八世紀にあっては「ロマンス」と同義であって、耳目に「新しい」異国の翻訳文学作品を指すことが多かったから、現在の「小説」とは意味が違うこともある。あまりに多義的になりすぎて、研究者は、この言葉を議論の中心概念としては使いにくくすらなっている。さらに、アメリカのデコンストラクション理論家たちの影響で、起源にさかのぼって正当化を図ることの危険性が主張されて以来、いわゆる「小説の起源」の記述が非常に困難になってきていることもあるのである。

このようなワット以後の状況のなかで出されたのが、レナード・デイヴィスの『ファクチュアル・フィクションズ―イギリス小説の起源―』（一九八三年）である。[67] デイヴィスの主張を極端に簡略化すると、「小説の起源」の記述が難しいなら、「フィクションの起源」でこれを置き換えてみたらどうだろうか、ということになるだろう。社会変化に対応する文学表現の変化というワットの図式は、マクロの視点では正しいのかもしれないが、ミクロの視点からは何の論証もないと批判し、ロマンスからノヴェルへというジャンル進化の議論は、どうしても現在の小説概念を基準にする目的論的錯誤がつきまとうとし、さらに、書簡体小説や旅行記文学などのサブジャンルが融合して一つの「小説」という近代文学ジャンルに昇華したという考え方も、個々の作品論としては整合性があるにせよ、全体としての小説概念の成立という点では問題が残るとして、既存の三つの主要な小説史モデルへの批判から始めるデイヴィスなのである。

フィクションは、いつの時代にも、全面的に受け入れられていたわけではない。フィクションであるということは作者が存在するということだから、フーコーのいうように、著作性の概念が一般化するのは近代に入ってからのことであるのはいうまでもなかろうし、[68] また宗教的道徳的なフィクションへの抑圧は、いつの時代にもある。前に述べたピューリタンの虚構に対する偏見と事実に対する偏愛はこの一例である。フィクションとは、妄想作用によってそこに存在しないはずのものをあたかも存在しているかのようにみせる、人間の正常な認識と判断を狂わせる危険なものだという考えが徐々に駆逐され、読み手の劣情を刺激する邪悪なものという考えから、フィクションを正当な作り物として読むことが可能になり、作家もそのなかで社会に認知されていくことになるわけだ。虚構が独自の社会的有効性と価値をもって始めて、作者の存在とその芸術性が出現する。デイヴィスはこのような歴史上のフィクションの社会的な成立を、小説の成立に置き換えようというのであろう。

フーコーのディスコースの概念を重視するデイヴィスは、サブジャンルが融合して小説が成立したとは考えずに、逆に事実とも虚構とも判断のつかない「未分化の母体」という言語集合体を設定して、これがデフォーのころに、ニュースという事実のディスコースと、フィクションという虚構のディスコースに分離していくと考えるのだ。書簡体ロマンスや旅行記や実録犯罪記などの下位カテゴリーが融合して小説というジャンルを形成したのではなく、ニュース／ノヴェルという混合ディスコースが、分離して事実と虚構の、ニュースとノヴェルのディスコースにそれぞれ独立していくと考えるのである。ジャーナリストでありかつ創作者であったデフォーが、このような「未分化の母体」に特有な曖昧性や仮面性が残っていたのは当然のこととなる。[69]

【図4】は友人であった銅版画家のウィリアム・ホガースのスケッチをもとにしたといわれるフィールディングの肖像画（一七六五年）である。[70] 死後八年目に、全集に載せるために友人であるホガースが記憶をたよりに描いたといわれるものだが、特徴的なことは、肖像画の下の台座には、彼が書いた『トム・ジョーンズ』や『アミーリア』が置かれており、自作であることが誇らしげに主張されていることだろう。これらの作品はそれぞれの出版時にも「フィールディング著」とその作者の実名が表紙に明言されていたのであるから当然といえば当然なのであるが、デフォーにはそれが可能ではなかった。一世代後のフィールディングになって、作品が作り物であることが、自他ともに認められる社会になったということである。デフォーは現在でいえばゴーストライターのようなものであり、「ロビンソン・クルーソーは私だ」と口がさけても言えなかった彼は、自己を作品の陰に隠さざるをえなかったのである。デフォーは、いわば「姿なき作家」だった。著作性の対比がこれほどはっきり認められる例も少ないだろうが、この観点からいうと「小説の起源」としてはフィールディングが再度浮かび上がることになるだろう。

【図 4】フィールディングの肖像画
（Paulson, *Hogarth*. より）

チャールズ・ギルドンは、「高名なる『ロビンソン・クルーソー』の著者ダ・デ・フー氏に当てる書簡」（一七一九年）を書いて、この作品は本人が書いたものではなく、裏にデフォーという作者がいると暴露したわけだが、[71] デフォーは『クルーソー反省録』の序文で、これに答えている。あくまで実在のクルーソーがいるとして、物語の真実性を保障しながら、作り物という非難をかわそうとしたわけである。[72] 事実と虚構の皮膜を最大限に曖昧化しながら、しかも自分にフィクションを作る行為を納得させねばならない。

次の一節は、カミュの『ペスト』のエピグラフに採られて有名な箇所であるが、このような、別の言い方で真実を語るという本来の「アレゴリー」の意味を、明らかにしているとはいえないだろうか。「孤島での生活は実際に起きた話を適切にほのめかしたもの（アリュージョン）である」と言ってこういうのである。

このような反省は、強制的な監禁状態の実際の話であり、これが私の実際の話として、孤島での一人で監禁された生活によって表現されているのである。一種の監禁状態を、もう一つの別な監禁状態によって表現することは、存在しないものによって、実際に存在するものを表現することと同じように合理的なことである。ベッドの上で何者かにうなされたときの恐怖の話は、一語一語が実際に起こった事実であり、場面をある場面から別な場面に移動させる際にどうしても必要な場合を除くと、これらを書き換えたことはほとんどないといっていい。

（『クルーソー反省録』[73]）

ここでデフォーのフィクションの合理化戦略がはっきりしてくる。クルーソーの島での思索や感情の体験は、自分が投獄されたさいの思索や感情と同じものだから、「一種の監禁状態をもう一つの監禁状態で表現する」ことが可能になるのであり、それをフィクションで表現してもいい。クルーソーの孤島体験はデフォーの投獄体験なのであり、それらは監禁状態という点で共通しているというのだ。夢という観念的イメージは、いわば存在しないものだといってもいいのだが、これも自分の心の動きに対応した事実であるから、「存在しないものによって、実際に存在するものを表現する」ことが許されるというわけである。それゆえ、存在しないクルーソーによって存在するデフォーが表現されてもいいことになる。姿なき手品師デフォーは、虚構という非事実を、真実と言い換えた瞬間でもあった。ここにおいてようやくデフォーは、アレゴリーという伝統的な戦略を新たに読み替えることによって、フィクションを語りうる説話的な磁場を見出したともいえるだろう。

デイヴィス以後の「小説起源論」は百花繚乱の趣さえある。[74] 小説をどう考えるかによってその「生成」や「起源」のありかたも一様にはならないからだろう。ただ、『ロビンソン・クルーソー』と小説生成の観点からいうと、デフォーのアレゴリーによるフィクションの合理化戦略は、作家の創作の内的な契機として、以後も非常に重要な位置を占めることになる。バニヤンの用いたアレゴリーの手法とは、夢という枠組みの中の観念的な人物像が基本であり、登場人物が現実的かつ日常的な言語を使用する点は、あくまで付加的な側面であったと考えていいだろう。善悪の観念的道徳性が夢物語を語ることを許容していたといえる。これに対してデフォーの場合は、登場人物の個の特定化をするリアルな状況描写が前面に出ていたのだが、その人物の実在のアリバイを作るために、登場人物と作者の間に心理体験という抽象化された、感情という名の観念を持ち出すことになったのである。根っこの部分でアレゴリーのもつ観念性が、フィクションの支えになっているのである。クルーソーの不安と恐怖は私のものでもあったから、フィクションを書くことができるのだという合理化は、必然的に同じピューリタン的な気質を持つリチャードソンに踏襲され、さらに微細な心理のあやが追及されていくのも当然なのである。

これに対してフィールディングは、虚実の区別をさほど意識しない古典的な伝統に依拠していた。虚構を虚構として書き読むことができるということになれば、そこで作家が社会的な顔を持って登場してくることになる。フィクションの作り手としての手際のよさがいわゆる「アート」としての芸術的価値を評価されるようになる。あとは市場の整備を待つだけである。『トム・ジョーンズ』の冒頭の有名な、「作家はさしずめ金を出す者なら誰でも歓迎する飲食店の経営者である」という、料理屋の亭主と作家の比喩は、実に効果的にこの間の事情を説明してくれるものだろう。客の好みに応じて腕を振るう料理屋にとって、彼が誇りをもつのは素材よりも料理の技術なのである。「精神のご馳走の精髄も、材料よりは作者の調理の腕にある」[75]というゆえんである。彼はデフォーのように材料（事実）にこだわらない。それより腕（スキル）を評価するのである。

一八世紀を通じて小説は徐々にその社会的な地位を向上させていく。当時の「ノヴェル」の意味は「ロマンス」とほぼ同義であり、荒唐無稽なフランスからの翻訳恋愛物語をさすことが多かったことは前にも述べた。これらは、青年子女の劣情を刺激してよからぬ空想や情念を焚きつけるという意味で、社会的に害毒を流す危険なものとされていたのである。しかし、たとえばアームストロングが分析したように、悪党・悪女の誘惑の物語は、その危険な分子を「コンダクトブック」という道徳的行儀作法書のオブラートに包まれて社会に受け入れられやすくされ、恋愛・結婚・家庭形成の物語と変容していくという。「小説」がもっていたスキャンダラスで有害なメディア性は、道徳的言説に「封じ込め」られて、無害化していき、やがて教養小説や家庭小説そして政治小説など様々な形で合理化され、社会の中で安定した地位を占めていくことになる。[76]デフォーはその最初のフィクションの合理化をおこなったのであり、フィールディングは、肖像画のなかで、自分の顔と作品を結び付けることで、著作家としての存在を社会に顕示することで、その最初の著作性の唱導者になったのであった。

第五章　疫病小説『ペスト』

一　マルセーユ発のペスト

　デフォーが『ペスト』を書いたのは一七二二年のことであり、題材となったロンドンのペスト流行は、一六六五年のことであるから、その間、約半世紀の時間のずれが存在している。[1] われわれでいえば、過酷な戦争体験の思い出話を、現在の古老が筆にする、といった具合でもあるので、歴史の棺桶に片足を入れつつも、一部には、おぼろげな記憶が残っているような事件を取り扱っていたことになる。第二次大戦後の東京の様相が焼け跡から高度成長を経て一変した如く、当時のロンドンも、ペスト直後の大火から急速に立ち直り、さらに巨大化し、膨張したところから考えれば、作品の事実性を常に標榜するデフォーにとっては、過去とも現在ともいえるこの時間的距離が、現在われわれが思う以上に、制作上の問題点になっていただろう。ペスト流行時を生き延びた、現場の証人がまだ生存していて、フィクション性を暴かれることにでもなったら、困ったことになるのは容易に想像できるのであり、このような、歴史とも現在ともいえるような状態で、事実性を売り物にするフィクションを書くことは、相当デフォーにとっても気になることだったであろう。

　また、この作品の成立の直接の契機としては、一七二〇年春の、マルセーユで発生したペストが考えられている。トゥーロン、アルル、アヴィニヨンと南仏一帯に広がりつつあったこのペストは、イギリスへの上陸を懸念する人々には、ことに南仏との商取引のあったロンドンの商人にとっては、一六六五年の悪夢の再来とも危惧されていたわけであり、当時の大きな社会問題にまで発展していたのである。

最大の防禦対策はクウォランティーンと呼ばれる、四〇日間にわたる、入港した船舶の強制検疫隔離であったが、これは、その実施にあたっては、さまざまな問題をはらんでいた。これが実際に行われるためには、抜荷、脱走を取り締り、罰則を行うためにも、強力な大権の発動が行われねばならず、一七二一年の九月から年末にかけての議会は、実施法案の条項をめぐって、自由か専制かという、政治形態の論議にまで発展して、紛糾していた。外国貿易をなりわいとする商人たちにとっては死活問題だっただろうし、その支持基盤だったロンドン市と国の間ではその対応に温度差があったのも当然といえよう。一七二一年一月、従来の検疫体制を三か条にわたって強化した新検疫法が国会を通過する。隔離中の患者の脱出と外部からの患者への接触者には死刑という二項目に加えて、病勢がより悪化した場合は、そのペスト発生地域に、検疫線、検疫壕をめぐらし、監視兵をつける権限を国王および議会のみに与えるという一項を含むこの新法は、夏以降、一時、五〇隻の船をテムズ河口で止められたというロンドン商人たちの強烈な反対にあうことになる。九月に南仏でのペスト悪化が伝えられると、時のウォルポール内閣は、感染地からの船を砲撃で沈めることのできる条項を加えようとするが、ウィリアム・クーパーを中心とする市勢力の猛烈な反発に会い、下院は通っても、上院は通らない。ウォルポールが実権を握るのは一七二一年四月であるから、まだとても安定政権ともいえず、この期の政界は、混乱を極めている[2]。

経済的には、南海バブル事件と呼ばれる、一年のうちに株価が一〇倍にもはね上り、また急落するといった、初期金融恐慌が起ったのが一七二〇年であった。その理事たちの私財没収など、後始末に追われていたのが、一七二一年であるから、経済的にも混乱期にあったのである。この期のデフォーの関与していた『アップルビー』誌上の記事は、この惨禍とペスト報道でうめつくされている観があるので、この両者のうちに、パニックに襲われた都市というテーマの類比関係を指摘する議論には説得力があるように思える[3]。

加えて、ペストの病因、伝播などについての、医学上、衛生学上の問題がある。不道徳な行為に対する、神の怒りの表現としてのペスト、という解釈は古来のものであったが、細部の現実を直視すればするほど、この原理の持つ矛盾も見えてくるのであり、単純な形の天譴論は、もはやデフォーのとるところではなかった。ただ、よりソフィスティケートされた医学上の論争が、といってもまだ現代の目からは異様なものにしか映らないのだが、このペスト再来という危機感を背景に再燃していて、これをデフォーが参照していたことはある。ルイス・ランダによれば、当時の医学界にあっては、病原体という概念はまだなかったものの、その原因に関しては、微生物説と微粒子説があり、発生・伝播形態に関しては、ミアズマ説と接触・感染説の二つの見解が対立並存しており、デフォーはこれらの出版化された議論に目を通し、微粒子（エフルーヴィア）=感染（コンテージョン）説を採用しているという。[4]

以上、『ペスト』成立直前の、ペスト再来のもたらす社会的背景を大雑把に政治、経済、医学と分けて考察してみたが、それにしても、冒頭に述べた過去のペスト禍と執筆時の半世紀の時の経過は重要である。一六六五年のペスト流行時にはデフォーは五歳だったのであり、執筆時には六二才になっていたのであるから、原体験として常に彼の意識の底にあったこの素材も、それだけでは作品として実を結ぶまい。曖昧な過去を彼独特といわれる、表、数字を使ったいわゆる「状況的リアリズム」という方法で、作品として定着してゆくためには、古地図を調べ、一六六五年の法令集を写し書きし、生き残りの人々にインタビューをし、死亡者週報をこまめにあたって、調べて書かねばならない。[5]見てきたように嘘をつくといわれるデフォーも、この作品執筆の過程からしても、実は調べて書く作家なのであり、一七二〇年から一七二一年にかけての、南仏からのペスト再来への危機感がこの丹念な作業を可能にした大きな要因であっただろう。

このように考えてくると、この作品には、その成立当初から、二つの異なる方向の要素が混在しているのは当然のことともいえるだろう。一六六五年のペスト惨禍を丁寧に描写・再現していく方向と、一七二一年のペスト再来への防禦対策とがこれである。過去をありのままに描写していく要素と、切迫した疫病対策を提案する現在の要素といってもいい。この小説には、この二つの要素が微妙に織り込まれているように見える。今日の読者の目から見ると、小説の魅力の大半が、前者の事実再現性にあるのは無論だが、当時の作家デフォーにとっては、そしてこれを読むことになる読者にとっても、後者の差し迫った疫病予防策という現実感も欠くことのできない要素であったのではないだろうか。

ペストに襲われ、混乱に陥った都市というテーマの小説をありのままに描くという行為は、それだけでは、非常に危険な行為とデフォーは考えていたようだ。『ペスト』の直前に書かれた『疫病対策』の序には、この作品が、「その必要のない、悪しきニュースの予言」（三）と誤解されることを気にした部分がある。

事実再現性のみを旨とした作品は、ある意味では、いたずらに人心を惑わし、不安を煽るものとしてレッテルを貼られ、彼が以前に「非国教徒処理の近道」を書いてそうなったように、筆者が投獄の憂き目にあわされる危険もあったのだから、予防策を講ずるという大義名分でもなければとても作品化は不可能であったのかもしれない。

このような二つの側面は、デフォーの他の作品に共通してみられる、生き生きとした細部描写と、退屈な教訓談義という二つの側面の関係に似ている。道徳的なお題目も、一八世紀小説の枠組の内では必須な条件であったように、『ペスト』中の予防策も、それ自身としては面白味に欠けるが、混乱した都市を精密に再現してゆく過程において、その再現自体の作品化を可能にしたという意味合いから考えれば、作品成立に欠くことのできない重要な要素になっていると思われる。

二　強制閉鎖と自主閉鎖

デフォーのペストに関する作品は主に三つある。成立順にいえば、南仏のペストの猛威を報道し、あわせてペスト検疫制度の必要性と予防対策を説いた、一連の新聞時評的な作品群（ここでは仮りに「ペスト評論」と呼ぶ）、一七二二年二月に出版された彼のペスト予防論の中心となる『疫病対策』、そして一七二二年四月に出版された小説『ペスト』、の三つである。初めに「ペスト評論」を中心に、デフォーのペストに対する反応を見てみよう(6)。

ジャーナリストとしてのデフォーのペストに対する反応はすばやい。一七二〇年八月一二日付の『アップルビー』誌上に、南仏でのペスト流行を報じ、ペストと認めたがらぬ政府を尻目に、警戒の声を出している。以後、一七二一年一一月四日付の『アップルビー』誌上で病勢が一応の収まりをみせるのを見とどけるまで、一年一〇カ月にわたって、一三回、ペストに関する時評を行っている。この一連のペスト評論には、後の創作への創作ノートとでもいえそうな部分が少なからず存在しているのであり、その連続性は注目に値する。二一年の冬に病勢が収まったというのは、冬の間には、ペストは一時的小康を得るということを体験的に知っていた当時の人々にとっては、やがて春の到来とともに病勢がぶりかえすのでは、という不安感はぬぐい去られてはいない。「われわれは、この恐ろしい裁きの手から、少なくとも今年はまぬがれるだろう」（『アップルビー』誌、一七二一年一一月四日付）というデフォーの危機意識は、連続して、直後の二つの作品に投影されていくことになる。

マルセーユでの掠奪と投獄、みせしめのための四〇人の絞首刑（『ミスト』誌一七二〇年九月二十四日付）、入港を拒否された仏船の報復（『アップルビー』誌一七二〇年一〇月二二日付）、健康証明書がないばかりに射殺されたナポリ王国での話（『アップルビー』誌一七二〇年一一月五日付）など、南仏での惨状を報ずるデフォーの視点の背後には、常にイギリスでのペスト対応策が意識されているようだ。フランス式疫病対策の欠陥がもたらした苛酷な状況とイギリス流の対応策の長所を対照的にとらえていると思われる箇所をとり出してみる。

「ペスト評論」で、マルセーユの最悪の状況を、三つに箇条書にしているところがある。死体放置と、食料不足、それと掠奪暴行である。これに反して『ペスト』では、死体処理と食料調達に関する当局の手際の良さが賞賛されている。掠奪行為に関しても、血なまぐさい流血というよりもむしろ帽子盗みの場合のように、ユーモアと悲哀感をさそうように語られているのは、いかにフィクションとはいえ、デフォーらしいところだろう。フランスにおけるペストへの対応振りを、一種のネガと見なし、その惨状を悪しき防禦策の結果と考えてゆく、デフォーの英仏対比の思考様式の典型は、フランスにおいて常套手段化したペスト防止法としての強制家屋閉鎖のうちに、最もよく見られるように思う。

『ペスト』中に見られる疫病対策として最も大きなウエイトをしめているのは、「家屋閉鎖」(シャッティング・アップ・オヴ・ハウス)という方法だろう。病人の発生した家を官憲の手で外部から強制的に封鎖し、外部との交流を完全に遮断するというこの方策は、一六六五年の時点で始めて導入されたものではなく、F・P・ウィルソンが調べているように、一七世紀の伝統的な疫病対策であったわけだが[7]、一緒に住む家族や、召使など、健康な人をも、病人ともども、監視人をつけて、閉鎖してしまうというこの方法は、いわば、「格子なき牢獄」(『ペスト』三四八)を、閉鎖の数だけつくり出すことにもなったわけであり、費用においても、人道的にも問題の多いところであったことは容易に想像がつく。病気の発生と報告、病人の看護と脱走監視、調査員と医師の派遣というロンドン当局のとった疫病対策体制も、末端の直接病者と接する危険の多いところでは、職務の忠実な遂行など望むべくもなかったであろう。実際、これらの人々の多くは、ロンドンから脱出するあてのない下層階級の人々が、貧民救済の一環として雇われていたのであり、掠奪行為におよぶ危険性もあったことを合わせて考えれば、実施にあたっては、その方策や効果に異をとなえる者が出てきても不思議はない[8]。

デフォーの強制家屋閉鎖に対する意見は相当曖昧なところが多い。『ペスト』中のある部分では、この方策をとったことによって、街がより健全かつ健康的になったと、その有効性を認めながらも（三二三）、別の所では、「これすなわち私が、権力を用いて家屋を閉鎖し、市民をその家の中に軟禁することの、ほとんど大局より見て無用なことを、当時はもちろん、今日においてもなお信じているゆえんである」（『ペスト』三六七）と、むしろその有害性を告発するところの方が多いようだ。この例に限らず、デフォーは一般的に、ある問題に対して、立場を明確に打ち出すことをせず、曖昧な形で、二説を並記するといった筆法が多いのはよく知られているし、また、両説並記という特徴に「決疑論」という神学的レトリックの影響を読み込む論者もある程なのだ。[9] ただ、この強制家屋閉鎖に関しては、デフォーは、かなり明快な意見を持っていたように思える。『ペスト』後半部には、強制閉鎖批判の調子はかなり高くなっているし、代案も提出している。そして、何よりも、前述のフランスとの対比的な記述が、これを裏づけているように思える。以下これらを順に見よう。

強制閉鎖の最大の問題点は、デフォー自身認めているように、「病人と健康な人とを一緒に隔離するということは、それ自体、危険なことなのである」（『ペスト』四五五）と、病人と健康人を一緒に閉鎖してしまうことであった。この弊害から生ずる悲劇的状況を回避するために、強制閉鎖の検察官の任務を終えた語り手Ｈ・Ｆの口を借りて、デフォーはこう改善案を提唱する。[10]「これはわれわれの一致した意見なのだが、感染した家屋を臨検したときに、健康者を病者から引き離すなんらかの方策があったほうが、多くの点ではるかに合理的だろう」（『ペスト』四七〇）と言って、病人、健康人の分離のために、二〇−三〇日間の「短期クウォランティーン」（『ペスト』）四七〇）と彼が呼ぶところの、健康人隔離期間を置くことを提案している。これなどは、デフォーの強制閉鎖に対する批判ともいえよう。

『疫病対策』中には、ペストに汚染した南仏のある町が、正規軍によって包囲され、強制閉鎖される場面を描いた箇所がある。

> 町々に兵士たちを使って包囲線を張り、その意に反して住民を閉じ込め、健康者が病者から離れることを禁じ、それがために、是非もなく、人々は耐え難い苦しみを引き受けることになる。その結果、人々は自棄にもなり狂気にも陥るのだ。それゆえ、死んでいく者の息に毒されるような、そして、ペスト患者や死者の悪臭に感染してしまうようなところに留まるくらいなら、彼らは、必ず、危険を冒してでも逃亡しようとするし、それが結果として、自らの友人たちを感染させることになるのだ。こうして、もしそのような方策が、ここロンドンで実行されたとしたならば、疑いもなく、そんな状況が、われわれのところにも広がることになろう。
>
> （『疫病対策』一四）

多少注意してみれば、このようなフランスにおける都市封鎖は、そのイメージが、先に述べたイギリスでの強制家屋閉鎖の状況に酷似しているのが分る。軍と監視人という強制力の程度の違いこそあれ、「牢獄」のような場所に閉じ込められ、自暴自棄になる内部の人々の様相は両者に共通している。

また軍による検疫包囲線の設置は、デフォーの目には、専制的手段の象徴のごとく映っていたようだ。トゥーロンで、軍の包囲を突破しようとした市民が、これを阻止しようとした軍の発砲に会い、死者一七八名、負傷者一三七名を出した、と報ずるペスト評論も、「この方策は非常に過酷なものであり、また厳格に施行されたので多くの残酷かつ野蛮なことがなされ、絶望と飢餓のあまり、困り果てた人々は指定された検疫包囲線を突破するしかなかったのだ」（『アップルビー』誌、一七二一年九月一六日付）という記述からも分るように、この方策の残酷な側面を暗に批難している。イギリスでは、このような目的での軍の設置は、国王の権限強化につながるから、議会も反対であったし、民兵による監視も、とても数がたらなかった、とデフォー自身記しているものの、監禁という類比は都市という大規模なものであれ、家屋という小規模なものであれ、おきている過酷な状態という点では変らない。「確かに、前のロンドン・ペストに際しては、感染した家屋は閉鎖された。そして、類比という点からいえば、ある一軒の家を閉鎖するということは、健康者を病者とともに隔離することからすれば、町を隔離することと同じなのだ」（『疫病対策』一九）と、トゥーロンでの包囲とロンドンでの家屋閉鎖が、悪しき方策として連想されていることを、十分意識している。では、デフォーは、どのような形態の家屋閉鎖を理想と考えていたのだろうか。

『疫病対策』は、あまり知られていないが、デフォーのペスト対策を考えるには欠くことのできぬものである。この作品は、ペストに対する予防を全般的に説く序と、肉体における予防策と魂における予防策をそれぞれに物語化した形で提出する二つの部分の、三部構成でなり立っている。物語の方は、ともに、ある家族が、どうやってペストをやりすごすかがテーマになっていて、後者の方は、二人の兄弟が信仰篤い妹のおかげで、ペストの難をのがれるという話である。この話は、聖書の生き字引きのような妹と兄たちのやりとりに終始しており、現実性がなく、あまり面白味はないが、前者の話は、当時考えられた具体的な予防策をふまえて書かれているので、参考になる。

四〇代なかばの、ロンドンに住む食料雑貨商が、ペスト流行の直前に、一年分の食料を買い込み、外界との接触を自ら断って、市中の自宅に閉じこもり、妻と子供ともども、ペストの蔓延するさ中、田舎へ疎開する方法をとらずに生きのびる、というこの挿話は、強制閉鎖に対する自主閉鎖という概念を打ち出している点で注目に価する。

デフォーは、この自主閉鎖の物語は、「一部、事実に基づいている」(四八)と断っているが、恐らく創作であろう。物語中にノアの箱船の比喩がくりかえし使用されていることからも、《洪水—箱船—動物》という一連の聖書中の災厄脱出物語の原型が、ここでは、それぞれ、《ペスト—家屋—食料》という形で対比されているようで、創作物語であることが推察できるわけだが、デフォーは、決して、この物語を荒唐無稽なものとしては描いていない。むしろ、当時、有効とされていたペストを回避するための諸策を総動員して、実行可能な方法として描いている。外部の情報を仕入れるために窓の下に「門番」を雇う。連絡には「滑車」とロープを使い、窓をあける時には必ず風向きを考え、消毒のために火薬をたく、木の窓には錫の薄板をはりつけ、多孔性物質がペストの微粒子を吸い込まぬようにする。二階には万一発病者が出た場合の監禁室をつくる。などなどの対応策は、今日の我々の目から見れば、異様なものとしか映らないが、当時のデフォーは、これが有効な最善策と信じていたのである。閉鎖をといた時に残っている食料は、一五〇〇ポンドのパン、ビール五樽、チーズ三〇〇ポンド、ベーコン五きれ、塩づけ肉二樽、ブタ肉、バター、小麦は残りなしと、例によって几帳面に数字をあげていく叙述方法も、ある意味では、「同じ方策をとれば、神のご加護によって、どんな家族も同じ安全が確保されるだろう」（『疫病対策』七八）と言っていることからも、この手段の実行性に対する彼の信頼ぶりを示してはいないだろうか。

もう一つの大きな特徴は、自主性の強調であろう。これは明らかに先に述べた強制的家屋閉鎖と対照的に記述されている。『ペスト』では、過去の再現が中心になり、予防的性格が比較的少なくなっているせいか、このような自主閉鎖の記述はほとんど見かけられないのだが、それでも、一箇所だけ、それらしきところがある。強制閉鎖による悲惨さとは対照的に、多くの家族がこの自主閉鎖により難を逃がれたとして、こう記している。

病気の蔓延を見越した者の中には、家中の者全部の食糧を充分に貯えて、家の中にひっこんでしまい、まるで生きているのか死んでいるのかわからないくらい、全然世の中から姿をくらまして、疫病がすっかり収まったころ、ひょっこりと元気な姿を現わした人間も多かった。こんな例はいくつとなく思い出すことができる。・・・けだし、この方法がいろんな事情で避難することもできず、田舎に適当な疎開先も持たない人々にとっては、いちばん有効かつ確実な手段であったことは、疑う余地がないからである。

（『ペスト』三五〇）

そして、この自主閉鎖が、田舎に避難先を持たず、ロンドンに居残らねばならぬ人々にとっての、「いちばん有効かつ確実な手段」であったというのである。

さらに興味深いのは、この自主閉鎖が、歴史的事実ではなく、むしろデフォーの生み出した理念的手段であるように見えることである。現在の医学知識から見れば、このような手段で「多数の家族」が自衛しえたとはとても思えないし、このエピソード中にも歴史的事実を裏付ける細部の描写は存在しない。初めに、このような家族が数多くあったとしているものの、その直後には、思い出せるのは、「これら二・三の例」と数も後退し、スロックモートンのオランダ商人の例を名前だけをあげてこの挿話を終えている。「この手段で失敗した家族を思い出すことはできない」（三五〇）

と、この方法の実効性を力説しているが、これはむしろ、デフォー一流のレトリックと考えるべきだろう。自主閉鎖とは、ノアの箱船という聖書上の物語タイプを原型に、デフォーが実施可能で有効だと信じた諸策をちりばめることによって作られた、独自の発想による方策であったのではないか。

また、自主閉鎖と強制閉鎖の対立関係には、自由なイギリス、専制のフランスという図式的対立が対比されている。軍の包囲にあい、逃げ場のなくなった感染区域住民の苦境に言及しつつ、「もし、家にとどまっていると、ペストにあうか、さもなければ、専制政治ともいわれるフランス政府の絶対主義的傾向によって、財産が奪われてしまわれかねない」（『アップルビー』誌、一一月五日付）と彼らは思うのだ、と言うのである。絶対専制政治の象徴を、軍の強制閉鎖に見いだしているのは明らかだろう。ミシェル・フーコーも、一七世紀において、フランス政府のとった強権的ペスト対策を論じて、この時期の当局のとった、秩序維持と管理体制方式が、専制的、「規律と訓練の図式をもたらした」[11]と述べているくらいだから、敵対国に対する誇張表現的性格を割り引いても、デフォーの見方も、ある程度はあたっていたのではないだろうか。イギリスにおける疫病対策には、自由が認められるべきだと考え、フランス方式にかんしては、「フランスで行われているそのような方策はとうてい採るところではない」（『アップルビー』誌、一七二一年九月一六日付）と強制閉鎖を批判、自主閉鎖を推奨してゆく背景には、このようにイギリスの側からみた、イメージ的、類比的思考がみられると思う。

三　避難と三人の男の物語

閉鎖の反対の概念は、脱出ないしは逃避であろう。この田舎への避難もデフォーは重要なペスト対応策と考えている。一六六五年のペストは突発的に起ったものではない。一七世紀のイギリスには、主だったものをあげても、一六〇三年、一六二五年、一六三五年、一六六五年と、ほぼ慢性的といえるほどにペストの被害を受けている。このような現実から考えられた伝統的対応策が、『ペスト』の語り手の兄のいう「ペストに対する最上の予防法は逃げることだ」（『ペスト』三〇一）という疎開であったわけだ。したがって、疎開先やそのための資力など、条件のととのった人々は、これに従えば良かった。宮廷は、約二カ月間、ソールズベリーに難をさけているし、語り手の兄もサリー州のドーキングに疎開している。問題は自力で脱出できぬ人々であった。このペストが「貧民のペスト」と呼ばれていたことからも分るように、その犠牲者の大半が、浮浪人や、主人が田舎へ疎開したために職を失ってゆき場のなくなった徒弟階級であったわけである。五〇余を数える『ペスト』のエピソードの大半が、ロンドンに残らざるを得なかったこれら貧民の惨状の記述になっているのも当然であったわけだ。

一七二〇年の南仏でのペストの猛威が伝えられると、デフォーは、すばやく、「ペスト評論」

（『アップルビー』誌、一七二一年九月一六日付）で、対策の必要性を論じ、自らも私案があることを仄めかしているが、やがてこれが『疫病対策』という形で、より包括的に取り扱われることになる。

彼の対策は、市街の浄化と食事上の注意の二つに大別されよう。前者は、道路の舗装と清掃、感染した動物の除去と屠殺、テムズ河岸の汚物処理などがあげられているが、焚火による空気の浄化などの例にも見られるように、必ずしも、近代的な環境の整備を意味してはいない。むしろ、たまり水や沼など、不潔な場所から発生する毒気（ヴェイパー）や悪臭（ステンチ）がペストの発生因と考えられていたので、これらは伝統的なミアズマ説の影響と考えた方がいい。先にデフォーがミアズマ説を否定し、感染説を採ったと書いたが、細部ではこのようにミアズマ説の残滓と思えるところもある。これは当時の医学的権威であった、トマス・シデナムでさえ両説の折衷案をとっていることを思いおこせば、むしろ自然だったのかもしれない(12)。

食事策としては、食事の過多をいさめ、禁酒を厳守し、なま肉の摂取を禁じている。これも表面的には現在の食事対策と変わらないが、胃の中の不消化物から発生するガスが体液、動物精気に悪影響を及ぼし、ペストにかかりやすい体質をつくり出す、という当時の生理学をデフォーが採用する時、われわれは奇異の感に打たれる。彼にとって食事による防止策は、「病んだ胃や体内の腐敗した体液から脳にむかって上がっていく、粗い蒸留気や悪い体液を体内から浄化すること」（『疫病対策』四四）ということなのだという。ここでいう、ペスト発症の原因は、胃を中心にした体のなかで、病的で穢れた体液が上昇して脳に達することであり、これは、感染症というよりも、当時の心の病といわれていたメランコリーの原因に似ているような感じなのだ。メランコリーは、当時は、胃の辺りから悪しき瘴気、つまり、蒸留気（ヴェイパー）、が脳まで上昇することに起因するといわれていたから、ペスト感染後の狂気の状態への類似も含めて、このような考え方になったのだろう。

中世以来の病気の発生に関してのガレヌス説は、人体と自然現象のさまざまなレヴェルでの類比思考によって説明されていた。たとえば、水のよどんだ古い池や水溜りから有害なガスが発生するのはよくあることだろうが、これと同じような現象が体内に起きて、胃の周辺から悪しき瘴気のような物が発生し、これが体内器官を上昇して正常な脳の作用を狂わせ、精神失調から狂気を引き起こすと考えていたのである。前述したペストの原因であるといわれた、ミアズマ説とは、地面の割れ目から噴出してくる悪しき瘴気、それが、汚物などの臭気と連想され、微細な悪しき物質が体内に入り込むことを病因ととらえていたのであるから、マクロコスモスという地球とミクロコスモスという人体が大きな類比で考えられていた当時にあっては、ペストも同様であったのだ。ペストの症状は、作品中に見られる、裸体でロンドンの街中を走り歩いたといわれる、ソロモン・イーグルのような人物が、狂人とも見間違えられたのであり、絶望が人間を狂気に誘うように、メランコリーからの狂気に重ねあわされ、ペストの発症が捉えられていたのだろう。こう考えてくると、都市における汚物の発生する瘴気と、体内不純物から発生する蒸留気という二つのイメージは重なり合う。固体における病いと、個集合体としての社会における病いとの間に、比喩的な相同関係をみるスーザン・ソンタークの議論はこの場合にもあてはまる。[13] 都市の汚物とは、ペスト発生後に取り残された貧民たちで、これをなんとかコントロールできないかぎり、ペストはやまないことになるのだ。

最大の対策は貧民の避難計画である。貧民のために寄付金を募り、浮浪人はもとの教区へもどし、教区保護民はロンドンから二〇マイル離れた教区に疎開させる。市内商業活動の一時停止。重罪囚人はロンドンから四〇マイルひき離し、慈善院、労働作業場の子供たちは三〇マイル離れた場所へ避難させる健康証明書の発行は、三日間にわたる医師の診察の後にこれを発行する。また、様子見のために、ロンドン郊外五マイルのところに小屋をたて、ヴィンテインと呼ぶ、二〇日間の隔離期間を経た者にもこれを交付する。など、一三項目にわたる避難計画を明らかにし、最終的に、ロンドンの人口を三分の一にすれば、「シティ区域は、以前に較べるとずっとペストに耐えられる状態になるだろう」（『疫病対策』一二三）と考えている。

デフォーの貧民避難計画は、都市環境浄化、食事予防策の場合と共通したものを持っている。「このような人々の避難は、ロンドンにとどまる貧民たちの数を大いに減らすことになり、その結果、ペストの火の燃えるもとになる燃料を取り去ることになるだろう」（『疫病対策』一二三）と、述べているところからも分かるように、貧民は、ペストに対して、火に油を注ぐような危険なものとみなされており、単なる慈善の計画ではない。都市の汚物は、胃の不消化物と同様、ペストを招き、増殖させる媒介物としてのイメージがある。貧民たちは、都市衛生上の危険を招きかねないモノとして、「ペストの火に注ぐ油」としての危険物として取り扱われているわけなのだ。避難という意味で使われている「エヴァキュエーション」という語の裏には、下剤、吐剤、発汗剤などを用いて行う体内毒物の排出療法というもう一つの意味が内包されており、この意味で用いられている「下剤をかけることで、正しい排泄をおこない、体内を浄化する」(『疫病対策』三五)という一節を読めばそこには強力なメタファー思考が働いているのがうなずける。エヴァキュエーションは、その作用対象が病んだボディであれ、ペストに襲われた都市(ボディ・ポリティック)であれ、基本的には、汚物浄化の意味を持っていたわけである。

自力で脱出が不可能な、子供、囚人、浮浪人はともかく、脱出の意志があり、なんらかの方法によって移動が可能な人々には、どのような策を講じているのだろうか。このような階層の人々は、実質的には、解雇された徒弟、召使が多かったのだろうが、デフォーは、小グループによる移動をすすめている。

『ペスト』の語り手は、一六六五年のペストと一七二〇年のペストとは違った手段を推奨すると断ったうえで、今後のペスト対策として、「人々をより小さなグループに分けて、お互いを離して移動させる」（『ペスト』一九八）と言って、細分化による移動案を提出しており、『疫病対策』ではこの案がより詳細に述べられている。基本的には、健康な人は、「自分たちの命を保つため逃げるという自然権をもっている」（『疫病対策』一九）と考えたデフォーは、彼らが、どこか田舎のある場所に、少人数で移動し、テントやバラックをたてて、ロンドンでのペスト鎮静化を待つように提案する。仲間内に病人が発生した場合は、病人をそこへ置いて、新たなキャンプ地へと移動する。このようにして人々が「少人数で王国全土に拡散避難する」（『疫病対策』一六）となる形の、分離、分散方式は、その数が大量になれば、病者をペスト・ハウスへ収容する従来の方式より、より安全であろうとして、独自性を誇示しているから、恐らくデフォーの創案に基づくものであろう。

『ペスト』の中心部には、約三〇頁にわたって、三人の徒弟がロンドン脱出を試みるエピソードがある。ビスケットづくりのジョン、帆づくり師のトマス、指物師のリチャードの三人は、仕えていた商人の親方が田舎へ疎開してしまい、解雇されて行き場がなくなってしまう。三人は相談の上、帆で造ったテントをたよりに、野営しつつエセックス州のエッピングの森へ向い、途中で一緒になった一三人の仲間と、そこでペストの終息を待つ、というこのエピソードは、全篇中最大のものであり、しかも、語り手H・Fの一人称の語りからはずれ、三人称で書かれており、何か他の部分とは異なったような印象を与えている。

このエピソードの冒頭で、デフォーはこう書いている。「この物語にはどこを読んでも学ぶべき寓意がある。彼らの行動には、すべてにおいて、もし、しかるべきときがきた場合には、あらゆる貧民男女の従うべき道があるのだ。」（『ペスト』四二一）この話に含まれる寓意とは、無論、教訓を意味するが、より狭義には、その後に続く、ペスト再来時における難民の、あるべき避難のかたちなのである。ここまで述べれば、このエピソードにおけるデフォーの意図が、前段で展開した、分散方式による避難案の物語化であるのは明白であろう。

この部分の従来の解釈として有力なものに「予表論」（タイポロジー）を援用した、E・ジマーマンのものがある。(14)「予表論」とは、古くは、旧約聖書と新約聖書の事件や登場人物に、強い類比関係をみようとした聖書解釈学だが、下ってデフォーの時代には、この解釈が拡大され、当時の時代と聖書記述とを重ね合わせて、当時の現象を、歴史の時間軸をとりのぞいて、比喩的に解釈するようになっていた。ペストの蔓延するロンドンが、罪と滅びの町エルサレムになぞらえられ、この三人の男の脱出行も、エジプトから脱出したイスラエル人と重ね合わされて理解される、という解釈である。自主閉鎖の原型がノアの箱船であったように、このような聖書上の事件をふまえたエピソードは、デフォーには数が多い。それだけに魅力的解釈ではある。だが、このエピソードのもう一つの核である、現実的な避難方法としての分散移動式避難案も忘れてはならないと思う。

一六人という小グループによる避難であること、エッピングの森でテントや小屋を建ててキャンプを張り、そこで病人が出ればまた別の場所に移動する、などという箇所は、「ロンドンから健康な人々をすべて避難させ、天候の許す限り、テントやバラックでキャンプをさせるようにして、ペストの終焉を待つ」(『疫病対策』二〇)というデフォーの案とよく似ている。彼は、フィクションの中にモラルを溶かし込んだのだ。いや、モラルからフィクションを作り上げたといえるかもしれない。

『ペスト』中には、ペスト防止策としての具体的な案は、よほど注意して読まねば見つからないほど数が少ないのであるが、「ペスト評論」や『疫病対策』でこれを補ってみると、意外に組織的、包括的な案が提出されているのが分かる。避難が容易な上流階級については、何も言及していないが、中流階級で、どうしてもロンドンに残らねばならぬ者には、自主閉鎖を、徒弟階級には分散避難を、下層階級には当局の指示を、とほぼ、避難の当事者たちを網羅している。デフォーのペスト問題に対する長年の関心と興味は、『ペスト』を論ずるとき、必ず念頭に置いておかねばならぬ要素であろう。

第六章　『モル・フランダース』のカズイストたち

一　人物判断

デフォーを読んでいると、文体とまでおおげさにならなくても、おや、また出てきたと思われるような、なじみの表現に出会うことがある。ロクサーナが「そのことについてはまた後に」と言ったり、シングルトンが「このことについては、やがてお話しましょう」などと言って、語りに一種独特のリズムをつくりつつ話を進めていくのはお決まりの表現といってもいいだろうし、自己の陥った窮状を読者に訴えかけるモル・フランダースの「大変な苦境に陥った私は、どうしたらいいのか本当にわからなかった」というような表現は、困難に直面するロビンソン・クルーソーがくりかえし使うものでもあり、一種の口癖とでもいえそうだ。相談相手を見つけ出しながら二人で議論をしつつ困難な状況を切り抜けてゆくのがデフォー小説のおきまりのパターンなわけだが、この際にも、シングルトンのクウェーカー・ウィリアムに対する「彼は私的な相談相手だった」という表現や、ロクサーナのエイミーに対する「彼女は私の私的な相談相手だった」という表現に見られるように、相談相手としての「カウンセラー」はデフォーの好きな表現といえる。名詞のあとに「などなど」とつけ足したり、「いわゆる」などの補足をするのが多いことは、デフォー特有の口語的饒舌さともいえようが、マクシミリアン・ノヴァックはこのようななにげない言葉の使い方の背後に、現実と言葉の表層の微妙な相違と、それに基づく作者の意図的な「ワード・プレイ」を読み込んでいる。このような類似表現の反復のうちには、なにか、語り手の声のかげから作者の声がきこえてきそうな気がするのである[1]。

デフォーが好んで使う英語表現のうちに、「正当に評価する」や「嫌な人物もそれなりに扱う」という熟語表現がある。これがどのように使われているか『モル・フランダース』の例を考えてみよう。まずモルは、彼女を誘惑したコルチェスターの家族の兄の求愛の態度についてこれを使っている。激しくキスをしたもののその態度は紳士的であったと、彼を「公平に評価し (to give him his Due)」し、またさらに、次の機会に彼女に言い寄ったときにも、「最後のものには手を出さなかったと評価して (to do him Justice)」、その紳士振りを認めている。誘惑され、結局は棄てられてしまうモルなのだが、過去を振り返る視点のモルの語り口には、自分を傷つけた兄に対する恨みを表に出すより、愛ゆえに兄を許す文脈で使われており、これらのモルの表現は兄の悪党振りを相対化する働きをもっているといえるだろう。

ヴァージニアへの入植者と結婚後、「私の夫は、彼を正当に評価すればですが (to give him his due)、これ以上はないほどの好人物ではありましたが、決して間抜けというわけでもありませんでした」と、人は好いが、間抜けでもない夫をモルはそれなりにその中間で評価している。恋愛ゲームでうまく結婚にもっていき、自分の資産を言葉巧みに、しかも完全に嘘にはならぬ形で、この男と一緒になるのだが、その人物評価には、過不足なく男を見る目がある。また、ランカシャーで知り合ったモルの夫（いわゆるランカシャー・ハズバンド）に対しても同様である。その資産の少なさがわかっていても、相手のいい男ぶりに魅力を感じ、それによって財産を相対化しつつ、彼をそれなりに評価するのである。「彼をそれなりに評価すれば（to give him his due）、すごく見栄えのいい立派な紳士だったのですから」というモルの弁護は、よくいえば単一の見方による偏った判断を排して、総合的に相手の評価をしていくモルの性格によるものなのだろう。さらに、言葉を最大級の曖昧さで使用する、ガヴァネスがいる。密かに、生まれてきたモルの子供を始末することもできるという提案をする宿屋の女主人、ガヴァネスは、「始末する」ことの意味に恐ろしい含みをもたせていたのだが、このガヴァネスに対してモルは、「彼女をそれなりに評価すれば（to do her Justice）、彼女のものいいはたいそう巧妙で、私には彼女が実際に言いたかったことがわからなかったのだ」とその幼児殺害という悪の提案を里子に出して「始末する」と初めは考え、解釈の曖昧化でガヴァネスの悪知恵をむしろうすめる意味の弁護を行っているのだ。モルの語り口には、このように、彼女の接する人物たちを判断する際には、単純に悪を悪としてのみ判断しそれを道徳的に指弾するのではなく、悪を悪なりに、その置かれた状況に応じた、それなりの判断をしていることになる。

これらの「公平に評価する」という表現は、モルが他の登場人物を評価する際のみに使われるのではなく、他者からの彼女への判断にも使われている。物語後半部に登場するモルとガヴァネス、そしてある准男爵に関するエピソードである。五六歳のモルに、バーソロミュー・フェアの晩、酒に酔った勢いで声をかけ、性的な関係をもってしまうこの準男爵は、酔っ払った挙句に正体なく寝入ってしまい、モルに、金時計やかつら、剣など持っていた高価なものを盗まれてしまうことになる。後に、二人の間に入ったガヴァネスの仲介でモルとの関係を恒常的なものにするのだが、この比較的長いエピソードの中に登場する三人の間の、お互いの人間評価や人間判断の描写に、デフォーの悪というものに対する考え方がよく覗えると思えるのだ。

モルは、盗んできた品物をガヴァネスに見せながら、その晩の冒険を語るのだが、これを聞いていたガヴァネスには、このお相手の准男爵に心当たりがあった。友人を介して准男爵の様子を聞いてみると、その晩追いはぎにあって身包みはがれ怪我をしたと言っているようだ。友人が准男爵は真面目で上品な評判の紳士だから、強盗にあった事実に間違いはないと言い張るのだが、裏の事情を知っているガヴァネスは、あけすけに、どんな人にも裏の事情があり、いくら清廉潔白の人物だといわれようとも、それは、「よりよい偽善者」でしかない、というのである。「偽善者」という悪評にもより細かに評価の基準を設定して、「よりうまい者」と「より下手な者」があるというのは、悪に段階をつけるガヴァネスの人間判断における皮肉な口ぶりがうかがわれる。そして、モルの代わりに様子を見に訪ねてきたガヴァネスに向って、准男爵は、モルをかばい自ら責任があることを詫びて、酒に酔った自分の悪徳を断罪しつつ次のように言う。

でも、その女の方（モルのこと）にも、彼女はどんな人であれ、私に公正に判断をさせてください、と彼（准男爵）は言うのです。彼女は私になにもしませんでした。いや、彼女は私を拒否したのです。このことは、どうしても言っておかなければなりません。私の愚かさと頭がおかしくなったことがそのすべての原因です。彼女はそれに巻き込まれただけです。私はどうしても、彼女を、そこまでは、公正に評価しなければなりません。彼女が私から盗んだものに関しては、私があんな状態だったのですから、そうされても仕方がなかったのです。

（『モル・フランダース』下　九一）

准男爵の発言中にみられる「公正に判断する」や「公正に評価する」などという表現の持つ意味あいが、モルを弁護していることはもう十分に明らかだろう。相手を酔わせて盗みを働こうとしたモルの意図はともかく、肉の誘惑に負けたという「そこまで」（ソー・ファー）に関していえば、いずれもモルの行動に対してそれを擁護する形になっている。彼女の行為を悪と認めつつ、それにもかかわらず自分がさそいをかけたという点からは、彼女ばかりを責められないというわけである。ここには、悪徳行為を教条的にまっ黒にぬりつぶして断罪するのではなく、むしろ、白とはいえぬまでも、灰色の領域としてその領域の中でモルの行為を捉えようとしている准男爵がいる。彼の発言は、ガヴァネスの人間評価の場合と同じく、善と悪の中間地帯がその前提として存在しているといってもいい。人物評価や倫理評価を「それなりに」行うということは、いわば白と黒の両極の間に横たわる灰色の広大な空間において、悪は悪なりに善は善なりに、善と悪との灰色のスペクトルの度合いを定める行為になる。デフォーに特徴的なのはこの灰色の空間が、意識的に意図されているのではなかろうかと思えるほど頻繁に描かれるということである。そして、これは時事的なパンフレットでの場合よりは、フィクションの場合により多く見られるのである。語り手の、そして登場人物の口癖のような、「それなりの評価をする」ということの作品にあまねく見られる表現は、グレイ・ゾーンの設定により、悪の相対化を意図するものであり、もはや作中人物モルのものであるだけでなく、作者デフォーのものといえるのではなかろうか。

二　カズイストの灰色の空間

デフォーのフィクションは、さまざまなレベルの曖昧性にとり囲まれつつ、その曖昧性の内に魅力が産みだされるような手法で作りあげられている。その一つには当時の語りの場の持つ曖昧性がある。真実は体験したものしか語る権利がないとでもいうような一種の真理コンプレックスにとりつかれていたこの一八世紀初頭にあっては、フィクションはファクトとして語られなければならず、想像力による世界は記録による世界として呈示されるしかなかった。たとえば、『モル・フランダース』がデフォーの作品であることが一般の人の目に明らかにされたのは一七八九年のことであり、デフォーの死後、約半世紀の時間の経過があった。この間、この作品は、フィクションでもなく、かといってファクトでもない著作性と匿名性の中間地帯をさまよっていたことになる。当時の読者にとっては、このようなテキストは、レナード・デイヴィスのいう、真偽未分離の「未分化の母体」[2]として意識されていたのであり、不透明な作者存在が読者の心の中に産みだすあの奇妙な不安定感は、当時の「作者―テキスト―読者」という語りの場を背景に捉えなおしてみると、より正確に理解できよう。曖昧なるデフォーは、前章で述べたように、まずこのような姿なき作者という著作性の問題として捉えられる。

また、人物および視点の問題にしても同様のことがいえよう。デフォーの物語は、おおむね過去の悪行を回心者の視点から語るものが多いのだが、モルにあってはその序文で現在の改心の様子に疑問を呈せられていたりすることもある。『モル・フランダース』の序文は初期小説の語りに関する貴重な資料としてよく知られているが、この物語は、モル・フランダースという実在の犯罪者がいて、この人物の書いた草稿を、編者がある程度編集して、読者の手にわたるようにしていると序文にある。ここでは、作者が見えないだけではなく、草稿に大きな編者の手が入っているというのだから、どの程度著者の書いた物が活字化されているのかは不明瞭だ。序文にはこうある。

この物語のオリジナルを、新しい言葉に書き直したり、今、ここで問題にしている有名な婦人の文体に、多少の手を加えたのは事実である。とりわけ、彼女のオリジナルでの書き方をより慎ましい言葉での身の上話に書き換えた。というのも、初めに手に入ったオリジナルの原稿は、彼女がこの物語の終わりで言っているような、悔い改め、慎み深くなった人間というよりは、いまだにニューゲイト獄に入っている者の言葉遣いで書かれていたからである。

（『モル・フランダース』上　三）

ここには、もとの草稿には、あまりにも犯罪者としての言葉使いが悪く、読者に悪影響を及ぼすおそれがあるから、その「スタイル」を「新しい言葉」に書き換えたとある。生まれたときからの悪行と堕落の人生を、たとえ回心したとはいえ、読むに耐えない言葉で書かれていたものを、読者への悪影響を考え、できる限り、「見るに相応しい衣装」をつけ、「読むに相応しい言葉」に変えたというのだ。そして、内容の悪い箇所については、「慎み深く、話すことのできない、彼女の生活の悪い部分の幾箇所かは、すっかり削ってしまい、他の数箇所は非常に短くした」から、「どのような心正しい読者でも、・・・気に障ることはないだろう」。ただ、悪の部分は、物語として許される限りにおいて、真実の悪の記録とされねばならない。「そうすることが、悔悟の部分を浮き彫りにし、それに美しさを与えることになる」からだ、というのである。このような編者の、悪の生活を読む読者への配慮は、もちろん、読者への配慮と同時に、自らの書くことへの弁護でもあり、なかなか微妙な所だ。オリジナル原稿の語り手と編者の区別が初めから意図的になされているのだが、当然ながら、どこまでが草稿でどこまでが編者のものなのか読者には判然とせず、曖昧なままなのである。作品公刊の理由付けであると同時に語る声にも曖昧性が残るのだ。

さらに登場人物の用いる言語上の、あるいは、比喩上の曖昧性も見逃せない。コルチェスターの家族のエピソードでは、「正直な話し方をする」弟ロビンに対応するかのように、言語の両義性を巧みに使いわける兄がいる。結婚の約束を餌にモルを籠絡する彼は、その約束を反古にする時に、「いいかね、私は、お前との約束を、まだ破ったことはないだろ」（上　六二）といいきるだけの十分な口実を、求愛中の文句の内に折り込んでおくほど用意周到なのである。事実上は、約束が約束にならない物語状況をデフォーはつくり出しているのだ。モル自身も、ヴァージニア入植者からの求愛の受け答えでは、自己の貧しい資産状態については、真実を述べながら、これを相手が誤解する可能性を十分計算のうちに入れている。そして二通りにとれる表現を巧みに操るガヴァネス女将がいる。字義通りには嘘とはいえないものの全面的な真実ともいえないというような状況や、表と裏を使いわける微妙な表現を熟知する人物たちは、デフォーのフィクションの世界に満ちみちている。問題はこのような両義的世界をデフォーがどのように見ていたかであろう。

曖昧なデフォーを解く鍵は、おそらく対立概念の交錯、ないしは融合という彼の思考原理にあるだろう。デフォーは数多くの事柄について正反対の意見を述べていることが多く、この矛盾こそ曖昧なデフォーといわれるゆえんなのだろうが、筆者は二項対立の両極に焦点を合わせてその相違や矛盾を論じるより、両極の中間に位置するファジーな境界領域にこそデフォーの狙いがあったのではないか、と考えてみたいのだ。そしてこの概念交錯の場において極めて有効に働くのが「決疑論」という考え方である。

G・A・スターは、ある条件のもとでは、罪が軽減され、嘘も合法化される場合もあるのだ、という決疑論（疑問を解決するの意）の思考や認識方法がデフォーの小説に与えた影響を、彼の作品に沿って論じたのだった。フランスではパスカルによってその悪用が道徳的弛緩を招くと難じられ、極端にグロテスクな形に矮小化され、戯画化され、攻撃されて以来、歴史の影に消え去った観のあるこの神学体系も、デフォー当時は一般人にもいきわたっていた重要な思考法であり、これが一六世紀から一七世紀にイギリスに入ってきて、国教徒、非国教徒の別なく大きな影響力をふるうようになる。具体的には、新聞という新しいジャーナリズムの出現とともに、読者の投稿という形の「身の上相談欄」となって一般化されていく。ジョン・ダントンが主催して、デフォーやスウィフトも関与したといわれる『アテネ・ガゼット』誌という初期の新聞は、その創刊号が『アテネ・ガゼット』――あるいはカズイスト週報』と呼ばれていたことからも分るように、決疑論を前面に押し出して売りものにしたものであった。[3]

そこでは、読者たちのさまざまな日常生活上の悩みごとが寄せられ、それに答える側として、新聞にも解答者集団が形成されてゆく。このような身の上相談のコラムはデフォーによって『レヴュー』誌など、一七〇五年前後の彼のジャーナリズム活動の中心として受けつがれていく。一般市井人の道徳的ジレンマが生の形で読者に提供されていたわけだ。デフォーのフィクション創作期と重なり合う一七二〇年前後にも、同様の質問・解答欄の形式は『アップルビー』誌などで採用されているから、彼と身の上相談形式との関わりあいは相当長く、三〇年にわたって断続的に続いていたようだ。

スターの研究は、人生相談コラムとデフォーのフィクションにおける人物描写や状況設定の間の類似の指摘という点で、他を圧倒するものをもっていたのは無論のことなのだが、何よりもこの研究がショッキングだったのは、決疑論的思考に基づく柔らかな現実主義者としてのデフォーを描き出したということであった。従来のデフォー像は、彼の商人論や紳士論そして婚姻論などのノンフィクションの分析を通して得られた、厳格なピューリタンと近代個人主義者のそれであり、『ロビンソン・クルーソー』に顕著にみられる回心のパターンと宗教人的イメージが主流であったから、これに真っ向から対立する、柔らかなデフォー像は、それだけ衝撃も大きかったのだ。生体解剖にたずさわる外科医の学問研究と動物愛護理念の間のジレンマ、欠陥のある馬を相手に売ったものか悩む商人、夫に蒸発された妻が愛人にと求愛される場合、主人の女房の不義を目撃した従弟が秘密を主人に知らせるかどうか、などなど、日常生活における善悪の判断のむずかしい状況下にあっては、絶対的な規準により断定的な判断を下すよりもむしろ、ケース・バイ・ケースの状況判断による方がいいのであり、極端な場合には、嘘も方便といったような指針を重視する立場である。あるいは、選択肢が双方ともに悪の色合いが存在する場合には「より悪の度合いの弱いほうを選べ[4]」という諺にみられるような、たとえ選択肢が悪であっても、その度合いの弱いほうを選ぶというのである。消極的な選択をしても、最終的には生き抜くことを目ざす哲学がそこには存在するのだ。

しかし、決疑論にはどうしても、詭弁や悪い意味でのレトリックなど否定的なニュアンスが抜け切れない。この責任の多くは、パスカルの行った『田舎の友への手紙』の中でのカズイスト攻撃にあるだろう。中村雄二郎によるカズイストに特徴的な四つの論点の紹介にコメントをつけてみる。

（1）　蓋然的意見：権威ある相当な根拠のある意見、つまり蓋然的意見なら、それがいかに対立するものでも、自分の都合のいい方をとってさしつかえない。簡単に言えば、過去に例がありさえすればいい。（悪くいえば無責任と良心の麻痺をさそうものだが、良くいえば一刀両断的な結論よりもそれに至る過程のゆらぎを重視する考え方に通じる)。

(2) 意思の誘導：悪行でも良き目的のための手段と考えるように、意志を誘導する。(名誉のためなら、殺人も可かという決闘の是非のテーマはデフォーによくあらわれる。もちろん悪い例ばかりではない。患者のためにガンの告知をせず嘘をつく医者の心理を考えてみればいい)。

(3) 両義論法：両義的に解せる曖昧な表現を使って自分の真意を隠し、嘘を直接つかずに相手を欺くこと。デフォーの創り出した人物の多くにあてはまることはいうまでもない。リチャードソンの小説『パメラ』の中で、B氏がパメラに向かって投げつける、「お前のその屁理屈(エキヴォケーション)ときたら、イエズス会の奴らもかなうまいよ」という言葉にもこのニュアンスがこもっている。

(4) 悪名高い内心留保：約束や誓言についてやむなく行わねばならぬような状況の下では、真意のある部分を口に出して相手に聞えるようにいわずに、心の中でとなえて、良心にもとらず誓約や証言を行うこと。「花びんをこわしましたか。いいえ「昨日は」こわしませんでした」というような例が考えられる。「昨日は」を飲み込んで声に出さずに、内心に留保するのである。表面上は嘘をついていないとも解釈できるというわけなのだ。これが、拡大されると、どのような嘘も可能になってくるわけなのであるから、やはりその乱用を警戒するのは当然だろう。この「メンタル・リザベーション」は、偽証や宣誓のがれに悪用されそうで、否定的なニュアンスが強いものだが、それでもその歴史的起源は、苛酷な宗教抗争にあるので、異なるセクトの内に暮さなければならない宗教人たちの、生存原理にもなっていたことを思い出さなければならない。モルもカトリックの強い地方ではカトリックのふりをして自分の宗教を隠している。デフォーの生きた時代は、非国教徒が便宜的に国教徒になって役職に就こうとした際の、「便宜的国教帰依」は重大な論争点であったことは、前にみた通りだ。(5)

ただ、注意しなければならないのは、パスカルの攻撃的な力強さのゆえか、中村の要約も、カズイストの悪い面ばかりが強調されすぎているということである。イギリスではこれがむしろ逆に積極的に評価され、聖職者たちの有力なガイドとなっていく事実があるという。より公平な見解は、ワーナー・スタークによって与えられるだろう。(6)

カズイストリーはその別名が「良心判例学」(ケース・オブ・コンシャンス)とも「個別神学」(ケース・ディヴィニティ)ともいわれることからも分るように、個別のケースに関わる考え方である。広義には、抽象的な一般規則にかかわるよりも、具体的な個別の例に関与するもので、法律の分野でいえば、アングロ・サクソンの個別判例中心主義の基本とされている。狭義には、倫理的な難問を解くための神学上の一部門で、反絶対主義、反抽象主義、反厳格主義をその基本概念としている。法の柔軟な運用により、厳格すぎる律法の適用をやわらげるものとして、初期教会以来ずっと、いかなる時代にあっても、「法的厳格主義」のあるところ、そのアンチテーゼとして存在しつづけてきた。修道僧的な禁欲主義的な性格というよりむしろ、個々の教区民の悩みに対応せねばならない教区牧師のそれというべきものであり、従って、理論的というより実際的な面を有し、扱う対象もカトリックの場合なら、大罪より小罪の場合が多い。善悪の倫理問題に関しては、「オール・オア・ナッシング」的な白か黒かの一刀両断的な姿勢よりも、その状況に応じて時により事情が変わるという、「状況によってケースは変わる」[7]をそのモットーとする幅の広い判断を行うものである。彼らは白黒の決着のつきそうもない、善悪どちらともいえない状況にあって、まさに「灰色の世界」に住んでいたという。

一七世紀イギリスにおけるカズイストの伝統の形成を調べたカミール・W・スライツによれば、宗教改革以後、基本的にはプロテスタントたちは告解の秘跡を教義的に拒否したから告解そのものも用いられなくなり、そのため、一般教区民たちの日常道徳上の諸問題の対応に苦慮することになったという。ウィリアム・エイムズ、ウィリアム・パーキンス、リチャード・バクスターらの聖職者たちは「プロテスタント・ケース神学」の必要性と重要性を説きつつ盛んに活動し、その結果、一七世紀末までには、前例のないほど豊かなカズイストリーの伝統を築き上げていたという。イギリスでは、当時からプロテスタント系の「個別良心判例神学」が前述のジャーナリズム上での人生相談が支持されていく社会的な背景となっているゆえんであった[8]。

では、デフォーは「決疑論」をどのように考えていたのだろうか。スターは「デフォーは、カズイストリーの落とし穴と濫用の危険性を自らわきまえていた、・・・が、彼はそれを単に合法的なものであるばかりか、それが必要なものであることもわかっていた[9]」、というように、その危険を承知しつつも、これを合法的かつ必須のものと捉えていたと考えている。筆者ももちろん異論はないのだが、ただ、決疑論が作用するのは灰色のプロブレマティックな領域の内に限るという、一種の限界点を導入してみたらと思っている。いわば、論争点として、双方の立場から、正当に自己の正当性を主張できうる「問題性」のあることが前提条件になっているといっていい。スタークによれば、決疑論とは、何が許され、何が許されないか、という問いの設定に、行為の倫理規準の線を引くものといわれるが、デフォーにとってこの思考法が適用しうるのは、善悪の交錯する灰色の「問題性」をもつ空間内においてのみなのであって、いったんこの限界を越えると、情状酌量の余地のない断罪が待っている。この限界点がモルにとっても、後に述べることになるジョナサン・ワイルドにとっても「貪欲」という情念におどらされる地点なのだ。自己の正当化が不可能な、完全に悪の欲望に駆られる主人公たちは、その時点でカズイスト的な情状酌量の圏外に身を置いたことになり、即座に断罪されることになるのである。

前に述べたように、『アテネ・マーキュリー』誌における身の上相談の解答者集団は、「アテネ・ソサイエティ」と呼ばれ、『リトル・レヴュー』誌のそれは「スキャンダル・クラブ」と呼ばれていた。これらが架空のものか実在のものかは別として、この構成メンバーが難問を解決する「賢人」として、カズイストと称されていたわけでる。デフォーのカズイストという語の使用法は、このようないい意味での例が多く、『ミスト』誌では、投稿者に、「難しい問題を解決するドクター、ミストさん」とか「活字で答えるドクター」とか呼びかけられていることからも分かるように、彼らは世知にたけた博士、賢者とみなされていたようだ。[10]デフォーにとってカズイストとは、身の上相談コラムにおける解答者的なニュアンスが多いのは事実なのであるが、一方、『悪魔の歴史』などでは、「あの、悪魔も顔負けの罪を犯す近代のカズイストたち」とか、「悪魔の策略に精通した者たち」とか悪い意味で用いられる例もあり、[11]全部が全部いい意味で使われているわけではない。「カズイスト」には、やはり通例の、二枚舌とか詭弁論者というような否定的な意味あいもわずかながら残っている。デフォーの好きな「相談相手」（カウンセラー）という言葉が、あるときは悪の誘いを意味し、あるときは人生相談のカウンセラーのような賢人的役割を果たすのと同様に、二つの意味の極をゆれ動いているのである。

ペストの襲来を目前に控えた『ペスト』の語り手H・Fは、ロンドンからの去就について兄と議論を戦わす。この残留か避難かをめぐる討論劇を描くにあたってデフォーはそのどちらの側にも相応の理由を与えることを忘れてはいない。一方を是とし一方を非とする立場からではなく、選択の結果を重視するよりその過程の心のゆれを重視する描写法をとっている。このような状況の判断や意見、そして解釈をめぐるデフォーの手法はこの作品に一貫して存在しており、これこそがデフォーのカズイスト的思考の基本になっているとスターは指摘する。対立意見の分裂より調停を、分離よりも結合を、選択よりも並置を、そして離反よりも仲介を旨とするのが基本概念になるというわけである。議論のどちらかの側に身を置いて相手を論破したり、自分の議論の正当性を論理的に積み上げるというのではなく、つねに、両方の側の議論に可能な限り寄り添うことになるだろうから、当然、その結論ははっきりしなくなる。どちらの側に立っても論じることができるような問題には、無論、解決不能性がつきまとう。スターは、ここにデフォーのもつ曖昧性の根源をみているのだ。このように考えれば、この小説の冒頭部分において、ペストの蔓延するロンドンからの去就を決定せねばならないH・Fのとった、聖書をアトランダムに引くことにより、そこに偶然に見えた聖句を判断の指針にするという、「聖書占い」(ビブリオマンシー)の方法は、語り手の信仰の篤さを示すことはむろんだが、自己の意志による行為の選択ではなく、偶然性を強調することで絶対的な基準を表面化させるのを抑えたカズイストの一面のようにも思えてくるのだ。(12)

三　概念結合

デフォーは誘惑する状況を好んでとり上げている。『クルーソー反省録』中の「正直の試練」と題された一節はこの好例であろう。人間がどうしても正直であることができなくなるような、罪を犯さねば生きていけないような、人を誘惑する状況の下におかれた場合には、その良心と悪行をどう折り合いをつけるのかという問題を扱うデフォーの筆致は非常に微妙である。人間の弱さに寛大になることを奨めつつ、一方ではこの論法の濫用による危険を予知してか、基本的には原則に忠実な道徳家の姿勢をくずそうとはしていない。デフォーのあげる例には、難破して海上を小舟でさまよう五人の男が生き残るためにくじ引きをし、そのうちの一人を犠牲にすることで、他の四人が生きのびるのは倫理的に可能か、自己保存は食人を可能にするか、という道徳哲学上のよく知られた難問がある。「この四人は、どんな顔をして天を見上げ、その肉への祝福を願えるのだろうか」（『クルーソー反省録』三五）といかにも彼らしいあけすけな書き方で、これにははっきり疑問を呈している。[13]もしこのようなことを実行すればその罪は死に値するというデフォーなのではあるが、他方、同じような状況を描いた『レヴュー』誌上の一節では、このようなカニバリズムを許容する場合も起りうることをほのめかす発言をしているのである。ゴチック文字は、原文の強調である。

どうか、私が盗みをしないように、私を貧困に落さないでください。賢者はそういっている。つまり、貧しくなれば、私は盗人になる、ということだ。紳士の皆さん、よろしいかな、どんな優れた人たちでも、貧困に陥れば、隣人に盗みを働くことでしょう。いや、さらに言えば、かつて同じような状況について私が申しましたように、そんな折には、人は隣人の物を盗むだけでなく、隣人を**食べて**しまうでしょう、そして、その肉に対して神に祈りを奉げることでしょう。

(『レヴュー』(14))

誘惑する状況に関していえば、デフォーにとって、断罪か許容かというイエス・ノーの結論は恐らく無意味なものだろう。我々は、対極に力点をおき、これをデフォーの混乱と矛盾と解釈してはなるまいし、人間の弱さゆえに、窮状にあっては我々、普段では考えられないような奇妙に曖昧な存在になりうる。デフォーが意図したのは、このような、紳士でありかつ盗人であるような、あるいは紳士も食人者にならざるをえないような、相矛盾した人格を同時に持たざるをえない状況が存在しうる、という事実への認識だったのではなかろうか。この問題設定そのものがもつ重複性や中間性こそが「賢人」としてのカズイスト的視点といえるのではなかろうか。

中間性でまず思い出されるのは、クルーソーの父親が彼の航海出発前に、彼に対して諭した中流階級への讃美であろう[15]。真の幸福とは、下層階級の悲惨な生活の中にも、上流階級の贅沢さの中にもなく、「二つの極端の、つまり貴賤の中間」（『ロビンソン・クルーソー』上　一三）に存在するという、聖書中の賢者ソロモンの言葉「私には貧困も奢侈も与えないでください」（箴言　三〇・八）を下じきにしつつ、賢者がこのように願うのは、「中くらいの身分こそほんとうの幸福の基準である」（一三）というのである。「賢者」は当然ここではソロモンを意味するが、同時に息子の説得という難問に直面した父親自身を含意していることはいうまでもあるまい。ここで注目に値するのは、父親の説く中流階級の至福が、貧でもなければ富でもないと、いわば両極否定の形で提出されているということである。中流階級は、あくまで、一方の極の生活をもとにした定義であり、新しい中間価値の創造はまだこの箇所にはみられない。また、デフォーの中流階級の基盤となるべき商人に関して彼は、『完全なる商人』（一七二七年）の中で同様の議論を展開している。立派な商人になるための資格は、相手を騙すような悪党であってもならないし、また、相手に容易に騙されるような間抜けであってもならない。相手をしっかり見抜ける分別がどうしても必要になる。それが商人としての信用の基盤になる正直さを作り上げていくのだ。といいながら、次のような「蛇」と「鳩」の比喩で商人としての資質を語っている。

商人たるや蛇のように賢くなければならない、しかし、彼はまた潔白でなければならない、つまり鳩のように正直でなければならない。彼は蛇の賢さをもたねばならないが、蛇の狡猾さ、ずるさ、相手を騙したり、噛みついたりするようなところはもってはならない。彼は賢明であると同時に正直でなければならないのだ。知恵は正直の一部であり、それに欠かせぬものなのだ。

（『完全なる商人』Ⅱ　四〇）[16]

デフォーの商人としての理念が、ここでは、賢明さを象徴する蛇と正直さを象徴する鳩との肯定的な合成作用によって提示されているのはいうまでもあるまい。そして、その直後に、「もし商人が正直なだけであって警戒心がなければ、彼は破綻する最大の危険にあるのだ」（四〇）とつけ加えている。この詐術に満ちた世の中を渡ってゆくためには、善良なだけでは身を滅ぼしてしまうだけであるといい、これはいわば、「鳩」と「蛇」の比喩が交錯する地点に、商人としての倫理的基盤をもとめているといえよう。デフォーのわかりにくさは、このような両義的な存在が、ある時には「狡猾」と呼ばれ、否定的なニュアンスで描れつつも、一方では「賢明」と肯定的に捉えられるというように、この比喩表現に対する視点が一定でないところにある。

商人論が下流と中流の境界に言及しているのに対し、紳士論の方は上流と中流の接点に言及する。産業革命前夜の大規模な社会流動期を背景に、従来の「生まれながらの紳士」という貴族中心の紳士概念に加えて、新しく台頭してきた上層中流階級を中心とする「教育による紳士」という概念をつくり出していく彼の『完全なる紳士』は、上流と中流の、血統と能力の混合を、いわば中流の格上げの基本的な戦略として語ることになるのである。

　私は、この議論の最後には、血と（人間）の真価とを統合することによって、この意見の相違をすっかり調整することができることは疑いないと思われる。そうすれば、神のお造りになられたものの中で、最も栄光あふれる完全なる紳士を、われわれはやがて造りだすことになるだろう。

（『完全なる紳士』六六）[17]

　血液こそが血統の「混じりけのない純粋な人種の源」（七六）であるという伝統的な貴族の論法を突きくずすためにデフォーは、従来であっても、乳母からミルクを飲んで育った場合には、「父親の血と母親のミルクが一緒になって、真の生まれながらの紳士が完成されることがある」（七六）と、血とミルクの、赤と白の混合を論点へのレトリックとして導入する。貴族の育児の慣習であった乳母による授乳の問題が、厳密にいえば、血の純潔性をその時点で損なっているのではないかと指摘しているのだ。ローレンス・ストーンによれば、富裕な階層で支配的だった「乳母」を雇うことによる乳児養育法は、一八世紀中頃までに、中産階級以下で行われていた母乳による育児法によって、とって変られていたという。乳母による授乳は、性欲と性交が母親の血を乱し、その結果、母親の乳自体が汚れるという当時の医学的知識に基づいていたのであり、富裕な階級にあっては、夫の側での生理的欲求からも、妻以外の乳が必要だったわけである。[18] これは当然、男性としての夫の論理でもあったのだ。

デフォーはこの論理の矛盾をつく。体内では血液とミルクは「アニマル・スピリッツ」（七五）を中間体として交互に変換され遺伝されるという医学的な知識が正しいなら、下層階級の乳母のミルクも、同様に貴族の血の混合と不純化を招くということになると主張するのだ。「血は一たん混じったら、永遠にもとに戻ることはない」（七九）というデフォーにとって、純血などは存在しない。この乳母の授乳の制度により、上流階級にも貴族にも、純粋な血統の紳士など存在せず、すべて「混種」（七九）という形でしかないのだ。階層の混在性を常態としつつ、血の独占を排除する彼の戦略を読みとってみると、女王でありながら母乳で子供を育てたという当時の女王アンは、「母たる女王」（七二）と賞賛されることになるのではあるが、それは、理想の結合体として捉えられているものの、その実、例外としての当時のアイロニカルな状況が浮び上ってしまうほどなのだ。この母乳による育児法は、のちに夫となった貴族的地主のＢ氏に対して、パメラの主張するところにもなるわけだが、重要なことは、これが単なる社会習慣上の変化ではなく、紳士の概念拡大と、そこへの編入をめざす新興中産階級の、血とミルクの混合という戦略的論点だったということなのである。

当然のことながら、血の問題はまた国民性や民族性における混種の概念にも通じ合う。ジョン・タッチンは一七〇〇年、諷刺詩『外来の王』を書いて、名誉革命によりオランダから来たウィリアム三世の外来王的性格を激しく攻撃した。この時、この排他的な国粋主義をたしなめ、イギリスの国民性は、むしろその昔、その起源から、集合的、多元的なものだと論じつつ、ウィリアム三世の立場を擁護して一躍名前をあげたのがデフォーであった。彼の諷刺詩『生粋の英国人』（一七〇一年）がこれである。その冒頭部で、デフォーはイギリスとは、過去の歴史を振り返ってみれば明らかだが、さまざまな民族が征服をくり返し、その結果、雑多な血の混合が常態化している。なぜ純血を叫ぶのかわからないと言っている。

この、水陸両生動物のような、ひどい生まれの雑種から、
イギリス人という高慢な意地の悪い代物がうまれた、
いろいろな民族の習慣、苗字、言語、風俗が
これをそれぞれに証明しており、
その名残は滅びることなく強力で、

言語の上にもその特徴を残した、
それを聞けば、たちどころに、
ローマ＝サクソン＝デンマーク＝ノルマン流の英語だとわかる。

（『生粋のイギリス人』[19]）

習慣、名前、言語、風俗などからみたイギリスの国民性が最初の「水陸両生の」（アンフィビウス）という形容詞と、最期の連結符による結合によって、その雑種性が強調され、それがむしろ正統化されていることは興味深い。二つの概念の結合や、血の混在がむしろ当然なのだと強調する論理には、重なり合う地点の重要性を認めるカズイストのレトリックともいえるだろうし、このような灰色の空間、それは、フィクションの空間であると言っていいだろうが、デフォーのメタファー的思考の根底をなすものではなかろうか。

「水陸両生」ですぐ思い出されるのは、「この水陸両生の生き物、水陸両生の紳士＝商人と呼ばれるひと」（六〇）と呼ばれたモルの二番目の夫である。相手を探しながらも、明るいウィットのきいた会話のできるしゃれ者たちが好きだったのだが、真面目すぎるのも困るのだが、でも商人も悪くないと思っているモルは、ついに理想の男を見つけることになる。

商人がいやというのではありませんが、商人でも同時にひとかどの紳士でもあるような人を夫にしたいのです。夫が私を宮廷や劇場に連れていってくれたとき、夫が剣を帯びてもよく似合い、どの男にもひけをとらないくらい紳士らしい様子でいてほしいのです。上着に前掛けのあとがついていたり、立派なかつらでも、（商人の）帽子のあとがついているのはいやなのです。剣を帯びても、まるで人間のほうが剣にくくりつけられるように見えたり、顔を見れば商売人とわかるのはいやなのです。

（『モル・フランダース』上　九六）

モルはこの男を「私のジェントルマン・ドレイパー」（一〇二）と呼んでいるから、彼女は「紳士でかつ呉服商人」を手に入れることになったのだ。モルは紳士と商人の双方の性格を持つ両生的人物を求めてこれを手に入れようとするのだが、この複合概念を持つ人物は、両方の良い要素を重ね合わせた、いわば弁証法的な昇華作用をうけた存在ではなく、実際は、浪費と散財を重ねたあげくにモルを棄ててフランスへ逃亡してしまう、負の存在なのである。これは、エプロンより剣の似合う、謹厳実直でおもしろみのない人物よりも愉快なウィットにあふれる伊達男を好んだモルの男性選択の規準に起因しており、この、AでありかつBである理想的な結合概念を求めつつも、自らの趣味の道徳的偏向により、AでもなければBでもない否定的な人物を夫として選んでしまうモルなのである。ただ、引用の後半部を見てもわかるように、デフォーは、それが負の結合メタファーによって述べられたものであっても、異様にその比喩表現が生彩を帯びてくるのである。いやむしろ、フィクションとしての道徳的灰色の空間に入ると、デフォーはその筆致にむしろ冴えが見られるようにも思えるのだ。

デフォーの『共同責任は無責任』（一七二七年）には、横柄でプライドのみ高く、高賃金をもらいながら家のものをくすねるような堕落したメイドの増加をなげきつつ、その水陸両生的生活、「アンフィビアス・ライフ」について述べる箇所がある。

> このようにして、彼らはある場所から別の場所へと行ったり来たりするのだ。曖昧宿から奉公先へ、奉公先から曖昧宿へ、決して落ち着かず、心安らかにもならない。このような者たちは、ある週には立派な家族の下にあり、次の週には、曖昧宿にいることになる。このような水陸両生の生活は、彼らをそのどちらにもなじませないのだ。彼らは、曖昧宿女主人の待遇が悪くなれば、メイドになり、奉公先の女主人が意地の悪いことを言えば、またプイと曖昧宿に戻るのだ。その結果、彼らは、よい娼婦にもよいメイドにもなれないのだ。
>
> （『共同責任は無責任』[20]）

要するに、メイドであったものが、道をふみはずして娼婦になり、それをくり返して二股をかけた暮しをしていると、最後には召使いとも娼婦ともつかぬ得体の知れぬものになり果ててしまうというのであろう。ここでは「水陸両生の生活」は悪への転落の過程として捉えられているが、この、「メイド＝娼婦」の両義的解釈が負のものであることは論をまたない。

あとで述べることになるロクサーナは、オランダ商人と肉体関係ができ、子供も生れ、愛しているのに、彼の結婚の申し込みを拒否してしまう、結婚しない女なのである。結婚契約の本質そのものが、自由、財産、権利をすべて男性に委ねることにほかならない、結婚してしまえば女は奴隷になってしまう、と激しく男性優位社会を告発しつつ、婚姻契約の形で法的措置をとらぬ限り、結婚後は女性の持参金が一方的に男性の管理下におかれてしまうというような、女性にとっては苛酷な時代にあって、この不合理を説いて、女性の経済的独立と自由を主張するロクサーナである。「私は男＝女になるのだ」（三九九）と言って、女ながら、結婚せずに囲われ者としてでも、財をたくわえ安定した暮しを送るほうがいい、というロクサーナもまた、前述のような否定的なニュアンスをこめられた「アンフィビアス」な存在といえよう。魅力的悪女のプロトタイプともいえるロクサーナは、ポーラ・バックシャイダーもいうように、一方では強いパラノイア的な男性嫌悪を持つと同時に、自身の行動原理としては非常に男性的な価値観を持つという両義的な存在なのである。[21]

デフォーの曖昧性を支える二重のアイデンティティは、これを自己のものとして自覚し、これを操作する意図が入ったり、他者に対して解釈をほどこされたりすれば、そこでは必然的に、仮面や自意識の問題とともに、嘘をつくこと「ライイング」というカズイストの戦略の最大の論点に入っていくことになる。シセラ・ボクはその『嘘の人間学』の中で、「真実を語るか、偽るか、という窮地に追い込まれた者にとって役立つ道徳上の選択の理論はあるのだろうか[22]」という真偽の彼岸を設定する倫理哲学上の視点から、さまざまな古今の「嘘をつく行為」の例をとりあげている。親切ゆえの嘘や冗談の嘘など日常的なレベルのものから、危機に際しての嘘（たとえば、大統領は戦争に勝つために国民に嘘をつけるかなど）、嘘をつく者に対する嘘（復讐、あるいは「目には目を」の概念）、敵に対する嘘（スパイ活動や奇襲攻撃）、専門職の秘密保全のための嘘（たとえば、医者のガン宣告や弁護士の守秘義務）など、多様な嘘の合法化形態があるわけだが、前にも述べたようにカズイストは、ある状況のもとでは嘘は許容されるべきだという道徳上の理由を提示しつつこれを条件づきで容認する。錯綜し複雑化する現実、イエス・ノーでは割り切れない現実、そこから生まれる行為と解釈の曖昧性と嘘の合理化、これらすべてがデフォーの創りあげた「アンフィビウス・クリーチャー」たちの特性となっていることは、その背後に「決疑論」という情状酌量の、悪の許しの原理が見られることは、決して偶然ではない。

四　ケースの神学とケースの小説

デフォーの小説は、主人公が、後年からの回想体で過去を時間軸に沿って語っていく私語りのものが多く、複線や脇筋などの時間処理による複雑な構成はあまりみられない。幼少時からの事件を、それぞれのエピソードとしてクロノロジカルに過去の悪行を記述し、それにコメントをつけるという形式になっていて、いわば、エピソードが数珠繋ぎのように語られている。そしてこのようなエピソードは、主人公たちの置かれた「状況」や「境遇」などとして描かれているのだが、このような事件の一つ一つは、「ケース」という表現が使われることが多い。たとえば、四八歳になったモルが、夫だった銀行の書記に死なれて、蓄えもなくたった一人で世の中に放り出されたとき、「私は全く暗い、何の慰めもない状態に取り残されたのでした」（下　二四）ということになるのだが、このような、どうしようもない「状態」は、「ケース」という英語での表現になることが多い。モルの物語は、このような「ケース」の連鎖からなる物語といっていいだろう。

一方、決疑論は、別名を「ケースの神学」といい、信者のもつ個々のケースの意味合いを理解しつつ、絶対的な判断が教条的にならないように、ケース・バイ・ケースで、行為の選択に当たるように指導する、聖職者の思考方法であったことはすでに述べたとおりである。日常生活のなかでおきるさまざまな道徳的なジレンマに直面した信者たちが聖職者のところにやってくる。そこで訴えられる悩み事のケースは、ジェレミー・テイラーの『ドクトール・ドゥビタンティウムあるいは良心の規則』（一六六〇年）や、リチャード・バクスターの『クリスチャン・ディレクトリー』（一六七三年）などによって代表される一種の精神指導書をもとに、信者への適切な相談に使われており、これが、ジョン・ダントンやデフォーなどの、新聞紙上にのった「身の上相談」の形で、大衆化していくのだった。こうしてケースの神学とケースの小説の接点が生まれてくるように思われるのである。以下、このような関係を、『モル・フランダース』[23]の前半のいわゆる婚姻の冒険と呼ばれる部分を対象に具体例とともに考えていきたい。

ニューゲイト監獄で生まれたモルは、もの心がつくころにはジプシーに連れられて暮らしていたのだが、三歳ごろにコルチェスターという町でひとり置き去りにされてしまう。その町のナースとよばれる、読み書きと裁縫を教える婦人に預けられ、八歳まで育てられることになる。しかしあるとき、モルは、いずれは奉公に出されてしまうことを悟り、そこで苛められるのではと恐怖に駆られる。捨て子ならどうあっても一定の歳になったら召使としての奉公に出なければならないのだったから、母親代わりのナースは、懇々と現実を諭すのだったが、モルは恐怖のあまり「ジェントルウーマン」になりたいと突拍子もないことを言い始めるのだ。ここで、モルの使った「ジェントルウーマン」という言葉が、微妙なアイロニーを生み出し、モルの物語としては最初の印象的なエピソードになっていくのである。

この場合、モルはただ単に、奉公には出ていなくて、独立して暮らしている女を「ジェントルウーマン」と呼んだだけなのだった。一般的には、この語は、富裕な上流階級の女性を意味しているから、とてもなれるはずのない状態をモルは望んだことになり、それで、モルの無邪気な誤解をナースは笑ってしまうことになったのであった。ただ、モルが勘違いしたのもそれなりの理由があった。近所に、レース直しの職をもった女が住んでいて、この女が周りからマダムと呼ばれ、独立して暮らしているのを知ったモルは、この女の存在が「ジェントルウーマン」だと誤解したのであった。そうして、モルは、このような他愛のないいい間違えから、町中の話題になり、「ジェントルウーマン」とのあだ名を貰うことになってしまうのだ。

デフォーのキャラクターには、男であれば、われわれが『カーネル・ジャック』でみることになるように、「ジェントルマン」になることへの強いオブセッションが存在し、紳士に成り上がる夢がかれらを常に駆り立てていることを知っている。ただ、「ジェントルマン」という語には、アイロニカルな使い方として、街道の強盗を意味する「ジェントルマン・オブ・ザ・ロード」とか山師を意味する「ジェントルマン・オブ・ザ・フォーチュン」など悪いニュアンスをもつ場合もあり、モルの「ジェントルウーマン」という語にも逆の意味に転化する可能性があったのだ。それは、モルが「ジェントルウーマン」と勘違いをした女が、その実、未婚のまま子供を二人産んでいて、身持ちの悪い女であるという現実が語られるとき、彼女の願望そのものがアイロニーに転化し、これからのモルの運命を読者に告げる意味合いも生まれてくるのだ。このエピソードには、もう一つ興味深い言葉の連想が仕組まれている。モルがロンドンで「有名なスリ」になることを知らされている読者には、この「指先を使って」（上　一九）生活をすることの、お針子とスリの落差を感じざるをえないように計算されている。この冒頭の「ジェントルウーマン」のエピソードは、後に娼婦となりスリとなっていくモルの姿を的確に予言しているといっていいだろう。

二つ目のケースは、一七歳になったモルが、「ジェントルウーマン」になりたがった娘として町中で有名になったこともあり、コルチェスターの上流家庭にメイドとして雇われることになり、その美貌に目をつけられて兄弟から言い寄られ、三角関係になるというエピソードである。まず、口のうまい都会紳士風の兄にいいよられ、美貌と虚栄心をくすぐられて関係ができてしまうのだが、一方、何も知らない真面目で一本気な弟ロビンからも求愛を受けてしまうモルなのだ。まず、この悪魔的ともいえる兄のくどき文句と以後の対応に決疑論的な曖昧性をみてみよう。

関係ができてからも、モルには家族に内密を装うように指示し、その慎重さは、モルが言い含められ、渡された金で衣服や装身具を買ってまわりに気取られないようにと注意を与えるほどなのである。兄からは家族内での秘密の保持を約束され、弟からは人目はばからぬアプローチをされて、メイドという身分にあるモルは苦しい立場に追い込まれる。兄との密やかな情事と、弟ロビンの、おおっぴらな、階級差を超えた求愛の間で、モルは兄への愛情と弟への召使としての義務の間で、モラル・ジレンマに悩まされていく。「あなたはいつも、お前は僕の妻だとおっしゃってきたし、私も式をすませたような気持で、実際には妻なのだと思い込んでいた」（五六）と言って、兄の結婚の意志を問うモルだったのだが、狡賢い兄はこれを否定し、ロビンとの結婚を勧めるのだった。怒ったモルが、「これがあなたの信義なの、あなたの愛情なの、あなたの固い約束なの？」（六一）と訊き返したとき、兄は、結婚の問題に関しては、自分は嘘をついてはいないと抗弁することになるのだ。

いいかい、僕は一度だってお前との約束を破ったことはないよ。確かに財産をついだらお前と結婚するといったけど、お前の知ってのとおり、父は元気よく丈夫でまだまだ三〇年ぐらい長生きしそうだし、そうなっても町にはそれ以上の年寄りだっているんだからね。それにお前だって早く結婚してくれといったことはないだろう、そうしたら僕の破滅だってことが分かってるからね。そのほかのことにしたって、お前を裏切ったことは一度だってない。不自由させたこともない。

（『モル・フランダース』上　六一―六二）

ここで見られるように、兄は父親の財産と地位とを継いだら結婚するという約束をしているが、結婚の条件となっている、跡目を継ぐということができていないから結婚できないと言い訳をするのである。一方、モルは、結婚式をすませた妻であるとの認識をもっている。この二人の間の結婚に対する考え方の違いはどこで起こったのだろうか。口のうまい兄の単なる逃げ口上以上のものがそこには存在している。

一七五三年のハードウイック婚姻法が成立するまでは、イギリスにおける婚約から結婚に至るまでの法的関係はその論理に一貫性を欠いており混乱状態にあった。ようやくこの法律により、教会で行われた結婚のみが法的な拘束力をもつようになり、教区簿登録と署名が必要になり、秘密結婚も無効とされ、二一歳以下の者の結婚は両親ないしは保護者の同意が必要になった。いわゆるフリート・マリッジと呼ばれていた違法な聖職者による結婚は無効とされ、それを執り行った聖職者は一四年の流刑を、世俗裁判所が課すことができるようになったのである。このような法律内容は、当然のことながら当時行われていた結婚に対する考え方とその実行に際しての理不尽なまでの混乱が投影されている。口頭による結婚の約束や秘密結婚がよく行われており、国教会の支配下にない教会での違法な結婚許可証による結婚が横行していたのであった。このハードウイック法にあって、二一歳以下の結婚が保護者の同意がなくては不可能であるという一項が加えられたのも、駆けおちという問題が頻繁に起こり、結婚詐欺が社会問題になったことへの対抗策だったのだった。[24] 適切な結婚前の契約が存在しなければ、当時の法律上では、結婚した女の財産は結婚した夫の所有するところになったのだから、後年モルが嘆いたように、小金をもった女は、金目当ての結婚詐欺師に狙われることになっていたのだった。『モル・フランダース』が書かれたのは一七二二年だったから、この法律が成立する三〇年ほど前のことであり、未婚、結婚、離婚、再婚など婚姻状態の境界線がはなはだ不分明な最中にあったわけなのである。

一六〇四年の教会法では、三週間の結婚予告と午前中の教会での婚礼が規定されていたが、一方、当事者同士の結婚の誓約の言葉のみでも、それが神の御前での誓言として、結婚としての拘束力をもつものとされていたのである。口頭での結婚誓約には二種類あり、一つは「未来時制による結婚の誓約」と呼ばれたもので、将来での結婚の約束を意味した。もう一つは、「現在時制による結婚の誓約」と呼ばれたもので、宣告の時点での結婚を意味していた。後者の「私は結婚する」という誓いは現在の結婚式でもなじみのものだが、前者の「私は結婚しましょう」という誓いは、当然ながら、「いつ」や「こうなったら」などの時期や条件やことばが内包されているから、はなはだその実行には問題が生じることになる。前述のテキストからの引用の、「一度だって嘘は言っていない」という兄の言い訳は、このような「未来時制による結婚の誓約」を巧妙に使ったカズイスト的表現であることはあきらかだろう。家督をついだら結婚するという彼の言い方には条件次第では約束の不履行もありえるというのだから、なにも知らないモルはうまく騙されたことになる。そして、モルは兄の言葉を「現在時制による結婚の誓約」と解して、自分が正式の式を挙げた妻だと思ったのである。デフォーはこのような当時の曖昧な婚姻状況をうまくこのエピソードに取り入れている。[25] もう一つこのコルチェスターでの三角関係で注目すべき点は、物語の型に抗して働くようなモルの過剰な感情である。

兄にロビンの求愛を受け入れ結婚するように勧められ悩んだモルは、そのショックから病に倒れるのだが、家族からはそれがロビンへの愛ゆえだと誤解され、このことが逆に家族のモルに対する信頼と評価が上がるというアイロニカルな状況がうまれる。やがて兄の家族へのとりなしもあって、モルはロビンと結婚することになる。兄を「気も狂わんばかりに愛していた」（上　六七）モルにとっては苦渋の選択だったのだが、結局ロビンとの結婚を決断するのである。問題は、結婚後のモルの感情である。モルは自分の感情を、「私はこの夫に少しも愛情を感じていませんでした」（上　九二）と言うようにまるで覚めたままである。夫のロビンはしばらくして亡くなることになるのだが、その後に語られる以下のようなモルの兄への情愛は、ちょっと度を越しているように読者には感じられないだろうか。

正直のところ、私は夫を失っても、それにふさわしいほどの悲しみを感じませんでした。・・・夫は女として誰もが望むような優しい、親切な、愛想のよい人でした。しかし、兄が、少なくとも私たちが地方にいた間は、いつも私の目にみえるところにいて、私にとり絶えざる誘惑となっていました。そして夫と床を共にする度に、兄の胸に抱かれることを願うのでした。私たちの結婚後、兄は一度もそういう意味の愛情を示すことは少しもなく、兄としての当然の態度をとるだけでしたが、私のほうは彼に対し、そういう態度をとることができませんでした。要するに、私は毎日自分の欲望の中で、姦通と近親相姦の罪を犯していたわけで、それはまさしく実際にそうしたのも同然の罪でありました。

（『モル・フランダース』上　九四-九五）

このエピソードの出発点は、兄を愛しているのに弟から求愛されたモルのジレンマだった。メイドとしての立場もあり、生きていくために愛を諦め、次善の道を選ばざるをえなかったモルではあったが、夫に抱かれながら兄を思うと引用にみえるほど、そこまで兄への愛情を貫かせる必要はあったのだろうか。三角関係の通例の結末として、ロビンに優しいところを再発見し直させて、モルのこのエピソードでの幸福な結末を与えて、めでたしめでたしという結末にしてもよかったのではないだろうか。それも可能な物語ではあったのだろう。だが、デフォーはそうしていない。引用に見られるように、未練がましいモルの、兄への情愛の深さを綿々と語らせることになるのだ。物語のコンヴェンションをここまで無視して、モルの感情を増幅するのは一体どうしたことなのだろうか。ここでわれわれはもう一度カズイスト的思考背景を探ってみよう。

カズイストリーとは、別名を良心判例（ケース・オブ・コンシャンス）ということは前にも述べた。この概念の理解のためにはカトリックの歴史を中世にまで遡らなければならないだろうが、急速に本格化してくるのは、一六世紀中ごろに、聴罪司祭と改悛者のためのマニュアルが信徒の霊的な指導書として多用されてくるようになってからだという。信徒の罪の告解を受けてその良心問題に適切なアドバイスを与えるためには、さまざまな状況にあわせた良心の判例集が便利な道具となっていった。一七世紀初頭には、イエズス会の神学校の教科書としても使われ、ジョンソン＆トゥールミンによれば、一七世紀中ごろのアントニウス・ディアーナの『カズイスト世界図』には、二万の良心判例ケースが載せられていたという。(26)

分類された良心判例集の大きな見出しになるような項目は、聖書の十戒や七つの大罪のような典型的な例になるのは当然のことだろう。例えば、「人を殺してはならない」というような殺人の禁止規定がまず初めに問題になる。しかし、われわれの日常にはそれに反する歴史や現実が存在していることもまた事実なのである。犯罪者を処刑するというのは殺人ではないのか。戦争での敵を殺すという行為はどうなのか。自殺は、決闘は、堕胎は、復讐はどうなのだろうか。われわれが直面しそうなこのようなケースに直面したと仮定すると、そのような人々には絶対的な戒律とそれを破らざるをえないような事例に生ずる良心的な問題が大きく浮上してくることは言うまでもあるまい。軍隊付きの聖職者であれば、明日、戦闘で人を殺すことになるだろうが、そのときのキリスト者としての良心をどのように考えたらいいのかと兵士から問われることはあるだろうし、出産時に母親か胎児かどちらか生命を選ばざるをえなくなった医師の良心はどうだろうか。正当防衛で相手を殺すのはどうなのか。憎悪や嫉妬という激しい感情にわれを忘れて人を殺してしまったらどうなるのか。などなど、さまざまな状況やケースが生じてくる。良心判例とはこのような絶対則とそれに対する反例の列挙から成り立っているのである。そのケースがさまざまに枝分かれ的に派生し、当初の典型例が様々に現実的な具体例となって展開されてくれば、段々よりリアルな生々しい現実が顔をだしてくることになる。そこから小説の一歩手前の状況が開けてくる。われわれは再びモルの状況に戻ろう。

コルチェスターでのモルのおかれた状況は、良心判例の分類風にいえば、姦淫の項目にあたるだろう。正当な配偶者以外との性的交渉は、未成年同士のものを含めて広義には姦通であったから、モルへの兄の誘惑の状況は、「姦淫をしてはならない」という戒律が、基本テーマとして描かれていることになる。このパラダイム・ケースは、メイドが仕える家の子弟から求愛されたらどうなるのかということだろうし、『パメラ』の例をみるまでもなく、姦淫の典型例として当時よくあったケースといえるだろう。ただ、この後半の場合は、モルが相手に愛情を抱いてしまい、ロビンと結婚をしたあとでも、兄に愛情をすてきれず、引用の最後にみられるように、ロビンに抱かれていても兄を思ってしまうという、想像上の姦淫のケースへと話が転移されていくわけである。ピューリタン的な道徳意識からすると、想像上の姦淫であっても事実上のそれと変らないわけだったのだかららここには、「結婚したあとにも前の愛人のことが忘れられないのは罪であろうか」という良心上のケースが透けて見えるのである。

おそらくこのコルチェスターのエピソードは、カズイストリーからデフォーの小説の誕生への契機を最もうまく説明してくれるものであろう。誘惑される召使というありふれた型どおりのケースから出発しているのだが、モルの兄に対する愛情は前半のみで終らずに、その一途な気持は、義理の兄になったあとにも、後半の結婚後にまで継続していて、しかも、兄が結婚する際には、嫉妬のあまり、「病気を装い、とても旅ができそうにもない」(上 九五)と結婚式への出席を断るまでになるのだ。さらに、義理の兄との「姦淫」と「近親相姦」を妄想するモルの感情描写は、いささか度を越しているようにも読めるだろう。ただ、このような、グロテスクともとれるような異様なモルの情愛のありかたは、ある意味では型どおりの物語の枠を超えて、より生のリアルなモルの心情を描いているともいえるので、読み手には道徳的には許されない感情をもつ彼女の内面を、そのジレンマを含めてデフォーは描ききっているともいえる。『ペスト』における死者統計表や、『モル・フランダース』の出産宿の料金表などにみられる、数字や表をつかった、いわゆるデフォー特有の「サーカムスタンシャル・リアリズム」とよばれる、状況描写のリアリズムとは違った内面のリアルな描写が生まれるきっかけになっているといえるのではなかろうか。

次のエピソードは、ロンドンに移ったモルが、知り合いの未亡人とお互いに助け合って男性の求婚者を探すというものである。モルは、ロビンが亡くなったあと、子供を引き取ってもらって家を出て、一二〇〇ポンドの財産をもつ未亡人として世に出るのだったが、自分の好みで、浪費家の商人と結婚したものの夫は破産してフランスへ逃亡してしまうということになり、モルは再婚の相手を見つけなければならなくなる。愛情と好みという二つの視点からの男性選びに失敗したモルは、兄に対して最後には、「このように利害によってどのような愛情もうち棄てられるもので、男というものはかように苦もなく名誉や信義を破りすて、あまつさえ身の安全をはかるため、キリスト教の教えまでうち棄てるものなのだ」（上　九二－九三）との認識に到達していたのだから、これを境に今度は逆に男を手玉にとることも辞さないようになるのである。

モルはテムズ河南岸の水夫たちが多く住む地域で、未亡人とともに婚活を始めるのだが、このあたりは、田舎と違って男の数が圧倒的に少ない場所だった。「戦争とか航海とか貿易とかその他の事情によって男たちが外に出て行ってしまっていて、男女の数が釣り合っておらず、女は不利な立場にある」（上　一一七）のであった。そこでは、男たちは、自分たちが売り手市場であることを意識してか、女たちに自分たちの過去や現在の調査をさせないほどまでに、横柄で高圧的になり、女たちを辱めていたのだった。女たちは非常に不利な条件のもとで婚姻の冒険に乗り出さなければならなかったのだ。それでなくとも、圧倒的に男性中心の社会であったから、女性の持つ持参金の額によって男性が相手を選ぶこともあったので、結婚は愛によってではなく持参金の額次第だというコルチェスターの家族の娘たちの言葉を思い出すモルであったのだ。未亡人には好きな船長志望の男がいたのだが、この男は、未亡人が一二〇〇ポンドの財産があることを知って求婚していた。ところが、逆に自分の資産を聞かれて怒り出し、付き合うのをやめて他の相手をさがすと言いだしたのだ。このような理不尽な条件をつける未亡人の求婚者に、偽の噂という手段をとって、一泡吹かせ、相手をやりこめるという策を授けるモルだった。

モルは茶飲み友だちの間で、未亡人を振った男は、実は身持ちが悪く、意地が悪いのだという噂を広げて男の評判を落とし、さらに、金がないので船長の座も失いかけており、この悪党は、こともあろうに「プリマスに一人、西インド諸島にも一人奥さんがいるとの噂もある」（上　一一一）などと、男の悪い評判を撒き散らしたのだった。その結果、男は、新しくつきあい始めた女の家から出入りを禁じられる羽目になる。モルの授けた策略は手が込んでいて、未亡人の親戚の男に身代わりの求婚者になってもらい、年に一〇〇〇ポンドの収入のある紳士が未亡人に求婚したように見せかけ、男の嫉妬を煽ったのだった。焦った男は、前非を詫びて、未亡人に求婚をし直し、以後、「求婚者として彼ほどへりくだった、優しい、しかも熱心な男はありませんでした」（上　一一三）と言われるまでになったのだった。未亡人は思う存分恨みを果たし、傲慢な求婚者は改心して良き夫になりめでたしめでたしとなったのだった。

モルに感謝した未亡人、いや結婚して船長夫人になった未亡人は、今度は逆にモルの結婚を手助けする。船長夫人は、モルを自分の田舎に連れて行き相手をさがすのだが、その際にまず、夫に、モルは少なくとも一五〇〇ポンド以上の財産をもっていると告げて、それを信じさせ、その町で、モルが金持ちの未亡人であるという噂を広めさせるのだった。なにも知らない夫は、この妻からの話を真実のものと受けとめていたわけだから、この時点で、嘘をつく船長夫人の行為の責任は薄められてしまっている。モルは、入念に用心し、身元の調査をしない、モルを金持ちの未亡人と思い込むタイプの男を捜したのだった。そして、スウィフトの詩などにも見られるような、当時の恋愛遊びの一つの「習慣」（スター注　三六二）であった、ガラス窓にダイヤモンドの指輪で文字を書き、恋人同士の掛け合い告白をするというロマンス風の交渉の後、二人は結ばれることになる。このエピソードは、偽の、あるいは誇張された噂を武器に、モルたちが、男たちの欲望の裏をかくという点で前述のものと共通している。

良心判例の観点からいうと、この二つのエピソードでの問題は、嘘は絶対についてはならないのか。もし嘘がつきうるとしたら、その状況や条件はどのようなものかというものになるだろう。まず大きな枠組みとして、当時の男性中心の婚姻関係についての法律体系がある。さらに、男の数が少なく、圧倒的に女性にとって不利な結婚市場になっているという問題もある。もしその置かれたケースとして、ことさらにひどく不公平な状況にあったとしたら、不利なものは嘘を許容されるのではないか。嘘はもちろん悪いものではあるが、理不尽なほどの不公平のもとにあっては、嘘は許容されるべきではないか。まして、未亡人の相手の男は、自分の身元の調査をも拒否するような傲慢な男だとしたら、「女だって悪い仕打ちをした男に復讐できないことはない」（上 一〇九）という論理は成立するのではなかろうかというのが、良心判例上の問題になるだろう。不公平な市場や復讐のためなら嘘は許容されるのか。女がしいたげられている状況下にあっては、多少強く男になぐりかえしてもいいのではないかということなのだ。

また、もう一つの問題点は、噂による嘘の情報操作という手法は、あくまで直接的な嘘ではないということがある。この場合、さらに相手の横柄な男の改心を目的にしているということもあって、この二つが嘘の行為を許容しうるかという良心的な問題になるのだ。最初の未亡人のケースをみてみよう。

彼女（未亡人）が、近所の二、三人のおしゃべり屋に大ざっぱにその話（悪い噂）をしますと、そのことはその町一帯で茶飲み話にのぼるようになり、私もどこへ行ってもその話しにぶつかるようになりました。それに、私がその若い婦人と知り合いだということが知れ渡っていましたので、よく意見を求められましたが、私はそれはほんとうだと、適当に話をおおげさにし、男のことをくそみそに悪くいいました。

引用にも明らかなように、この場合には、未亡人本人が偽の噂の流布に直接関わっているのだからその責任があるわけだが、モルには直接の利害関係はない。ただ、未亡人の境遇に同情し、彼女のために嘘の情報を流したわけである。このような場合に、モルの行動は果たして許されるのだろうかが良心的に問われることになるのである。言葉をかえれば、人は他者のために嘘をつけるのかという問いにも発展していく。人を騙す意図や悪意からの嘘は断罪されるべきであるのはいうまでもないが、このように圧倒的な不利な状況、それに乗じるような悪党の改心という目的、そして直接的な嘘ではなく、自分以外の人のために、自分の利益は度外視して嘘という悪を行ってもいいものだろうか。デフォーのフィクションはこのような微妙な領域にはいるとその迫力が増すように思えるのだ。さらにモル自身の結婚話になるとそのケースはより微妙になる。

モルのおかげで船長夫人になれた未亡人は感謝してモルに、今度は逆に男を騙しかえすという「あまりよろしくないもくろみ」をもちかけるのだ。そして、その結果、相手がモルに財産が噂ほどなくても、文句がいえないようにしてやるというので、モルはそのアドバイスにのることになる。船長夫人の提案は、相手が騙す気で求愛をするなら、それを騙しかえす嘘も可能ではなかろうか、というケースで、このような嘘の合理化が、読者のわれわれが、モルの行為を悪いこととは理解しながらも、一方で小気味よく感じる理由にもなっているのである。

船長夫人はモルを自分の田舎につれていき、モルの財産が一五〇〇ポンドもある金持ちの未亡人だという噂を広げるのである。その噂を広げるのは、何も知らずに話をいいふらす彼女の夫である。「この点で彼（夫）は別に悪気があったわけではなく、真実そのように信じていただけのことです」（上 一二二）と、モルが言うように、夫は夫人の言葉を信じて語っているので、本人は嘘をついている自覚がない。いわば噂のリンクのなかで、嘘の伝播のなかの真実変換のフィルターにもなっているわけなのだ。そうすると、発信者である船長夫人の偽の情報を流すという悪が、噂の受信者に到達するまでには、船長夫人の嘘をつくという行為の責任は非常に薄くなる。モルもこのことは承知しているわけだから、責任は負っているはずなのだが、読者にとっては、モルの悪への加担の意識はさらに薄くなっているように感じられるだろう。むしろ悪に対抗しているように読者には感じられ、ついモルに声援を送ってしまうのである。

このようなモルたちの噂の戦略にのってしまうのが、ヴァージニアのプランテーション・オーナーである。モルは、この男に対する態度を次のように述べている。

私は求婚の仕方から判断して、これはと思う人を大して苦労することなく選び出しました。私は、彼がこの世の何ものにもましてあなたを愛している、自分を幸福にしてさえくれればあとは何もいらない、などと愛の訴えやら誓いをするにままにさせておきました。こうしたこともみな、私が金持ちだと思い込んだ上でのことで、彼がそれを十分承知した上でのことはわかっていましたが、もちろん、私自身が一言でもそう彼に話をしたわけではありませんでした。

（『モル・フランダース』上　一一三）

後にモルの夫となるこの男を、名前が与えられていないので今、ヴァージニア・ハズバンドと呼んでおけば、この男は、モルに対して、ロマンス風の愛の誓いの言葉を語りながら型どおりの求愛をすることになる。そしてモルはその求愛の背後に現実的な打算の目的があることをも承知で、それなのに、自分が金持ちであるという噂を否定もしなければ、訂正もすることはないのである。モルは巧妙なのである。私は一言でも金持ちだとは言っていないと言い逃れを用意していて、自己の良心に対して言い訳をしているのだ。そして、ダイヤの指輪で窓ガラスに求愛の文句と、それに対するモルの言葉を交互に書くという、恋の応答風のやり取りが行われることになる。私はあなたを愛す、いやそれは私の財産ゆえでしょう、いやただ愛ゆえの求愛だ、本当にそうでしょうか、そうだ、愛のみで金はいらない、では私が貧しくとも結婚してくれるのか、などというやり取りが続いて、最後には「いかに貧しくともよし、私のものになれ」と彼は書くことになるのだ。これはモルの財産がなくてもよいという言質を与えたことになる。船長夫人の策略は、「自分のいうとおりにしたら、きっと金持ちの夫を得ることができ、しかも相手がこちらに財産のないことを非難できないようにすることができる」（上　一二二）というのだから、まんまと二人の戦略は成功したことになるのだ。

ここでは明らかにヴァージニア・ハズバンドのロマンス風恋愛ゲームの考え方とモルの良心判例風の考え方が交錯している。前者にはポーカーのゲームの参加者のように、騙し、騙されることが恋愛ゲームの前提としてお互いに了解されている。好きなもの同士がゲームの規則として騙し、騙されることとの、遊ぶこととの幸せを意識しているのである。ところが、モルの良心判例風の思考では、これがゲームであっても、結婚後に夫から財産の多寡に関して文句をいわれないように、あらかじめの対策となっているのである。モルの立場からいえば、自分が貧しいという真実の発言を、相手が嘘だと思っているのであれば、良心的には、相手が解釈を間違えたから、それは相手が悪いのであって自分に責任はないと自己弁護できるわけだ。「私が自分は貧乏だと何度となく彼に冗談を言ったとしても（彼は冗談と考えていたのです）、それが真実であることを知ったとき、彼としては冗談にせよ本気にせよ、私の財産を全然問題にせず私と結婚すると宣言している手前もあり、彼は前もってどのような抗弁も封じられているわけです。・・・こうなれば、彼はあとになって自分は騙されたといえるかもしれませんが、私に騙されたとは決していえないわけです」（上　一二七−八）とモルが語っているのをみても明らかだろう。コルチェスターの兄に騙されたモルは、ここに至って逆にカズイスト的な言い逃れの口実を使って自己の良心を鎮めているのである。結婚してヴァージニアに渡る二人だったのだが、このあと、物語はモルにとって夫が実の弟であり、近親相姦を知らずに行ったことがわかり悩むということになるのだが、これも一つのケースといっていいだろう。次は、モルがイギリスに戻ってのエピソードである、バース・ラヴァーとバンク・クラークとの物語について考えてみよう。

モルは当時有数の温泉リゾートで社交界もあったバースにやってくる。そこの宿で一緒になった妻のある男と交際し愛人になるのだが、結局破局する。次にロンドンのバンク・クラークと財産保管を通じて知り合いになり、この男が妻と別れた後に結婚することになる。この二つのエピソードは、モルの相手の男はともに妻がある状態での交際なので、相手に妻があった場合のモルの良心問題に関係してくるという意味で共通している。ここでのケースは、他人に対して嘘をつくのとは違い、自分に対して嘘をついて、良心を納得させるための口実をつくる自己欺瞞のテーマとなる。

モルと知り合いになった紳士は、モルとの交際を気に入ってお互いの部屋を行ったりきたりするほどの信頼関係が築かれることになり、ときおり、モルの経済状態を心配して金銭の援助をすることになるのである。この紳士には妻があるのだが、妻は精神状態が悪く、モルの語るところによると、「奥さんは精神病にかかっていて、今、親戚にあずけられていること、奥さんをあずけたのは、（この場合よくあることですが）妻の治療を怠ったというような非難をこうむらないために、彼が同意したものである」（上 一七〇）ということだったのだ。そのため、男は気散じのためにバースに来ていたのだ。このような状況設定には、明らかに、妻が精神的におかしくなったときにはどのような対応をしたらいいかというときのアドバイスとして、親戚に預けるという解決策が当時あったことをうかがわせているだろう。ヴァージニアの夫がモルの秘密を訊きだそうとして、精神病院に送るぞと脅す場面があったことを思えば、デフォーはこのような妻の心が病んだケースにかなりの関心があったことが窺える。後の『ジェーン・エア』などにみられる「屋根裏部屋の狂女たち」のテーマのかなり早いケースともいえるだろう。(27) 妻のある男性との交際がモルの良心にとってどのような作用をもたらすかは後に論じることにして、このエピソード中でもう一つの論点である「カーテンの誓い」の場面について考えてみよう。

二人はお互いに好意をもちあってはいるものの、モルが「彼はよく私がベッドの中にいるときでも、かまわず私の部屋に入ってくる」（上 一七〇）と言うように、当時としては、少々度が過ぎた関係であったわけでもあった。ただ、お互いを尊重しあっていて、非常に親しい仲ではあったものの、一線は越えることなく二年の交際が続くことになる。そして、紳士は、冗談にまぎらせながらも、「たとえ裸であなたと一つのベッドに入っても、自分の操を堅く守る」（上 一七九）と誓うにいたるのである。二年たったあるとき、二人はブリストルからグロスターへ旅行することがあり、宿をとることになるのだが、宿が満員で二人は一つの部屋に泊まることになる。その部屋を大きなカーテンで仕切って部屋を共有するかたちで、一夜を明かすことになるのだ。紳士は、彼が前にした一緒に寝ても何もしないと約束したように、実際何もしなかったのであった。「彼は私を腕に抱いただけで、それ以上のことは何もせず、またしようとすらしませんでした」（上　一八〇）とモルが言うように、彼はこのカーテンを超えても一線を超えることはなかったのである。ただ、二人は、その次の機会には、ワインに酔って、モルのほうから、一度だけなら誓いを破ることを許すともちかけて関係ができてしまい、以後愛人関係に移っていくことになるのであった。このようなケースは、親しい仲の男女がどう振舞うべきであるかを背景としており、性的な関係抜きの男女の交際はありえるのかとか、親しい仲にも常識的な交際儀礼はどうしても必要なのか、などという一連の良心判例的な問題意識がここにも存在しているだろう。

このような、カーテンで仕切られた部屋で男女が一夜を過ごすというエピソードは、剣を二人の間において一線を越えない誓約とするというような古来のロマンス風なものを原型としていることはいうまでもなかろう。たとえば、『トリスタン・イズー物語[28]』を例にとって考えてみよう。マルク王からの追跡をのがれるために、トリスタンとイズーは「モロアの森」に逃げ込み、その小さな小屋の中で一緒に寝ることになる。この王妃イズーとトリスタンの運命的な逃避行の結末は、密告者の通報により森の小屋の居場所を知ることになったマルク王が単身、二人の寝ているところに踏み込むことになるのだが、二人の体の間には抜き身の剣が横たえられていたのだ。寝たままの二人を前にしたマルク王は「おや、これはまたどうしたことだ。二人を殺してよいものであろうか。こうして森のなかで住むようになってからは、すでに久しい。もし道ならぬ恋で愛しあっているのなら、このように剣などをおいたりするであろうか。二人のからだを距てるこの抜き身の剣こそ、彼らの潔白の証拠であり、保障であることに気づかぬものがあるだろうか」（一三六）とつぶやき、二人の潔癖な関係を信じるにいたり、自分がこの場に来たことを示すために、自分の剣と二人の間に横たわっていた剣を入れ替えてその場を立ち去ることになるのである。二人の間に横たえられた剣は、トリスタンの一線を超えないという誓約の剣なのであり、マルク王もそのことを理解していたのであった。トリスタンの剣からモルのカーテンへの変化はロマンスから世俗的な物語への変容を暗示しているのは明らかだろう。もう一つ似たような例がある。夏目漱石の『三四郎』[29]の冒頭部に現れるエピソードである。

熊本から上京した三四郎は、東海道線で乗り継ぎのため名古屋で一泊をすることになる。車中で一緒になった女に信用された三四郎は、名古屋の宿で同宿を頼まれるのだが、あいにく宿が一杯で、同室で彼女と夜を過ごすことになり、蚊帳の中の一枚の布団で一夜を明かさなければならないはめになる。三四郎は「蚤よけの工夫を遣る」からと言って、「あらかじめ、敷いてある敷布（シート）の余っている端を女の寝ている方へ向けてぐるぐる捲き出した。そうして蒲団の真中に白い長い仕切りを拵えた。」（一四）のであった。この三四郎が作ったシーツの仕切りは、これまた、モルのカーテンと同じく、一線を超えないという彼の意思表示になるだろう。このエピソードもまた剣による誓いと同様のモチーフが現代的な形へ変容したとみなしてもいいだろう。ただ、この場合は好きあったもの同士の誓約というよりも、古典的な魔女の誘惑の意味合いも重ねられているのではあろうが。ちょっと脱線したかもしれない。

さて、モルはこのバースの愛人との関係を、「このままの状態がつづいたのなら、私たちは大いに自慢もできたわけですが、賢い人が言うとおり、戒めの際どい所で火遊びをするのはまちがいのもとです、このことを私たちは思い知ったわけです」（上　一八一）と回想することになるのだが、ここでモルが言った「賢い人」とは、原語では「ワイズマン」であり、以前述べたように、ダントンやデフォーの「身の上相談」にあっては、難しい良心上の問題を解決する賢人・回答者のことでもあった。ここでいう「賢人」とは、無論、男女の交際は節度をもってすべきで、性的な交渉に至らなくとも「際どい所での火遊び」は、誘惑の場となりかねないから注意すべしという戒めの声を発する「身の上相談」の回答者的な声の響きがある。もちろん、『ロビンソン・クルーソー』の冒頭で、父親が中産階級の利点を説くときに使った聖書のソロモンを指すような使い方もあるが、これも、より広い意味合いでいえば、人生経験豊かな現実問題の対処者としての意味であり、拡大解釈をすれば、「身の上相談回答者」的な、難問解決者の意味合いと重なり合うところがあるだろう。このような、語の使用は、デフォーのみに限らず当時の一般的な用法でもあったのだろう。

【図5】ホガース『兎を産んだ女』(Paulson, *Hogarth.* より)

例えば、一七二六年に出されたホガースの諷刺画『兎を産んだ女』を見てみよう。【図5】これは、当時ロンドンを騒がせた「兎を産んだ女」の事件をあつかったものである。最後にはそれがでっち上げの偽の話であったことが明らかになる、一種の話題づくりの詐欺師たちの話なのだが、当時の医学にあっては、妊娠した女が兎を見ると、胎児が母親の想像力によって兎に変ることもありえると考えられていたのだから、この事件は、医者たちにとっても判断に困る問題だった。図の妊婦の右側には、名のある医師たち三人が集まって、この現象が事実であるのかを議論しているところなのである。これら医師たちは、『兎を産んだ女、あるいはゴダルミン村の賢者たち』というタイトルの副題からも明らかなように、「ワイズマン」と呼ばれている。彼らは、果たして人間が兎を産むことがあるのだろうかという医学上の「難問」に取りくんでいたわけなのであり、ホガースもまた難問解決者としての「ワイズマン」の意味合いを理解していたのだ。このようなモルのいう「賢い人」とは、人生智あふれる洞察者という一般的な意味であるよりも、むしろ身の上相談回答者風の意味に近かったのではなかろうか。

次のエピソードであるバンク・クラークとモルとの関係はまた、バース・ラヴァーと同様の人間関係とレトリックという点で、繋がっているように思われる。

バース・ラヴァーの死を前にした回心というデフォーの好きな物語パターンによって、再び独りになったモルの前に、財産維持のために相談に乗ってもらっていたバンク・クラークが現れることになるのだが、この人物は、バース・ラヴァーの妻が精神病を患っていたように、浮気を繰り返す不実な妻をもっていたのだった。彼は、自分と妻との関係を、「前にもお話したようにわたしには妻があってもないも同然なのですから・・・あれは妻であって妻でないんです」（上　二二〇）とモルに告白をするのだ。彼が繰り返し使う、自分の置かれた状況は「妻があってないも同然だ」というレトリックはバース・ラヴァーのそれと全く同じものであり、また、これに対する「あなたの奥さまも自分で勝手なことをしていらっしゃるんですから、あなたが自由にしたからって、それに文句をつけるようなことはないと思いますわ」（上　二二三）というモルの考え方も、それぞれに不道徳な付き合い方をすることへの自己弁護になっているのは明らかだろう。妻の不倫に対しては自分も不倫をしかえしたらどうかと言わんばかりのモルの発言は、彼女の悪に対しては悪をなすことを許されるか、目には目をという反キリスト教的な行為が可能なのかという決疑論の領域にデフォーは踏み込んでいるような気がするのだ。モルは早く、前に紹介した親友の船長夫人のエピソードで、船長夫人に次のように「あまりよくないもくろみ」について語らせていた。

わたしたちは男たちが実際は金もないくせに、遠慮もなく自分は金持ちの女にふさわしい人間だと吹聴するのを見てきたのだから、男たちと彼ら流のやり方で交際し、できたらだます男を逆にだましてやるのもよいではないか。

(『モル・フランダース』上 一二一)

モルも船長夫人と同意見なわけで、この「だます男をだます」というレトリックが、彼女たちの噂戦略を支えていたのだった。相手が騙そうという意図をもっていると察知できれば、騙し返すのは悪くないという論理はどこか決疑論的なニュアンスを帯びている。この箇所について、G・A・スターは、『アテネ・マーキュリー』誌上の身の上相談に同様の問いを見つけており、それに対する回答は、「だます者をだますということであっても、だますことに変りはない」と否定的な回答をしているという。相手が浮気をしているならこちらも浮気で対抗するのもよしとするモルの考え方は、この騙すものが相手ならば騙すのもかまわないという船長夫人の考え方と似通うのは当然であり、このような設問の設定こそが、カズイスト的な性格に通じていくように思われる。そして、この騙す者を騙し返すという状況設定は、相愛の仲になるという読者の予想を裏切る結末になるとはいえ、さらに、次の、モルを金持ち未亡人と錯覚したランカシャー・ハズバンドへと踏襲されていく。

ロンドンの物価高に困っていたモルは、友人の女に誘われるままに、リバプール近くの村に引っ越したのだった。まず問題になるのが、この村がカトリックの信仰をもっている地域だったことである。モルはこの村に大金持ちの未亡人として迎え入れられ、ランカシャー・ハズバンドとの交際が始まるわけなのだが、信仰にはそう強い自覚はないプロテスタントであるモルも、さすがに儀式的な側面への違和感を感じるのである。私がカトリックに生まれていたらカトリックになっていただろう、などと相手に好意をもたれるように自分の違和感を隠し、取り入っていくモルなのである。

私は愛想よく、彼らのミサに出席したり、彼らが示してくれる手本に従って、教会で、彼らの身振りを何から何まで真似することぐらい、何とも思いませんでしたが、すぐには改宗しませんでした。ただ、彼らのいうカトリックの教義をよくのみこんだらカトリックに改宗するかもしれないと期待をもたせた程度で、このことはおいておきました。

このように、モルは改宗までほのめかしながら、相手の懐に入っていくのだが、果たして信仰面からいってこのような内面の偽装はよいものと認められるのだろうか。やはり敵に対抗する状況にあっては嘘をついていいのか、という古来からの良心上の難問がこのエピソードの裏には存在しているだろう。

シセラ・ボクの『嘘の人間学[30]』によれば、四世紀のキリスト教の異端との論争の際に、「嘘をつく者の仮面をはぐための嘘」は可能かという問題設定が生じていたという。キリスト教会の指導者であったコンセンチウスは、異端者たちの信仰形態を暴露するために、嘘をついて相手の宗派の内部に入り込みスパイの役割を果たすことの是非について、アウグスティヌスに問いただしたという。嘘については厳格なアウグスティヌスは、もちろん、嘘に嘘をもって対抗することは、強奪には強奪を、冒瀆には冒瀆を、姦通には姦通をもって対抗するもので、そのような行為は、神に対する信仰を汚すものだとしてこれに反対をすることになる。ただ、この場合はともかく、時代が下って長期にわたる宗教戦争や迫害がおきたときに、実際の当事者たちにとっては、裁判や誓言などが、死か信仰かという状況が目前の問題として大きくクローズアップされていくことになる。すなわち「迫害者にとっては、それは、彼らが抑圧するかあるいは改宗させるのを望んでいた宗派に潜入するのに、欺瞞をおこなうべきかどうかという形をとり、一方、犠牲者の間では、その信仰を隠すために欺瞞を使ってよいかという形をとった」（『嘘の人間学』一五八）というように、迫害者にとっても被迫害者にとっても信仰と良心の問題としてより切実なものとして、嘘をつく行為の是非がむしかえされることになったのであった。

もちろんモルには、カトリックの集団を告発する意図などない。ただその中にスムーズに入り込み、その集団に溶け込むことが必要と意識しているだけなのだが、ただ、それにしても、引用にみるように、当時の国教会とはかなり違っていたカトリックのミサの儀式などをモルに受け入れさせ、カトリックへの改宗までをちらつかせるような態度をとらせる作者デフォーの意識の底には、やはり異なる信仰集団の内部に入り込む際の欺瞞という、伝統的な決疑論の臭いが残ってはいないだろうか。最新のデフォー全集版の『モル・フランダース』に注を施したリズ・ベラミーによると[31]、当時ランカシャー南部には一一万人ほどのカトリックが住んでおり、そして、一七一五年におきたジャコバイトの反乱のあとには、G・A・スターのワールド・クラシック版の注によれば、この地域は「公的な関心と一般の敵意の対象になっていた[32]」というから、そのような読み手の意識をデフォーは計算に入れていたかもしれない。また、違う宗教的な儀式を遂行する者の良心を問題にするといえば、すでにみてきた、デフォーの「便宜的国教帰依」の事件にも重なるので、やはりそこには、何らかの密やかなカズイストリーのケースへの関連は棄てきれないのだ。

カトリックの政府転覆事件と喧伝されたガンパウダー・プロットが起きたのは一六〇四―五年のことだった。事件後の容疑者裁判の経緯をカズイストリーの視点から精査した香内三郎は、この事件の裁判が、当時の政府の反カトリック・キャンペーンに巧妙に利用され、この裁判審議が一般に報道される際には、容疑者として起訴されたヘンリー・ガーネット神父らの公判中の言動が、ジェスイットたちのカズイストリーによって支えられていて、「エクィヴォケーション＝ウソをつく技術という等式が、広くはカズイストリーの攻撃に、絶好の素材をあたえることになった」[33]と言っている。そして、以後、このカズイストリー的言動が、ことに裁判時の偽証や嘘の宣誓などに言及される際に、真実を意図的にごまかす詐術として、一般大衆のイメージのなかに作り上げていく点を強調している。

もちろん裁かれるカトリックの側からしてみると、国教体制からの宗教的迫害が日に日に強まっていく状況下にあっては、信仰と虚偽を内面でどうするかが大きな問題であった。カトリックの国教忌避者（レキュザント）たちは、「国教会の儀式に外面上は参加しても内面でそれを拒否していれば、その一方で、密かにミサに参加していいだろうか」（ジョンソン＆トゥールミン　二〇四）という良心の問題に悩まされていたのだから、問題は根が深かった。一五八五年にジェスイット宣教師は国外追放になり、発見されれば大逆罪で処刑となる。エリザベス朝では、一八三人のカトリック逮捕者のうち一二三人が処刑されたというから、裁判時の証言が生と死をわけるような過酷な状況がうまれていた。序章で述べた、「便宜的国教帰依」の問題の震源でもあったのである。

悪名高い「心中留保」もこのような過酷な法廷での宣誓のような状況を考えれば、現在でも、狡賢い弁護士などの弁明のなかにみいだせることになるだろう。宣誓は、本来は、嘘を神の前でつくことは、神により罰せられる恐れがその背後に存在しているわけだから、はっきりと裁判中にことばで明言するにしても、内心でそれを否定する内容を心の中で神に聞こえるように内心留保をしておけば、すべてを神はわかってくださるので、罰せられることはなくなる、という論理がそこにはある。現在においても、「真実を、すべて真実を、真実のみを」告げることを法廷で誓うのは、このような、内心留保を許さないためでもあろう。ただ、宗教的な迫害が猛威をふるっていた時代はもちろん違っていた。

良心判例の議論のなかで、頻繁に言及される例として、悪者の追求から無実の人間を助ける際のケースがある。悪党が善人を追ってきて、つかまれば善人が必ず殺されるような場合は、嘘をついて逃がしてやってもいいのか、ゲシュタポがユダヤ人を匿っている家に来て、家の中にユダヤ人がいるかときかれた場合に、本当のことを言わねばならないのか、というケースである。香内三郎によれば、ガーネット神父が隠れていた屋敷の主人トマス・ハヴィントンは、官憲の手が回って捜査員にこの屋敷にガーネット神父はいるかと問われて、「強く、かつ情熱的に、ここにカトリックの神父は、絶対にいないこと、もしいたら自分は門の前で自殺してみせる」（『「読者」の誕生』四四八）

と言ったという。この場合は、善人・悪人の議論はあてはまらないが、緊急避難的な場合には、本当のことは胸の内にしまって、大切な人を追及から逃れさせてもいい、内心留保してもかまわないというカズイスト的思考モードを発揮したわけだろう。

お互いの騙し騙される関係になってはいたものの、モルはこのランカシャー・ハズバンドを好もしく思い、結婚に踏み切るのだが、結局、彼が破産したために別れることになる。その後、モルがダンスタブル・ヒルの宿に泊まっているときに、官憲におわれたランカシャー・ハズバンドを見かけ、彼を偽の証言で救ってやるという場面がある。近くで彼を含む三人の男が街道荒らしの追いはぎとして追跡隊に追いかけられていたのだ。モルは進んで追跡隊の人たちに、「三人のうちの一人は、これこれという人であることは間違いなく、その人は非常な資産家で、ランカシャーでも評判のよい人であること、自分はそのランカシャーからきたばかりであること」(下　一九)と述べて、前夫の窮地を救うことになるのである。モルは、自分の言っている言葉の内容を、全くの嘘ではないと自己弁護していたことだろう。このような『モル・フランダース』の一シーンは、エピソードとしては些細なものだが、それでも、前述のカズイスト的な言説によって、自分の大切な人を助けるというケースとどこかで思いおこさせるような気もするのだ。

決疑論的なモルの語りのなかでも、極端な例は、彼女が貧しさに堪えかねて行う二度目の盗みのエピソードだろう。悪魔の「その包みを盗むんだ」という誘惑のささやきにしたがって、万引きを始めるモルなのだが、あるときロンドンの街中で、高価なネックレスを首に捲き、ダンス・スクールから帰る途中の小さな女の子が、付き人から一人はぐれて歩いているのを見つけ、子供を路地に連れ込んでネックレスを奪うのである。このとき、悪魔が子供も殺してしまえと唆したのだが、さすがにそれはできなかったというモルなのであるが、その直後に、読者にこのように言い訳をすることになる。

前に申したように、貧しさのために心はかたくなになり、自分自身の窮乏のためにほかのことを考える余裕もなくなっていました。この二度目の盗みは、私にとって別に大きな気がかりとはなりませんでした。子供には何の危害も加えなかったのですし、私はただ、いたいけな子供を独りで家に帰すようなことをした両親の怠慢に対し当然なとがめ立てをしたのであって、これに懲りて両親はこの次からもっと注意するだろう、とそう考えただけでした。

（『モル・フランダース』下　三一）

ここでモルは、自らの貧困と、子供を殺さなかったことで、窃盗行為の合理化をはかろうとするのだが、まあそこまではいいだろう。だが、そのあとで、自分の行為は確かに悪い行為ではあったが、これが両親への教訓になり「これに懲りて両親はこの次からもっと注意するだろう」などというところまでになると、いくら決疑論的な弁明とはいえ少し度が過ぎてくるように思える。もしモルが言うように、ネックレスの強奪行為という悪行が、子供の保護観察を怠った両親への教訓として働くことになるというなら、その弁解の程度はちょっと度を越したものになるだろう。ある人物の悪徳行為が他者の義務不履行への教訓になるのなら、このケースのありかたは悪をすべて許容しうる議論になってしまうからだ。あくまでカズイストリーの思考法は、あるグレイゾーンのような許容範囲のなかで許されるもので、ここでみえるようなモルの発言にはどこか読者に違和感を感じさせるのである。デフォーの状況的想像力の逸脱ともいえるのかもしれない。

今まで議論してきたように、デフォーは決疑論的な思考法と感性のありかたを熟知していた。そのディレンマを醸成する状況設定はフィクションを書く際に大いに参考にされただろうし、戒律や義務と行為の選択の間に存在する主人公たちの悩みの描写にも大きく寄与していると思われる。決疑論はもともとカトリック的な性格が強かったのだが、イギリスに入って微妙にその考え方に変化が生じてくるようだ。曖昧語法や内心留保はいかがわしい、真実を巧妙に避ける詐術として非難される一方、困ったときの心の悩みの描写をリアルに描き出していく際の重要な指針にもなっていく。ウィリアム・ホイーウェルは、カトリックとプロテスタントの決疑論の微妙な相違を巧みに指摘している。（スター『デフォーとカズイストリー』三）プロテスタントの決疑論は、個人の道徳的な姿勢を問題にすることが多く、この個人性がカトリックにおける外的な権威性と異なる最大の点だというのだ。カトリックにとってのケースとは、良心問題のエキスパートとしての指導者が処方するものになっているのに対し、プロテスタントの場合は、各個人が自らの良心と向かい合うことになる。決疑論は一名を「良心判例」と呼ばれていたことは前にも指摘しておいたが、この言い方に即して両者の違いを言えば、カトリックは後者の「判例」（ケース）を個人にあてはめていくきらいがあったのに対して、プロテスタントの方は、「良心」（コンシャンス）を強調するのである。微妙な力点の違いが見られるというのだ。そこには適切な外的なケースを処方するありかたと、内的な良心（厳密には良い心のあり方）の発達をめざすという違いがそこにあったという。デフォーはこのようなプロテスタント的な良心のありかたをフィクションを通じて解き明かそうとしていたのではなかったか。

第七章　『カーネル・ジャック』とピカレスク小説の変貌

一

デフォーが『カーネル・ジャック』を出版したのは一七二二年一二月のことである。長いジャーナリストと波瀾に富んだ人生の果てに、『ロビンソン・クルーソー』を書いて、フィクションという新しい自己表現の道を発見したのが一七一九年、その後、『キャプテン・シングルトン』、『モル・フランダース』、『ペスト』とたて続けに主要作品を発表している。一七二四年出版の『ロクサーナ』を別にすれば、彼の主なフィクションは一七二二年までに書かれており、その間、実質的には四年しかない。『カーネル・ジャック』は、彼の比較的短いフィクション活動期の最後に書かれたものといえるだろう。織田稔によって、「これまでの作品の復習と総仕上げ[1]」といわれたり、ジェイムズ・サザランドに、以前の作品の「アマルガム[2]」という評価が出てくるのもうなずけよう。また、塩谷清人によれば、犯罪者小説、奴隷問題、孤児問題など、当時の時事問題への背景は興味深い物があるが、「盛りだくさんの内容が災いして、焦点が定まっていない[3]」と批判される部分もあるという。六〇歳を過ぎた数年間という創作期間からしても、旧作のテーマを深化させ、発展させたものというよりは、さまざまなテーマを寄せ集め、結合してゆくといった形になったのもやむをえない側面もあっただろう。

個々のエピソードを数珠玉のようにつなぎ合わせ、一人称の語りで統一してゆく方法は、デフォーのいずれの作品にも共通しているが、この作品は、ことにエピソード間の関連が薄いように見え、各部分が統合された有機体的イメージの読後感を特つというよりは、整合性に欠けた寄木細工のような印象を特ってしまうのもいなめないところだろう。ロンドンに孤児として放り出された主人公が、スリや追剥ぎの仲間に入り、当局の追求が厳しくなるとスコットランドへ逃げ出す前半と、ヴァージニアへ渡った後に植民地経営者として財産をたくわえてゆく中段、その財産を背景にヨーロッパで妻をさがし求めてゆく過程が後半で、最後には、カリブ海でのスペインとの密貿易のエピローグが付く、というこの小説の荒筋は、各部の連係に乏しく、夏目漱石のいうように、場面の変化には富むものの、話の筋が冗漫で、物語に「有機的の統一」[4]がないという批判の生れてくる理由にもなっている。しかし、逆にいえば、この作品は、その時までの作品中に現われた、デフォー独自のテーマの集大成ともいえる特徴を備えていることにもなるので、恰好のデフォー入門書になるだろう。

このテーマ群の第一には、ピューリタニズムをあげねばなるまい。イアン・ワットがその記念碑的研究である『小説の勃興』で、クルーソーのうちに、近代人の原型の一つとして、「経済的個人主義[5]」を見出したのを皮切りに、経済人、宗教人という二つのピューリタン的側面の研究が進められてゆく。マックス・ウェーバーから出発した大塚久雄は、このような、後に資本主義の中核となった新興中産階級の行動様式を「経済人ロビンソン・クルーソウ[6]」と呼んだのだが、一方、J・P・ハンターは、デフォー当時のピューリタン的宗教自伝文学を詳細に調べあげ、そこに見られる回心への軌跡がクルーソーの内にも投影されていることを例証した[7]。経済人、宗教人というピューリタンの二つの人間像は、もちろん、切り離して論ずることができない。両者は、補いあって一つになり、小説中の人物に具現されている。

労働と神意に基づくこのようなピューリタン的個人主義は、見方をかえれば、非常に危険な側面をもっていた。自己の存在が神意にかない、救済の対象となっていることを証すことができるのは、ただ自らの努力と意志しかないわけだから、もし貧困のままにとどまっている者があるとすれば、それは逃れることのできない自己の責任になってしまう。それは神から見棄てられ、罪と汚辱にまみれた存在としてレッテルを貼られてしまうことにもなる。R・H・トーニーが懸念したように、このように極端な選民意識が表面化すると、「志をとげないで倒れていくひとびとの貧困をば、あわれんでやり、救ってやるべき不幸だとは考えず、むしろ断罪さるべき道徳的な欠陥[8]」とみなしかねなくなるわけだ。ピューリタンのもつ、ある種の強烈な負の自己中心性がそこに潜んでいることになる。

デフォーは一般的に、ピューリタン的精神風土の濃厚な作家といわれているが、このような極端な個人的権利に関する選民意識は持っていなかった。「貧しさを与えて下さいますな、盗みをせぬように」（『モル・フランダース』下　二六）という、よく知られたモル・フランダースの言葉と同様、この作品中のジャックの悲痛な訴えは、そのまま作者の肉声でもあるのであり、そこには貧者に対する「同情と理解[9]」がうかがわれる。このようなデフォーの人道主義的思想の背後に、サミュエル・プーフェンドルフなどの自然法の影響を読み込んだのがノヴアックである。盗みか餓死かという極限状態のもとでは、「自己保存[10]」という理念をたてることにより、少なくとも窮状を脱し、死を回避することができるという考え方は、貧者の陥った苛酷な状況への思いやりにも通じるものがあり、彼の小説が貧者への同情の側面をもっており、「社会小説[11]」の先駆的作品と認められる要素ともなっている。この人道主義的テーマを第二のテーマとしておこう。

デフォーの小説は一般にピカレスク小説の系譜に入れられることが多い。体制からはみ出したアウトローたちが、犯罪という形をとりながらも、秩序に対し、生き生きと挑戦していくというこの小説形式は、ことにこの作品の前半部に著しい。イギリス、アメリカ、大陸諸国、カリブ海と、さまざまに舞台を変え旅をして歩くという主人公の移動性の特徴も含めて、この第三番目のテーマをピカレスク的テーマとしておこう。

第四番目のテーマは、紳士のテーマである。越智武臣は、人文主義の伝統に連なる「紳士の理念」と、これに相反し拮抗する「ピューリタニズム」という二つの文化的なベクトルの「力の平行四辺形」[12]の合力上に、近代英国文化の形成をみている。デフォーの生き抜いた一八世紀前半には、上流階級の紳士理念と中流階級の清教主義の間の関係は、ちょうどその合成点にさしかかっていたわけであり、相互に対立、緊張、矛盾をはらんだまま、新しい方向へと向かいかけていたわけである。マイケル・シナゲルやW・H・マックバーニーの強調する紳士の理念がこれにあたる[13]。

今、上述の四つのテーマが、互いに反発と融合というひねりを加えられて捩り合わされ、一本の太い糸に合成され、この糸によってテキストという名の図形が形成されている、と考えてみよう。この図形の素地あるいは枠組を提供するのは、時代背景である。本章では、当時の問題性をはらんだトピックをいくつかあげ、これを枠組に設定し直すことにより、主人公のとった行動の意味を問い直してみたい。

二

ロンドンで私生児として生れたジャックは、その養母から、お前の「実母は貴婦人（ジェントルウーマン）で、父親は身分の高い方」だと教えられ、「いいかい、お前が紳士だということを忘れてはいけないよ」と諭されながら育つ。この養母には、実の息子と、もう一人の父親のわからない「恥の子」という三人の息子がおり、いずれもジャックという名であったから、それぞれ軍人風の愛称をつけて、キャプテン、カーネル、メイジャーと区別して呼ばれていた。実子であるキャプテンが一一歳、カーネルが一〇歳、メイジャーが八歳の時に養母に死に別れ、彼らは世の中に放り出されることになる。長子キャプテンは植民地に人を売る、人さらいの仲間に入り、メイジャーはスリの仲間に入る。ガラス工場の暖かい灰の上で一緒に暮していたこともあり、カーネルもメイジャーの誘いで、スリの手伝いをすることになり、盗みの道へと入ってゆき、追剥ぎや、押込みの事件に連座するに至ってしまう。逮捕と処刑の恐怖におびえた彼らがスコットランドへ逃げだす道中行を含めて、この前半部には、ピカレスク小説の形態が強く打ち出されている。

ただ注意しなければならないのは、スペインに起源を持つこの伝統は、英国に入って時代も下ってくると、かなり変質したものになっているということである。ハリー・シーバーによると、『ラサリーリョ・デ・トルメス』に見られるピカレスクの原型は、トマス・ナッシュの『悲運の旅人』では、「主人—召使い」のパターンが消失し、デフォーに至っては、「商業上の追求」というテーマが付け加えられ、最終的には、社会的地位の向上をめざす成功物語へ変質してゆくという。もはや、「失敗したアウトサイダー」とはいえず、逆に紳士への道をたどることになるのであり、この点において、ピカレスク小説というより「反ピカレスク小説」と呼ぶにふさわしい形態をとるに至ったとしている。(14) 紳士とは何かを、生れ落ちてすぐに自問自答するカーネル・ジャックは、変貌したピカロの姿を典型的に示しているように思える。

まず、三人のジャックの性格から入っていきたい。キャプテンの性格は、「狡猾にして不機嫌、内心を隠し、悪意に満ちて、復讐心が強く、残忍非道」であるとされ、いずれ「絞首刑になる人相」をしている。メイジャーは、父親が近衛兵の少佐であったことからこう呼ばれていたのだが、明るい快活な少年で、「当意即妙の機智」にとみ、寛大でやさしい人物であり、ただ「正直さ」に欠けていると描かれているのに対し、カーネルは、周囲の人々から、「大そう礼儀正しい正直な少年」(八)という評判をとり、たのまれた仕事を忠実に行っている素直な性格という具合に、三者三様のジャックに描き分けられている。

残忍なジャック、快活なジャックの二人の性格に関しては、E・ジマーマンは、正直なジャックの「分身」[15]と考えているが、これはむしろ、旧型のピカロたちと新型のピカロを対比的に描いていると解釈してみたい。ナッシュの『悲運の旅人』には機智と策略にとんだ主人公ジャック・ウィルトン、残酷な悪漢カットウルフの二人の典型的なピカロが登場する。この小説中のメイジャー、キャプテンの持つ性格は、これら伝統的ピカロの二つの典型をそのまま受けついでおり、旧来のピカロの生き残り的存在であるこの二人がやがて刑場の露と消え、正直なカーネルのみが、生き残って行くというこの物語の筋の意味するものは、明らかにピカロの変身振りであろう。

事実、カーネルは、もうピカロとは呼べぬほどの変容をとげている。彼の性格は、良心的、内省的であるし、犯罪への関与の仕方も受身であるものが多い。そこには、カーネルの置かれた苛酷な状況に対する、作者の同情が見うけられる。前段において述べておいた人道主義のテーマに通じてゆくのがこのデフォーの筆致に窺えよう。

「背に腹は代えられない」（ネセシティ・ノウズ・ノー・ロー）という諺がある。罪を犯さなければ生きてゆけないような「必要性」におかれた場合、社会規範は自己保存という人間の基本的要請の前に、一歩ゆずることもあるという自然法の概念から出た表現であろうが、これがカーネルの罪の意識に対する自己弁明の背景にひそんでいる。この必要性がゆるくなると、あのときはこうだったから、致し方なかったのだ、それが悪いことだとは知らなかったのだと、自己弁護のもとにもなるだろう。「彼は世の中に出るのが若すぎたので、悪の行為を始めた時にも、それが悪い行為だとは少しも考えなかったし、また、その報いがどのようなものだかも分らなかった」（一八）と自分の無知を理由づけに用いたり、「そのこと〔盗み〕に関しては、私は全く無知であった・・・犯罪行為であると分ったのはずいぶん後のことで、その頃は、スリを一種の商売だと思っていた。それで自分は見習い奉公に出される、などと考えたのだった」（一八）と、自己の錯覚を自分の行為の正当化に用いる場面に、このことはよく示されていると思われる。

もちろん、デフォーは、このような概念を過度に利用し、口実とすることはいましめている。後年回心をしたカーネルは、「必要性は単なる誘惑とはとてもいえないものであり、これは、人間にはとても抵抗することのできないものなのだから、必要性に陥ること自体が悪いことである」と反省し、「できれば、あえて飢えることを選びたい」と考えるようになるのではあるが、前半部では、このような必要性ゆえの犯罪という自然法の概念の適用によって、作者であるデフォーは、カーネルのとった行為を、条件づきではあるにせよ、多少は認めているようにも思える。さらに、カーネルが他のピカロたちと違って読者の同情をひくのは、なんらかの形で盗品を返却しているということもある。最初に盗んだ三〇〇ポンドの小切手を、拾い物として持主に送りとどけ、一割の礼金をせしめるエピソードや、株式取引所でユダヤ人からすりとった小切手と宝石を返却してやることにより、同様に一〇〇ポンドの懸賞金を手に入れるエピソードにこの性格がうかがえる。

三番目のエピソードは、もっとも生彩にあふれる部分になっている。これらのエピソードで活躍するのは、ウィルというカーネルの悪事の「主人であり教師」である。この人物の抜け目のない策士ぶりは、メイジャーの成長した姿を思わせ、典型的な旧型ピカロといえよう。小説中のメイジャーは、登場回数も少ないし、ウィルの性格に吸収されていて影がうすい。このウィルの指示でカーネルは、積極的というよりは受身に動いている。高額にすぎて、あしのつきやすい盗品の処理に対する二人の反応を見てみよう。

年端もいかぬ子供ではあったが、そんなに高額の小切手をその男から奪い、しかも双方の利益にもならないなんて残念なことだと思った私は、小切手の持主は全財産を失っているかも知れないし、ウィルがその小切手を返さずにいることは、紳士にむざむざ大金を損失させることになると結論を出した。よくは分らないながら、何度もそのことについて思いをめぐらし、気にかかってしかたがなかったのを今でも覚えている。で、ことあるごとにウィルに、あの紳士に小切手を返してやって下さい、どうぞお願いだから、お願いします、とくりかえしせがみ、あげくに私は泣き出してしまったのだった。

（『カーネル・ジャック』（二九―三〇）

ウィルが、無邪気ではあるが真摯なカーネルの懇望に負けて、返却の仕方を教えてやることになるというこのエピソードは、この後の紳士たちとの交渉の場面も含めて、カーネルの「正直さ」と「無邪気さ」を強調するように書かれている。これに反し、ウィルが小切手とダイヤを返しに行く次のエピソードは、いかにもピカロらしい策略と用心深さに満ち、好対照をなしている。盗品の情報屋といつわって持主との接触をとったウィルは、安全を保証する彼らの言葉だけでは満足せず、同座の三人の紳士たちに証文を作らせ、しかも、盗品を返す時に難癖をつけられぬように、盗品のリストまで作成させる手ぎわのよさである。

旧来のイメージを持つピカロからの離脱と、それに伴う自己認識の発達は、紳士のテーマが導入されることにより、いっそう際立ってくる。メイジャーのおごりで靴とストッキングを手に入れると、「私は自分が紳士であることを思い出した。そうして、今やそれが実現したと思った」（一五）という場面や、服屋の女主人が、ぼろを着ていた彼に向って、「この子は、こぎれいにし身なりを整えれば、紳士のお坊ちゃんとして通るかも知れないね」（二七）というのを聞いて嬉しくなり、帽子とズボンを買ったりする場面や、食事に行ってメイドから、「紳士の方、お呼びになりましたか」（一六）などと呼びかけられて有頂天になる場面などの、自己の服装や容貌の変化に敏感なカーネルの気質がこの一端を示している。

加えて、カーネルにはマックバーニーのいう、「遺伝的ともいえる紳士へのオブセッション」[16]が植えつけられている。前にも紹介したが、養母から自分が紳士の子であることをくりかえし吹きこまれており、そのためか、「自分が紳士なのだという生れつきの奇妙な考え」（六〇）にとりつかれるようになる。ある日、ガラス屋の老主人が、悪態をついている紳士風の男に、「よいかな、あなた、もし悪態をつきたくなったら、自らを省みて、これは紳士のすることか、これは紳士にふさわしいことだろうかと自問されるがよろしい。そうすれば、理性の働きで、すぐにやめるようになりますよ」（六一）と教えさとされているのを立ち聞きしたカーネルは、深い印象をうけることになり、悪い言葉は使わぬよう決心する。この直後に、ウィルの使う「紳士」という言葉に、漠然とした異和感を持ち始めるわけだ。「ウィルは、その言葉を私とは違ったふうに理解しているみたいだ。彼がいう紳士とは、ただ紳士的泥棒で、スリより高等な悪党であるにすぎない・・・どうも、はっきりと言葉で表現はできないが、私の目的とする紳士とは、全く違うものらしい」（六二）と相違を意識し始める。

自分の求める紳士とは「全く違うもの」というこのカーネルの意識は、この段階では明確に規定されていないが、ケンティッシュ・タウンに向かう老婦人とメイドを襲い、貧しい二人からなけなしの金を奪う羽目になるという三番目のエピソードの後には、はっきり、ウィルとの相違を意識し、両者の分離は決定的になってゆく。悔恨の念にとらわれるカーネルは、「その行為に対する、嫌悪感で心はいっぱいになり・・・これは絶対に紳士の生活ではないと思うように」（六七）なる。カーネルは、「すぐに大金持になり」、「紳士のように暮せるぞ」というウィルの説得に対して、「彼らは、血も涙もない、恐ろしい集団で、野蛮な悪党たちだ」（六八）と、仲間への反感と嫌悪の情を抱くようになるのである。もちろん、カーネルは紳士の概念の何たるかをつかんでおらず、ただウィルに代表される悪党紳士の概念に対して、否定的な態度しか表明していない。この意味では、カーネルの紳士への道はまだ遠いわけであり、以後この真の紳士像へたどり着くまでの彼の試行錯誤の道がこの物語の中心的なテーマになってゆく。

われわれは、四つのテーマの関わり合いから、この小説を検討することになっていた。ピカロたる条件を備えて生れ落ちたカーネルが、仲間のキャプテン、メイジャー、ウィル（いい忘れたがこの人物も、やがて仲間の密告にあって処刑されることになる）などから離れ、いかに独立してゆくかがこの部分の大きな問題点であった。この部分においては、デフォーは、苛酷な状況にある主人公の弁明に同情を与えるという人道主義的側面と、紳士への道の意識を主人公に持たせるという二つの手段によって、旧来のピカロ的人物像を一変させてしまったとはいえないだろうか。人さらいをしていたキャプテンが皮肉にもニューカッスルから逆にさらわれてしまい、ヴァージニアへ向う船上で、その船の船長と交わす口論の場面をカーネルは、こう記している。「キャプテンとその船の船長の間には、この後の航海の間にも愉快な口論があり、キャプテンは、必ず仕返ししてやるからな、などと、人さらいや悪党の言葉づかいで、喧嘩を売ったのだが、愉快な部分ではあるものの、私にふさわしい話ではないので、省略することにしよう。」カーネルにとっては、伝統的ピカロの物語はもはや、「私の話ではなかった（ノー・パート・オブ・マイ・ストーリー）」（一一六）のである。

ピューリタンの宗教的側面は次節でみることにして、その労働と自主独立という側面は、この当時大きな社会問題となっていた、貧民教育に関する議論を背後の枠組に据えなおしてみると、以外とはっきり読みこむことができるように思える。

この作品の出版された一七二二年は、英国貧民教育、さらに大きくいえば、社会福祉政策の大きな歴史的転回点にあたっていた。エリザベス朝以来の貧民教育の中心であり、読み書き算術と、宗教道徳を教える「慈善学校」（チャリティ・スクール）は、貧民の増加により、一七世紀末には大きな危機を迎えていた。寄付と救貧税によって運営されていたこの組織は、一七一八年までには全国三四八（うちロンドンだけで二七四）を数え、総計二八六一〇人の貧民の子弟教育にあたっていたのである。この翌年出版されたバーナード・マンデヴィルの『蜂の寓話』は、貧民は無知ゆえに喜んで働くようになるので、むだな税を払ってまで、安い労働力としての貧民を教育する必要はないなどと、「他の多くの者が考えてはいたが、口にするのを恐れていた[17]」逆説的慈善学校無用論を展開し、これが逆批判の嵐をひきおこすという状態になっている。デフォーは、マンデヴィル批判の一翼を担い、一七二三年の『アップルビーズ・ジャーナル』誌上で「慈善学校を弁護する」と題して、マンデヴィルのような意見に対して、次のように反論している。

この議論を一言でいえば、貧しい子供たちを、生活の資を得るためにこの世を渡っていかせることや、商いや手仕事に精を出せば、いかに暮し向きが良くなるかとか、勤勉と努力の原理が彼らの内に吹き込まれれば、必ずや豊かになれる、という意見を彼らは危険と呼んでいるのだ。

（『アップルビーズ・ジャーナル[18]』）

要するに、貧民が「豊かになるのを恐れる」マンデヴィル流の考え方に、真正面から異を唱えているのであって、あるいは楽観的にすぎるかも知れないが、これは、「働いて、自立する」ことを至上の道徳と考えるデフォーにとっては、当然のことだったかも知れない。

一方、一八世紀に入ると重商主義政策の一環として、「労役場」（ワーク・ハウス）の設置が数多くなる。これは教区養母制の代りになるもので、初歩的な産業教育と少々の読書力を与える目的を持ち、基本的理念としては慈善学校と変わらなかったが、救貧税の軽減を口実に、工具と材料を与えられた貧民が製品をつくり出し、それで自活の道をはからせていくという点では、画期的なものであった。一八世紀初頭では、ロンドンのみで四八の労役場が設置され、四〇〇〇人の貧民をあずかったといわれるが、[19]これが一七二二年に「貧民の居住、就職および救済に関する法律の修正のための法令」が議会を通過すると、二－三年間に「少なくとも一五〇以上の労役場が建設された」[20]という。『カーネル・ジャック』の出版と重なり合うこの法律は、法案提出者の名前サー・エドモンド・ナッチブルをとり、ナッチブル法とよばれ、従来の規定に加えてより大規模な「連合労役場」の設置を認め、第三者への「請負い制」を導入し、労役場への入所を拒む者へは救援を制限するなどの条項を含み、以後貧民救済というより、低価労働力の供給という面が強調されてゆくことになる。一九世紀初頭には、全国で四〇〇〇にもふえ、非人道主義的に悪名の高い労働条件を貧民にしいることになるこの制度は、ちょうどこの頃成立しているわけである。

デフォーは、つとに一七〇四年の下院議員、ハンフリー・マックワースの提出した「全国教区における強制労役場設立法案」に反対し、「施物を与えるは慈善ならず」というパンフレットを出版することで、この法案を廃案化するという姿勢をみせていることからも分かるように、この労役場の強制的かつ反自主的な性格には反対であった。もっとも、このパンフレットは、安い労働力により安い製品が出まわると市場混乱をきたし、結果的には貧民の数が増すだけに終るだろうという経済論に終始しており、貧民への同情から出発したものではないことは記憶しておかなければならない。またこの当時のデフォーは、時の宰相ロバート・ハーレーの下で、政敵マックワースをたたくという政治的な目的を持っていたことも忘れてはなるまい。(21) デフォーの貧民教育への関心は、『カーネル・ジャック』の序文にはっきり示されている。

この書には、真面目で立派に行われた教育の恩恵と利点についての、公正で広範な省察が含まれており、それがなかったために、何千もの若者がこの国で破滅してゆくことへの考察もある。この街ロンドンで、毎年、絞首台へ登るために育てられているような、何千という多くの不幸な子供たちが破滅してゆくのを防ぐために、公立学校や慈善学校がどれほど改善されねばならないかも含まれているのだ。

(『カーネル・ジャック』一)

奇妙なことに、ここで触れられている「慈善学校」については、物語中では、一言もふれられていない。カーネルが慈善学校に入ることもないし、登場人物でこれに関与する人物もいない。引用で、「教育の恩恵と利点」を強調するデフォーの姿勢は、ただ形式的なものにすぎなかったのだろうか。そうではあるまい。われわれは、当時の背景として慈善学校と労役場という貧民教育のあり方と、それらに対するデフォーの態度を見てきたわけだが、この引用のあとで、生まれながらにして教育を受け入れやすい子供たちが、何の教育機関もないままに、惨めに放置されているのが現状だと認めたうえで、カーネル・ジャックが、「必要性という環境によって盗人になりはしたものの、奇妙な正直さへの信念は、そのまま失われることなく続き、最悪の商売を早くから忌み嫌うようになり、最期には足を洗った」（三二）と語っているのは、興味深い。このような「教育の利点という」（三一）枠組から序の発言をみてみると、一見無関係に見える物語の筋にも、多少の関連が見出されるように思える。

たった一人孤児として世の中に投げ出されたカーネルは、自らの正直さと才覚で世を渡っていかねばならない。彼には仲間はいるが世話をしてくれる後見人もいない。このような状況下で彼に与えられたものは、養母から植えつけられた「紳士」の概念と、それに基づく「奇妙な正直さへの信念」だけであった。ちょうど孤島へ漂着したクルーソーが、難破船の資材をひき上げて、自己の自然との闘いの元手にしたように、カーネルにとっては、このほとんど「遺伝的」ともいえる紳士の概念は、彼の環境との闘いとそれからの自立への大きな鍵となるものであったはずだ。『完全なる英国紳士』の中で、幼児の精神状態を「白紙」と呼んでいることからも分るように、デフォーは、ジョン・ロック流のタブラ・ラサの概念を熟知していたと思える。無垢な幼児の心性に、紳士の概念が植えつけられるという冒頭のエピソードはこれを物語っているといえよう。

前段でデフォーの強制的労役場への反対の態度を説明したが、これは、紳士の概念とそれから出発するピューリタン的自主独立の精神と、まっこうから対立するものである。「施物を与えるは慈善にあらず」というパンフレットの中で、「彼ら自身で仕事を探すようにさせないで、彼らに仕事をみつけてやる」[22]という労役場の性格に強く反発するのも、人間の持つ基本的なもって生まれた自主独立性を、ある意味では楽観的にすぎるほどに信じていたからではなかっただろうか。個人主義の基盤となるデフォーのピューリタン的自立精神は、労役場の問題をめぐっての当時の社会背景を考慮に入れると、より明瞭に浮かび上ってくるように思える。

三

ジャックはエディンバラに腰を落ちつけていたのだが、軍人になって紳士の道を歩もうと軍隊に入る。ところが、フランダースへの出兵の話が持ち上るや、週三シリング六ペンスの給料で命をかける一兵卒の立場が不安になり、隊を脱走し、ニューカッスルからロンドンへ戻ろうとする。この時、酒場で一服もられ、気がつくと大西洋上は、人さらいの船の上であり、とうとうヴァージニアへ、五年間の年季奉公者として売られる羽目になる。以下、植民地での彼の出世振りと、宗教的回心のテーマを中心に見ていきたい。

まず注意しておかなければならないのは、このようなヴァージニア渡航は(カーネルの場合は自主的なものではないが)、単なる場所の移動にはとどまらないということである。当時の貧民救済政策における、アメリカ移住の意味や「どんな人でも紳士になりうるかも知れない、という夢の世界[23]」としての、英国人にとってのアメリカのイメージを背景に、この部分のエピソードを捉えなおしてみなければならない。そうすることによって、一見前後のストーリーとの脈絡の薄そうなヴァージニア植民地の部分で、デフォーの意図したものが何であったかが、より明確になってくるだろう。

前節で、貧民問題の解決策として、強制労役場の問題を取り上げたが、この方法がいわば貧民を国内の施設に囲いこむことで、問題を処理しようとしたといえるのに対し、アメリカ渡航による解決は貧民を国外に送り出すことによって除去する形になっている。

当時の貧民のアメリカへの移住計画のうちで最も良く知られているのは、サミュエル・ジョンソンの友人としても有名なジェイムズ・オグルソープの、ジョージア移住計画であろう。フリート監獄内の悲惨な現実により、貧民救済の意識に目覚めたオグルソープはサヴァンナ川以南の植民地の勅許状を得、一二〇人の入植者を選んで、一〇〇〇〇ポンドの寄金をもとに、ジョージア植民地の建設をはじめたのが一七三二年のことであった。スペインとの抗争もあり、最終的には失敗に終るこの試みも、その寛大な精神と社会改良への熱意ゆえに、一八世紀の二大慈善家として監獄の改善に取り組んだジョン・ハワードとならび称されることとなる[24]。

オグルソープのこの計画は、一七二二年の『カーネル・ジャック』出版時より一〇年程遅いし、これが小説の直接のモデルとはいいがたいが、しかし同様の貧民移住計画は、たとえば一七一七年のロバート・モンゴメリーのそれのように一七二二年以前にも青写真が発表されているから、一つの時代の雰囲気として記憶しておくに価する。

オグルソープの移住計画が、半官であったのに対し、個人的にアメリカへ渡った貧民も多い。歴史家ドロシー・ジョージによれば、これらのうちには、年季奉公者、無賃渡航者、それに流刑者の三種があったという[25]。モル・フランダースのような流刑者はともかく、前二者のような場合は、本国で食いつめた者が、カーネルのように「奴隷として入り、紳士として出てくる」という成功の夢を追って、自由意志でアメリカ移住を決めた者たちであった。いわばヴァージニア植民地は、当時の英国の貧民にとっては、紳士への道の夢のかけ橋でもあったといえよう。ダニエル・ブースティンは、アメリカの代表的植民地のもつ特色を、ピューリタン的マサチューセッツ、クウェーカーのペンシルバニア、慈善計画のジョージアと指摘したのち、ヴァージニアの特色として、本国以上に英国紳士的生活を目標としていたことをあげている。「イギリス中産階級は、このヴァージニアに新たなるカントリー・ジェントルマンになりうる場所を見つけることになった」[26]わけで、彼らにとってのヴァージニア観は、資産家に成り上り、紳士への夢をかなえる希望のユートピアであったといえるだろう。事実、ブースティンの指摘によれば、一七〇〇年までは、郷紳の身分に成り上ることもまれではなかったというから、二〇歳台のカーネルのたどった道も、あながち夢物語とばかりはいえなかった。

カーネルは、ポトマック川から八マイル程のところにあるスミスという大農園主のところに、五年間の奉公期間で働くことになる。彼は心のうちでは、自己の奴隷的状態を「若き日の悪行へのむくい」と、罪の意識を自覚しはじめるが、この自覚がはっきりとした回心へのきっかけへと変ってゆくのは、一年ほどたったある時、過去の自分と同様のスリの若者が流刑者としてやってきて、スミスから、「神は絞首台からお前の命を救ってくれただけでなく、慈悲深くも、同じ罪を犯す機会から救って下さった。正直に暮せるかどうかは、お前次第なのだ」（二一二）と教え諭されるのをそばで聞き、それをわがことのように感じるときであろう。自分と「うり二つ」のこの若者への訓戒は、「マスターの話は、すべて私に話されたかのように思えた」と感じ入るカーネルであった。これが回心への第一歩となる。

スミスの目にとまったカーネルは農園の野外監督官になって精勤にはげみ、ムチャットというやっかい者の黒人奴隷を改心させることにより、「最上のマネージャー」としての評価を受けることになる。酒を飲んで乱暴を働いたムチャットを、矯正のために、四日間、二度ずつの鞭うち刑に処することを表むきに宣告して、罪の恐怖感を与えておき、その後、大主人であるスミスの許しをえるという形で解放し、ムチャットに「感謝の念」を植えつけるという、カーネルの会得した「すばらしいこつ」は、いささかわざとらしい嫌味があるが、カーネルの回心への過程が、そのままムチャットの改心の過程に重なり合うという意味で、それなりに興味深いエピソードになっている。もちろん、このエピソードは、『ロビンソン・クルーソー』におけるクルーソーとフライデーの教化による相互回心のテーマの焼き直しに過ぎないこともあるのだが。さらに、ムチャットに対するカーネルの態度には、人道主義的な博愛精神と植民地経営者としてのドライな人間操縦の、二つの相反する方向が混在してみえるのがおもしろい。

それ〔奴隷の残酷な取り扱い〕は、利益という点からいっても間違っている、黒人たちが、慈悲と寛大をもって取り扱われれば、無慈悲な拷問屋の鞭と鎖でひきずられ、強制されるよりは、ずっと仕事もはかどり、プランテーションの秩序も守られよう。

（『カーネル・ジャック』一四五）

というところなどは、奴隷への苛酷な遇し方を廃し、「恐怖よりは、愛の理念で」対処するのを勧める博愛主義者としてのカーネルと、合理的利益追求を考える植民地経営者としてのカーネルが奇妙な形で融合している。前述のように、カーネルのムチャット操縦法にはどこかトリッキーなところがあって、一面興味をそぐが、逆にこのような対応はピカロ的な策略ともいえるのであり、人道主義とピカレスクの要素の混在がかすかながら窺える点でもある。

カーネルは、それから五−六年後には三〇を越え、三〇〇エーカーの土地を持つ農場主となって独立する。ここでペダゴーグという彼の家庭教師が登場する。『モル・フランダース』におけるガヴァネスといっていい。ペダゴーグは、ブリストル出身の流罪人ではあったが、学のある男で、この男からカーネルは紳士の教養としてラテン語を学ぶことになる。ペダゴーグもまた、今は過去の罪科を悔い改め「過去を恐怖をもって回想」しているような男で、この男の影響によってまた一歩、カーネルの回心が進められることになる。ペダゴーグの過去をきかされたカーネルは、次のように回想する。

私は、彼のこの話をきいて、心の底から感銘を受けた。彼の回心と、私のそれとの相違があまりに身にしみたので、感化を受けざるをえなかったのだ。実を申せば、私は、その時まで、宗教ということは、少ししか分かっていなかったのだ。程度は必ずしも同じではなかったが、とにかく、同様の罪人であったことには変わりない。ところが私ときたら改悛など全く知らず、罪の意識で過去を振りかえることもなかった。ただ紳士らしくない、不名誉な生活を送ったとしか考えていなかったのだ。

（『カーネル・ジャック』一六二）

と、ようやく宗教心への意識に目覚めるわけである。引用中の最後で明らかなように、デフォーは、宗教心を紳士への道に欠くことのできぬ要素と考えている。前節のロンドンでのエピソードの部分においては、負の認識しかなかった紳士の概念が、ここへきてようやく正の認識へ、対象を捉えた形で提出されるようになる。こうして、「ラテン語を学ぶのをやめ宗教を教えてもらう」ことになるカーネルである。

ペダゴーグの回心は、「許し」に力点を置いているという点で多少の違いはあるものの、『ロビンソン・クルーソー』中にみられる「反抗―反省―改心―救済[27]」というハンターの見出した、回心の軌跡とほとんど同型をたどっている。ブリストルの牢獄で、絞首刑への恐怖から反省の色を浮べる彼は、幸い減刑が認められ、この時感じた神への感謝の念が「最大の改悛への動機」になる。そして、「罪の恐怖」より「慈悲の感覚」の方が、ずっと強力な回心への動機になりうる、とするというのがクルーソーの回心の軌跡である。一方、カーネルの方も宗教心の芽ばえとともに、「憂鬱」になり宗数的変化が起り始め、聖書占いによって、「宗教の概念がこの時初めて頭の中に入る」ことになる。もっとも、カーネルの真の悔悟は、この小説の最後に訪れるのであり、この段階では確実な信仰に至っておらず、すぐ過誤へと道をふみはずしてしまうのはクルーソーと同様である。この後カーネルはジャコバイトの反乱に加わり、逮捕の不安におびえることになるのだが、小説の終り近くになってようやく国王からの赦免状がおり、この時に感じた感謝の念から最終的回心が完成することになるのだ。この部分の登場人物は、いずれも「許し－感謝－改心」という一連のパターンを持っており、このピューリタン的回心のテーマが、真の紳士への道に不可欠な要素であることが示されているといえよう。

カーネルはこの部分の最後で、ヴァージニアを、真の回心と勤勉さがあればどんな貧民でも「金持になれる」（二七三）場所と回想している。この点をも合わせて考えると、このヴァージニアでのエピソード群の意味するものは、真の紳士の要件として必要な宗教心と資力が、この段階でカーネルに付与されたということであろう。

四

ロンドンに戻ったカーネルは、ヴァージニアの大商人というふれこみで、自分の過去を気にしながらも、紳士としての生活を送っていくことになるのだが、「女性には全く無関心」だった彼の前に、隣家の美人がいいよることになる。このロンドンでの恋愛を皮切りに、四人の女性と結婚していくという、いわゆる「婚姻の冒険」がこの後半部のエピソードの大半を占めることになる。

ただ注意したいのは、この後半部に入ると登場人物の描写に大きな変化が起るということである。中段の最後で、カーネルは「私には、まだ回心を十分なものにする確信に欠けており、また私を支える宗教的知識の基礎ができていなかったので、最初の印象が深くない場合にはよくあるように、それは徐々に消えてなくなってしまった」といっており、達成したかに見えた紳士の理念も後退してしまうのだ。前半部では、従来のピカロからの異化作用による社会からの離脱が語られ、中央部では富と宗教的回心のパターンへの同化作用によって順調に紳士の道を歩んできたカーネルは、急にこの後半部に入ると目指す理想を失い、むしろ反紳士的ともいえる行為に走り出すのだ。この点が、主人公の精神的成長という観点からは不可解なところである。

この作品は「教養小説の先駆といえるかも知れない。ジャックの教育は、彼が自由を得るまでは、苛酷な体験とそれに対する反省から獲得されているからだ[28]」とサミュエル・H・モンクがいうように、この小説の若者の社会参画への試練と精神的成長を、教育という視点から捉えるビルドゥングスロマンの原型とする見方がある。この見方は、前半と中央部には確かにあてはまるといえる。前節で見てきたように、紳士のテーマを中心に四つのテーマは、いずれも主人公の精神的発展を示唆する方向に働いているからである。ところが後半部に入ると、カーネルの行動と意識は突然乱れだし、明確な倫理的輪郭が消えてしまうように思える。正の方向に向ってより合わされてきた四本のテーマの糸も、ここへきて急にその秩序を失い、動きを失って一つの混乱した糸くずの塊になってしまったかの印象を与えてしまう。これは一体どのような理由によるのだろうか。

たとえば、三番目の妻の姦通の相手に対するカーネルの対応の仕方を見てみよう。酒に溺れているのをいいことに、妻を誘惑したある船長を相手にカーネルが決闘を挑む場面である。

（相手が剣を）抜かなかったので、一撃のもとに彼を打ちすえ、地面に横たわっているのをみたまま、さらには攻撃せず、回復するのを見とどけていた。死んでいないのははっきり見てとれた。二―三分後に息を吹き返したので、片手で相手を押さえつけたまま、できるかぎり強く息が切れるほど、強く打ちすえてやった。頭を殴るのはやめた。彼に痛みを感じさせてやるためだ。こんな状態で、彼は慈悲を求めてきたのだが、私は耳を貸さなかった。彼はひどく鞭で打たれた子供のように泣きわめいた。私は相手の剣を取りあげ、目の前でそれを折り、それから、彼の背中に二・三度けりを入れて、できるものなら訴えてみろ、と言ってやった。

（『カーネル・ジャック』二四三）

この場面に限らず、後半部には、グロテスクで冷酷ともいえるカーネルの性格描写が散見される。前半から中央にかけての、正直で信仰に篤い主人公のイメージが崩れ、むしろ旧型のピカロの持つ残酷さに逆もどりしたかの印象なのである。筋を追いながら、当時の大きな社会問題でもあった決闘とジャコバイト運動に焦点を合わせつつ、この点を考えてみたい。

カーネルの「婚姻の冒険」の最初の相手は、ロンドン妻（名前が与えられていないので仮にこう呼ぶ）である。奔放で浪費癖のある性格を、真面目という仮面で隠していたこの女は、結婚後たちまち本性をあらわし、外泊と浪費を重ね、ついには他人との間に子供までつくってしまう。離婚後、カーネルは金で尉官を買いアーサー・ディロン将軍指揮下のアイルランド軍に大佐として入隊し、イタリアで軍人としての勲功をたてる。ようやく生まれた時の私になれた、今までの暮しは決して紳士ではなかったのだと大喜びする彼だが、宿営した民家の娘に酒を飲まされ、結婚を強制されてしまう。二人でパリに移り暮すうちに、浮気なこの女への嫉妬から、彼女と関係のあるように見えたある侯爵と決闘をすることになり、相手に重傷を負わせて逐電せざるをえなくなる。これが第二番目のイタリア妻とのエピソードである。三番目の妻は、カンタベリーからロンドンへ行く途中の馬車で知り合ったある船長の未亡人で、この女に一目惚れしたカーネルは求婚し、しばらくは幸福の絶頂にあったのだが、このカンタベリー妻はふとした風邪がもとで、気つけに飲んでいた酒が癖になり、アルコール中毒にかかってしまい、これもまた男をつくってしまう。メイドに自分の相手の男と寝させるという、『ロクサーナ』中のグロテスクなシーンを先取りしている場面があるのはおもしろい。いずれの不貞にもアルコールが関与しているのが共通している。

この節の冒頭で紹介したように、決闘相手の男にカーネルは、「自分のしたことに、顔向けができるなら、軍艦のキャプテンの名を守りたいのなら、剣を抜け」と決闘をいどみ、「剣で紳士としての身を守れ」と挑発し、てひどい仕返しをすることになる。女性の不実にこりたカーネルは、自分が間男をされる運命にあるのだと自暴自棄になり、今度は子供の養育というもっぱら実用的観点から、部下の娘で召使いのモギーと一緒になる。これが四番目の結婚である。ところが、「無邪気な田舎娘」(二四六)に見えたモギーも、一〇年前、紳士に誘惑され、子供まで生んだことが後になって判明し、女性に対する不信と絶望のまま、自己の生涯の「成功の名に価する唯一の場所」であるヴァージニアへ戻る、というのがこの婚姻の冒険のあらましである。

一見して明らかなように、この嫁探しのエピソードに共通しているのは、女性の側の内実と外見、実体と仮面の問題であろう。ロンドン妻の場合では、「私がずっと生来の性格だと思っていた良きふるまいと、真面目さという仮面をかなぐりすてた彼女は今や、変装の必要もなしとばかりに、実の姿を見せつけるのだった」(二九三)とカーネルが記しているように、相手の真の姿を見抜けない彼なのである。浮気をする妻の側に問題はあるのだが、一方彼自身の方にも責任はある。重婚の問題がこれである。カンタベリー妻と出会い、結婚を考える彼の念頭に、前妻であるイタリア妻との離婚の違法性が思いおこされる。「彼女は、私に不実だったし、売女といってもいいのだが、法律的には離婚したとはいえないし、彼女はまだ私の妻なのだ」(二三九)と良心の呵責を覚えるカーネルだが、彼女のとった行動を考えると自分は「離婚したも同然だ」と思い直し、再婚への「躊躇を消して」しまうのである。ここには、重婚の問題がくりかえし登場する『モル・フランダース』や『ロクサーナ』と同工異曲の趣のあるところがある。

『淫らなる結婚、あるいは婚姻上の姦淫』という、いささか物騒でグロテスクな題の書物で、デフォーは、妻の死後一カ月にして他の女性に求婚する男の例を出し、これを「違法とはいわぬが不行跡もはなはだしい[29]」と非離している。スキャンダラスなタイトルとはうらはらに、ピューリタン的厳格な道徳律を打ちだす内容のこのエッセイによれば、作者デフォーが、この五カ月後に再婚するカーネルの行為を全面的に支持しているとは考えられない。

前半および中央部と後半部の相違を端的に示しているのは、ロンドン妻との応接であろう。これはまた、デフォーの女性観をも暗示していて興味深い。女性への応対に慣れぬカーネルは、彼女のいつわりの魅力の前には「抗するのが不可能」な誘惑となってしまう。これは、彼が幼時に、生き延びるためにはスリをせざるを得ない状況に対し、「人間では、とても抗するのが不可能な誘惑」であったため、と自己弁護するのと同様の論法である。また、「私は恋愛ということには、全くの子供だった」と自己の無力を訴えるところは、スリ稼業を悪事と知らなかったと無辜性を強調する場面と、その理由の提示の点がよく似ている。「私は、女性には全く無関心で、その時まで女性とはどういうものかが頭に入ってきたことはなく、それらは、単なる壁にかけられた一幅の絵にしかすぎなかった」(一八八)と、女性に対する無関心の意識を述べるとき、それは「善悪とはどういうものか」考えたことのなかった自己の犯罪行為を意識する場面と同次元なのだ。困窮のもたらす状況と女性の仮面の魅力とが、ともに誘惑と受けとめられている点は同様なのだが、ここには、前者に見られたような、生き延びることを最上策とする主人公の、自然法による「必要性」の弁明は存在していない。前半部においては、倫理的悪の道へ走るカーネルの行動パターンは、ピカレスクのテーマによって支えられていたが、同時にこれは、自然法と人道主義という正反対のテーマ群を対置することにより、主人公の自己弁明はある程度の説得性を持っていたし、これが読者に同情と理解をひきおこす原因にもなっていた。ところが後半部に入ると、このような相補的テーマの一方が欠落しているために、カーネルの行動は弁解の余地のない精神的退廃のように見えてくるのである。このことは、決闘という後半部の大きなトピックについて調べてみると、よりはっきりしてくる。

浪費家のロンドン妻の切った小切手を持って、ある紳士がカーネルのもとにその支払を請求にくる場面では、これを拒否するカーネルは、相手の紳士に「鼻先を強くこづかれ、臆病者といわんばかりに、ひどく嘲笑され」決闘を申し込まれるのだが、この段階では、彼は「剣の扱い方を知らず」、「恐怖におびえ」(二〇一)て、なすすべを知らない。ところが二番目のイタリア妻のエピソードでは、妻と疑わしい関係にあるように見えた侯爵から、「こらえられないほど挑発され」、この時には決闘の末、相手を逆に倒してしまう。さらにカンタベリー妻の浮気の相手である船長との決闘の際には、この節の冒頭でも引用したように、決闘を拒否する相手すらも倒してしまうに至る。理由はどうあれ、決闘という行為を通して見ると、彼の対応振りは、決闘の技量の向上に伴い、次第に高圧的で、グロテスクに無慈悲なものへと劣化していくのである。

次にデフォー自身の決闘に対する考え方を見てみよう。紳士としての名誉を傷つけられたからには、命を賭して相手とわたりあい、相手を殺すに至ってもやむなし、とする決闘賛成論は、この時代に入ると、人命尊重に基づくキリスト教的道徳観からの反対論をうけるようになる。一七〇九年の『タトラー』誌におけるリチャード・スティールの決闘反対のキャンペーンは、このうち最も良く知られたものだが、この『カーネル・ジャック』発刊の直前に、スティールは『良心的恋人』（一七二二年）を出して、主人公サー・ジョン・ベビルに決闘のむなしさを表明させている。デフォーはこれより早く一七〇五年、『レヴュー』誌別冊付録で、ルイ一六世の決闘禁止令を一五頁にわたって翻訳し、決闘者双方を家財没収の上、極刑に処す旨の厳しい決闘禁止法案を支持しているのだ。[30]この視点は一七二二年の『アップルビーズ・ジャーナル』誌においても同様であるし、決闘の野蛮性を一貫して説いているデフォーなのである。このような脈絡でこのエピソードを見てみると、カーネルのとった手段は理由のいかんを問わず、真の紳士のとる解決策ではなかったことがはっきりしてくる。少なくともデフォーはそう考えていたようだ。

決闘の問題以上に重要なのが、カーネルのジャコバイト運動への参加である。名誉革命後ヨーロッパへ逃れたジェイムズ二世およびその息子ジェイムズ三世は、ことあるごとにイギリスでの王位復権を目指していたし、国内でもこれに呼応する動きが少なくなかった。カーネルもこのイギリス体制派からみれば、反乱軍に加わっていくことになる。一七〇一年のイタリア行きの際の彼の上司ディロンは実在した有名なジャコバイトだったし、カーネル自身一七〇八年の反乱の時には、ジェイムズ三世のイギリス派遣軍の中に志願兵として名をつらねている。後にはこの運動を、「つまらぬ大義」と言い、ジェイムズの「人柄には特に惹かれたわけではない」というものの、体制変革後の地位向上をねらう野望以外に、主人公をこうまで駆り立てる動機は考えられない。モギーと結婚し、幸せな結婚生活を送っていた彼が、一七一五年、ジャコバイト反乱の最大の戦いといわれるプレストンの戦いに妻のとめるのもきかず、身一つでジェイムズ側に馳せ参じる彼は、その時の心境を、デフォー自身、新婚でありながら、モンマス公の反乱に加わったときの自分に重ね合わせていたのだろうか。テキストは、ただ、「ジャコバイト側に入れあげていたのだ」(二五〇)と語っているのみである。

政府側の的確な対応により、これらの運動はいずれも失敗のうき目を見るのだが、その敗軍の処理には厳しいものがあったのもうなずける。たとえばポール・S・フリッツによれば、一七一五年の反乱鎮圧後には反乱軍に加担した四人の貴族、二六人の将校は大逆罪により死刑の判決を受け、六〇〇人の兵士がヴァージニアに流刑されたといわれる。[31] 辛じて追手をのがれた彼がヴァージニアへもどった後も、密告と財産没収の不安におびえるのも無理ないのである。ロンドン妻との再会と二人の改心という、『モル・フランダース』の主人公たちと同様のエピソードのあと、本国から送られてきた反乱兵士に知人の顔を見出した彼の心の内には、この不安が現実化する。痛風療養のためといつわって、アンティグアに逃げだし、そこでようやく「反乱兵と見破られる恐怖から解放された」（二七五）と感じるまで、後半部の主人公の支配的感情は恐怖であるといっていいだろう。「私の頭には、ニューゲイト獄と絞首台でつるされることしかなかった」というスリ時代の逮捕、投獄、処罰の記憶がよみがえってくる。

一七〇八年の反乱後の心理状態を彼はこう語っている。「私は想像に絶する恐怖に襲われていた。私の頭には絞首台と絞首綱しかなかった。逮捕されれば、きっとつるされると思っていたのだ」このように、後半部のカーネルの行動と心理は、とても中央部で精神的成長をとげた者とは思えず、むしろ不安の心理は増幅され、罪の意識は強くなっているように感じられる。この作品全体を教養小説として捉え、主人公の人格形成に一貫性を見出す試みは、この後半部の解釈に苦慮することになるだろう。

ジャコバイト運動と作品人物の関係とともに忘れてならないのは、この作品成立時の状況と作者デフォーの関係である。J・R・ムーアに従えば、この作品の書かれた一七二二年の秋から冬にかけて、ちょうどイギリスにおけるジャコバイト活動の中心人物であったアタベリー主教が逮捕され、ロンドン塔で大逆罪の裁判を待っていたという。南海泡沫会社事件という初期金融恐慌の余燼がまださめやらず、マルセイユで起ったペストが再来するかも知れぬという不安のさなか、この年は一八世紀イギリスの最も社会混乱の大きかった年であったといえるが、その中でもこのアタベリー裁判問題は最もホットな政治課題となっていた。

政府支持の論陣をしいていたデフォーが、ジャコバイトという反政府活動にくみする主人公を「成功した反逆者」として描ききれなかったのも、[32]この間の政治的・社会的事情が介在していよう。たしかにデフォーは、仮面のもとに自己の主張とはうらはらの人物になりきるという、小説作法の根底に精通してはいた。しかしこの場合、あまりにも扱う事件が生々しく、反体制の人物像に同情的なコード、ないしはテーマを導入しきれなかったのではなかったか。

こう考えてくると、最後のカリブ海での密貿易のエピソードが、小説全体に対して持つ意味も分かってくるように思える。アンティグアで大赦状のおりたのを知ったカーネルは、ヴァージニアへ戻る途中、スペイン領キューバに連行され捕虜となるが、キューバ総督の目を巧みにかすめて、スペイン領アフリカ、ベラクルスの商人との交易をはかり、密貿易で巨万の富を得るというこのエピローグは、主人公の金銭への執着と貪欲さを示すというよりむしろ、相手がスペインであることの方が重要ではあるまいか。

ジャコバイト運動の背後に、フランス、スペインの介入を感じとるのは当時の読者にとってはごく自然なことであったから、主人公がスペインの監視の目をあざむき、その組織の官僚的硬直性を尻目に密貿易にふけるという行為は、倫理的には悪ということになってもイギリスの国益にはかなうことなので、むしろ主人公の政治的転向の証しとして受けとめられただろう。国王の大赦が自分を転向にむかわせたと告白し、「心の底からジョージ王の利益に身を捧げるようになった。これも許しの原理と命を救ってくれた国王陛下への義務の意識から生じたのである」(二七八)、と認めるカーネルの意識の変化を筋として描きこんだのがこの部分であるように思われる。

物語の最後にきてようやく主人公に正のイメージを与えるコードを導入しえたかにみえるが、後半部を通しての彼の行動は全体的にあいまいで、不可解な点が多く、前半部の整然としたテーマの提出とは、比較にならぬほど混乱しているといっていいだろう。

主人公の年齢と時代の相関関係は本文中からかなり明確に指摘できる。カーネルは一六七〇年前後に生まれ、三〇歳で植民地体験をおえ、一七〇〇年以後の歴史的事件に関与し、一七二〇年前後に回想の筆をとったと推定される。このことからも分かるように、小説後半部の記述は、ほとんど執筆時と同時代の、しかも非常に政治的に微妙な事件を取り扱っているわけだ。一七〇三年の筆禍投獄という苦い体験を持つデフォーにとっては、大逆罪に価するカーネルのジャコバイト運動参画への行動を好意的に弁護し、読者の同情をさそうコードを導入することはできなかった。事件の同時代性が無意識裡の自己検閲を生み、ひいては後半部のテーマの混乱をもたらしたのではなかったか。

五

ピカレスクの「世界が如何にして崩壊し、消滅していくか[33]」を検討した小池滋の議論をもとに、川本静子はピカレスク小説から社会小説、そして教養小説という、興味深い小説形態の進化論を提出している。[34]『カーネル・ジャック』は、川本の対象とした一九世紀初頭小説より約一世紀以前に書かれている。この小説中に、ピカレスク、社会、教養という初期小説の三つの原始的形態が未分化のまま混在し、しかも前半、中央部に限っていえば、実に幸福な形で結合していることはもっと注目されてもいいのではなかろうか。

ピカレスクのテーマに関して言えば、反社会的悪党としてのピカロから、体制内での地位向上とサクセスをめざす、反ピカロへの変質がみられる。ピューリタン的テーマのうちの勤勉と個人主義的側面は、やがて来るべき産業革命の中核を担う倫理へとなり、その無慈悲な性格は産業資本家として社会小説中の抑圧者のそれとなるはずのものであるが、一方このテーマは、社会的弱者救済の指導理念となるべき人道主義的、博愛主義的テーマと対置され、楽観的な幸福な結合をとげている。犯罪により、主人公の活動の場が都会より辺境へと移動している点では、ピカレスク的側面を強く残しており、田舎から都会へという教養小説のパターンとは正反対ではあるが、他方、ピューリタン的特質のうちの回心のテーマは、主人公の精神的成長という観点にたてば教養小説の原型ともいいうるのである。

環境と個人、社会と自我という軸で、西欧初期小説を通観したアーノルド・ワインシュタインは、デフォーの小説活動を「牧歌的幕間[35]」と呼んだが、このような四つのテーマ群の調和と結合は、小説中の後半で崩れて行くように、時代の流れとともに分離していくことになるのである。イギリス小説史上の一つの転換期に書かれたこの小説はもっと読まれ、論じられてもいいように思う。

第八章　アンチ・ロマンスとしての『シングルトン船長』

一

デフォーのロマンス観を論ずる際に必ず引き合いに出される文章がある。「最近、世間では、ノヴェルやロマンスがたいそう流行しているので、登場人物の名前や、その他の状況が伏せられたこのような個人の実録（ヒストリー）が真実のものとして受け止められるのはむずかしいかもしれない」（三）という『モル・フランダース』の序文冒頭の部分である。ノヴェル・ロマンス対ヒストリーの、二項対立を読みこむのは容易であろう。

デフォー自身が「ノヴェルやロマンス」という表現で具体的にどのような作品を指していたか定かではないが、「ノヴェル」とは、現在のリアリズム系の「小説」を指すのではなくて、むしろ「ロマンス」のような非現実的な物語と同様に考えられている。[1]「ノヴェル」は、一般的には、「ノヴェッラ」のことで、フランス・イタリア・スペインの翻訳短篇小説、「ロマンス」は一七世紀散文ロマンスの、ことにフランス風ロマンスの強い影響下に、王政復古期から輩出してきたアフラ・ベーン、マンリー夫人、ヘイウッド夫人などの当時の大衆小説を指すものと考えられている。政界、社交界の著名人物のあてこすり的な性格は、「鍵の小説」（ロマン・ア・クレフ）と呼ばれ、スキャンダラスな暴露趣味はまた、「暴露実録」（スキャンダル・クロニクル）ないしは「秘史物」（シークレット・ヒストリー）と呼ばれているが、やはり一七世紀ロマンスの新種と考えていいだろう。「ノヴェラ」にしても同様で、「愛のノヴェラはだんだん英雄ロマンスにとって代っていったが、実際は、このロマンスのテーマ、状況、文体を変容したものであった」[2]のである。デフォーはこのような当時の大衆小説をひとまとめにして「ノヴェルとロマンス」と呼び、強く反発してゆくことになる。

このような「ノヴェルとロマンス」の持つエロティックで感傷的性格に反対していたのは必ずしもデフォーだけではない。一般に、この言葉は、一八世紀中頃までは、一種の荒唐無稽で不自然な作り方をいう、非難用語として用いられていた。シュルツがいうように「デフォー、リチャードソン、フィールディングは、たしかに、初期フィクションの典型的な側面を非難するために、ロマンスという言葉を使ったが、自分たちの作品に言及するのにノヴェルという言葉を使用せず、ノヴェルとロマンスの双方を同じように攻撃したのである」[3]。

「ヒストリー」も、公の事件の客観的記述という意味よりも幅が広く、そこには、「一代記」とか、「実録」とかの訳のあてはまるように、ある個人の物語という意味もあり、「実際に起きた過去の事実に基づく話」[4]なのであった。ただ、いくら事実に基づくと銘打ってもフィクションであることにはかわりないし、また、フランス風英雄ロマンス中では、この言葉は、新しい登場人物の物語る回想談の部分を指していた。また、秘史物という表現の内にも察せられるようにロマンス的響きもあったのだから、デフォーのロマンス／ヒストリーという二分法による非難・弁護もかなり雰囲気的なもので、語義だけからは当時の読者にも曖昧であっただろう。やはり具体的に作品にあたり、推論していくしかない。

二

隠された財宝伝説で知られたウィリアム・キッド、黒ヒゲと異名をとったエドワード・ティーチ、四〇〇隻の船を捕獲した最強の海賊バーソロミュー・ロバーツなどの著名な実在の海賊と並んで、ジョン・エイヴァリー（一六五九－一六九六年？）も『英国人名辞典』に名を連ねている。一六九〇年頃に名をはせた海賊で、紅海入口で通行の船に勝手に税を課すやら略奪行為やらで、ムガール帝国の怒るところとなり、その結果、東インド会社を苦境に陥れることになった張本人という。記録にも残っており、実在の人物であったものの史実の詳細は不明とある。またより新しい『オックスフォード版英国人名事典』によれば、エイヴァリーは、一六九五年九月八日に、ムガール帝国所有の「ガンジサワイ号」という財宝運搬船を捕獲し、金銀財宝など巨大な略奪を行って、逃亡し、消息を絶つ。一六九六年には、海賊仲間が捕まり、ロンドンで裁判の末、処刑される。それ以後のエイヴァリーは歴史上からは消えることになるが、ある噂によると、イギリスのデヴォンシャーに戻って隠れ住んでいたが、ブリストルの商人に騙され、隠し持っていた財産を奪われて貧困のうちに死ぬ、というものだが、ことの真否はわからないという。一九六九年に、海賊裁判記録のパンフレットが出版され、その中でジョン・エイヴァリー船長の名前が言及されており、以後この人物は当時の、成功した海賊の例として一般読者の興味を引き、部下の裁判と処刑により、そのスキャンダラス性と、遠いオリエンタルな地での巨万の富の獲得という事件の性格から、当時の耳目を集めた海賊だったのだ。ここで問題にしたいのは、海賊エイヴァリーの史的実像ではなく、当時の一般の大衆が持っていた彼のイメージである。

まず、一七〇九年頃の作といわれる作者不明の「ジョン・エイヴァリー船長の生涯と冒険[5]」によって、デフォーの海賊たちを生み出した土壌を見てみよう。一六五三年、昔からの海賊基地として知られるイギリス南部海岸プリマスに商人の子として生れたエイヴァリーは、両親の死後、財産管理人の親戚に遺産をだましとられ、船乗りになる。ある農夫の娘と結婚するが、約束の持参金も不払いで、あまつさえ、結婚後六カ月で子供が生れる始末。世間に裏切られた彼は、西インド諸島の海賊の仲間に入り、やがてその頭角をあらわし、船長となり、インド洋でムガール帝国の船団を捕獲する。たまたま乗り合わせており、ペルシャ王へ嫁す途中であったアウランゼブ帝の孫娘と、巨万の財宝を手に入れた彼は、マダガスカル島に上陸して「エイヴァリー要塞」（一〇）を築き、そこで「海賊共和国」（一一）を建設することになる。副官ド・サールの反乱があったものの、やがて、アフリカの黒人女性を連れてきて、「新しいモデルの政府」（一一）を作り上げ、これが有名になるとともに、各国の海賊たちが集まり、強大な一つの国家になる、というものである。いわばユートピア的海賊ロマンスとしてのエイヴァリー像が認められよう。

デフォーの海賊を題材とした作品のうち、最も早いものは『ロビンソン・クルーソー』発刊直後の一七一九年一二月に刊行された『海賊の王』であろう。この作品は、世に行われているいくつかのエイヴァリー伝なるものが、いかにバカげているか、読んだ当の本人が怒って、真実を書簡の形態で述べるという体裁のもので、序文にはこうある。「この話には、ありそうもない、無理で、荒唐無稽な（ロマンティック）ところは全くなく、今まで出版されたどんなものよりも真実の記録（ヒストリー）のように見えるであろう」[6]。『モル・フランダース』の序文と同様の書き方である。

伝説化していたエイヴァリーのイメージと、デフォーの描いたエイヴァリー像の相違を考えてみると、まず、遺産相続と結婚という点で社会に裏切られた青年エイヴァリーの部分は、作為的と考えたのか、デフォーの『海賊の王』では削除されており、西インド諸島・チリを中心とした海賊活動が代って描かれている。またムガール帝国王女凌辱の場面には相当の変化がある。「ジョン・エイヴァリー船長の生涯と冒険」では「他の伝記は間違っており、〔彼は〕、強引に王女を奪ったのではなく、その高貴な生まれにふさわしい尊敬の念を払った」（八）と言いつつ、「彼女の同意がなかったわけではない」（八）と、二人の間に恋愛関係が成立していたことをほのめかしている。デフォーの『海賊の王』中のエイヴァリーは、私が略奪したのは富であって女ではない。二〇〇人いたお付きの女官の内にはもっと私の気を引いたものもいた、などとあけすけに語りながら、「私の耳にした他の噂では、この淑女を暴行したことになっているが、決してそうではない[7]」と強調して、王女を何もせず解放したことを明らかにしている。双方ともに先行の別版エイヴァリー伝を意識している所は同様だが、前者がいわば、海賊紳士振りを発揮しているのに対し、デフォーのものでは、その海賊商人的性格が出てきている。

加えて、部下と女官達の交情の経過を物語るくだりは、いかにもデフォーらしい露骨で野卑な側面が見られる。「これは私の部下から聴いた話だが、女たちの中では、四度か五度、別々の男と寝なかったものは一人もいなかったそうだ。それというのも、女たちが抵抗しなかったものだから、彼らは、遠慮なく、かたっぱしからいただいてしまったというわけだ[8]」。にこりともしない、このような乾いた調子の卑俗さの背後に、われわれは、やはり、当時流行していた「エロティックかつ感傷的な[9]」変型ロマンスの存在を意識せざるを得ない。デフォーの『海賊の王』は、この意味で、甘ったるい恋愛ロマンスのパロディともいえよう。

さらに『海賊の王』には、副官ド・サールの王女への横恋慕と、仏人海賊仲間の反乱の部分が欠けている。同様の素材を扱った、チャールス・ジョンソンの王政復古期風のロマンス劇『成功した海賊』（一七一三年）には登場しているから、当時の人にはよく知られていたはずであり、この愛と陰謀のテーマの削除は、やはりロマンス的要素を好まなかったデフォーの意識によるのではなかろうか。

海賊王国の実状を記した部分では、先行作品によって誇張化された海賊勢力の記述を、デフォーはかなり強く批判している。ロンドンの噂では、少なくとも五〇〇〇人の海賊が要塞をつくり、二〇隻の艦隊を持ち、独立の王国として他から自衛の手段を講じていることになっており、また、英国政府に対して、一〇〇〇万ポンドの金を支払うから、赦免状を出して欲しい旨の提案があったなどといわれていた。史実は、赦免を嘆願する海賊と、海軍力増強とマダガスカルの植民地化をねらう英国政府の間の利害が一致した結果、具体的交渉もあったようであるから[10]、このような噂が生まれるのは無理もなかったのであるが、デフォーのエイヴァリーは、これは全くのつくりごと（フィクション）であるといい、人員に関しても、「千の単位を百の単位と間違えているのだ[11]」と、伝説化した海賊勢力を数字的に押さえ、非神話化している。リケッティがいうように、『海賊の王』はまさしく「当時の大衆神話の修正[12]」であったといえよう。

略奪と暴虐の限りを尽くす悪党としての海賊のイメージは当然だったにせよ、一方では、自らが取り決めていた海賊の掟により集団としての自己規制をかけていたところも知られていた。たとえば、バーソロミュー・ロバーツらの海賊の掟とは、「重要な議決には各人に一票の権利があり、正規の分け前以外の取得は孤島置き去りの処分があり、賭け事と飲酒の禁止、武器の手入れの奨励、女人乗船、戦闘中の逃亡、仲間同士の争いの禁止、分け前が一〇〇〇ポンドになる前の離脱禁止、船長以下の階級ごとの取り分規定」（『海賊実録総史』二八六-八）といわれ、このような規律的軍隊のような一面もあったので、戦費調達の財政難にあえいでいたイギリス政府にとっては、海賊の海軍への転換は相当魅力的な提案だったかもしれない。一七世紀のカリブ海の海賊たちは、私掠船として戦時には国軍に組み込まれていたのだが、一八世紀になると、ことに一六九九年制定の海賊法以降は、やはり健全な商業活動を阻害するものとして各国から制圧されつつあったので、海賊たちもその活動の場を紅海やペルシャ湾をその猟場とすべく、活動の中心をマダガスカル島北部に移していた。それゆえ、ジョエル・H・ベアの言うように「マダガスカルにおける海賊の話は大きな注目を集め、自らを律する意志と能力をもつ海賊は、一八世紀初頭での大きな、誰でも知る話題になっていた」（「ジョン・エイヴァリー船長の生涯と冒険」序文 vii）のである。

ポール・ザルツマンは一七世紀のアンチ・ロマンスの概念を、一種のパロディないしはバーレスクとし、ロマンス的文学慣習を模倣しかつ揶揄するものと定義づけている。これは、理想的なものと現実対処的なものを可能な限り、近接させることを意味し、決してロマンスを破壊し、拒否することでない。「アンチ・ロマンスはロマンスを壊すものではなく、ロマンスのモチーフと、そこに内在する虚妄性の間に成り立つ、アイロニックな緊張感をつくり出すのである」[13]というゆえんである。出版社に送られてきた、話題の海賊領袖の手紙などという形式そのものも不自然だし、一見まことしやかな叙述の背後には、パロディとしてのアンチ・ロマンス的性格が読み込めよう。

三

『海賊の王』においては、神話化したエイヴァリー像が常にその背後に存在し、話の筋立てもかなり忠実になぞられているのだが、次作『シングルトン船長』（一七二〇年）になると、むしろ虚構的な色合いが強くなる。[14]「有名なキャプテン・エイヴァリーとともに行った数々の冒険と海賊行為の記録」という副題中の言葉にもかかわらず、エイヴァリー自身はシングルトンによって語られる端役となりさがっており、しかもデフォーの筆致はロマンティックに誇張化されていたエイヴァリーの実像を中立的な筆遣いによって、偶像のイメージを破壊しようとするものになっているのである。

『ロビンソン・クルーソー』の冒頭で、クルーソーは、父親から、家を継いで商売に精を出し、堅実に働けば中産階級という良い暮らしを送ることができると懇々と諭される。しかし、クルーソーはこの父親の言葉に耳を貸さずに、世の中をもっと知るためにという口実の元に家を出て、海に出かける（ゴー・トゥ・シー）こと、つまり水夫になる道を選択することになるのだ。水夫になるということは、一攫千金を狙うことであり、当時、交戦中であったスペイン、フランスなどの敵国の商船を拿捕したり、いわゆる私掠船に乗り込んでの海賊行為で大きな船員としての分け前を手にすることができれば、夢のような生活ができると思ったのだろう。着実な道より、リスクもあるがあたれば大きい道を選択するクルーソーだった。彼は実際、モロッコあたりで海賊に捕まってしまうし、そこから逃れてブラジルのプランテーション・オーナーになるのだが、アフリカに行って黒人奴隷を手に入れようと航海する途中で難破し孤島に漂着することになるのだから、水夫になる選択の奥には、海賊行為によって、一発大きな山をあてる行為が控えていたのである。

孤児のシングルトンも、同様に、「エイヴァリー船長の血沸き肉躍る話に、インド諸島で達成された彼の素晴らしい偉業に、僕は耳をそばだて、それが何倍にも、一万倍にも増幅され、ベンガル湾ですごい宝を彼は手にいれ、ムガールの大帝の娘といわれた女性を、莫大な宝石もろともに捕まえるである。愚かな船乗りたちはそれを、ダイアモンド満載のムガール船と呼び、それを捕獲するエイヴァリーの武勇談をわれわれは聞かされていた」(一七〇)のであるから、シングルトンの行為の原動力は、登場人物としては影が薄いものの、この海賊神話のもつ魅力があったに違いない。

『シングルトン船長』の物語の中ほどで、シングルトンたちはエイヴァリー船長たちの噂を聞き、仲間が連れてきたエイヴァリー船長にマダガスカルで会うことになるのだが、ここでは、成功した海賊として大げさに語られていたイメージが、かなり現実の姿に縮小して描かれている。

エイヴァリー船長のもとには、およそ三百人ぐらいの部下がいただけで、そのうち一〇人が大工職で、ほとんどが拿捕した船からの拉致者だった。したがって、一言で言えば、エイヴァリー船長が、一六九九年頃にマダガスカルで保有していた兵力は全員が我々の三隻の船に乗っていたということで、彼自身の船は、すでにお聞きのように、失われて今はなく、兵力も全体で一二〇〇人を一人でも超えるということはなかった。

（『シングルトン船長』二〇〇）

巨万の富と大ムガール帝国の王女を手に入れたといわれる「輝けるエイヴァリー船長の物語[17]」に魅せられてマダガスカルへ向うシングルトンが、その実、そこに見たものは難破して落ちぶれたエイヴァリーの姿であった。シングルトンはエイヴァリーをモデルにしたといわれるが、引用中で、わざわざ、「一六九九年頃にマダガスカルで保有していた兵力」などと、いっていることなどからも、ロンドンで成功した海賊などと膨張した噂を、むしろ、抑えるような書き方をしているのである。もちろん、エイヴァリー船長は、シングルトンからフリゲート艦をペソ銀貨四万枚で買い取るくらいの資力はあったのだから、いかにもデフォーらしい公平に評価する書き方ではあったのだが。

また、シングルトン自身も語り手の役割を与えられ、物語を動かす力はなく受身になっており、各エピソードの中心になるのは、彼の参謀的立場にあるクウェーカー教徒の外科医ウイリアム・

ウォルターズになっている。原エイヴァリーのイメージが、虚構化の過程の中で分離し、この作品においては、語りの機能はシングルトンに移行し、エイヴァリー像はエピソードの対象として客観化され、矮小化されることになる。

バルバドス島へ向う途中、シングルトンらの海賊に捕えられるというウィリアムの導入部は、ウィリアムの曖昧で用心深い性格がよく出ている。官憲に捕まった時のために、力づくで襲われ、自分の意に反して海賊の捕虜になったという証明書をシングルトンに書かせておきながら、そのくせ、海賊の仲間に入る事を嫌がっている様子もなく、分け前の話を持ち出されると、「お金というやつは船医の器具箱を充実するのにも役立ちますしね。でも程々にいたしましょう」（一五八）と拒否するわけでもない。いやいやながらの海賊か、徹底した偽善者なのかはなはだ曖昧である。

ブラジル沖では、夜陰に乗じて逃げるポルトガル船の拿捕に策をさずけて海賊たちに協力するのだが、その切り出しの言葉は、「クウェーカー教徒に改宗なさって暴力は使わないと決心なさったのですか、いやそれとも、臆病風に吹かれて汝の敵から逃げていらっしゃるのですか」（一六二）という彼の見事なユーモアあふれるからかい振りがうかがわれる。もっとも、クウェーカー特有の、疑似聖書用法、「ザウ」、「ザイ」言葉を使いつつ（これは訳語の「汝」に表わされている）、クウェーカー教徒としての自己を対象化するウィリアムのユーモアを評価するのか、それとも、クウェーカーというペルソナの限界を越えた冷笑性に不自然さを感じるべきなのか、ここにおいても判然としない。

　リオデジャネイロ沖で、警戒中のポルトガル軍艦に遭遇し、その追跡を受けていた折、ウィリアムは、「追いつかれることが分っているのに、どうして逃げ回っているんですかね」（一六五―六）といって、踏みとどまっての交戦をすすめ、いざ戦闘の段になると、敵艦を離脱させぬように、相手の船首斜檣（しゃしょう）と自艦のメインマストを結びつけるという一番危険な作業を買って出て、勇猛なところを見せるのである。その反面、「わたしに誤解がなければ、諸君の目当ては金のはずだ。この貧しい連中を二千人、三千人と征服して殺してみたところで、連中は無一文、何が手に入るのか知りたいものだ。こんな金なしの裸の連中を相手にして、何が儲かるのかね」（二四二）とセイロン土着民との不必要な戦闘を避ける冷静さもある。シングルトンの参謀であり、難局における相談相手であるのは、モル・フランダースにとってのガヴァネス、ロクサーナにとってのエイミーの場合と同様ではあるが、この作品においては、シングルトンのキャラクターのありようはひどく影の薄いものになっていて、このクウェーカー・ウィリアムの登場がなかったら、この小説は単なる航海記に終っていただろう。

　マダガスカルへ向う途中で出合った、六〇〇人の黒人奴隷を乗せた漂流船のエピソードでは、白人乗組員が殺されたことに怒り、報復を企てようとする海賊たちをおさえ、黒人達の反乱の正当性を説く、人道主義者としてのウィリアムが見られる。また、インド洋上で捕えたオランダ人たちの釈放に身を賭して仲間を説得する態度も同様である。が一方、オーストラリアのタスマニアでは、空洞の巨木にたてこもる原住民を火薬で吹き飛ばし、手もない、足もない、首もない死体に至らしめるのも彼なのである。嵐による海難をきっかけに改心してゆくシングルトンが、彼のいう海賊行為による「不正な手段で手に入れた富」（三〇〇）の処理に悩んでいるとき、財貨を棄てずに手元に置き、神の意志にまかせるよう意見するウィリアムは、一見、敬神的であるものの、見方によっては、略奪行為によって資本を貯え終えた海賊商人のエゴイズムをすすめているようにもとれる。クウェーカー・ウィリアムの性格付けは、このように、自己防衛・戦闘行為・不正所得などの例からも、ステレオタイプなロマンスのキャラクターに抗するかのように、その場面に応じた対応をする、ユーモアもあり影もある、それでいて臨機応変も忘れないという、興味深い複雑な性格描写になっていることに注目すべきだろう。

デフォーは一七一五年前後に、七つのクウェーカー物といわれる社会批判のパンフレットを出している。あるクウェーカー教徒の私信という形をとったこれらの作品は、デフォーの使った八七の仮面のひとつにすぎなかったが、[15]誤解と逆批判をおそれたロンドンのクウェーカー教会は、新聞広告を出して、自分たちの教会との関連性を否定している。この事件の直後にパンフレットの印刷者であったクウェーカーのサミュエル・キーマーが教会から破門されていることなどを考えると、「デフォーは、クウェーカーの利害には無関心であった」[16]ともいえるので、必ずしもこの仮面にプラスのイメージを付与しているとはいえない。一七〇三年の筆禍投獄、およびその際のクウェーカー教徒中の中心人物ウィリアム・ペンの援助とデフォーの感じた恩義、などの伝記的事実をこの作品の解釈に持ち込むのは危険であろう。

このような曖昧かつ複雑なウィリアムの性格は、なかなか単一の見方では捉えられない。ロックの合理主義的精神を背景に「ウィリアムは理性を象徴する」[17]という見方や、A・O・エクスクウェメリンなどの残酷な海賊記録などに比べてデフォーのそれには暴力性の希薄化が見られることを指摘しつつ、ウィリアムの「愉快な息抜き[18]」性を強調する見方や、主人公の「道徳的変容[19]」を導く精神的師としての性格を読み込むなどの解釈は、それぞれ魅力的ではあるがやはり不十分なように思える。複眼的視点が必要である。この点、多様性そのものをプロテウス的[20]と捉えるジマーマンの説は有力である。内面のカオスがさまざまな状況に対応して千変万化の外形をとるというピカロ特有の性格に関連づけ、ウィリアムの反社会性、無国籍性、孤独性を説明している。多性格のもとに無性格、あるいは空虚な人間像を見ているのがおもしろい。ロマンスの硬直化した人間像へのアンチ・テーゼともいえる。

チャールズ・ジョンソンの『海賊実録総史』（一七二四年[21]）は、「エイヴァリー小伝」によって、その冒頭が飾られている。ここでは、イギリス帰国後のエイヴァリーが悪徳商人に騙され、財宝をかすめとられて乞食にまで身を落し窮死する様が新しく付け加えられている。『海賊の王』で見られた現実暴露と偶像破壊の精神はここに至るとさらに徹底したものになり、「壮麗な偉容を示すに至った根も葉もない物語を否定する」という意図が強く打ち出されてくる。デフォー的なアンチ・ロマンス的視点である。

財宝を金にかえて、秘密裏にイギリスに帰国し、身分を隠しながらもウィリアムの妹と結婚することになるシングルトンは、いわば成功した海賊なので、上述の、デフォーが事実と考えた零落した海賊エイヴァリーの姿とは大きな隔たりがある。デフォーの手によって作り上げられた不定形なウィリアムの性格は、この実像と虚像の間のギャップを埋めるために導入されたのではなかったか。「エイヴァリー小伝」にはウィリアムらしき人物は登場しないし、『海賊の王』ではクウェーカーの船長がエイヴァリーに捕えられるが、そのまま釈放され二度と物語中には登場しないのである。

四

一・二巻、合わせて三四人の当時の海賊たちを描いた『海賊実録総史』は、歴史やフィクションというよりむしろ現在のノンフィクションに近い性格を持っている。たとえば、一七二二年アフリカのギニアで開かれた、バーソロミュー・ロバーツの裁判記録は、これに記録係として出席したジョン・アトキンスという船医にその情報を提供してもらったこともあり、その旨謝辞が述べられていることからも分かるように、その記述の正確さには定評があり、後の海賊文学の最大の原典に

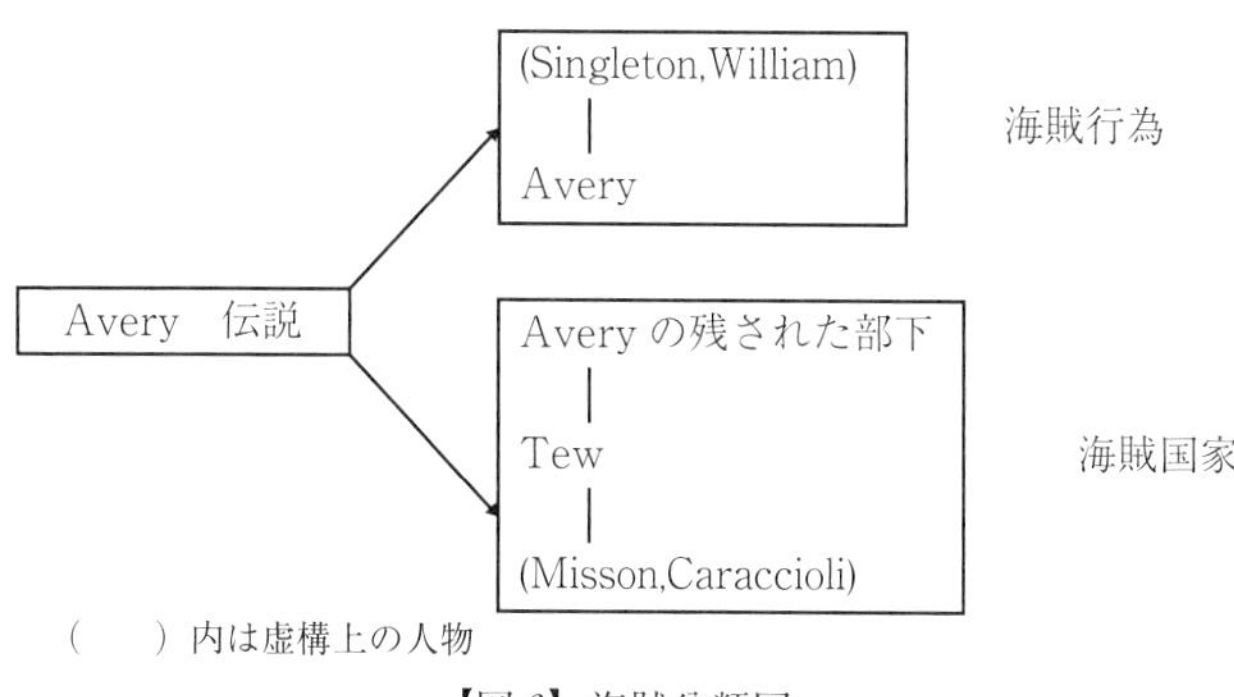

【図 6】海賊分類図

なるのもうなずけよう。

さて、実在の海賊たちを扱った『海賊実録総史』中では、唯一のフィクションといわれる「キャプテン・ミッソン伝」がエイヴァリーとの関連で興味をひく。フランスはプロヴァンス地方の旧家の出であるミッソンは、大学教育を受けたものの、生来の放浪癖と旅行記の影響がたたってか、船乗りになる決意を固める。ローマで形骸化したキリスト教に反発を深める折も折、破戒僧カラチオーリと知り合い、利益のみによって動かされる宗教団体の不合理を説かれ、理神論者になってしまう。海賊に投じた後、自然法による生存権の主張により抑圧に対する抵抗を合理化し、新船長就任後は海賊旗を棄て、「神と自由のために」と染めぬいた旗のもとで、二〇〇人の仲間とともに、マダガスカル北端のディエゴ・スアレス湾に、リベルタリアという海賊共同体をつくり上げる。英人海賊キャプテン・テューの参加とともに起こった英仏人間の争いを機会に、法律の制定と政府の必要性が生まれ、各人を一〇人ずつの小単位に分け、議会や裁判所をつくり、財宝、家畜は等分し、土地は囲い込みをしたものの所有にするなど国家形態を整備してゆく。最高権力者として、三年ごと再選可の護国卿を定め、ミッソンがこれに就き、カラチオーリは国務大臣に、テューは海軍提督に就任し三頭政治の形でこの海賊国家は運営されて行くが、最終的には土人の急襲により壊滅することになる。自由と独立をめざした海賊国家のあっけない幕切れであった。

「ミッソン伝」は、三六人の海賊を扱った『海賊実録総史』のなかでも、唯一フィクションではないかと考えられている点で、一風変った作品であるといっていいだろう。J・R・ムアによってデフォー作品とされたこの『海賊実録総史』は、近年、作品内部の証拠だけではデフォー・キャノンに入れないという厳密な基準で、ファーバンクとオウエンズによって、かなり強烈に否定されてしまっており、「ミッソン伝」もデフォーの作品とは考えられていない。カラチオーリやミッソンの「理神論」思想もデフォーとは相容れないような気がするし、筆者もこの作品はデフォーのフィクションではないと考えている。また、さらにこの「ミッソン伝」だけがなぜこのようなフィクションの形で提示されているのかはよくわかっていない。

作者で語り手のチャールズ・ジョンソン船長（この人物は、『成功した海賊』（一七一三年）を書いた同名の劇作家チャールズ・ジョンソンとは別人で未だにその正体がはっきりしていない）が入手した、フランス語のミッソンの手紙からこの作品を書いたことになっている。その経緯は、ミッソンの盟友の海賊トマス・テューの「テュー伝」の末尾に、「ミッソンのフランス語の手記は、この男（ミッソンの部下）が持っていた書類の中から発見された」（下　一八四）[22]とあることからも明らかなのだが、テューは実在の海賊なので、ある意味では、このテューの存在が、ミッソン実在のアリバイ証明になっているのだ。巧妙な実録仕立てのフィクションといえるだろう。発見された手記などという物語上の技巧としての縁起話が付与されている形なので、どうも他の裁判記録などをもとにした実録海賊記とはよほど様相が違っていて、フィクションと疑われてしまうのも無理はないのである。また物語中でのこの二人の海賊の結びつきはかなり濃厚である。

マニュエル・ショーンホーン編の『海賊実録総史』（ちなみにこのショーンホーンの『海賊実録総史』もこの作品をデフォーのものとしている）では、「テュー伝」は「ミッソン伝」のすぐあとに登場し、この二つの伝記がペアであるように構成されているし、「ミッソン伝」ではテューはリベルタリアの海軍総督に任命され、物語中に大きな役割を果たす人物として組み込まれているのだ。最後には原住民の反乱にあって、リベルタリアは壊滅してしまうのだが、そこを脱出してきたミッソンはテューと合流し再会を喜び合うものの、急な嵐の襲来とミッソンの船の沈没によりミッソンは死に、その死を悼むことになるテューなのである。ミッソンの部下の一人が生き残ってミッソンのフランス語の手記を届ける形で物語は終っている。二人は一貫して行動をともにしており、その虚実入り混じった語りがミッソン実在の証明となっているわけだ。

興味深いのは、トマス・テューという実在の人物である。テューは『米国人名辞典』にも有名な海賊として紹介されており、ロードアイランドの出身で一六九二年に、八砲を備えたスループ船で当局の許可証を持った私掠船として出発するのだが、このアミティ号は、マダガスカル北東にあるセント・メアリー島で海賊に方針変更して、紅海を中心に略奪行為を重ね、一六九四年にロードアイランドに戻ってきたときには、十万ポンド相当の掠奪品を持ち帰ったといわれ、本人の取り分は八千ポンドに及んだという。海賊ビジネスが、一発当たればいかに儲かる商売だったかがわかるだろう。さらに、一六九五年には、前回同様に紅海で海賊行為に及び、この際、われわれが見てきた、ジョン・エイヴァリー船長と合流したという。テューは、当時のニューヨーク総督のベンジャミン・フレッチャーの庇護下にあったともいわれ、ある意味では裏でアメリカ東海岸の貿易商人たちと結託していたわけで、海賊商人としての側面もあったのである。テューのエイヴァリーとの接触は注目すべきだろう。

また、「テュー伝」には、イギリス本土にあっては、ミッソンがエイヴァリーと混同されていたことを記した一節がある。ミッソンはリベルタリアを攻撃してきたポルトガルの軍艦と交戦、撃退の後ポルトガル兵士たちを捕虜にするのだが、このポルトガル人たち一三七人を部下の反対を押し切って、人道的見地からポルトガル本国に送り返したというのだ。リベルタリアの位置と状況が敵に知られてしまうリスクを侵しての好意で、ミッソンの高潔な性格をも示す箇所なのではあるものの、戻されたポルトガル人捕虜たちの報告で、リベルタリアのことがリスボンの新聞に載ってしまうことになる。

海賊との交戦は『リスボン・ガゼット』誌上で大いに話題になり、イギリスの人々は、リベルタリアの人々をエイヴァリーの一党と勘違いしたのである。エイヴァリーは、ロンドンにおいては、三二隻の軍艦を所有し、彼を国王とみなす愚を犯していたのだ。これが間違いであったことは、われわれが第一巻ですでにお話してきたところだ。

（『海賊実録総史』下　一七二）

ポルトガルの新聞記事の真偽は確認されてはいないが、おそらくフィクションではないだろうか。ただ、ミッソンのイメージがエイヴァリーと混同してロンドンに伝わっているというところは見逃せない。「ミッソン伝」が『海賊実録総史』の第二巻として発刊されるのは一七二八年になってのことだから、エイヴァリー神話が起ってから二〇年以上の時の経過がある。エイヴァリーの海賊行為はこの時期までも当時の読者を魅了し続けていたに違いない。架空の人物ミッソンがこの神話になぞらえられて記述されていることは、このミッソンのユートピア的共和国は、やはり、エイヴァリーの海賊共和国伝説から派生してきたものであることを物語っているのではなかろうか。

「テュー伝」には、マダガスカル島がいかに素晴らしい土地で、喜望峰からインド洋への海路の要地に当たっており、理想の植民地になりうると語っているところがある。空気もよく、土地は豊かで砂糖や木綿の成長にふさわしい、海産物も容易に手に入る。地中には金銀の鉱脈は走り、牛などの放牧にも適している。奴隷はカリブ海のバルバドス島よりも安い。ここに植民地ができれば海賊の跳梁を抑えることができるし、東インド会社の船の航行も安全になろう、などと言っているのである。(下 一八一)このような記述は、無論読み手の関心をマダガスカルに向ける書き手の意図が透けて見えるところでもあるのだが、当然のことながら、このマダガスカルは一方では海賊たちの理想の集合地でもありえたわけであった。

サイラス・H・カラカーの『海賊はビジネスだった』[23]は、このマダガスカル島北東に隣接する小さな島であるセント・メアリー島が、紅海・ペルシャ湾・インド洋を航行するムガール帝国の船や東インド会社の船などを狙った海賊たちの巣窟になっており、そこには『海賊実録総史』に登場するさまざまな海賊たちが集結していて、海賊の戦利品を交易する一種のビジネスの場になっており、さらにこの場所は、テューの事例で紹介したようにフィラデルフィアやニューヨークなど当時発展途上にあったアメリカ東海岸の諸都市と強く結びついていたことを例証している。テュー自身もここを訪れている。このマダガスカル島北端部周辺は、われわれが論じてきた『シングルトン船長』や「ミッソン伝」にみられる海賊談の格好の背景になっていることがわかるだろう。【図7】に地

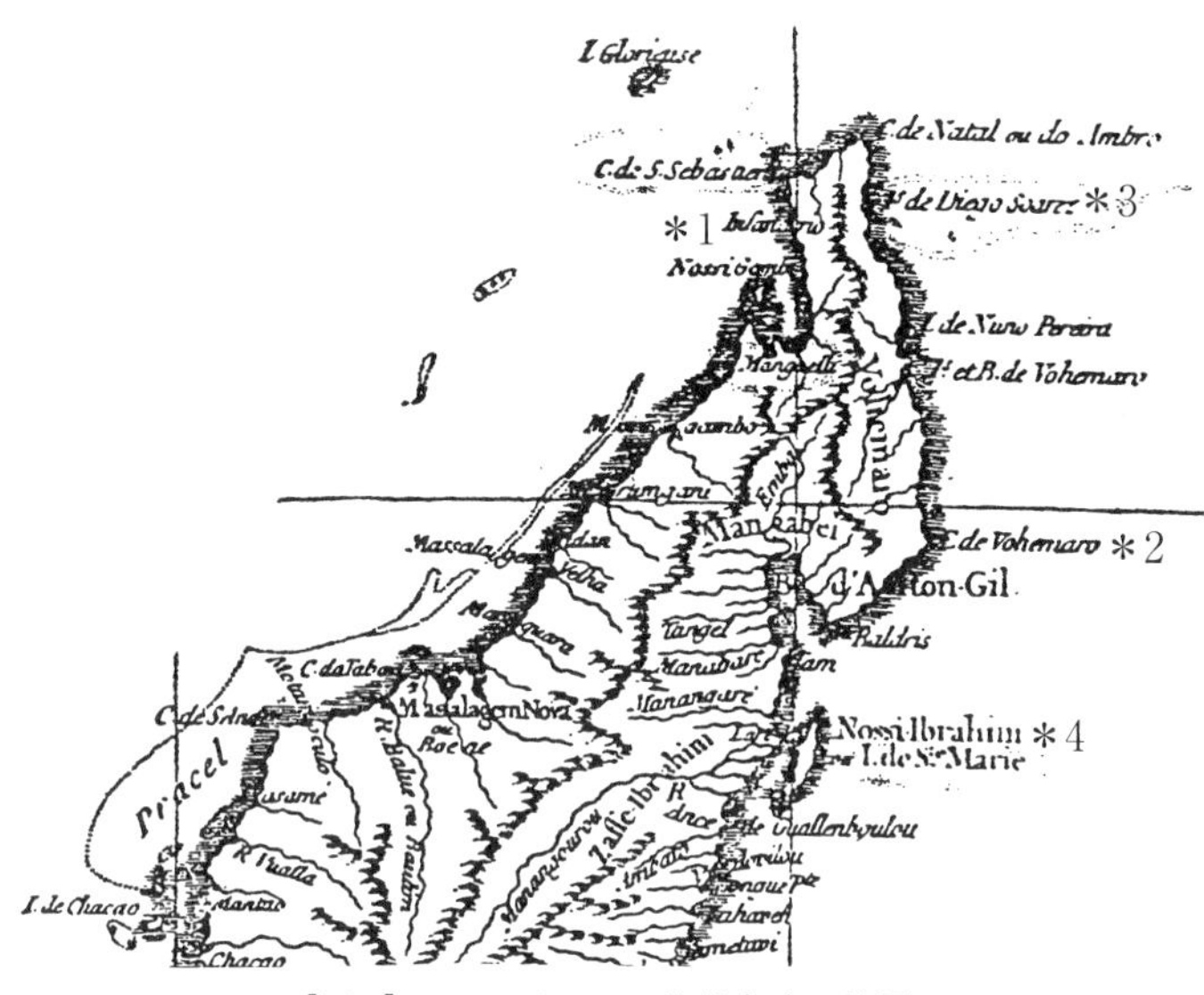

【図 7】 マダガスカル北部当時の地図
（カラカー『海賊はビジネスだった』より）

図上でこれらの場所を提示しておく。同僚の船員の見た幸運をよぶ夢を信じるウィリアムに勧められて、シングルトンがマダガスカル島に下りたのがマンガヘリー湾[*1]であり、ここで別れた仲間たちとエイヴァリーに会うことになる。また、エイヴァリーの海賊共和国の場所ははっきりしないが、南緯一五度[*2]あたりに設定されているからこの近くにあったことになる。そして、このあたりのディエゴスアレス湾[*3]にミッソンのリベルタリア共和国があることになっている。さらに少し下ると、セント・メアリー島[*4]がある。つまりこのマダガスカル島北端あたりに、虚実の海賊物語の場面が集結しているのである。一七〇〇年前後からカリブ海を締め出された海賊たちは、二〇年代にはその活動をこのマダガスカル北部へと移動させているわけである。

カラカーによると、このセント・メアリー島は「東方海域における海賊たちに最も好まれた集合基地（ランデヴー）」（五三）であったといわれ、この土地を支配していたのがアダム・ボールドリッジという男だったという。ボールドリッジがニューヨークに戻って報告したところからすると、彼は一六九一年にこの島に上陸して以来、ミッソンのように土地の原住民たちの抗争を利用し、一部の有力な部族と同盟を結んで勢力を伸ばし、捕虜の奴隷たちを売りさばいて巨利を得て、一五〇〇人ほどいたというこの島の住人たちから「セント・メアリー島の王」（六〇）とまで呼ばれたという。このように成功し、隠遁していた海賊商人としては、他にも、ジョン・プローのように、中世の領主のような城砦を築いて、王侯貴族のような暮らしをしていた人物もいたという。このように考えてくると、エイヴァリーの神話は単に彼のみのものではなく、その他にも多くの海賊商人がおり、マダガスカル北部で彼らは、奴隷やタバコなどの商品を扱っていた商人としての側面もあり、一方では密かに海賊とその戦利品を売りさばく仲介者としての役割を果たしていたのではなかろうか。

われわれはデフォーの『シングルトン船長』を、その材源の一つであると考えられている実在した海賊エイヴァリーと、その肥大したイメージの比較を通してみてきた。ムガール帝国の巨万の富を掠奪し、マダガスカル島北端に独立した海賊共和国を打ち立てたという当時流布した伝説は、実際にはそうたいしたものではなかったと言って、この作品はエイヴァリー神話の否定と矮小化を行っているので、その筆致は、デフォーの実情をリアルに描くことで、壮麗なロマンスを突き崩す姿勢になっている。この意味で、デフォーの『シングルトン船長』はアンチロマンスの典型的な作品といえるのではないか。また、エイヴァリー神話は、海賊ミッソンの理想的な共和国へと別な展開をみせている。「ミッソン伝」を収録した『海賊実録総史』は従来デフォーの作品と推定されてきたが、ユートピア的なこの「ミッソン伝」はデフォーの作品ではないように思われる。ただ、その背景となったマダガスカルの海賊商人的な実情を考慮に入れると、「ミッソン伝」は、デフォーのアンチロマンス的な筆致はみられない。むしろ、この作品は、海賊の巣窟であったマダガスカル島北部のトポスを巧みに利用しつつ、新たなロマンス的な作品に仕上げられているように思われるのである。

第九章　『ロクサーナ』と悪魔の誘惑

一

デフォーの最後の本格的小説といわれる『ロクサーナ』（一七二四年）[1]には、その批評上二つの大きな問題がある。テーマの一貫性に関してと、不自然な物語終末部に関しての二つである。『ロビンソン・クルーソー』に最も典型的にあらわれる回心のパターンが、デフォーの小説の多くに認められるのは、多くの批評家の指摘するところである。新興中産階級に属する人物が、その絶えざる努力と忍耐で成功と富とを勝ち得てゆく成功談の裏には、神に目覚め過去の悪行を悟り、改心に到るという宗教人的側面が存在し、これが前者の経済人的側面と常にパラレルな関係をもってすすんでゆくというわけなのである。

ところが注目すべきことには、この小論で扱う『ロクサーナ』、それと『モル・フランダース』には、この回心のパターンとは正反対の堕落のパターンが見出される。『ロビンソン・クルーソー』が神志向的形式を備えているのに反し、『モル・フランダース』や『ロクサーナ』は、悪魔の誘惑による主人公の堕落の軌跡が、その年代記的な語りのうちにみられるのだ。獄中での改心が見られるという意味では、モルはクルーソー的回心のパターンにのっとっているように見えるが、物語には終始一貫して悪魔の誘惑のイメージが濃厚で、ロクサーナほどではないが、誘惑され堕ちていく女としての特徴を持っている。『モル・フランダース』を『ロビンソン・クルーソー』的な神対富の対立二元論で処理したJ・A・ミチーの議論が[2]、回心後のモルの曖昧な宗教的な良心を十分に説明しきれないように見えるのは、このせいではなかろうか。むしろ、デフォーの関心が、人間の悪魔的な方向に向かっており、そのために回心の軌跡のパターンが、最終的には崩壊していったと考えるほうが自然ではなかろうか。『モル・フランダース』はさておいて、このような意味で『ロクサーナ』を眺めてみると、その主題構成に悪魔指向のパターンがみられる。これをたどるのがこの小論の目的の一つである。

さらになぜこの小説の結末が唐突で不自然になったのかという問題がある。主人公が救いを受けなければ、その逆に神の罰を被るのが話の筋としては自然である。ロクサーナを完全に堕落した魂として、小説当初からデフォーが企図していたとすると、当然猫かれてしかるべきこの罰の部分が欠落しているのはなぜか。当時の読者がこれを不自然に思い、デフォーの死後、他の作者の手になるこの部分の書き足しがみられたという事実を思い起しても、曖昧な結末であったことがよく分る。原因はどこにあったのだろうか。テーマ上の統一性が最終的に崩れていった理由はどこにあるのだろうか、これも前述の問題と合せて考えてみたい[3]。

この小論では、デフォーの悪魔観を、『クルーソー反省録』のうちの第五章、「神の声を聞くことについて」、第六章の「キリスト教世界と異教世界の割合について」、そして「天使界のヴィジョン」、またさらに『悪魔の歴史』から描き出し、次に『ロクサーナ』のうちにこのような悪魔観がどれほど浸透しているかを検証してゆきたい。

二

『クルーソー反省録』においてクルーソーは、海辺の足跡の事件以後、土人の襲来という外的な脅威に加えて、心の内で幽霊のようなものを見ることに悩まされる。ある晩、寝られずにいると足が麻痺してくる。何か太股の上に犬がいて踊っているような感じである。彼は神に救いの声をあげる。「私は、これが悪魔であるという考えにすっかりとり憑かれてしまい、この悪霊の力から自由になれるよう心から神に祈ったのだった」（二四一）と言うのだった。このように頭がおかしくなった妄想の果てに、彼はこの島が悪魔の支配する島で、その支配下にある悪霊たちに満ちみちている気さえしてくる。土人の襲来と悪魔のイメージが交錯しているのは面白いが、さらにクルーソーは、実際には見えぬはずの悪魔をあたかも見たような錯覚に陥るのは妄想のゆえであるとしながらも、その存在までは疑っていない。[4] これは直接『悪魔の歴史』の悪魔の存在宣言へとつながっている。「それゆえ、悪魔が存在するのは、神が存在するのと同じように、確かなことである」（『悪魔の歴史』

三四)[5]というデフォーなのである。

ではこのような悪魔とは一体どのようなものであろうか。『悪魔の歴史』は二部に分かれており、第一部は悪魔の生まれ、天国からの追放、名前の由来、人間を憎むようになったわけ、彼の人間に及ぼす力とその限界、そして聖書中の人物をいかに誘惑したかが書かれてあり、第二部は、後代における人間の堕落化への手練手管の数々を、具体例に物語るという構成になっている。「その主題も取り扱いも奇妙なものである」と自ら序に述べているごとく、確かに一風変った体裁ではある。「セイタンは堕天使であり反抗するセラピムで、神への反抗ゆえに追放されたものである」(三六)と、ごく一般的な意見を述べているが、堕天使の概念、悪魔の住居、大勢の部下の悪霊たち、天国からの追放などは、明らかにミルトンの『失楽園』に多くを依存している。いくつかの箇所では、「ミルトン氏はたしかにいい詩人ではあるが、歴史家としては間違っている」(九二)といい、ミルトンの聖書からの逸脱を責めてはいるが、注意すべきは次の諸点であろう。(一)地獄の存在場所に関して、(二)悪魔の能力とその限界、(三)人間誘惑の技法である。順次説明してみる。

早く一七〇五年に書かれた長編小説『統合者』(コンソリデイター)においては、語り手は五一三枚の羽根をつけたチャリオット型の飛行船で月世界へ旅行するが、『天使界のヴィジョン』においては、語り手は天空を飛翔して普通には見えない天空世界を垣間見てくることになる。一七世紀に流行したフランシス・ゴドウィンの『月の男』などの月世界旅行譚の一種であろうが、この場合には、語り手の魂は高く舞上って天空を越え、エーテル域をも越えて、宇宙の無限の広がりと太陽系を眺めうる位置にまで到達する。コペルニクスの地動説は一六世紀以降に、ウィリアム・ギルバート、トマス・ディッグズ、ジョルダーノ・ブルーノ等の手によって英国に渡っており、デフォーも多分この説によっているのであろう。月は、ヨークシャー程の広さで動植物の生育は可能だが人間の生活には不向きであり、土星は凍った世界で、地球と比較して九〇分の一の光熱、木星は二七分の一の、火星は二分の一の光と三分の一の熱という具合に、例によってデフォーの「真実らしさ」の筆法により天体系を観察している。興味深いのは次の段である。「私は、ここで、セイタンが空中で力を持つプリンスとして現れているのをはっきり見た。彼は、この無限の荒涼たる世界に閉じ込められているのである」(「天使界のヴィジョン」二六五)と、悪魔の住まいである地獄を空中においている。ダンテの『神曲』における地獄は地球内にあったが、プロテスタントであったデフォーはこれを大気中に置いている。そして、『悪魔の歴史』では、

このように、セイタンが回りに多くの配下を従えて堂々と大気中の高みに座って、(人間に対して)公然たる戦いを仕掛けている姿をイメージしてみなくてはならない。大気から離れたその上から、地球の日周に伴う動きによって、ひょっとするとこれが彼の邪魔になっているのかもしれないが、地軸の回転によってその戦いの計画が早まったりすることのないように見

張っているのかもしれない。（『悪魔の歴史』三七七）

地球自転説と大気中の悪魔、何とも奇妙なとり合せではある。とにかくこの高みから、二一〇〇マイルの周囲をもつ地球を回転するままに眺め下しつつ、セイタンは日々の人間生活の隅々にまで目をやり、人間を堕落へとさそい込む方途を考えるのだという。そして更にこの上の層にある天界は彼の力をもってしては接近することができないから、聖書の記述以上は無理だとするのである。

悪魔の存在証明は神のそれを認めた上でそこから演繹される。「この二つのものの存在を信じることに関して言えば、その一方を否定するものは、たいがいは、もう一つもまた否定することになるし、その一つを信じるものは当然ながら、もう一つもまた信じることになるのだ」（『悪魔の歴史』三二）という論法は、前に、『クルーソー反省録』でみたものと同様である。

また、悪魔の持つ人間に対する影響力が、神によって制限されているという見方をしているのは見逃せない。神への反抗とその罪によって、以前の天使としての能力は大幅に削減され「神への背教の印」（『悪魔の歴史』一一二）によって、その力が神によって制限されており、「彼のもつ力が制限されている印として、大きな足かせを彼の足元に見るだろう」（「天使界のヴィジョン」二七〇）とされているのだ。その結果、物理的力をもって人間を殺したり、威嚇することはできないのである。

キリストの出現以降悪魔の力はさらに弱まり、現代においては、主に輩下の悪霊を使う事によって、人間に背徳的な思想を吹き込むことで、人間を欺くようになったとする。「悪魔的なウィットと忠告の力によって、彼は人にわなを仕掛けその策略を使って人を永遠に滅ぼすのである」（『悪魔の歴史』二一三）という訳である。我々が以下の節で考察する『ロクサーナ』と悪魔との関連において重要なのはこの「策略」（ストラテジアム）なのである。デフォーは次のように方法を二つに分類している。

一　通常の場合

　これは、悪魔の精霊としての目に見えない動きによるものと思われる。彼には、制約のない、制限のない、拘束をうけない自由があって、その行動の様相は、人間には憑依を、物事には心の扇動を用いることによるのである。

二　特殊な場合

　この場合は、人の姿や肉体（いや肉体の影と言ったほうがいいが）を借りることによって、つまり声、姿、様子を真似ることで、姿を現すのだと思われる。

（『悪魔の歴史』二四〇）

ここで人間そのものに対する関連からいえば「ポゼション」「ディスガイズ」という二つの方法が最も有力なものになっている。ポゼションの最も原始的な方法は、悪霊が直接人間にとり憑く場合である。悪霊が憑いたため悪名高き歴史上の人物の如くなる例を、フランスのリシリューやマザラン、スペインのコルテスなどをあげて記している。

次に重要なのはポゼションの変形として悪魔の声を使う場合である。普通は夢の内を通して、睡眠中の人物に暗示をかけることが多いとしているが、『モル・フランダース』のモルが最初の盗みをする時に聞えてきた悪魔の直接の声のように、そのまま表現されることもある。夢がピューリタンにとって重要な意味を持っていたことは周知だが、みだりに自分の夢を他人に語ることの危険性が『悪魔の歴史』のうちに、例としてあがっているのも面白い。夢には神の声の場合と悪魔の幻覚の場合の二通りあるのだから、その解釈には注意が必要だともいっている。悪魔がこの時に使う悪霊を作者は「巧みに取り入る者」（インシニュエイター）と呼んでいて、この例として聖書のイヴの例が出てくる。ディスガイズという特性は彼がどのような姿にも変化しうるのであるから当然であろう。また「われわれの周りを歩き回っている悪魔たちは、女性が多い」（『悪魔の歴史』三三七）と言って、その姿が女性、ことに美人となることの多いことというくだりは、いかにもピューリタン的だろう。

最後の方法は人間の邪悪な感情、妄想を刺激することである。これは悪霊を派遣することが出来ない場合に多く用いられる。「あの、人間の気まぐれなパッションを巧妙に操るセイタンは、彼の配下の悪霊たちがいないときには、その最高の技能をもって、妬みや嫉妬の炎を煽るのだ」(『悪魔の歴史』一三四)と、人間の心のうちに潜む邪悪な傾向性や激情を助長してやり、人間を自らの手を下すことなく堕落させるというのである。以上、悪魔の人間誘惑の方法を略述したが、『悪魔の歴史』にはこの実例がこと細かに記されているが、『ロクサーナ』の各エピソードとの関連を考えていきたい。

三

富裕な資産を蕩尽した夫が、ある日突然予告なしに家出し、以後連絡を断つ。残されたロクサーナは六歳にもならぬ長女を筆頭に五人の子供を抱え、その日の食にも困る程の窮状に置かれることになる。まずこのようなロクサーナの苦境を救ってくれることになる家主の男との関係を考えみよう。ロクサーナの美貌と才智に一目惚れの彼は、何くれとなくロクサーナと彼女の女中のエイミーを助けたあげく、とうとうロクサーナに結婚の申し込みをするに到るのだが、ここでロクサーナは彼と関係を持つことに関して、良心に悩まされることになる。これは当時の婚姻法とも関連がある。家主の男は妻と別居中であり、ロクサーナは、夫が蒸発してしまったとはいえ、当時のコモンローでは七年間配偶者が音信不通の状態にならぬ限りは再婚が許されていなかったから、この両人の結婚は違法行為であり良心判例の点から考えると姦淫であり、ロクサーナ自ら「法的な意味からはわれわれは、神の法からもこの国の法からも二人の姦通者でしかなく、はっきり言えば、娼婦と悪党でしかなかったのです」（二八三）と言うように、二人は「姦通者」ということになってしまうことを意識するロクサーナなのである。[6]

最終的には、神の法も人間の法も、生きるという自己保存の「必要性」（ネセシティ）には、一歩譲らざるをえなかったわけではあるが、このような二者択一状況におけるロクサーナを説得し、ある意味では悪の道に入ることを勧めてゆくのがエイミーなのである。[7] 生きていくためには、家主と関係をもつしかないとエイミーに説得され、「何ですって、パンのために彼（家主）と寝ろっていうの」（二六八）と反論するのだが、子供たちを里子に出したとはいえ、あすの食べ物にも困るような状況下では、彼の援助にすがるしかない、と答えるエイミーの現実主義的弁舌に対して、ロクサーナは、エイミーの「レトリック」に同調し、意見を入れ、家主の男と関係をもつことになるのである。エイミーの議論の骨子は他国（多分フランスを指すのであろうが）における法運用の寛大さを例にとって、違法行為までを合法化することにあり、スターのいう決疑論的思考法が根底にあるのは明らかだろう。

エイミーは言うのです。奥さま、あの方がお話になるのを聞いたとたん、それがただたんに誠実に反しないだけでなく、正当なことなんだと、わたしにはわかったのです。あの方は、奥様を未亡人と呼んでおられます。実際、そのとおりじゃありませんか。旦那さまが奥さまのもとを去られてから、もう何年にもなります。きっともうお亡くなりになってるに違いありません。少なくとも、奥さまにとっては、亡くなったも同然です。もう夫ではないんです。ですから奥さまは、ご自分でお好きなように結婚できますし、またそうすべきなんです。一方、あの方のほうでは、奥さまが出て行ってしまわれて、一緒に寝ることを拒否しておられる。とすれば、あの方は独身に戻ったも同然なんです。たしかに、この国の法律でお二人を結びつけるわけにはいかないでしょう。しかし、一方では妻としての務めを果たすことを拒否し、他方は夫としての務めを拒否している以上、あなた方お二人がお互いを受け入れてもそれはもちろん正当なことと言えるでしょう。

（『ロクサーナ』二七六）

蒸発した夫は、法律上はともかく、事実上はロクサーナにとっては、「ノー・ハズバンド」なのであり、家主も、妻が出て行って妻としての努めを果たしていないのだから事実上は「ノー・ワイフ」なのだから、結婚が可能であるというエイミーの裁断は、法と現実の落差に悩む弱者にある種の解決策を与えるものなのだが、やはり厳格な法解釈から言えば違法なのである。『モル・フランダース』中のモルが、心の病で入院した妻をもつ男との結婚を自らに許す論理と同じなので、決疑論的な良心の麻痺をロクサーナが受け入れたことになるだろう。このような彼女の心のありかたは、悪魔の誘惑という形で捉えられていることが重要だろう。「お前の話は悪魔の代弁、お前はまるで悪魔の顧問官みたい」（二七七）とエイミーにいうロクサーナなのである。

もし良心と美徳に相談をしていたら、こんなことを言うエイミーを、たとえほかのことではわたしに忠実で正直であったにせよ、恩知らずめ、悪魔の手先めと言ってはねつけたでしょう。もし一緒になってしまえば、神の法、人の法、いずれの法に照らしてみても、悪名高き姦通者の関係となってしまうことを、当然念頭においておくべきだったのです。あの愚かなエイミーは、あの方はわたしを悪魔の手から救ってくれたというのですが、彼女は彼が貧困と苦境という悪魔からわたしを救ってくれた、と言うつもりだったのでしょう。この彼女の議論は、わたしが決して地獄の口に身を投じてはならない、救われた代償に本当の悪魔の力に屈してはならない、そう決心する強力な動機になったはずだったのです。

（『ロクサーナ』二七八）

ロクサーナにとっては、エイミーの意見は全く悪魔の忠告というにも等しいものであった。引用中に、彼女の救い主である家主でさえ、悪行への罠として捉えられており、彼が困窮から救い出してくれる行為も、「悪魔の釣り針につけられた餌」（二七八）とロクサーナには見られている。気がすすまないながら、現在の状況の必要性から私はどうしても彼に屈せざるをえなかった、と自己弁護するにいたるのである。悪魔の誘惑に負け、生きるために操を棄ててゆくロクサーナは、しばらく後に、エイミーを家主と無理矢理ベッドに押し込み、二人を一緒にする場面では、自分だけが悪に染まっていくことに耐えられず、エイミーまでも同じ道を歩ませようとするのであり、「自分のメイドも娼婦にしてやろう、わたしが娼婦だからといって、メイドに文句を言われないようにしてやろう」（二八七）とまで考え、自己が完全に悪魔の分身（エイジェント）になってしまったことを意識することになるのである。このようにロクサーナは家主との関係においては、生きるためという必要性とエイミーの悪魔的誘惑の議論という二つの強力な動機からその堕落の第一歩を踏み出してゆくことになったのである。

さて家主がパリで商談中に盗賊に惨殺されたあと、異国の地で困り果てたロクサーナの窮地を救うのはフランスに滞在するドイツの大公であり、彼が二番目の彼女の相手となる。

このくだりを詳しくお話したのも、世の不幸な女が身分の高い男のために身を滅ぼすことになるのも、悪魔の黒い策略なのであることを示したかったからです。貧しい者にとって貧困と欠乏は、抗しがたい誘惑へのきっかけですが、また別の人にとっては虚栄や上流生活が抗しがたい誘惑になるのです。王侯貴族から求愛される、最初は恩人と、次には素敵な人と、可愛い人と呼ばれ、フランスで最高の美人といわれ、最後には王侯貴族のベッドの相手に相応しい人として扱われる。こうしたことに圧倒されない虚栄心を、いや背徳心を、女はもてるわけはないのです。わたしの場合は、ご存知の通りで、この虚栄心と背徳心とをたっぷりもちあわせていたのでした。

（『ロクサーナ』三〇二）

さらに注目すべきは、前の家主とのエピソードでは「貧困」という絶対条件があったのに対し、今度のロクサーナは、一万ポンドの大金を手にしていて、もう十分生活は安定しているのである。この個所では新たな誘惑として、「虚栄」と「上流生活」とがあげられることになる。引用のあとすぐに、「すでに、誘惑という手段で私を籠絡した悪魔は、今度は別の誘惑手段で簡単に私を征服してしまったのです」というロクサーナには、悪魔への感染の度合いが、貧困者にとっては困窮と欠乏が、金持ちにとっては虚栄という対句表現のうちに容易に読みとれるであろう。

さらに興味をひくのは二人の関係がかもし出す悪魔的な雰囲気である。前のエピソードに較べると悪の行為に対する抑制力が薄れ、何かロクサーナは、分かっていながら悪魔にあやつられるがごとく大公に接しているような感じを与える。パリの郊外の田舎屋敷を借りて二週間ほどそこに二人で隠れ暮らす状態はロクサーナの描写によれば、「こういう立場にありながら、二週間も人間としての悦楽に完全にひたりきった女はわたしをおいてはほかにありますまい。世にも優れた貴族の方で、この上ない教養と育ちに恵まれた男性を完全にとりこにし、昼は昼で終日親しく会話をし、夜は夜もすがら彼を魅惑する（彼は実際こう言ってくれたのです）から、わたしのようにたいそう虚栄心の強い女にとっては、筆舌に尽くしがたい喜びだったのです」（三〇六）と言うのであり、このような個所には、両者の魔的交感状態が読みとれるのではなかろうか。人目を憚るために、二人は好んで自分たちを密室状態に閉じ込め、アイドル、アドマイアラーと呼びあい、恋のとりこになったと言って遊ぶのである。悪魔になりきってしまうようなところのみえるロクサーナである。

このときの心情を彼女は次のように語っている。

忘れずに言っておかなければなりませんが、こうした幸福の最後の仕上げとして、またもや悪魔がわたしに企みをしかけて、ついにわたしを説得して、この情事は合法的なものであると信じこませてしまったのです。相手は身分の高い王族、雲の上のお方ではないか、・・・そういうお方に抵抗できるわけがないだろう。だからこうなっても立派に合法的なのだ、それに現在お前は完全に独身、ほかの男に縛られる身ではない、それは確かなことだ、お前の夫は理由もなく姿をくらまし、人からは二番目の夫と思われていたあの家主だった方も殺されてしまっているではないか。

(『ロクサーナ』三〇六)

この引用でロクサーナが問題にし、気にしているのは二人の関係性であり、そこに、それが合法化しうる関係であると悪魔の声がロクサーナに囁くのである。このような理屈が正しければ私の心は安らいだのだったが、そのときには、私にはこの悩みを解いてくれるような「決疑論者」(三〇六)は私の周りにはいなかったとロクサーナは言うのである。そして、「例の理屈を叩きこんだ悪魔が、またまたわたしにこう命ずるのです、カトリックの神父の所へ行ってみろ、そして懺悔をしたいからと言ってみるんだ、そうすればわかるさ、そんなことは絶対罪にならないと言って、お前の疑問を解決してくれるだろう、あるいはいとも簡単な告解によって罪を許してくれるかもしれない」(三〇七)と説くのだが、このような悪魔の説得にはロクサーナは従わない。よく知られたクリーヴランド公爵夫人の台詞のように、「わたしは娼婦とはいえ新教徒の娼婦なのだ」(三〇七)と反論するのだ。ロクサーナは、「あの不可抗力であるがゆえに合法的である、なぜなら人がやむをえず犯したことを理由に罰を加えるなんて神さまがお許しになるはずがない」(三〇七)、だから、安心して大公とは正式に結婚するがいい、と決疑論者は自らを慰めるのである。この箇所では悪魔の声による誘惑が非常にわかりやすい形で記されている。また、カトリックにおける告解のありかたと、イギリスにおける決疑論のありかたの違いが浮かび上がるような書き方になっていると思われる。

次はオランダ商人が登場する。八年間にわたる大公との生活で、今度は逆に盗まれることが心配になるほどの財力を蓄えることになるロクサーナは、その財産の貯蓄と管理の目的で、正直なオランダ商人とつき合い始める。パリの「悪魔のような」と描写されるユダヤ人の宝石商人の追求の手から逃がしてくれた恩人でもあるこのオランダ商人は、オランダで再会ののち求婚することになるのだが、ロクサーナの方でも彼が嫌いなわけでもなく、まして子供もできているのに、にべもなく求婚を拒絶する彼女の心理背景には、この富への依怙地なまでの執着があった。このエピソードでは、結婚が可能になり、妻の座が彼女の選択肢として視野に入るようになってくるので、婚姻関係、妻と娼婦の座の、金銭と自由などの諸問題が浮上してくる。この時の彼女の議論がよく知られたウーマンリブ論である。当時の婚姻法では妻の持参金は、事前に婚姻契約書に取り決めておかない限り、すべて夫の財産とされており、ロクサーナはこの不合理な当時の妻の立場を、オランダ商人に説きつつ、結婚して得る妻の座よりも自由なミストレスの方をとるというのである。この奴隷的ともいえる妻の座を時代背景として考慮に入れると、作者デフォーがロクサーナの意見をそのまま肯定しており、近代女権拡張論者の先駆的存在と見えかねない程の迫力をそなえている。

最初の亭主にはひどい目にあっていますから、結婚なんて考えるだけでぞっとしました。わたしの経験知によれば、妻は冷たくあしらわれるが、愛人は熱愛される。妻は単なる女中頭でしかないが、愛人は主権者である。妻は自分の全財産を放棄しなければならないし、自分用としてへそくりなどとっておけば、夫から良く思われないし、夫からもらう当然の小遣いでさえ、文句をつけられる。ところが愛人は男のものは自分のもの、自分のものは自分のもの、という諺を地で行くのです。妻は百千の侮辱を我慢する。嫌でもじっと堪えていかなければならない。さもないと別れて破滅するしかない。愛人は侮辱を受けると、さっさと手を切って自立し、別の男を受け入れる。

（『ロクサーナ』三六四）

ロクサーナは、当時の「結婚契約の本質そのものが、自由、財産、権威、その他一切を男に委ねることにほかならない」と言い、続けて、「女が独身でいる間は、その明敏な判断能力において男と変りはない・・・女一人の場合の能力は、事実上男一人の能力と変わりない」（二七九）と、妻の結婚生活の有意義さを説くオランダ商人に抗議するのだ。「問題は夫婦関係なのよ。法律があなたにそういう権力を与え、あなたにそうしろと命ずるの。あなたが命令しろと命令するの。そして有無を言わさずに私を服従させるのよ」（三八一）と個人の問題ではなく制度の問題だとするのである。

小気味のいい男性攻撃と女性の自主独立が魅力的な議論ではあるが、このあとすぐに「これはわたし流のまちがった売春賛成論でした」（三六四）と訂正し、妻の権利を多少は認める「イギリスの慣習」を擁護している。また、ロクサーナが、「（ある考えに）のぼせ上がってしまうと、悪魔に憑かれるのとほぼ同じことになってしまうので、このときのわたしは頑なで、前と同様、女の自由という論点から議論していたのでした」（三八七）と回想するような個所を読むと、デフォー自身は、ロクサーナの意見を悪しきものとみなしているのは明らかであり、彼女の行為に対してはこれを悪徳として風刺の対象として描いていることが分かるだろう。主題の展開からも、彼女の主張に対して作者は悪魔の影を背後にひそませているのである。ある一つの観念に「のぼせ上がって」他人の意見を入れる度量のなくなる状態をデフォーは批判し、このような頑迷な人物を悪しき人物典型として描いていることが多いように思われる。「こうして自惚れがわざわいして目が見えなくなったわたしは、自分の財産を有効に安定させ、絶対確実にできる唯一のチャンスをみすみす放棄したわけです。悪魔にそそのかされて自惚れのぼせ上がればどんな狂気と錯乱におちいるか、感情に溺れればどんな悪に突っ走ることになるか、・・・その生きた見本がこのわたしなのです」（三九〇）と言うロクサーナなのだ。

ただ、ロクサーナのキャラクターは、「妻と娼婦のとの立場はこのように多くの点で非常に対照的であり、以来わたしはその相違点に特に注目して観察してきました」（三六五）と、妻の社会制度な批判者として一貫させているのは興味深い。

このオランダ商人との議論は、子供をつくり愛情もあるのに、結婚はできないという形でこのときには平行線をたどり、二人の関係は一旦終ることになる。そしてイギリスに戻って、財産管理という点でオランダ商人の機能を受け継ぐことになるサー・ロバート・クレイトン卿との議論に受け継がれるのだ。倹約をすすめたり、事業上の注意を与えたりするロクサーナの信頼しうる財政上のアドバイザーにあたるサー・ロバートは、ある日、彼女にある商人との結婚話をもちかけてくる。彼は財産をただ持っているより、この商人と一緒になり、財産をさらにその活動で増してゆくことを勧めるのだが、ロクサーナは二つの理由からそれを断ることになる。一つは結婚すると女としての独立性が失われ、現在享受している自由がなくなってしまうことである。彼女の議論の行きつく先は、「自由というものはどうやら男性の持ち物のようですから、それでしたらわたしは男＝女になります。わたしは自由に生まれたのですから自由に死にたいのです」（三九九）というが如き、女性で男性同様の自由を持ち得るという、よく知られたマン＝ウーマン宣言になるのである。(8)

フィクションの形態と比較してデフォーの真意をより直接的に表明していると思われる『家族内信仰書』（一七一五年）や『完全なる紳士』（一七二八年）においては、デフォーの立場は伝統的な家父長制を説いているのであるから、このような「男性でありかつ女性である」というような存在は、決して女性の自由と独立を正面から賛美して捉えたものではなく、むしろ悪の道に陥った姿として批判的に捉えているように思われるのである。サー・ロバートがロクサーナに対して使うあなたは「一種のアマゾン」（三九九）というわけですね、という切り返しの言葉はむしろ揶揄半分であり、当時の文脈からは批判的な言い方だったのだろう。デフォー自身もこのような見方に近いと思われる。(9)

デフォーはオカルト三部作と呼ばれる作品のなかで、魔術や悪魔や幽霊などの実在性を説いているのであり、このような、ロドニー・ベインがいうところの「超自然現象」への強い関心がみられる。これらには、悪魔が人間を誑かす方法として、人に取りついたり、幻聴のように誘惑のささやきが聞こえたり、人の姿を借りて誘惑したりすることによって、人を誑かすことがあるとしていることは、初めに説いたとおりである。デフォーにとっては、これらの非近代的な超自然現象は、決して単なるレトリックではなかったのであり、事実として認識されていたようなのである。この『ロクサーナ』および『モル・フランダース』には、読んでいてわれわれには不自然に感じるほど「悪魔」の出現の度合いが高い。そして、この「悪魔」は、登場人物の内面の感情と強く結びついている。デフォーの作り上げたキャラクターはクルーソーに典型的に見られるように「理性」の重要性をその根幹にすえており、この合理性と計画性に基づく彼の個人主義が、何かをきっかけに崩壊していくときには、必ずと言っていいほど「悪魔」が顔を出し、誘惑と堕落に登場人物を誘い込むのである。デフォーの描写法は、いわゆる真実らしさの技法として、対象を正確に即物的に写すものとしてよく知られているのだが、このような悪しき感情を主体とした内面観察と過去省察はデフォーの、そしてもちろん、ピューリタン的伝統の内面描写に連なっていて、リチャードソンにも受け継がれていくことになるのだ。ロクサーナも「わたしの狙いも別なところにあった。わたしは自分の美貌に対する虚栄心にとり憑かれていて、もう国王以外にわたしの目は向いていなかったのだ」（四〇〇）という彼女の発言のうちにも窺える、自己の美貌に対するうぬぼれが顔をだしてくる。虚栄心のゆえに交際相手としては国王しか眼中になく、相応しい相手としてサー・ロバートのすすめる縁談を断るロクサーナなのである。さてこの後しばらくして、ロクサーナは四人の男性の関係をふり返って、「最初は必要性がわたしを堕落させ、貧困がわたしを娼婦にしたけれど、お偉方のお世辞に抗うことができず、悪徳の生活をつづけさせたのは、あの過剰なまでの金銭欲と虚栄心でした。フランス一の美女とうたわれ、大公の腕に抱かれ、やがては思い上がりもはなはだしく、一国の君主に抱かれることを望んだ」（四二七）と言うように、当初こそ生きていく「必要性」から悪の道に走らざるをえなかったロクサーナも、金銭に対する「貪欲性」と「虚栄心」の過多から愚行に及ばざるをえず、次第に「悪魔」の罠にはまっていくことをロクサーナは自覚するようになるのである。「むろんこれもあの悪魔の策略だったのです。というのは、こうしたことはすべて悪魔が仕組んだとは言えないにしても、やはり悪魔が一役買っていたと信ぜざるをえないからです」（四二六）と言うロクサーナなのである。

四

後半部分（四二九以降）では、長女スーザンが、彼女を娘とは認めないロクサーナを追求するのがその本筋になっており、ロクサーナとオランダ商人との偶然の再会、結婚が副筋である。主筋、副筋といったところからも分かるように、この後半部には、今までデフォーの作品には見られなかった時間処理が存在する。一人称の語りと年代記風な直線的時間記述を特徴としていたものが、二つの事件を同時に進行させつつ劇的な効果を狙うような複雑さが見えはじめるのだ。フランスから刻々と送られてくる前夫たちの情報がロクサーナの結婚選択に大きな役割を果たす場面では、書簡体小説の形態をとりうるはずであったし、もしそうすればリチャードソン的劇的構成も可能だったかも知れない。さらに後半部全体を考察下に入れると、クウェーカーの家でのオランダ商人との再会、結婚、オランダへ渡るという脇筋は、一応後半部の丁度中央（四八三）で終っており、それから時間を遡ってスーザンの追跡とエイミーの対応が最終部で語られているのに気づく。語りの時間と主人公の経験の時間が生硬なまでに一致していた過去のデフォー作品の特色が、ここでは珍しく守られていない。後半部に入ってこのような劇的小説の時間処理が見られることは注目してよい。

加えて登場人物にも大きな変化がみられる。モルに較べてロクサーナは冷酷で計算高く、それがこの作品の魅力を減ずる一因になっている、とはよく指摘されてきたことだ。確かに前半のロクサーナの特性は、狡猾ともいえる程の状況判断と自己の立場、ちょうどクルーソーが孤島に一人置かれたときに、バランス・シートを作って判断したような姿勢によく似ている。相談相手のないのを嘆くのはモルやロクサーナの口ぐせのようなものだが、ひとたび相談相手が得られると議論がはじまり、これがロクサーナのとる道の有力な選択要因になっているのである。デフォーの作品が何か議論小説のような趣が存在するのもこのような主人公の特性のゆえであろう。計算高いということは、言葉を変えれば醒めていることになる。自己の感情を十分統御抑制しつつ、自暴自棄にならず窮境からの活路をひらいてゆくロクサーナである。ところが後半部、ことにスーザンの追求の手が厳しくなるにしたがって、この理性機能は失われてゆく。「その包みをとるのだ、早く、今すぐやるのだ」（下　二七）という万引きを誘う悪魔の声を聞いたのはモルであった。「夫を毒殺せよと、毒殺するのだ」（二四五）という悪魔のさそいの声を耳にしたのは『家庭内信仰書』の悪妻であった。あたかも「娘を殺せ」という声にあやつられるがごとく、ロクサーナは自分の過去を暴くのを止めない娘を殺すという激情の虜になってゆく。登場人物のもつ精神的な特性が理性から激情へと変化してゆくといってもいいだろう。

必死に後を追いまわすスーザンと、彼女を殺さねばとても安心できぬ、と狂ったように喚きちらすエイミー、また、狂人のように部屋の中をわめきちらして走り回り、激情で頭脳か混乱しているロクサーナ、この三者の行きついた世界は、狂気の世界であったといっていい。パッションとは後代のロマン派的な高貴な存在ではなく、この時期には、人間を虜にして正常な理性の判断を下せなくするような狂騒状態をもたらすのであり、ここでは悪魔からの殺意の誘導を受けたロクサーナやエイミーが常軌を逸していることを示唆しているのである。ピューリタンの倫理からいえば、このような「悪しき情念」の危険性は周知のことであり、「むろん、これもあの悪魔の策略だったのです。というのは、こうしたことはすべて悪魔が仕組んだとはいえないにしても、やはり悪魔が一役買っていたと信ぜざるをえないからです」（四二六）とロクサーナが言うとき、この小説の最終的な狂気へのパターンがはっきりしてくる。

　傲慢や野心が人の心を捉える力はあまりにも強く、一旦これにはいり込まれ、とりつかれてしまうと、どんな馬鹿げたことでも空想し、脳裏にまざまざと描き出して見せることができる。こうした場合に踏む段階の単純さほど馬鹿げたものはないでしょう。男でも女でも掛け値なしにあの「妄想病」になってしまう。あたかもすべてが現実であり、当人が実際にすべてを左右できるかのように（空想中にあらわれる事態が良いか悪いかに応じて）、あるいは悲しみのあまり息がたえ、あるいは嬉しさのあまり気が狂うことだって、いとも簡単にやってのけることができるのです。

（『ロクサーナ』四五九）

実の娘まで殺して自己の地位の安定をはかるロクサーナの悪は、もはや改心にはふさわしからぬ程の罪深さを意味していただろう。だとするとデフォーは最初から彼女を堕ちた女として構想し、最終的には悲惨な死という罰を与えねばならぬはずだ。ところが物語の筋はそのような帰結を迎えず、すべてを逃れるようにオランダに逃れたロクサーナの物質的繁栄と精神的地獄を暗示するにとどまり、何か筋として唐突な終末を迎える感じを与えている。スターによればこれは自伝的一人称語りの破綻ということになる。彼によると、この物語には筋を語る部分と、回心者の視点からみた道徳的コメントをする部分、という二つの異質なものの混在がみえ、この二者を一人称では最終的に処理しされなかったのが原因というわけである。改心の場面を描こうにも描けなかったのだ。語り手が死んでは死霊にでも語らせるしかない。バニヤンが『悪太郎の生涯』で用いたように、ワイズマンにコメントをする役をふりあて、三人称的視点を導入する方法をとればこれは解決できたであろうが、デフォーにはこうした技術的な困難を克服することができなかった、というのが彼の論旨である。

このスターの自叙伝的語りの崩壊という解釈は非常に卓抜したものを感じさせるが、実は問題は結末部にのみあるのではない。先に指摘した通り、この物語は後半部に入ると、主人公たちの精神的な傾向性が理性的な状態から混乱した錯乱状態のようになってきており、ある意味では作者の筋に対するコントロールがきかなくなってきているような印象を与えるのである。悪魔的な誘惑の主題が最後の部分で、一方でもつピューリタン的な倫理性のゆえに作家の手に負えなくなってくるのではないか。

しかし、(わたしも)、骨の髄まで性悪女になっていたわけではありませんから、殺人を犯す、いわんやわが子を殺すなどできるわけはないし、そんな残忍な考えを抱いたことすらありません。しかし、繰り返しますが、エイミーは後になって、わたしに黙って実行したのです。それを知ってわたしは心の底からエイミーを呪いました。それしかできなかったのです。もしエイミーに出会いでもしたら、わたし自らも殺人者になっていたでしょうから。しかし、この悲劇は話し出すと長くなりますから、ここでお話しする余裕はありません。

(『ロクサーナ』五一八)

ロクサーナは、ロンドンの宮廷で豪華なトルコ衣装を身にまとったエキゾチックなおどりを踊って、周りからロクサーナという名前で一躍有名人になるのだが、娘のスーザンはこの衣装と彼女の過去の記憶から、ロクサーナを母と確信して、しつこく母のあとを追い求めることになる。他の子供たちと同様、手厚く支援を受けているにもかかわらず、何があっても母娘関係の認知をあきらめないスーザンと、決して過去を暴かれたくないと意固地になっているロクサーナ、そして、「喚き、怒鳴り、まるで狂人のように罵詈雑言の限りをつくし、挙句のはてに、スーザンを殺す」(五一五)と言うエイミーと、この三人の登場人物の関係は、どうも読者にも理解を超えた狂気の世界に突入しているように見えてくる。

エイミーに怒りをおぼえたロクサーナはエイミーに暇をだすにまでにいたるのだが、同時にあれほどあとをつけ回していたスーザンも姿を消してしまう。ロクサーナは、エイミーがスーザンを殺したのではないかと不安に襲われ、ついには殺されたスーザンの姿を妄想のうちに見てしまうのだ。「妄想の中で、娘は、さまざまな形相と姿態で現れました。寝ても覚めても私から離れません。あるときは喉を掻き切られた娘の姿を見たように思いました。あるときは首を切り落とされていたり、頭を割られていたり、またあるときは梁に吊るされていたり」(五三八)していたとロクサーナは言うのだ。前に述べた、「妄想病」に入り込んでいるロクサーナである。物語は、オフンダに渡ったロクサーナが、「突然襲った恐ろしい災難の連続」(五四二)により零落してしまう、との簡単な説明の後に唐突に終ってしまうのだ。そして、逆境を生き抜く人物に特徴のあるデフォーのキャラクターとしては不似合いな引用中の「悲劇」という語は何か、当初のパターンの行きついた世界が作者の予想外なものであったような感じを与えているのだ。以後悪魔的主題を扱うものはフィクションの形態をとらず、エピソードを編者が語るという方法をとることになったのもこの理由からであろう。【図8】はロクサーナとその情事の相手を物語時間に沿って表にしたものである。それぞれ

場　所	相　　手	Devil 的観念	議論の当事者たち		議論
イギリス	Landlord	Poverty (Necessity)	Roxana	Amy	Lawful marriage
フランス	Prince	Vanity	Roxana	Prince	Flattery
オランダ	Dutch Merchant	Obstinacy	D. M.	Roxana	Free Woman
イギリス	King (?)	Avarice	Sir Richard	Roxana	Beauty
(イギリス)	(Susan)	(Madness)	(Roxana)	(Amy)	(Murder)

【図8】ロクサーナの転落

のエピソードにおいて中心的な問題を欄末に議論としてまとめてある。また、各エピソードにおいて、ロクサーナを追い込んでゆく状況とその際の彼女の情念が悪魔と関連づけられた誘惑として記述されている。それは貧困という必要性から出発して虚栄心、頑迷さ、貪欲という具合に次第に強力になってロクサーナをしばり、彼女を精神的な堕落へと導いていくことになるのだ。そしてスーザンの登場とともに物語世界は一気に狂気のそれへと転落していく。ロクサーナの転落のパターンが透けて見えてくるように思える。この到達した『ロクサーナ』の世界は、作家の作品はその到達点を示すとともにその限界点を示す、という陳腐で的確な言葉のうちにそのまま示されているように思える。

第一〇章　「ジョナサン・ワイルド」と犯罪小説

一　犯罪実録と監獄教誨師

デフォーの小説には、主人公の行為選択上のジレンマ、使用する言語や登場人物のおける意味の重層性などにおいて、問題性をはらんだ空間が多用されていることはみてきた通りだが、問題性をはらんだスキャンダラスな事件として当時最大のものは、いうまでもなくジョナサン・ワイルドの活動、逮捕、裁判、処刑という一連の報道であろう。事件を境にしてワイルドは、大きな故買商と民間の警察協力者の地位から、組織犯罪集団のボスへと、その社会的人物評価が正から負へと極端に変化する。このワイルド像の二重性と故買業の社会的有用性を説く時の彼の論法は、問題小説家デフォーにとって格好の題材となったことであろう。同じ素材を扱ったフィールディングやジョン・ゲイにはこのような問題性への関心はほとんどないといっていい。デフォーの犯罪実録、「ジョナサン・ワイルド伝」において、このような問題性とカズイスト的論法の限界をみておきたい[1]。

ワイルドは、モルのガヴァネスが産婆、曖昧宿の女将、盗品の故買業者という三役をこなしていたように、三つの顔をもっていた。ワイルドは一七一六年ごろからオールド・ベイリーに盗品の故買屋を開き、これを「紛失物、盗品取戻しオフィス」と名づけて、大いに繁盛させていた。盗品の故買は当時も無論違法だったのだが、そして、オールド・ベイリーには、デフォーもたびたび出廷した刑事裁判所があったのだが、その目と鼻の先で、ワイルドは盗品を手もとに置かずに、そのありかを情報として客に教えることで抜け道をみつけていたのである。紛失物や盗品は、ここに相談にくれば取り戻すことができますと、新聞に大々的に広告を出して、持主への返還の仲介業を成功させていたのだ。

また彼は盗人の親分として子分を育てこれを組織化し、子分に盗みを働かせながら自分はその上まえをはねる、アル・カポネ顔まけの組織犯罪のボスでもある。そして、「盗人であり商人でもあった」（デフォー　二三五）と例によって結合関係のイメージで捉えられる彼は、「盗人摘発将軍」と自称するほどの権威のある、当時の擬似警察機構の一員でもあった。一七一三年以来、シティ・マーシャル補だったチャールズ・ヒッチンの下で働きながら、当局に暗黒街の情報を流し、仲間を密告しては一人四〇ポンドの報奨金を手にしていたのである。

デフォーの「ジョナサン・ワイルド伝」に登場する、ワイルドの手下のモル・キングがモル・フランダースのモデルだとし、二つの作品間の強い類縁性を読みとるジェラルド・ハウソンによれば、このような苛烈なワイルドの犯罪組織の形成とその締めつけの手段は、「ダブル・クロス」という言葉の起源になる程だったという。顧客と盗人との取引がまとまると帳簿にバツをつけて照合し、次に自分に反抗的な手下には、見せしめにこれを官憲に密告して報奨金を受けとり、刑の執行をみとどけて、最後の仕上げにもう一つバツをつけ加えるワイルドであったのだ。(2) 商人と警察と盗賊の三つの顔を最大限に有効に使っているわけだ。盗賊団のボスの役割を否定するワイルドの言葉を、「ワイルド伝」の語り手は「私はジョナサン・ワイルドに十分公平でなくてはならない」(デフォー二三五)と一応、客観的立場を訴える語り手は、明確に悪の要素を認めながらも、その上で、では、盗品返還をして双方のためになることをするのは、たとえ手数料をとっていることはあっても、一方では確かに社会的に貢献していることもあるので、これを、公共の善だと言い張るワイルドの自己弁護は、正しいといえるのだろうか、と問い直すのである。

彼が窃盗行為それ自体に手を貸していないとしての話だが、彼の故買の商売がどれほど正しいものであったかの判断は、カズイストたちに委ねたいと思う。盗品を始末して金を手に入れることができるし、そのことで余計な思いに煩わされずにすむわけだから、窃盗行為を助長することにもなるのだが、彼らのニューゲイト監獄風の神学によれば、それを、商売としては、ごくごく正直なものと考えるのは、当然のことだろう。彼とのインタヴューで私は、彼がこの商売を非常に長くやってきたことがわかったのだが、もし彼が、そこの一線を超えてさらに進まなかったとしたら、彼を極刑にする力がわれわれにあるのかどうかは、私には疑問に思うのだ。法といえども彼の命を奪うことはできないと思う。

（デフォー「ワイルド伝」二三五）

ここで「カズイストたち」に解決を要請されている問題は、故買がはたして商業行為としてどれほど正当なものかということであろう。ことを善悪の極で捉えようとせず、その倫理的基盤の認識が「どれ位」と、程度ないしは段階として捉えられている。そして、ワイルドが悪党として処刑され、その悪行が一般に知れわたったあとであるにもかかわらず、わざわざ盗人にも三分の理とばかり、彼の言を入れて、窃盗への無関与ぶりを前提としているところなど、この語り手には意図的にプロブレマティックな空間をつくり出そうとするところがあるようだ。さらに、この商売だけに携わって、問題性の灰色の領域を超えなければ、悪の行為と断罪されることもなく、司直の手にかかることもなかったというのである。つまりワイルドにとって、故買業はあくまで「商売」なのであり、悪党と善人の間の情報交換者としての役割を果たし、その報酬を受けているだけだと主張するのである。その中間性は「自分を失い手と盗人の中間に身を置いている」（デフォー 二三九）にしかすぎないという自已の位置描写にも認識されていたといえる。この中間の位置にとどまる限り、彼の自已弁護も必ずしも嘘とはいえず、「もし彼がそこから先に行かなかったら、彼が間違っていたとは、私にはとても言えないのです」（デフォー 二四〇）という語り手なのである。デフォーはこのような虚実皮膜の空間に絶えず引きこまれていくようだ。

また、この引用で興味深いのは、「カズイストたち」が「ニューゲイト監獄風の神学」といいかえられ、そのうさんくささが前面に出てきていることである。故買業は盗品の現金化を容易にするし、盗みを助長するだけなのだから、カズイストたちはこの商売を「ごくごく正直な商売」だと考えるかも知れない、というところはもちろんアイロニーであろう。ここでいう「ニューゲイト監獄風の神学」の意味を考えるためには、われわれは「ニューゲイト教誨師」(ニューゲイト・オーディナリー)という、これまた両義的な存在へと論をすすめねばならない。

ニューゲイト監獄へ入ったモル・フランダースを改心させたのは、ガヴァネスがよこしてくれた牧師であったのであり、監獄付の正式な、ニューゲイト・オーディナリーと呼ばれる死刑囚教誨師ではなかった。モルによって、朝から酔っぱらって仕事をせず、自分の利益のみをはかっていると激しく非難されたこのニューゲイト教誨師は、裁判から刑の執行までの間を獄中ですごす罪人たちの魂を救うという通常の業務の他に、いささか怪しげな仕事をしており、モルの不信もあながち理由のないことではなかった。まず教誨師は当時大流行した犯罪者伝記という物語ジャンルの題材発信源として重要な地位をしめていたことがある。世間の注目を集めた犯罪者とインタヴューができる立場を利用してその生涯と犯罪に関する情報を得て、これをもとに「アカウント」と呼ばれる犯罪者パンフレットを印刷して、処刑の翌日に号外として売らせたのである。のちに『ニューゲイト・カレンダー』という形でまとめあげられ、後代の犯罪小説の素材の種本として脚光をあびることになるこのパンフレット群も、その起源の形態については、作者である教誨師の立場をも含めて、当時、さまざまな批判の対象となっていた。P・ラインボーによれば、ニューゲートの教誨師は、実名を伏せることで家族から金品をうけたり、記事を捏造したり、事実誤認をしたり、出版社から題材提供料をとったりしていたようで、総じて、聖職者にあるまじき利得行為に走っていると悪評が絶えなかったという。デフォーと仲の悪かった教誨師のポール・ロレインなどは、この職権濫用による蓄財で、五〇〇〇ポンドの遺産を残したといわれている。(3)

さらに忘れてならないのは、この教誨師は、自己の宗教的権威を使って、囚人に共犯者の自白を強要するという、警察官としての役割を果たしていたということである。もちろん共犯者を発見して司法に協力するというのがその自己正当化に用いられた論理なのだが、その裏では、たとえばロレインなどは、手に入れた秘密の情報をもとに故買にまで手を広げていたようだから、彼の死んだ直後の『サタデー・ポスト』誌には、後任に「ジョナサン・ワイルド師」が適任なり、とのあてこすりの記事が載ったほどであったから、教誨師とワイルドにはともに当時の一般の人々の目にはいかにも権力と不正の臭いがつきまとってみえていたに違いない。この二人は聖職者と盗賊団のボスという顔を別にすると、妙にうさんくさい面で共通している。よくいえば、さまざまなアイデンティティの交錯する曖昧な地点に身をおく術に長けていた、カズイスト的戦略の持ち主たちであったともいえよう。

盗人の跳梁に手を焼いた当局は、仲間割れと情報収集を狙って、二人以上の共犯者を自供した者には仮釈放を受ける資格を与えたといわれる。仲間が捕えられるたびに、自分たちが密告者の通報により捕まるのではないかと不安がるガヴァネスとモルの立場は、次のような監獄教誨師と囚人の間の関係を考慮に入れるとき、より現実味をおびてくるだろう。

聖職者の間でも問題になっていることがある。それは、もし、犯罪者が罪を告白し、その告白に加えて、彼の共犯者すべてを暴露して、そのものたちに裁きを受けさせるよう最大限の努力をした場合、犯罪者は、真の改悛者として神のお慈悲を期待することができるだろうか、ということである。私はこの問題の解決ができるようなカズイストではないが、私の意見では、否定的に、つまり、それは無理だと思うのである。

（『アップルビー・ジャーナル』誌[4]）

この「ある良心判例」（ケイス・オブ・コンシャンス）と題された、『アップルビー・ジャーナル』誌上にのった一文が、魂の救済を武器に共犯者の情報を得ようとする教誨師の態度に関するものであることはいうまでもあるまい。宗教上の良心を自白の道具に使うことの是非は当時の聖職者間でも意見が分れており、そこに難問解決者としてのカズイストが登場してくる理由がある。そして教誨師の対面する囚人の側にも精神的なジレンマが生まれる。前非を悔い改め神の慈悲にすがってキリスト教者として生きれば、当然のことながら、仲間を裏切ってしまうことになるので、いわば「紳士」としての名誉にもとることになるというわけで、紳士とクリスチャンの間をゆれ動くことになるのだ。デフォーは、教誨師に対して反感をもっていたといわれ、一七〇三年にはロレインの犯罪実録（アカウント）を、盗人や犯罪者を英雄視し聖化するものと激しく攻撃している。[5] また、反ジャコバイト・キャンペーンというこの記事が書かれた時期の歴史的文脈を考慮に入れれば、政治犯への自白のすすめという政治的判断に基づいていたのかもしれない。

このような、うさんくさく、いかがわしい、両義的な存在としてのニューゲイト監獄教誨師を念頭において、上述の「ジョナサン・ワイルド伝」からの引用の一節を読み返してみると、この一文には、教誨師たちに対する皮肉と揶揄が読みとれようし、ここには新聞の身の上相談のコラムに登場する賢人解答者としてのカズイストはその面影も見られず、逆にあやしげなワイルドの存在にも似たニューゲイト教誨師と重ね合わされていることになる。

教誨師、犯罪者、そして犯罪実録物の作家は、「犯罪実録」（クリミナル・バイオグラフィー）という物語サブジャンルの発信源として、相互に関連と交渉のある共同印刷工房を形成していた。罪人は教誨師に自己の前歴を語りモデルとなって、これを教誨師は「アカウント」として出版し世間の耳目をあつめる。ホガースの師匠、ジェームズ・ソーンヒルがジャック・シェパードを、ホガースがメアリー・マルコムを描いたように、画家が犯罪者の肖像画を描きに獄中を訪れ、デフォーに代表されるお雇いの三文文士たちが筆を競ってパンフレットを書き、犯罪者を町の有名人に仕立てあげていたわけだ。デフォーも一七二〇年から一七二六年にかけて、当時の犯罪実録出版の最大手であった出版者ジョン・アップルビーのもとでスタッフ・ライターとして働き、ミスター・レヴューに倣ってミスター・アップルビーと呼ばれるほど実録作家としてもよく知られた存在になっていた。[6]「ジョナサン・ワイルド伝」が本人とのインタヴューに基づいているのは当然のことで、ワイルドと並び称された脱獄犯ジョン・シェパードのデフォーの伝記、「ジョン・シェパード伝」[7]にあっては、本の扉ページに「ニューゲイト教誨師であるワグスタッフ師によって執り行われたシェパードの告白による」（二二七）とあり、その出典がニューゲイト教誨師と直接のつながりのあることを、あたかも真実の保証であるかのようにつけ加えている。また本文中には逃亡先からのシェパードの手紙の末尾に、「追伸。教誨師さまとアップルビー氏にどうぞよろしく」（二五〇）とまで書いて、当時のニューゲイト教誨師であったトマス・パーニーとデフォーとの三者間の協同作業が、実際に相当あったことを暗示させてもいるのである。このあたりの犯罪者と当時の社会事情については渡辺孔二の『愛された脱獄囚ジョン・シェパード』に詳しい。

カミール・スライツによると、プロテスタントはカトリックに較べ、神と個との間に介在する組織体系や仲介者に力点をおいていなかったので、その倫理的疑念をはらすためには信仰者各自がカズイストにならねばならなかったという。「誰もが自分のカズイスト」[8]がプロテスタント決疑論のモットーだとすると、「私は年こそとっていたが、教師としてはまだかけだしであり、いわゆる決疑論者として、つまり難問の解決者としてもまだ未熟だった」(『ロビンソン・クルーソー』一九二〇)というクルーソーも、「この疑いを晴らしてくれる決疑論者がおりませんでした」(『ロクサーナ』三〇六)というロクサーナも、「私はよきカズイストではない」[9]というクラリッサも、このぶ厚いカズイスト的伝統の内に生きていたといえるだろう。スターは、これらのクルーソーとロクサーナのたった二つのカズイストの語例から出発して、単なる詭弁家という手垢にまみれたカズイストの概念をあらい直し、人生ガイドという、いい意味でのカズイストを再発掘したわけだった。

しかし、もちろん、決疑論にも限界がある。無制限に嘘をつけるものでもない。ある一定の条件下においてのみ、その作動が許容され、そしてある条件の範囲を越えると、その操作が禁じられるのは明らかだろう。モル・フランダースが、圧倒的に優位な男性社会をかさにきて、横柄にふるまう男性求婚者をその巧みな論理とトリックで騙すのも、その時代の極端な男性至上主義がその背後にあるがゆえに許される。また、男の側での結婚詐欺の横行に腹をたてたモルが、目には目をと、騙し返すことが小気味よく読めるのも、その騙し返しがカズイストリーの許容範囲内にあるがゆえなのだ。このようなカズイストとしてのモルは盗人稼業を相当に続けて、暮しが楽になるまで続くことになる。そして盗む必要もないほど裕福なのに、盗みを行うモルに対しては、ロクサーナの場合と同じようにカズイストの弁明はきかないのだ。「貧困が私をこの道に引き入れたように、今度は貪欲が私をこの道に引き留め、とうとう元へ戻ることができなくなってしまったのです」（『モル・フランダース』下　四五）というモルの発言にみられる貧困と貪欲の二分法は、物語中のカズイスト・モルの限界点を示しているといえよう。万引をしたての頃のモルがこの「貧困」を理由に自己を正当化することができるのも、それには彼女なりの弁明の余地があったのだ。当時の窃盗法は恐怖による抑止力を狙っていたことから、個人からは一シリング以上、商店からは五シリング以上、家宅侵入では四〇シリング以上盗めば、死刑となるほどの苛酷な法的厳格主義だったことがある[10]。ワーナー・スタークがいうように、決疑論は硬直した法的絶対主義がその背後にある場合にのみ正統化されるので、モルは貪欲にとりつかれたとき、この弱者救済の論理はその有効性を失ってしまったといえる。

ワイルドの場合も、故買業だけであったのなら、カズイストの灰色の領域にとどまっていることができたであろう。その条件つきの空間では、真偽の境界が不分明で、双方の立場から真と善をいいはることができたのだから、モルのどうしようもない誘惑の力による訴えと同じく、ワイルドの「公益」（パブリック・グッド）による弁護にもそれなりに説得力があったのだが、ワイルドも仲間を売ってまで金儲けに走るのである。「それゆえ、ジョナサンの貪欲が彼を絞首刑にした」（「ジョナサン・ワイルド伝」二四五）といわれるゆえんである。モルもワイルドも善悪の、真偽の、白黒の両極に横たわる連続スペクトルの中間をゆれ動き、最終的にはカズイストの許容領域をこえて断罪されるわけで、こうなればもはや彼らは曖昧性を含んだ両義的な存在とはいえなくなる。デフォーはこのようなノー・リターンの地点を「貪欲」という概念で規定していたのではなかろうか。

デフォーは曖昧だといわれる。この曖昧さは、なにか相対主義的な側面の多いといわれる日本人に相通じるところもあって面白い。筆者がデフォーに惹かれるのもあるいはそんなところにあるのかも知れない。

二　モル・ハックアバウトとマザー・ニーダムの背景

まずはよく知られた、ウィリアム・ホガースの物語絵の一場面から出発してみよう。[11]【図9】は、『娼婦一代記』（一七三二年）の第一場面に出てくる田舎娘の誘惑の場である。右手奥の建物の入り口の上に、強い酒ジンを売っている印のチェス盤模様があることから、ここが酒場になっており、その横にあるベルの絵の看板からもこの建物は「ベル・イン」と呼ぶにふさわしいだろう。したがって場面は「ベル・イン」の中庭に設定されていることになる。鐘の看板の真下にいるのはでっぷりふとった売春宿の女将（プロキュアレス）で、フランス語のベルにかけられているとすると、美人（ベル）を目当てにこの中庭に来ているのだろう。豪華な肩掛けやスカートは、何も知らない

【図9】ホガース『娼婦一代記』(Paulson, *Hagarth.* より)

田舎から出て来たばかりの無垢な乙女の目をみはらせるのに十分だが、彼女はその異様に大きく派手なエプロンが、娼婦宿の女将を意味することを知らない。普通の家庭の台所を切盛する主婦の象徴がエプロンだとするなら、同様に、娼婦の館でマザーと呼ばれていた女将はこれとはまったく対比的な、非実用的なあでやかなエプロンをつけていたのである。さらに拡大すれば見えてくる顔にあるパッチである。黒の絹を小さく切り取って軟膏をぬり、性病のあとやあばたの上にファッションをきめこんで、ほくろのように顔に貼っていたこのビューティー・パッチは、明らかにこの女が過去には、この性的な職業に従事していたことを示している。今や年老いたこの女は、今度は娼婦宿の経営者として、若い田舎娘のあごに手をあてながらリクルートをめあてに、商品としての肉体を値踏みしているわけである。

蠱惑的な髪を帽子で、豊かな胸をバラの花で隠しているこの若い娘の顔は、醜悪なやり手ばばのそれとは違い、透きとおるように白く、清純でまだあどけなさが残っているようにみえる。腰のところにぶらさがっている小さなハサミと針刺しから、彼女がお針子としてロンドンに働きに来たことがわかるが、どうやら行き先に迷ってしまい、このインの中庭で悪党の毒牙にかかってしまっているのだろう。右下には小さな木箱とバスケットに入れられたガチョウと、MHとイニシャルの入ったトランクに三つの彼女の持物が描かれている。この図ではまだはっきりしないのだが、MHのイニシャルはのちに分かるように、彼女の名前のモル・ハックアバウトを示している。そして、おみやげに持ってきたガチョウの首には、その無学なスペル・ミスをも示した、「ロンドンのテムズ・ストリートに住む、愛するいとこへのプレゼント」と見えることから、彼女がどうやら、いとこに迎えられるはずだったことが分かるのである。いきちがいになったのが彼女の運命を変えることになったのである。

モルがどのような手段でここにきたかは、左奥にとまっているワゴンを見ればわかる。幌にヨークとあることから、美人の土地として知られていたヨークから、中にかたまっている少女たちと同じようにして、都会に出てきたのだろう。【図10】に見えるような、普通の駅馬車（ステージ・コーチ）にも乗れなくて、それより安いワゴンで来るしかなかった彼女たちの貧しさが分かろうというものだ。田舎での窮状のせいでロンドンに出るしかなかった少女たちやモル・ハックアバウトの状況は、ジョン・クリーランドの小説『ファニー・ヒル』（一七四九年）[12]の女主人公のそれと非常によく似ている。天然痘で両親を相次いで亡くして困り果てたファニーは、親友のエスター・デイヴィスとともに「チェスター・ワゴン」（四二）でロンドンに向かい、口入れ屋の店先で、ちょうどこのハックアバウトと同じように、「可愛いあなた、職を探しているの？」（四五）と、売春宿の女将のミセス・ブラウンに呼び掛けられ、悪の道に転落していくのだった。

もちろん『ファニー・ヒル』は『娼婦一代記』の後に書かれたものだが、ロナルド・ポールソンは先行したと思われる材源として、一七一二年一月四日付の『スペクテイター』誌の記事をあげている。ロンドンのある宿屋に、田舎からの荷物を受け取りにいったスペクテイター氏が目にしたのは、同じワゴンでやってきた美しい田舎娘がこの街の最も狡猾なプロキュアレスに誘惑される現場であったというのだ。この斡旋業者の女将が言葉巧みに、読み書きはどうだとか、召使やブラブラしている若者たちとふざけて遊ぶのはどうだとか、しつけはどれくらい受けているのかとか、身分のいい人にはちゃんと挨拶ができるか、などということをさりげなく聞きだしているのを耳にして、娘の行く末を案じるという記事である。[13] このような状況は当時によくあったものであり、もはや文学上のコンヴェンションと化していたといえる。

定型化された想像力はアクチュアルな事件によって活性化される。ホガースは、当時の耳目を集めたスキャンダラスな出来事を巧みにこの絵の中に導入することによって、読者の想像力を刺激することに成功しているのだ。「ベル・イン」の入り口のところに立っている二人の男は、金にものをいわせて、若い娘たちをレイプして裁判沙汰になったことで有名だった、フランシス・チャーテリスという退役の大佐とその手下で、トラスティ・ジャックと呼びならわされていた売春斡旋業者がモデルになっているとされている。『英国人名事典』によれば、チャーテリス大佐は一六七五年生まれで名門の出という。早くから陸軍に入るが、賭博や盗みで追放処分を受けている。父親の後押しで再び軍務についたものの、一七一一年には、負債を負った商人を軍人として登録して入獄を逃れさせ、見返りに多額の金品を不正に受け取った科で告発を受けている。悪党には違いなかったが、金銭的な嗅覚にはたけていたのかもしれない。ギャンブルで金儲けをし、それを元手に金貸しや不動産などで大儲けをした彼は、折からの南海バブル景気の追い風に乗って、とうとう一七二〇年代には年七〇〇〇ポンドの現金収入と一〇万ポンドの株収入のある成金になっていたという。だが、問題はこのような彼の怪しげな手段での急速な成り上がりの過去にあったわけではなく、彼がレイプ事件というスキャンダラスな事件の当事者だったというところにあるのだ。

『娼婦一代記』が出る二年ほど前の一七三〇年二月二六日に、このチャーテリス大佐はアン・ボンドという若いメイドの頭に、ピストルを突きつけてレイプをした罪で有罪死刑の判決を受けるという事件が起きることになる。このとき大佐は五五歳で、金力にまかせて悪名の高い女衒を雇い、下女として田舎からでてきたばかりの娘をだまして屋敷に入れ、これを力ずくで犯したというのだから、当時のジャーナリズムがこれを見逃すはずがなかった。裁判の過程で、大佐がこのようなことの、ほぼ常習犯であったことが暴かれると、たちまち、新聞はもちろん、犯罪実録のものやチャーテリスの自伝と称するものが出版され、肖像画も一シリングで売られたという[14]。強欲おやじがピンプやボードなどの仲介で貧しい乙女をだまして襲うという、この【図9】に見られる構図は、この事件により当時の読者の脳裏に強く印象づけられていたわけである。

さらにこの事件はこれで終わらず、成金に対する貧しい民衆のルサンチマンのエネルギーが、政治的な諷刺として利用されて行く結果になるという意味で非常に興味ぶかいものがある。というのも、大佐は娘をウェーミス伯爵に嫁がせており、この貴族を通じて減刑運動がなされた結果、四月一〇日には国王からの大赦がえられて、財産の没収もないまま釈放されることになるのである。極悪非道な犯罪が金の力でもみ消された形のこの結果に、大衆の反発があったことは容易にうなずける。ニューゲート出獄後、大佐は暴徒に襲われたというし、一七三二年の死後の葬式には暴徒が乱入し、死体破棄や墓のなかに犬の死体や臓物を投げ入れるという狼藉に至ったというから、いわばこれは不条理な判決に対するシャリヴァリ的な民衆エネルギーの爆発であったともいえよう。

さらに金銭によって罪を免れることができる結果になったこの事件は、当然のことながら、不公平な裁判制度と、これを不正にあやつる黒幕としてのウォルポール政権への批判につながっていく。一七二〇年代の文学上の反ウォルポール・キャンペーンを調べたバートランド・A・ゴールドガーによれば、フィールディングの笑劇『レイプ・オン・ザ・ロープ』（一七三〇年）などにも見られるこの野党側の政府攻撃は、あきらかにウォルポールとチャーテリスの間のパラレルな関係を目的としていたという。[15] ジャーナリズムの論調の中にも、たとえばウォルポールとチャーテリスを二人の「傑物」（グレート・マン）と、併置して論じたり、ウォルポールの代名詞のように言われるようになった「グレートネス」を軸に、この二人が強く連想されていたことがわかる。なによりも、チャーテリスの悪逆非道ぶりは「レイプ・マスター・ジェネラル」と言われたのだが、これは明らかにジョナサン・ワイルドが、「盗人逮捕将軍」と異名をとったことからきている。また、ヴィンセント・カレッタによれば、一七三〇年の五月に出版された、ウォルポールの政治的な手腕と業績をアイロニカルに賞賛した銅版画のなかで、「出獄するドン・フランシスコ大佐の栄光」というタイトルでパロディ化されたという。[16] 政治家と悪党の対比攻撃という諷刺技法は、ありふれているものの、政界の第一人者と稀代のレイピストとの対比は少々度がすぎたほどすさまじいものであっただろう。

チャーテリスのほかにも、【図9】の中央のプロキュアレスのモデルは二人の実在の女がいたことが調べられている。この頃セント・ジェームズ・ストリートで曖昧宿の経営をして悪名を馳せていた女将にエリザベス・ニーダムという女がいた。このマザー・ニーダムと呼ばれていた売春宿の女将は、ちょうど、チャーテリス裁判が行われていた最中の一七三〇年四月に売春宿経営の罪で逮捕され、その売春宿のまえでピロリーにあっている。時期的な一致から、このマザー・ニーダムがチャーテリス大佐の使った女将だと一般に信じられたことは想像にかたくない。ピロリーの最中に、彼女は暴徒に囲まれて石を投げつけられて死んでいる。激しい民衆の憎悪の対象になっているのは大佐の場合と同様である。大佐と女将の間はこの大衆の憎悪の想像力によって結びつけられ、ある諷刺パンフレットによれば、二人は死後、地獄で結婚することになっているという（『英国人名辞典』チャーテリスの項）。もう一人のモデルの方はモル・ハックアバウトという女主人公の名前と関係がある。ポールソンによれば、このチャーテリス裁判の直後にケート・ハックアバウトという暴れ者の娼婦が逮捕され、新聞記事になっているという。このケートの兄がチャーテリス大佐の裁判で、同じ日に死刑の判決を受け、大赦で命の救われた大佐とは違いタイバーン刑場の露と消えたことがあったのだ。女主人公のハックアバウトというネイミングはここからきているといわれる。

ワゴンとモルの間にいる、馬に乗った聖職者にもその背後にモデルがある。この聖職者は、本来ならば目の前で行われている、このような悪への誘惑の場を見逃してはならないはずなのに、当時のロンドン司教であったエドモンド・ギブソンへの手紙を手にして、その昇進の期待に夢中のあまり、悪の現場に目をやるどころか、自分の馬がかいば桶を倒しているのにも気がつかないほどなのである。悪徳と愚行の矯正を行わず自己の利益のみを追求している聖職者への諷刺なのだが、この聖職者の向かう先にいるのが、ギブソン司教であり、この司教は長い間ウォルポールと親しく「ウォルポールの宗教事案の主たるアドバイザー」（『英国人名事典』ギブソンの項）だったというから、ここにも反ウォルポール・キャンペーンの影が投影されていると考えられる。この『娼婦一代記』の第二場面の図に登場するモルを囲い者にする金持ちのユダヤ人のモデルと考えられているサー・サンプソン・ギデオンや、第三場面の図でモルを逮捕する治安判事のモデル、サー・ジョン・ゴンソンという人物たちが、いずれもウォルポールに近い陣営に属していたことを思いあわせると、ホガースの政治諷刺のベクトルは一つの方向に向かっていたことがわかる。

ホガースが参考にしたと思われるスキャンダラスなレイプ裁判とそれを利用した政治諷刺の背景問題はこれぐらいにして、さらに、われわれはこの【図9】にみられる欲望の三角形に目を向けなければならない。

三　ポリーと欲望の三角形

【図10】は、ホガースの『駅馬車あるいは田舎のインの中庭』（一七四七年）である。田舎とロンドンとの差はあるが、【図9】の「ベル・イン」と同様に宿屋の中庭の光景を写したものである。

【図 10】ホガース『駅馬車』(Paulson, *Hogarth.* より)

壁に掛けられている看板からその宿の名前は、オールド・エンジェル亭といい、ロンドンからの駅馬車の停留所にもなっている。左端には宿の女将らしい女が出発のベルを鳴らして、戸口でキスを交わしている恋人や旅客に乗車をうながしている。手前二階の窓からは酔っ払いがホルンを鳴らしているし、馬車の左奥には泣きやまない赤ん坊を高い高いをしてあやしている母親がおり、中庭の奥では選挙運動のみこしを担いだ一隊が行列行進をしている。二人の兵士は安いが揺れて危険な屋根に乗り、後ろのバスケット席と呼ばれる荷物席にはたばこを吸っている老婆がもうすでに乗り込んでいる。いかにもホガースらしい音の満ちあふれた駅馬車出発前の喧噪感がよくでている版画である。おそらく本来の宿屋の中庭の日常生活はこのようなものだったのであろう。これに較べると、【図9】の「ベル・イン」の中庭はひどく様式化されたものになっているのがわかる。ハックアバウトの転落へ旅程をつげるはずの出発のベルも看板の中だし、すべてがひそひそ話と流し目と無関心に特徴づけられる陰湿でひそやかな静寂の空気がそこには読み取れよう。生活臭と活気にあふれた【図10】の中庭を一方においてこの銅版画を眺めてみると、悪の密室空間が見事に演出されているように思えてくる。

構図的に見れば、この作品はV字型の構成になっているのは明らかだろう。V字の左半分はモルの過去・現在・未来を見せる流れで、右半分は女将・好色な男とその手下からなる誘惑の動きが描きこまれている。左手奥のベランダでは、主婦らしい女がストッキングを干しているのが見える。「室内便器」(チェンバー・ポット)が洗って裏側にして干してある。家の造りからも貧しい生活の象徴的な光景だということがわかる。ヨーク・ワゴンの中には抱きあうように少女たちが乗っている。ホガースの『当世風結婚』(一七四五年)の第三場面の図にうかがえるように、少女売春もあったわけなので、これはモルの輸送手段を表しているのとともに、彼女の過去の姿の可能性を暗示しているのだろう。聖職者は少女たちがハックアバウトのようにならないように、その間に介入している構図なのだが、その体を正しい位置に置いているにもかかわらず、自分の昇進に熱中のあまり、馬がそばのかいば桶を落としているのに気がつかない。これは当然「落下」(フォール)するかいば桶と「堕落」(フォール)しようとしているモルが、落下・堕落のかけ言葉として意図されていたに違いない。そして、彼女の未来はV字の最下点を通って右下の彼女の持ち物に暗示されている。ぐったりと首をたれ瀕死の状態になっているガチョウは、最終的な彼女の死をあらかじめ表象しているようなものだ。物語絵の最終場面で、彼女の遺体の入っている柩の上にはようやくその名前がその蓋にきざまれることになるのだが、これに呼応するかのように、棺そっくりの形をしたトランクにはMHのイニシャルが見られる。彼女の運命を象徴する持ち物なのである。

前面のマザーはもちろん、戸口の男の欲望の代理人である。そう思ってよく【図9】を見てみると、一見自分で商品を品定めするかのように、モルの顔に右手を当てているようなしぐさも、その実、奥の男の視線にまっすぐ向けて、得意客にモルの顔を見せるためのもののようにも見えてくる。召使を従えた男は右手をポケットに入れている。ホガースの絵には右手が隠れると性的に怪しげな意味がある場合があるし、ポケットに手を入れるしぐさは自瀆のしるしをも意味している。男の目線と手の位置は女将の目線と手の位置に転移され、ハックアバウトを対象とする欲望の三角形がくっきりと浮かびあがってくる。

ジョン・ゲイの『ポリー』の導入部はミセス・トレイプスがミスター・ダカットに「私のところに新しい淑女の方々の荷が着きました」（一四七）と言って、彼の気を引くところから始まる。[17] ト「レイプ」スという表現や男の名がダカット金貨に組み込まれ、売春斡旋業や大金持としての人物像がほのめかされているのはいうまでもないだろう。さらに、「よろしいですか、われわれはロンドンにいるのではありません、ロンドンでしたら、毎週ワゴンで新しい品々が手に入ったのですが」（一四八）というミセス・トレイプスの、西インド諸島における売春宿経営の難しさをうったえる言葉の背後には、ちょうどハックアバウトやヨーク・ワゴンの少女たちのように、毎週ロンドンには売春婦予備軍がワゴンで送りこまれるという悲惨な現実が透けて見えてくる。

イギリス本国からやってきた何も知らない娘たちを、手下のフリムジーという女を使って言葉巧みにだまし、メイドとして奉公さすと偽ってダカット氏の屋敷に送り込もうとするトレイプス夫人は、口入れ屋の仮面をかぶったプロキュアレスであることはまちがいない。夫人の目を気にするダカット氏に、本国の上流階級の婦人たちの間では、お付きのメイドをつけるのがファッショナブルだと言って説き伏せればよいと入れ知恵し、果ては囲い者への支払いにメイドの給金を組みこめば、節約にもなるなどという始末である。

『乞食オペラ』（一七二八年）の続編として書かれた『ポリー』は、西インド諸島に流刑された盗賊マックヒースを追いかけてきた純情な娘ポリーを女主人公としている。父親が死んで七カ月たち、マックヒースはプランテーションを逃げ出して海賊になったとの風の噂をきいてここにやってきたのである。上陸そうそう、トレイプス夫人の手下のフリムジーの目にとまり、トレイプス夫人がかつて父のピーチャムの配下であったこともあって、信用して、ダカット氏の屋敷までつれられてきてしまうポリーである。次の引用はドアの向こうのポリーを盗み見ながらの二人の値段交渉の場面である。

ダカット氏：でも、ダイ夫人、一〇〇ピストールとおっしゃいましたか？　それだけの金額なら、一〇人以上の黒人のプリンセスを手に入れることができるでしょうよ。

トレイプス夫人：でも、そのお値段でしたら、素敵なクリスチャンの娘でしたらひとりしか、お求めになれませんよ。それは確かなことです。海のこちら側では、そのような品物はなかなかお目にかかれませんから。服と同様ですが、品物がこちらに送られてくるまでに、汚れ、着古されてしまうんです。さあ、旦那、ぜひあの娘をごらんになってください。ドアは半分開いています。あそこの玄関口で、うちのメイドのフリムジーと会話をしていますから。

ダカット氏：おや、確かに可愛い娘だね。

（『ポリー』一五五）

ダイアナ・トレイプスという女将を、ミセス・ダイと愛称で呼んで、不吉な死を連想させたり、一〇〇ピストールと値段をつけたり、黒人、白人や宗教に優劣をつけるような価値評価を与えたり、さらにポリーを品物と扱ったりするような、グロテスクとも思えるほどの差別意識が一見して目に

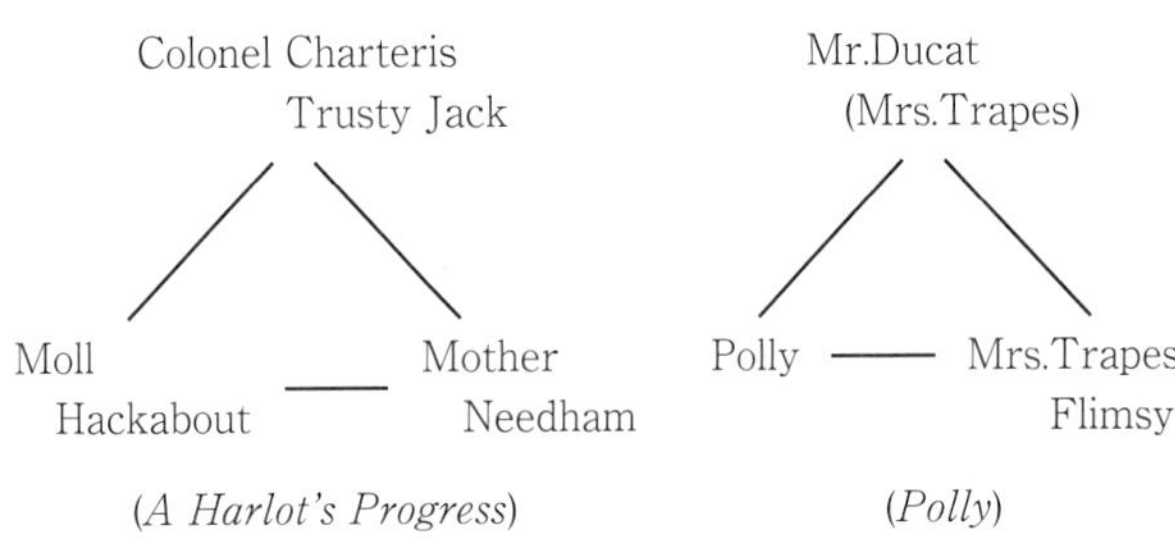

【図11】欲望の三角形

つくのだが、ここで問題にしたいのは、トレイプス夫人の「さあ、旦那、ぜひあの娘をごらんになってください。ドアは半分開いています。あそこの玄関口で、うちのメイドのフリムジーと会話をしていますから」という誘惑の言葉とその状況なのである。『娼婦一代記』の【図9】に戻ってみれば、このダカット氏とトレイプス夫人の間の会話は、そのまま、インの入り口のチャーテリス大佐と手下のジャックの間のそれを写しているかのようである。「もしあの娘がロンドンで手に入っていたら、私にもひと財産できたかもしれませんわ」(一四八)とか、「あの娘はあなたのお屋敷にしか行きませんわ」とか、「あの娘は純粋で、混ざりものなど全くありません」(一五五)とか彼女の魅力を幻想としてふりまいて、ダカット氏をその気にさせるトレイプス夫人は、卑屈に見上げながら、雇い主と話しているように見えるトラスティ・ジャックと同じ構図になっていることは明らかだろう。半開きのドアの向こうの、何も知らぬポリーを見るように勧めるトレイプス夫人は、誘惑の言葉を発する存在であるとともに誘惑の視線を促す存在でもある。フリムジー／ニーダムに識別され、選択され、欺かれているポリー／ハックアバウトを見るように促し、その視線を限定し、指示し、刺激しているのはトレイプス夫人／トラスティ・ジャックなのである。盗み見ることから生まれる欲望は、直接の対象から生まれるものというよりむしろその間に立って視線を管理する第三項としての女将の存在にあるように思えてくる。この作品はすぐさま発禁のうき目にあうのだが、デイヴィッド・ノークスによれば、すさまじいまでのトーリー政府と宰相ウォルポールへの個人攻撃が裏の理由だったという。[18] 実際の上演は半世紀遅れの一七七七年になるが、ゲイは予約出版でこれに対抗し、一〇〇〇部を売り上げたという。銅版画と劇というジャンルの違いや、ロンドンと西インド諸島という場面設定の違いはあるものの、人間関係や状況の驚くべき類似は、客と娼婦とその間にいる女将の構成する欲望の三角形が、当時いかによく見られたものであったかを例証するのに十分であろう。

四　故買王としてのワイルド

プロキュアレスという性の仲介者は、また、故買における仲介者でもある。もう一つ、ホガースの例を見てみよう。【図12】はホガースの『放蕩者一代記』（一七三五年）の第三場面の部分図である。場所は、ローズ・タヴァーンというドルーリー・レーンに実在した酒場の内部といわれる。主人公レイクウェルが、吝嗇な父親が「熊手」（レイク）で「うまく」（ウェル）集めるようにして残した財産を、放蕩者（レイク）として酒と女に蕩尽しているところで、本人は、ストッキングをはずし足を投げ出して正体なく酔っ払っている。足元にあるランタンは夜回り番のもので、どうやらここに来る前に出会った夜回りに、喧嘩をふっかけて取り上げた戦利品というところだろう。夜回り番は老人が多く、それを相手の立ち回りは、レイクウェル人物が、弱いものしか相手にできない卑怯な性格を表している。そのとき抜いた剣が鞘に入れられないほどの酩酊状態をいいことに、隣の娼婦らしい女は、レイクウェルの心臓の脈拍をとるふりをしながら時計を盗んで、右隣の女将にすばやく手渡している。時計の時刻は夜中の三時をさしているという場面である。この図は、盗品を隣の仲間に渡して証拠を残さない盗みのテクニックを示していることもあるのかもしれないが、またちょうどモル・フランダースが准男爵から時計を奪ってガヴァネスのところへもっていった場合と同じように、

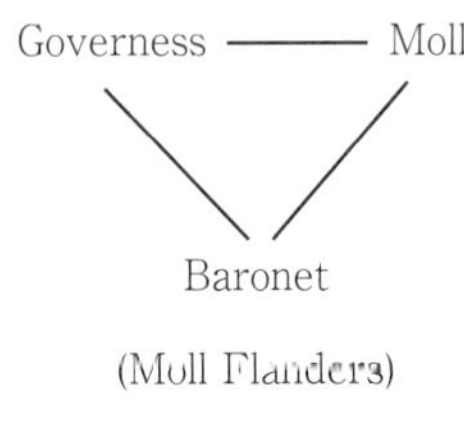

【図 12】ホガース『放蕩者一代記』第Ⅲ場面（Paulson, *Hogarth*. より）

盗んだ品物を故買屋にもって行き、現金化するエピソードと同様の構図を一枚の絵で象徴的に表現しているともとれるだろう。ガヴァネスは盗品受け渡しの仲介をするという意味で、故買業を兼業しているのである。

ガヴァネスはこの故買と女衒の欲望の三角形の関係にあってきわめて重要な役割を果たしていることは言うまでもあるまい。準男爵がモルの相手であったことを見抜いた彼女は、モルが夫を亡くして八年たった未亡人であり、病気の心配もなくただ貧しさゆえの出来心だったと説明し、一方、モルに対しては、正体がばれて危険な目に会わないように準男爵の保証をとりつけて、二人を再び会わせるようにしむけるのである。前にも分析したように、欲望の仲介者としてのガヴァネスの面目躍如たるところである。また、モルは盗んだ品をできるだけ高値で処理したいし、準男爵のほうも、盗られたものを返してもらいたい気持ちがあった。二人の金銭的な欲求を見逃さないガヴァネスなのである。通例ならば故買屋としての職業から、盗品を第三者に流して安いマージンで我慢するのだが、相手が盗まれた物をどうしても取り戻したい場合には、より高額の返済料金が取れるとふんで、多少の危ない橋をわたっても、準男爵のために金時計を取り返そうともちかけるのである。

二人は（准男爵とガヴァネス）は、彼がなくした物について、いくらか話し合いをもちました。彼は、金時計をどうしても取り返したいように見えたし、ガヴァネスにその品を取り戻して（プロキュア）してくれたら、喜んでその価値にみあうだけの額を支払おうと言ったのです。それで、ガヴァネスは彼のために何とかしてみるし、返礼の値段は彼にお任せしますと答えたのだった。

（『モル・フランダース』下　九四）

ガヴァネスはこの金時計を三〇ギニーで取り戻してやり、次々にモルの奪ったものを同様に返品することになる。この手の詐術は、単純な故買と違って、物と金とが閉じられた三角形の中で移動しあう点で興味を惹かれる。三者の間にある一定の信頼関係がなければ、窃盗が露見することになるのだから、かなり大きなリスクをお互いに背負うことになるのだが、ガヴァネスはこれを巧みに処理していくのだ。

前にも述べたように、『カーネル・ジャック』の中で、ジャックの幼少時のエピソードとして、おもわぬ大金を盗んだジャックが、兄貴ぶんのウィルの手を借りて、盗んだ財布を返すことによって礼金をせしめる箇所があり、これもまた同様の三者構造をなしているのは明らかだろう。男女の違いはあるものの、持主に返却する際に間に入ったガヴァネスとウィルは、交渉時の用心深さという点でもよく似ている。被害者と加害者を会わせるという危険を犯す保証として、準男爵に、酔っていたので、誰にとられたのか覚えていないとまで言わせて言質をとるガヴァネスだし、ジャックも返した後で難癖をつけられないように、あらかじめ元の財布の中身の一覧表を三人の立ち会いのもとで作らせるほどなのである。これらエピソードのもつ鮮やかな細部描写は、当時このような盗品変換の交渉がよく行われていたことを示すものでもあるだろう。また、われわれは、双方の引用に見られる「プロキュア」という言葉に注意を向けねばならない。「売春を斡旋する」という意味と重なり合うこの言葉は、ここでは「(盗品を)取り戻す」の意味で使われており、性と金銭の欲望が交錯する人間関係の重層性がそこにはうかがえよう。

ジョナサン・ワイルドは一六八二年生まれで、一七〇四年に徒弟となってロンドンに上京するが、すぐにウッド・ストリート債務監獄に投獄され、ここでさまざまな悪党たちと知り合うことになる。メアリー・ミリナーという娼婦と関係ができて、二人で「トゥワング」(デフォー「ワイルド伝」二三)という符牒で知られていた、一種の美人局をおこなって稼いでいたというから、一八世紀初頭の犯罪地下組織の頭目として後に悪名を馳せることになるワイルドも、その悪党のキャリアの出だしは、客をとった娼婦の合図で乗り込んで騒ぎをおこし、娼婦が金を盗んで逃げるのを手伝うチンピラの役回りをしていたのであり、この意味ではミリナー＝ワイルドの関係は、われわれが考察してきたモル＝ガヴァネスと同一のものであることはいうまでもない。

さて、クリプルゲイト教会の向かいのコック・アレーに故買の店を構えたワイルドは、その商才にたけたところで、たちまち頭角を現していく。通常の故買の商いは、足元を見られて利鞘が少ないし、なによりも故買禁止法にひっかかるおそれがある。そこでワイルドは仲間の盗人たちに、盗んだ人物が誰であるかの情報を知らせさせ、その相手と交渉をして、盗品を取り戻してやって礼金を出させるという新システムを大々的にやっていったのである。盗賊の間での情報のネットワークを作り出したワイルドは、手下の者たちに向かって、「もし、お前たちが俺の助言を聞いてくれたら、品物をもとの間抜けな客に返して、礼を貰ってやろう、そして、お前たちに、あくどい質屋なんかより、もっと割りのいい金をとってやろう」(『ニューゲート・カレンダー』一六)などと言って、普通の故買屋や質屋をたたいていった。フランク・マクリンが「ワイルドの解決法は、(中間の)故買屋たちをとばして、直接、盗人たちに、より高い換金料を払ってやることだった[15]」と言うように、ワイルドのやり方は泥棒稼業における一種の合理化であり、盗っ人への足がつかないように何重にも間にはいった故買を巧妙な手段で一人の中間者へ一本化したことにある。シディ・マーシャルだったチャールズ・ヒッチンとの談合と論争、さらには他のギャング・グループとの抗争の末に、一七二二年には、現代のアル・カポネのような「ロンドン地下組織のかくれもない王」(マクリン二六)となって、組織犯罪の中心人物に成り上がるのである。

この間、一七一七年には、俗にジョナサン・ワイルド法ともいわれ、ワイルドのシステムを抑えるための法律「故買禁止法」が施行され、盗品を返却することで報奨金を得る行為は重罪として罰せられることになったのだが、ワイルドはまたも、自分では盗品と礼金を手に置くことなく商売をする抜道を見つけてこれを切り抜けている。オールド・ベイリーに「遺失物相談所」（ロスト・プロパティ・オフィス）を構えて、遺失物捜索の相談にのるのを表向きの看板にすることで、盗品に関する情報を売り買いしたのである。「遺失物」を探しに客が店にやってくると、どこでどのようになくしたのかを聞いた後、再度来店を頼む。情報を探して品物のありかを突きとめると、行き先を指定してそこで手下にもたせた品物と情報料金をひきかえる。こうすれば、自分は盗品と礼金に手を触れずに、表向きは中間の善意の相談者として危ない橋をわたらずにすむというわけだ。このような店での対応状況はデフォー作といわれる「ワイルド伝」の中にうまく描かれている。危険そうなケースでは、相談者に新聞広告を出させ、なくした場所・時間・状況などを説明した後、ワイルドに届け出た者は「一切の詮索はせずに、一ギニーの報奨金を出す」（ハウソン　六六）というような宣伝までさせて、品物が店に集まってもおかしくない理由づけをしている。用意周到に法の網をくぐるワイルドである。

たとえば、「ただ、自分を、物を失くした人と盗人の間に身を置いていた」（デフォー「ワイルド伝」二三九）だけだという表現に見られるワイルドの中間性が、なぜ当時人々の支持を得たのかというと、この背後には、貧民の流入で急速に肥大したロンドン人口と治安の悪化があり、またこれを取り締まる警察力がほとんどなく、それゆえ高い報奨金をだしても、迅速に品物がもどる悪のシステムに頼らざるをえなかった事情がある。ここにこそワイルドが自分の行為を「公益」のためだった

【図 13】ジョナサン・ワイルドの部屋（Howson, *Thief-Taker General.* より）

【図 14】ジョナサン・ワイルドの店先（Howson, *Thief-Taker General.* より）

という自己弁護が成立する基盤があったのである。

【図13】は「倉庫の正直なジョナサン」と題されたワイルドのカリカチャーである。薄暗い彼の盗品保管所の一室でただ一人机に向かって仕事をしているワイルドの姿なのであり、「正直な」というのはもちろんアイロニーである。メモランダムや手紙やスパイへの指令や顧客へのアドバイスなどの書類を左手で指し示しながら自分の仕事ぶりを見せている彼は、「狐のレナード」（ハウソン四六）とあだ名されたといわれ、狐そっくりの狡猾さをもつといわれたその表情とともに、なにか読者を誘惑に誘うしぐさをしているようにさえ思える。仕事ぶりの公開が読者へのあるいは、盗っ人とその被害者への欲求を増幅する効果があることを知っているようにも見えるのだ。背景には当時高価だったポットやマグやカップ、帳簿、財布、剣、そして事務机の脇腹には懐中時計がそれぞれきれいに分類されて飾られている。奥の棚の上のいくつかのカップ類には、「トリッキー・モル」とか「ブルー・スキン」とか、盗んだ手下の名前が貼られている。これらから顧客の要望するものを推測するのだろう。ただ、部屋いっぱいに広がる品々を見ていると、なにやらワイルドの隠れ家の秘密の部屋というより、美術収集家の展覧室のような気がしてくるから妙である。

博物館の伝統を、ルネッサンスの「芸術＝驚異陳列室」(一一一)にまでさかのぼって研究したクシシトフ・ポミアンは、これら美術や珍奇な物の部屋中にあふれかえる陳列室も、主題や素材による宇宙区間の象徴的な分類と整理に基づいているという[20]。フーコーのいう博物学のタブロー的提示ということになろうが、整然とした盗品の整頓状態はこれに対応しているのではなかろうか。また、ポミアンは、個人コレクションとは、「限定された観客にしか接近することができないものであり、またその内容と特徴は、蒐集家の社会的地位や彼らが権力や威信や教育や富の階級性の中で占めている位置に依存している」(九)と言っているが、【図13】が盗品コレクター・ワイルドの陳列室にもみまがう理由は、まさにこのような彼の組織のボスとしての権力や威信そして手下の教育、そこから生まれる富の象徴としてのワイルドの存在を暗示しているからなのだろう。そうなれば、上部のカップ類の下に付された「トリッキー・モル」などの名前は、盗んだ者を示すというより、陳列美術品の作者名を示すことになろう。ワイルドは一方で「盗人逮捕将軍」と称して、密告により手下のしめつけをはかっていたのだから、高名な画家の作品を所有するように手下の商品を所有しているといいたいのだろう。考えてみれば、芸術作品の陳列に関しても「ローマにおける個人コレクションの起源は戦利品であった」（ポミアン 三〇）といわれるのだから、ワイルドの権力誇示が盗品コレクションであっても当然ともいえる。

闇の奥の盗品倉庫の一室に陣どったワイルドの様子を、顧客の側も想像していただろう。前に述べた、盗品返却の可能性を読者に呼びかけているような身振りは、このような顧客のまなざしに応じたものだろう。むろん、盗品を手元においていたら、たちまち逮捕のうきめにあっただろうから、【図13】は、現実のワイルドの様子というよりは、一般大衆の目からみた想像のまなざしが作りだしたものだろう。【図14】はオールド・ベイリーにあったといわれるワイルドの店先であるが、当時の顧客には、このドアの向こうにはワイルドが座っており、さらにその奥のまた奥につながるどこかに盗品倉庫があるのを想像していたのだろう。高価な品や小切手や当人にしか価値のないものなどを探してワイルドの店の前に立つ者には、迅速な対応と正確な指示を期待していただろうから、期待という名の欲望のまなざしが、盗品の正確な分類と管理を想像させたともいえるのである。ワイルドは【図14】のようなひそやかな架空の場所で、顧客と盗賊の中間に立ちつつ両者の欲望をコントロールするのである。

五 祖形としてのモル・フリスとその異装性

ガヴァネスという言葉は、一世紀後には、『ジェーン・エア』にみられる「住み込みの女家庭教師」の意味が中心になって行く。『モル・フランダース』のガヴァネスはモルに盗みの手口を教える教師を紹介するが、これは、直接ではないにせよ、一緒に住んでいるモルを教育するという点で、売春斡旋・故買・産婆以外に、女教師の意味があることを示唆しているので、読み書きならぬ盗みの技術を教えていたことになる。もっとも、エリザベス朝時代にも「泥棒学校」（サルガード 四八）はあったのだから当然といえば当然ではあるが[21]。こうして、モルは、この仲間（ガヴァネス）の助けによって、あのモル・カット・パースと呼ばれた腕利きのすりに負けないほどの恥知らずなスリになったのだった。ほとんど神格化されていた、エリザベス朝のスリの女王モル・カット・パースに自分をなぞらえるのである。

『英国人名事典』によれば、モル・カット・パースことモル・フリスは、幼少時からおてんばで常に男性の衣装をまとい、長じて悪の道に入って、売春斡旋・スリ万引き・占星術師・強盗・故買など怪しげな仕事をして、ギャング軍団の女ボスになったという。このあばずれ女をモデルにした

【図15】モル・フリス（Middleton & Dekkar, *The Roaring Girl.* より）

といわれるミドルトンとデッカーの『女怪盗モル』（一六一一年）の挿絵でよく知られているものである[22]【図15】。問題は女ボスになったという点である。エリザベス朝の裏社会を研究したジョン・L・マクマランによれば、モル・フリスは、一六二〇－三〇年代にロンドンの泥棒組織の頭目として、盗品の故買を大々的にやっていたという[23]。この様子は、『ニューゲイト・カレンダー』のモル・フリスの項に詳しい。ある紳士がフリスのところへ、すられた金時計を探してほしいと言いに来る。どういう状況だったか聞かれて紳士は、通りで喧嘩を見ているうちに盗まれた答えると、その手口から誰が盗んだかわかった彼女は、紳士には一、二日たってまた来るように言う。紳士は、この時計が友人からもらった特別のもので、二〇ギニーだすと言う。このようなエピソードは、ワイルドのところに金時計を探しにくるある淑女の例とまったく変わらない。ウエストミンスターのセント・アン・チャーチのあたりで失くしたという この客に対して、その場所をシマとする手下を思いつき、すぐに盗った相手が「モ(ー)・キ(ー)グ」(デフォー「ワイルド伝」二四六)だとわかるワイルドである。ハウソンによれば、このモル・キングがモル・フランダースのモデルだったというから、故買という点ではガヴァネスはワイルドの役を果していることになる。その店でのやりとりは、モル・フリスのものと同様である。【図13】のジョナサン・ワイルドの左奥の棚には、本が並んでいるが、これは富裕な商人から盗んだ帳簿だろう。モル・フリスの時代にもすでにこのような帳簿や台帳を専門に盗む者がいて「ヒーヴァー」(『ニューゲイト・カレンダー』一七四)と呼ばれていたという。故買だけでなく、「彼女の故買業と密告の影響力は制度化していた」(マクマラン一一三)といわれるところからも、このモル・フリスは、ジョナサン・ワイルドと同じようにスパイを利用しての内部密告により仲間を捕まえることを制度化していたわけである。また、モル・フリスが故買に転じた理由とその繁盛ぶりを『ニューゲイト・カレンダー』はこう書いている。

モルは、自分で盗むのは捕まると怖いので故買に転じ、それで大金をせしめた。家で、一種の質屋のようなものを開いた。この店は、宝石や指輪や時計を扱う一流のもので、近くのものだったら、どんな形で盗まれた物でも、誰からのものでも取り扱ったのだった。物を失った人は、示談の上、そこで必ず品物を取り返すことができたから、遺失物の保険事務所と呼ばれていた。またこの店は、海賊が身代金を確実に受け取れるところでもあった。

（『ニューゲイト・カレンダー』一七三[24]）

モル・フリスは、盗まれた貴重品のために仲介のための事務所を家にひらいたというのだから、そのようすを想像してみると、ワイルドの店のドアの奥の、ワイルドの席にはモル・フリスを座らせてもいいだろう。注目すべきは、自分のオフィスを「保険事務所」としていることである。海賊と交渉して捕虜と交換に身代金を与える場合のように、盗まれた品を取り戻すことを顧客に「保証」するという意味で、この仲介者は「保険事務所」という役目を果たしていたというに相応しいというのである。先にあげた店の帳簿や、捕虜の命、さらには当人しか換金できない小切手などの、失っては取り返しのつかぬほど高価なものを狙っての犯行なのはいうまでもないが、このようなケースはジョナサン・ワイルドが「適当な手下を使って被害者の所へ行かせ、失った物がどんな物だったかを言ってもらえれば、それを、取り戻すお役に立てると思います」（デフォー「ワイルド伝」二三四）と言うように、盗品を盗んだ当の相手に返すことで礼金を稼ぐ商法をしていたのと同じだし、さらにさかのぼって考えれば、『カーネル・ジャック』のウィルや、ガヴァネス、准男爵、モル・フランダースの三角関係の中で、ガヴァネスが果たした役割とも同じなのである。モル・フリスはモル・フランダースの祖形ではなくガヴァネスの祖形なのである。

最後に考えねばならないのは、【図15】に見られるモル・フリスの異装性である。最初にたばこを吸った女性として知られているフリスはまた、「彼女はいつも男の衣装を着ていた・・・そしてそれを死ぬまでやめなかった」（『ニューゲイト・カレンダー』一七一）といわれるように、生涯、男装を通したことで知られている。無法者の女王として君臨していたモルは、男と対等に渡りあうための剣を身に着け、子育てをきらったという。彼女の女性らしさへの反発ともとれる喫煙行為とは、まさに石井達郎がいうように、通念と戦う反社会的挑発を表しているともいえるし、いわゆる「ブリッチーズ・パート」（石井 一〇）[25]の原型と言えるだろう。忘れてならないのは、性の仲介者としてのフリスである。ただ、「金を取るために、モル・フリスは、男も女も紹介した。そのために、彼女の家は、プリアポスとヴィーナスの双方の熱心な信者の聖地になった」（『ニューゲイト・カレンダー』一七六）とあるので、モル・フランダースのガヴァネスとは違って、彼女の場合は男女の両方を紹介もしていたようだ。

　モル・フリスの館が男女両性の悦楽の場になった背景には、彼女の両性者（ハーマフロダイト『ニューゲイト・カレンダー』一七四）としてのイメージが、一般の間にかなり浸透していたことと関係があるのではなかろうか。死後、その墓碑銘に二つの性をもった者として「男ないしは女、男女一つの者、あるいは一つになったペア」（『ニューゲイト・カレンダー』一七八）と記されていたということも、フリスの場合は、その男装の向こうには二つの性をもつ存在が想像されていたことを証明しているのではなかろうか。彼女の女衒としての役割も、故買と同様、男女の間にはいって交渉を取りまとめることにはかわりないし、そこにこそ中間の性としての彼女の存在が大きく関わってくる。

フリスはプリアポスの徒ともいわれている。ここでいうプリアポスの徒というのは、無論、ホモセクシュアルのことである。一八世紀イギリスのホモセクシュアリティを概観したG・S・ルソーによれば[26]、当時のこのような人々の集まる場所として「モリー・クラブ」(二六)といわれるものがあったというし、またアラン・ブレイは一七二六年二月のロンドン風紀改善協会の告発による、このような「モリー・ハウス」(一四二)[27]の手入れの様子を描いている。とすると、われわれが考察している男性的な女性としてのモルのイメージは、女装的な男性としてのモリーとも奇妙に一致してくる。モルのような男とは、男のような女、女のような男としての意味に再合成されていくのだ。

一七世紀に流行したバラッドで、「メアリー・アンブリーのゴーントでの勇猛な働き」という作品があり、このメアリーの中に、男装した女性の兵士が活躍するテーマの「女性兵士の原型」(三一)を見いだしたのは、ディアンヌ・デューゴーだった[28]。アマゾネスやジャンヌ・ダルクなどにみられるように、古い起源のこの女兵士のイメージは大衆の間で人気を博し、一八世紀の後半にはもうステレオタイプ化していたという。一昔前にデフォーの作品と誤認された『クリスチャン・デーヴィスの冒険』（一七四〇年）も、夫を探しに軍隊に入り大陸を転戦するという物語であり、この伝統にのったものであった。始めに問題にしたゲイのポリーも男装して海賊になり恋人のマックヒースを追っている。

クリスチャンは戦場での負傷がもとで、女性であることがまわりに知られ、結婚することになるのだが、注目したいのは、物語後半部で彼女がパディントンに店を持ち、やはり一種の女衒として働くことになるという点である。タイトルにも明らかなように、彼女はむしろマザー・モスという呼び名で一般には有名になっていたのである。【図16】は当時の画家マーセラス・ラルーン描くところの一七世紀末のよく知られたプロキュアレスのマザー・クレスウェルだが、ショーン・シェスグリーンの解説によれば、一八世紀末のロンドンには、このような売春斡旋業者が二〇〇〇人いたというし、男装の女性がすべてそうなったわけでもないから、単純に売春斡旋と異装性を結び付けるわけにはいかないが、それでもある種の象徴的なイメージを大衆の間に植えつけてはいただろう。この関連性をまたあらた

【図16】マダム・クレスウェル
（Shesgreen, *The Criers and Hawkers of London*. より）

めて、ホガースの『当世風結婚』の第五場面の絵【図17】を検討することで示してみたい。

この場面は、妻と弁護士シルヴァータングとの間を疑ったスクウォンダー伯爵が仮面舞踏会から出てきた二人の後をつけ、当時のラブホテルといったところの「タークス・ヘッド・バーニョ」に入ったのを見とどけ、折りをみはからって鍵を打ち破り、姦通の現場をおさえるのだが、決闘になって逆に刺し殺されるというものである。今にも倒れそうな伯爵にひざまづいて許しを乞う夫人の構図はポールソンもいうように、「キリストの十字架降下」（Ⅱ 二二三）におけるキリストとマグダラのマリアの関係にあたっているのだろう。夫人の頭上には、仮装した娼婦の絵が額縁にかざられている。この絵をロバート・カウリーの詳細な解説にしたがって記せば、[29]大きな胸と流し目、頬にみえる焼印のあとなどから、この女が娼婦であることがわかり、好色を意味するリスと多弁を意味するオウムをペットとして飼いながら、パラソルの柄をさげた女羊飼に扮しているという。仮装舞踏会の衣装のようである。下着姿のまま後ろ向きに逃げ出したシルヴァータングの開けた窓から吹き込んだ風が、ろうそくの火をあおったそのわきに、額の裏の壁に描かれたタペストリーの絵の兵士の足だけが映しだされ、あたかも、娼婦の体と兵士の両足が一体化しているように描かれている。刃傷沙汰にまで発展した三角関係をひややかに見下ろしているこの両性具有の図像は、一面では、夫からの独立を目指し、公然と愛人を囲うに至った伯爵夫人や、前述したロクサーナの男＝女をイメージしているともいえるのだが、またこれは、モル・カットパースや上述の女兵士たち

【図 17】ホガース『当世風結婚』第Ⅴ図
(Paulson, *Hogarth.* より)

【図 18】『当世風結婚』第Ⅴ図・拡大図
(Paulson, *Hogarth.* より)

の異装性と同じ伝統に従っているのだろう。

ローラ・ワイガートにしたがえば、浴場はすなわち売春宿であったというから、[30]このトルコ風呂の一室にこのような絵がかけられているのは、ごく自然のことなのであるが、われわれはもうこの男女の合成絵がなにを意味するのかは明らかだろう。それは、ポールソンの強調するような夫人の娼婦性との類似やカウリーのいうもっとあけすけな「性行為」（一三三）を意味する以上に、男性と女性の中間の性のありかたを特徴とする、売春斡旋者の姿と解釈することができよう。

デフォーのロクサーナは、結婚すればすべて財産を夫に奪われてしまうような男性中心主義の社会にあっては、たとえ愛していても子供があっても男性と一緒になることはできないと、激しい女性の独立を説いた意見を、財産増殖の相談相手であるサー・ロバート・クレイトンにぶつけていることで知られている。ここでいう彼女のせりふ「でしたらわたしは男女（マン・ウーマン）になりたいのです。生まれたときに自由であったように、死ぬ時もやはり自由でいたいのです」（『ロクサーナ』三九九）は、なんとモル・フリスの墓碑銘の宣言に似ていることだろう。

物語中の人物関係からいえば、ロクサーナはモル・フランダースよりはるかに他者に依存しない、自己完結的な人間である。ロクサーナが時にして冷酷で計算高く見えるのも、この決然たる行動の選択と責任を負う性格からきているのだろう。ロクサーナのフェミニスト的な解釈が、男性中心社会に挑戦する戦闘的な女性像の代表として、この「自立的女」（ブラウン　一三六）[31]を読みこむのも無理はないのである。エイミーやサー・ロバートはそれぞれロクサーナの日常の、そして財政上の相談相手にしかすぎず、意志決定はすべて彼女自身がおこなうという意味でここには欲望の三角形は登場しない。欲望の行為者と対象の間でこれを操作しコントロールする媒体としてのプロキュアレスは、物語中には存在せず、これがロクサーナのもつ現代的な意義に通じている。ロクサーナの性格の中にはモル・フランダースとガヴァネスとが混在しているといったほうがいいだろう。そして、このような彼女の男まさりの強さは、男＝女という引用中の言葉に端的に表されている。これを評してサー・ロバート・クレイトンの、「アマゾネスの言葉」（『ロクサーナ』三九九）というゆえんである。

アマゾネスのイメージが、ドライデンによるユヴェナリスのミソジニスティックな翻訳諷刺詩から出発して、一八世紀にいたるまで根強く流行していたことを調べたローラ・ブラウンは、この「好戦的で残酷な女性像」（一四〇）が性的逸脱者への諷刺であるとともに、深層では男性中心の社会秩序への大いなる脅威と感じられていたといっている。ジェームズ朝の男性化した女性のイメージを調べた楠明子によれば、一六二〇年代に女性の服装に男性風のファッションが流行し、これに対抗する形で男性的な服装や行動をとる女性たちに対する反発や非難の声が、説教壇やパンフレットにあふれたという。[32] このような「男・女」は、たとえば作者不明のパンフレット『男・女』（一六二〇年）に登場しており、伝統的な女性の役割を放棄して男性のものと考えられていた領域にまで手を伸ばす秩序破壊者として、モンスターとか両性者とか呼ばれていたという。そして、女性の男装や、男性化には、「個人の自由意志を束縛する既成の価値観、ひいては体制そのものへの挑戦をみる人間がいたこと自体に意味がある」（楠　八八）といっているが、このような体制に反逆する「男・女」のイメージの伝統の流れの上に、デフォーのロクサーナも乗っているのは明らかだろう。

ここにいたれば、メアリー・アンブリーやクリスチャン・デーヴィスなどにみられた男装する女兵士のイメージに、ロクサーナもまた強く影響を受けていることがわかる。【図17】の拡大図である【図18】の娼婦の絵に戻れば、額縁の下に力強く開かれた足は、女性の肉体の枠組をこえた存在が、また通常の社会の規範をこえた存在になって、二本の足で立ちながら自己主張をおこなっているように見えてくる。モル・フリスが両性者と呼ばれたように、男＝女と呼ばれることを望んだロクサーナは、このアマゾネスのような壁絵の男女合成図に投影されているのではなかろうか。デフォーもホガースもこのような合成イメージに対してはこれを諷刺的な対象とみなしていることはもちろんあるのだが。

六　ジラールの欲望の三角形と一八世紀小説

娼婦と兵士の混合体としてのアマゾネスは、『トム・ジョーンズ』（一七四九年）にも登場する。[33]

身分不相応な豪華なガウンを着て教会に出席したモリー・シーグラムが、周りから嫉妬の憤激をかい、ブラウン夫人を筆頭とした暴徒と戦う場面である。モリーは大変美しい少女であったが、その美しさは女性的な愛らしさに満ちたものではなく、男性的な要素もあったとされており、「それ（モリーの美しさ）には、実際、あまり女性的な美しさはなく、女性的ではあったが、男性のようでもあった」（『トム・ジョーンズ』一三二）と、男性としても女性としてもふさわしい美しさだったと説明されているのはもちろん前述のアマゾネスを意識しているのはその名前からも推測がつく。

この描写はホメロスの『イリアッド』の戦闘シーンを下敷にしており、擬古典体のスタイルで書かれたユーモアあふれるものとして有名な場面だが、この二人が戦う様子は、「アマゾネスのヒロインたち」がわたりあうものと描写されており、この引用の言葉が使われているのである。問題はこの二人のもつイメージには、格闘する女の偉丈夫というより二人のもつ娼婦的な性格が計算されていることである。トムを誘惑するモリーはいうまでもないが、相手のブラウン夫人も、亭主の目を盗んで同じ教区の半分の男性たちと浮気をしており、「愛の分野では夫人はたいそう知られており、戦いの神マルスの分野でもそれに負けず劣らず有名だったのである」（一三六）と言われているのである。バイオレンスとエロスを合わせもったこのアマゾネスとしての二人の性格規定は、プロキュアレスのものにいきつくと思われる。現代の隠語ではモルは、女の犯罪者、マフィアの情婦、売春婦の意味もあり、性と暴力とが重なりあったイメージを残しているが、これらは前述のモル・フリスやジョナサン・ワイルドの犯罪組織における役割を考えると当然ともいえよう。

リチャードソンの『クラリッサ』（一七四八年）にはラヴレスの手先のシンクレア夫人が登場するが、このプロキュアレスはかなり矮小化されていて、われわれの議論してきた複雑で曖昧なイメージとは違ったものになっている。クラリッサの実質的な監禁者としてラヴレスの策略のお先棒をかつぐだけで、その欲望の生成にはほとんど関与しておらず、単なる悪の権化としてのステレオタイプになりさがっているといっていい。ここには欲望の三角形は現出せず、ロマンティックな二項関係になっており、シンクレア夫人はその機能が退化したものと考えられる。現代人の目から見ると、ラヴレスのクラリッサ誘惑に、なぜシンクレア夫人のような人物がプロット上必要になるのかよく分からない。ラヴレスほどの身分もあり地位もある美男子が、放蕩者であるということはあるにせよ、その誘惑の手段になぜプロキュアレスの手を借りなければならないかはどうも分からないところがあるのだが、これは裏を返せば、欲望の三角形の影響がいかに強いものだったかを証明することにもなろう。

『パメラ』（一七四〇年）のジュークス夫人も同様だが、こちらには退化以前の痕跡がだいぶ残っている。四〇過ぎのずんぐりした醜い男のようなこの女は、「低い男のような声」（『パメラ』一五二）をもっており、暴力的にパメラを抑圧する。この監禁のお目付け役はパメラにとっては「ロンドンの娼婦」（二二四）のように見えるのであり、ジュークス夫人の手引で、B氏がお付きのメイドのナンに化けてパメラを襲う場合には、彼女はパメラから、「悪しきプロキュアレス」（二四一）のようだとさえ呼ばれている。[34]エリクソンがジュークス夫人の性格描写に過去に「娼婦斡旋業者の背景」（四二二）を読みこんでいるのも当然といえよう。どちらかといえば単純なB氏を操り、パメラへの欲望を増大させる側面をジュークス夫人はもっている。最初にわれわれがホガースの誘惑の場面でみたものは、チャーテリス大佐とハックアバウトの関係だったが、パメラとB氏との関係も実は欲望の三角関係の裏返しになっているのがよくわかるのだ。パメラの背後には数知れない、レイプ犠牲者が当時いたのであり、パメラの幸福な結婚の裏側には、たくさんの性的被害者たるアン・ボンドがいたのである。

欲望の三角形という概念は、ルネ・ジラールの『欲望の現象学』によってよく知られるようになった。ジラールは、欲望は主体と対象という直線的な関係から生まれるというよりむしろ、間にはいる媒体としての他者の存在から生まれるものと考えた。欲望が第三者としての媒体を模倣することから生じると考えた彼は、欲望のありかたを、二項関係から捉える見方をロマンティークの虚偽としてこれを止揚しようとしたのである。もっとも、性的な欲望の三角関係に関してはこれを否定していることを忘れてはならない。「性的な欲望においては、その欲望を三角形的なものとして性格づけるのにライバルの存在は必要がない。愛される側の存在が、恋する男の視線のもとで対象と主体に二分されるのだ」と言っている。[35]スタンダール、ドストエフスキー、プルーストなどの作品の中に欲望の三角形の真実を手厚く例証するジラールだが、生理と本能には介在する第三項は必要ないのであろうか。われわれが考察してきたプロキュアレスの事例はどう考えればいいのだろうか。

愛し愛される二項関係が、ロマンティックラヴという一つの神話になる前の一八世紀にあっては、この性愛と所有欲の三項関係が相当強く残っていたが、リチャードソンやフィールディングにいたれば、もう過渡期的な状況になっている。第三項的な存在であったジュークス夫人やシンクレア夫人は、当事者たちの欲望を支配し管理するという本来の役割を失い、機能的にはもはや脇役にとどまっていることはすでに見たとおりである。女衒や故買の存在は違法的なものであり、犯罪を摘発する警察組織が充実してくれば、現実上もフィクション上もテーマとしての影響力をもたなくなってくるのは当然だろうが、プロット上では、ロマンティックラヴの二項的人間関係がパメラとB氏、クラリッサとラヴレスの間に強い力学となって働いていることは明らかだろう。パメラの場合に、召し使いと領主の若主人という信じがたい階級差の溝を埋めるべく設定されているのは、最終的には愛し合う恋人たちの姿であり、クラリッサの場合は、求愛者ソームズを嫌い、ラヴレスを避け、家族の介入を許さない、自立と自律のイメージを合わせもつ女主人公の姿なのである。ハッピー・エンディングであれ悲劇的な結末であれ、これらには赤い糸で結びついた恋人たちのテーマの先駆的なかたちがあるし、『トム・ジョーンズ』におけるトムとソファイアの関係についてはいうまでもない。

　ジラールに依拠しつつ、ロマンティシズムと個人主義の推移を概観しながら、現在の個人主義を大衆消費主義的な社会の現出にともなって変質したとする作田啓一は、個人主義がもはや個人の自発的な欲望から生まれるのではなく、社会システムや無意識そしてマスメディアなどの「他律的な欲望の個人主義」になっているという[36]。これは、おそらくジラールのいう外的媒体の変形であろうが、この広義の媒体者の概念の導入によって新たなる思想上のパラダイムシフトを再構成しようとしている。これはある意味では、ロマン派的な個人主義を飛び越えた一八世紀的三角形の構図に先祖返りをしているともいえよう。ジラールのいうドンキホーテの姿がまだ文学モデルとして大きな役割をになっていた一八世紀なのだから、欲望の媒体者としてのメディアの存在が大きくクローズアップされる現在、このような一八世紀における欲望の問題も再検討が必要になるだろう。

終章

デフォーはさまざまな仮面を付け、さまざまな声を借りて、数多くの政治的パンフレットや小説を書いた。その様子は、同時代の作家たちからも、さまざまに姿を変える海神プロテウスのようだとされていた。この本ではそのような、さまざまなるデフォーの小説の多様性を追求したものである。

序章の「曖昧なるデフォー」では、このような彼の特徴の基盤が、デフォーが小説を書く以前の政治的な経歴に起因するのではないかと考え、彼の生涯を簡単に素描してみた。名誉革命以後のトーリーとホイッグの初期政党政治の中で、ホイッグの基盤に立ちながらも、中道的なトーリーのロバート・ハーレーのもとで、かなり曖昧な政治的な立場を持っていたデフォーは、一七一〇年代後半あたりから、彼が『ロビンソン・クルーソー』を書いて本格的に小説を陸続ともものしていく一七二〇年代の前半までには、ホイッグ寄りの姿勢を隠しながら、政府の意向を受けて、過激なトーリー右派のナサニエル・ミストのジャーナルであった『ミスト』誌の中にもぐりこみ、その反政府的な筆法を和らげる役割をはたしていたデフォーは、ある意味ではジョン・リケッティのいうように「二重スパイ」（三三九）だったのであり、そうとう曖昧な政治姿勢をみせている。まず彼の生涯からこのような政治的な姿勢の曖昧性が見られることを指摘した。同時にまたこの章では、「非国教徒処理の近道」を中心に、彼の諷刺のあり方を、彼の宗教パンフレットである「便宜的国教帰依」の非カズイスト的姿勢について論じてみた。この章はほとんど書きおろしである。ただ、デフォーの伝記的な記述は、『英語・英文学ハンドブック』（内多毅監修　創元社　一九八八年）の仙葉執筆のデフォーの項目を使っている。

第一章の「身の上相談と小説の起源」では、デフォーの小説の形成に、彼の関与していた『レヴュー』誌上の身の上相談欄が大きな影響を与えたのではないかと推論している。新聞の悩み事相談が、普通の人の普通の悩みを描くデフォー小説にとって大きなヒントになったのではとの仮説を展開してみた。デフォーの小説は即物的事実描写と、みてきたような嘘をつくといわれるリアリズムでよく知られているが、その一方で平凡人の内面の悩みを描く側面のあることを指摘している。この章のもとになった論文は、「身の上相談と小説の起源」（『英語のしくみとこころ』関東学院大学出版会　二〇〇九年）である。

第二章の「幽霊実話「ヴィール嬢の幽霊」」では、デフォーは中立的な、報道記者的な姿を見せている。この初期の幽霊小説の佳品といわれるものは、もともとはデフォーのまことしやかなフィクションで彼の想像力の織りなす作り物語と考えられていたのだが、実際には、当時実際に起こったバーグレーヴ夫人という実在の人物が見たという幽霊事件を、レポーターのような筆致で客観的に記述したものであることが判明したのだった。デフォーはこの作品を創作としてではなく報道として語っていたのである。まず、このような事実を報道者の目で追うデフォーの視点の形成が、後にさまざまな小説のなかで展開されていくことになる彼のいわゆる客観的な、状況描写的なリアリズムの起源としてみることの意味をさぐってみた。この章は、「デフォーの幽霊実話とそのモデル」（『山川鴻三教授退官記念論文集』英宝社　一九八一年）をもとにしている。

第三章の「デフォーにおけるフィクションの始まりと終わり」においては、一八世紀初頭の、フィクションを許容しない社会的な状況を例示しながら、そのなかで、デフォーがいかにしてこの反フィクション的な磁場からフィクションを生み出していったかを考察している。当時は、フィクションはあくまで「虚言」であったのであり、これは一八世紀中葉以降にみられ、われわれが当然としている、想像力の賜物としての高貴な姿のフィクションではなかった。ピューリタン的な精神基盤の濃厚なはずのデフォーにとっては、あくまでもフィクションは「虚言」に通じるものがあったのであり、デフォーはいかにしてこれを乗り越えたのかが考察されている。この章は、「Defoe における fiction の始まりと終り」（『英文学研究』日本英文学会　一九七八年）をもとにしている。第一回英文学会新人賞受賞論文であったこともあり、ほとんどもとのままである。

第四章の「クルーソーとガリヴァー——実話からフィクションへ——」は、デフォーの『ロビンソン・クルーソー』とスウィフトの『ガリヴァー旅行記』という代表的な初期の旅行記を、旅行小説の語りの観点から、冒険物語の事実証明の枠組の役割を考察している。第三章で説いたように、この時代は、あくまでも事実としてフィクションを述べる必要性が作者に課されていたのであり、このような時代の要請から、デフォーやスウィフトは旅行物語の構造上の特性として、物語を語る人物が実在の人物であり、旅行からの帰国とともに自分たちの語る物語が実際のものであることを読者に証明してみせる必要があり、スウィフトはこの事実を証明する枠組みを巧みにパロディ化していることを例証している。

また、この章では、フィクションを成立させているオーサーシップの問題もとりあげている。作者が存在することはその物語が作り物であることは自明のことであるから、当時の真理コンプレックスからすると、その作者の姿は常に表面に現れてはならないものだったのであり、デフォーもスウィフトもこのような反フィクション的な磁場の強い条件のもとでフィクションを作らねばならなかった。デフォーはあくまで、「姿なき作者」として自分が作品の「親」であることを隠していたのに対して、スウィフトは、その激しい時代への諷刺の逆火をおそれ著作性を否定していた初期から後期に至ると、自分が『ガリヴァー旅行記』の作者であることを認める方向に進んでいく。この章は、「Defoe とSwift―作者の誕生前夜―」(『イギリスの表層と深層―英米文学の視点から―』東海大学出版会　一九八七年)、「デフォーとスウィフト―旅行記の枠組からみた『ガリヴァー旅行記』―」(『イギリス文学展望

―ルネサンスから現代まで―』山口書店　一九九四年）、「『ロビンソン・クルーソー』と小説の形成」（『岩波講座文学』第三巻『物語から小説へ』岩波書店　二〇〇二年）、の三つの論文を統合している。

第五章の「疫病小説『ペスト』」は、ペストに襲われたおぞましいロンドンを淡々とした細密描写で描くデフォーの筆致の背景に、この作品が書かれた一七二二年に、実際にマルセイユからのペストの伝播の危険があったことを指摘している。題材とされたロンドンのペストは当時から半世紀ほど前の事件であり、これを事実として描き出すことは、作品を読む人々への恐怖をあおる可能性もあり、センセイショナリズムと当局に判断されると、またも筆禍投獄の憂き目にあいかねない状況があったのである。デフォーは執筆時点に可能な限りマルセイユからのペスト襲来に対する疫病対策を取り込んでこのような批判をかわそうとしたのであろう。あまり知られていないデフォーの『適切なる疫病対策』というノンフィクションの発掘とともに『ペスト』の読み直しを提案している。この章は「Defoe の plague Year と疫病対策」（日本一八世紀学会「学会ニュース」第一〇号　一九八二年）をもとにして大幅に加筆している。

第六章の「『モル・フランダース』のカズイストたち」では、デフォー小説の重要な背景として当時の神学的な概念としての「決疑論」（カズイストリー）があることを示している。パスカルによって攻撃されたカトリックのこの「決疑論」は、イギリスに一七世紀の後半から良い意味で導入され、デフォーもこの良い意味の「決疑論」の伝統にのっているのである。普通の市民の良心的なジレンマの解決の方法と、生き延びるためにはどうしても悪の選択肢を選ばなければならなくなった小説の主人公の、良心問題の解決の方法が良く似ているのである。この点を、『モル・フランダース』を中心に論じている。この章は、「Defoe の"amphibious Creature"たち」(『英国小説研究』第一六冊　英潮社　一九九二年)をもとにしている。最後の節は新しく加筆した。

第七章は、『カーネル・ジャック』の主人公の精神的な構造の分析を行っている。従来この作品は、主人公の精神的な向上を主題としたビルドゥングス・ロマンの原型と考えられていたが、後半になってもあまり主人公に成長のあとが見られないこともあり、単一的な視点から論じるよりも、むしろ、ピューリタン的個人主義、人道主義、ピカレスク主義、紳士理念形成という四本のテーマの糸が縒りあわさって構成されているとみたほうがいいのではないか、との新しい読みを展開している。デフォーの作り出した複雑な、ある意味では曖昧な人間像は、このような彼の小説に頻出する四つのテーマの、一種のアマルガムとなっているという仮説を提供して、曖昧性の構造の分析を行っている。この章は、「カーネル・ジャック—貧民から紳士へ—」(『イギリスの社会小説』東海大学出版会　一九八六年)をほとんど変えずに使っている。

第八章の「アンチ・ロマンスとしての『シングルトン船長』」は、この作品が、デフォー特有の反ロマンスという性格をもっていることを明らかにしている。当時の海賊譚として伝説化していた「エイヴァリー船長」の物語は、ムガール帝国の王女と結ばれ強大な海賊共和国をマダガスカルに樹立したといわれるものであるが、この先行作品を徹底的に偶像破壊している点に、デフォーの海賊物語にみられる、アンチ・ロマンス性を読み込んでいる。この章は、「デフォーの海賊たち――Avery. Singleton. Misson――」（『イギリス文学評論Ⅱ』　創元社　一九八六年）をもとにしている。後半部は新しく加筆した。

第九章の「『ロクサーナ』と悪魔の誘惑」は、あまり知られていない、デフォーのオカルト的な作品からの『ロクサーナ』への影響を探っている。デフォーには、『悪魔の歴史』、『魔術のシステム』、『幽霊の現実と歴史』という三作がある。ロビンソン・クルーソーという合理的な判断をもつ近代的な人物像を作り出しているデフォーとは相容れない、超自然的な現象へのデフォーの関心は重要なものであり、近代人的デフォーを前面に出すあまり、この超自然的テーマを無視していいことにはならない。この論文では、『ロクサーナ』に頻出する悪魔のイメージと人間誘惑の戦略について考察しており、デフォーは、悪魔の誘惑から生じる情念とそれに抗する理性の交錯を重視している。これもまた曖昧なデフォーの側面の一つである。

最近フェミニストの立場から、「独立した女」としてのロクサーナを評価する向きがあるのに対して、デフォーの意図はむしろこのような女性像を諷刺的に描いていることを、「堕ちた女」のテーマの展開の上において解釈した。デフォーは『ロビンソン・クルーソー』のうちに、ピューリタン的な主人公の成長パターンを描いているが、この『ロクサーナ』では、逆に悪魔の誘惑による転落のパターンが見られることを指摘している。この章は、「*Moll Flanders* と内なる悪魔」(『防衛大学校紀要』第三二輯　一九七六年)と「*Roxana* の主題と構成」(*Osaka Literary Review*　大阪大学文学部大学院　一九七六年)の二つの論文を大幅に加筆しつつ統合したものである。

第一〇章の「『ジョナサン・ワイルド』と犯罪小説」は、当時実際におこった犯罪などの実録物の作者としてのデフォーを取り扱っている。犯罪者集団のボスであり、またそのような犯罪者を告発する警察の役割を果たしてもいたジョナサン・ワイルドは、その上に、盗品の故買業を営む商人でもあった。このようなキャラクターのもつ重層性は、『モル・フランダース』中の、ガヴァネスとよばれるモルの女将が、産婆と故買と堕胎という、種々の仕事をこなしていたように、デフォーの好んで描くものでもあった。この章では、デフォーの犯罪実録に登場する人物のうちには、さまざまな側面を併せもつものが多く、このキャラクターの重層性という特徴も、第六章で説いた「決疑論」と関連があることを指摘している。この章は、「女衒と故買における欲望の三角形—Moll Frith. Moll Flanders. Moll Hackabout そして Jonathan Wild」(『英国小説研究』第一八冊　英潮社　一九九七年)をもとに大幅に加筆訂正したものである。

デフォーの作品やそこに描かれる人物像においては、曖昧な部分が非常に多いことはあるのだが、それは彼の政治的な履歴が物語るように、常にスパイのような自己を隠し偽る習性から生まれてきたこともあるだろう。だが、またそれは、この本の前半で説いてきたように、彼の著作性と重要な関連がある。『ロビンソン・クルーソー』の出版背景にはっきり見えるように、デフォーは作品の作り手として世間に顔をさらすことはなく、常にゴースト・ライターのように隠れた存在であったことが、彼の作品に曖昧性を産んでいると考えられる。姿を隠しながら、さまざまな仮面をつけて、さまざまな声で物語を語ってきたのである。この著作性のなさがむしろかれの作品に多様性を生んでいく原動力になったのではないだろうか。

もちろん曖昧なだけではない。後半に述べたように、「決疑論」は、ある相対的な価値を決定する一種の思考法であり、どうしても悪を選択しなければ生存してはいけない状況におかれたひとびとの生き抜く知恵でもあったのだが、これは、何らかの意味で、善と悪との間の灰色の空間にそれなりの評価を与え、選択の序列をつけるものなのである。どうしても選択しなければならない状況下にあっては、どちらかといえば程度の良い悪を選択することが必要になる、との認識である。いわば、悪の選択に程度の問題を与えることになるのであり、このような姿勢から、デフォーはさまざまに重層性をおびたキャラクターを作り上げることができたのだろう。これがデフォー小説に多様性を与えた大きな理由であろう。その意味で、第六章で議論したように人物や物事を「公平に判断する」というデフォーが好んで使用した英語表現は、「それが悪であっても、それなりに相手をみとめて公平に評価する」という意味であり、このような表現にもとづくデフォーの人生観ないしは世界観が、彼の評価のリアリズムに大きな働きをしたといえるのではなかろうか。

こうやって書き終わってみると、やはりある種の感慨はある。その最たるものは、もとになった論文の古さである。いくら書き直してみたところで、やはり論旨は変らない。いやなかなか変えようがないのだ。一番古いものでは、もう四〇年も前のものもある。もちろん、その間、デフォー研究もさまざまな角度から新しい研究が輩出しているのだが、それをなかなか組み込めなかったことはある。やはり時代が変ったとしかいいようがない。無論、新しく書き加えたところもあるのだが、全体的には、論旨の流れもあるし、最近のデフォー研究に関しては、今後、イギリス小説起源史という形で、書くものの中で何とか取り込みたいものだと思う。

また、繰り返しの記述が多いのも気になったところだ。表現や引用の箇所、そして参照文献など、ことに論文を統合した章には何度か出てくるので、読まれる方には、うるさい気がするだろう。できるかぎり多少の変化は与えたつもりなのだが、どうしても、文脈上落せないところがあったのだ。ご寛恕願えれば幸いである。なんとかお化粧を施してみたものの、やはり読みづらいところが目立つのは辛い限りである。ただ、こうやって、まとめて読み直してみると、自分なりに気になっていた論点であるカズイスト的なものへの意識が一貫しているのは、どうも奇妙な気がしている。これも今後の課題として次作に繋げていきたいと思っている。

あとがき

デフォーを読むようになったのは卒論がきっかけだった。私が大阪大学の文学部英文科の学生であったころ、四年の卒論を何にしようかと決めかねていたら、そのときの恩師の村上至孝先生が、定年でおやめになる前に小説の起源論を講義されていて、そのお話に興味をもったことがあったのだろうか、どうせ始めるなら小説の最初から勉強してみようと思ったのだ。これが始まりで以後五〇年近く勉強していることになる。ようやく一冊の本にまとめることができて、そのできばえはともかく、ほっとしている。

四年のころの学部の懇親会であっただろうか、大学のあった大阪の阪急石橋駅の近くの中華料理屋に行った。アルバイトで遅れてしまったせいで、残っていた席は、村上先生の脇だけだったので、おそるおそる座ることになった。大学紛争時でもあったし、できの悪い学生だったので、なにしろ先生が怖かったのだ。そしておずおずとデフォーをやりたいのですが参考書は何を読んだらいいのでしょうかと訊くと、先生は、アーノルド・ケトルの『イギリス小説序論』を勧めてくださった。まだ翻訳が出る前のことだったと思うのだが、どうしてかわからないのだが、その原書をもっていたのだ。まさに偶然の所産だったのだが、イギリス小説が生き生きとしたライフの感覚と観念的な概念であるパターンの二つの糸が縒りあった時点で成立するという説明になぜか頷いてしまって、デフォーの『ペスト』と『ロビンソン・クルーソー』で、卒論を書いたのだった。大学院留年をしたので、卒論は二本書いたのである。

全共闘の運動がまだ収まっていなかったころで、当時は学内も騒がしかったので、卒論の口頭試問は、京都は西院の近くにあった村上先生のお宅で行われた。俳句や茶の湯のお師匠さんが住んでいるようなお宅の瀟洒な門構えに感心して、玄関をあがって、諮問の順番を待っていながらドキドキしている私を落ち着かせてくれたのが、そのとき助手だった玉井暲氏だった。おかげでなんとか通ったようなものだった。玉井さんとのお付き合いもずいぶんの長さになる。玉井さんから言われて、次に村上先生のお宅に伺ったのは、先生の蔵書の整理のお手伝いをした時だったような気がする。そのときいただいた図書券で買ったのがイアン・ワットの『小説の勃興』のペンギン・ブック版だった。もう大学院に入っていたころで、今も手元にあるペーパー版の裏頁に「一九七四年五月二一日、村上先生にいただいた図書券で購入」とある。恩師といい本に巡りあえて、今でもよかったと思っている。

最初に就職したのは防衛大学校だった。英語教員の助手だったが、上の先生方のお茶を入れたりカーテンの取り代えをしたり、雑事もした。授業もすべて一時間目だった記憶がある。それでも、ひもじい思いをしていた学生時代から定期収入のあるサラリーマンになったので、防衛大学校のあった横須賀のあたりでよく飲んだ思い出がある。一時間目の授業は八時半からだったが、それが終ると夕方五時まで、あたえられた研究室で勉強ができ、五時になると飲みのお誘いの電話がかかってくるという楽しい毎日だった。三三歳のときに英文学会で新人賞という若手奨励のための賞ができて、それに応募して第一回の新人賞をいただいた。その論文が、第三章の「デフォーにおけるフィクションの始まりと終わり」である。これは記念にもなったし、ほとんど加筆はしていない。もう時効だろうが、この論文を書いたときは、風邪をひいたと嘘を言って、書き上げる三日前の授業はすべて休講にした。なにしろ書けなくて時間がほしかったのだ。カズイスト的な私であった。書き上げたときにはもう締め切りの日になっていて、郵便では間に合わないので、自分で、当時御茶ノ水にあった英文学会の事務局に持っていったのだった。みっともない話だが、今でも薄暗い研究社のビルの階段をハアハアいいながら上って届けた記憶がある。そしてこの賞をきっかけに、大阪大学の言語文化部に移ることになる。

大阪大学の言語文化部は、当時は、無論現在もそうであろうが、そうそうたる学者がそろっていて、多くのことを学んだ。移った当初の学部長は中川務先生で、お酒がお好きで文学議論をよく聞いてもらった。石橋で五・六人飲み足りない者がいると、タクシーで高槻のご自宅まで皆を案内し、朝までの議論となった。朝のバスで帰る前に、先生の作られた味噌汁をすすって、帰ったものだった。その次に部長になられた奥田博之先生は、公私でお世話になり、私の遅い結婚式での仲人にもなっていただいた。

小林崇先生は学生当時私が入っていた大阪大学の刀根山寮までわざわざ足を運んでくださって、防衛大学校への就職を紹介していただいたし、そのおかげで就職ができたのだった。私の一人息子にそのお名前をいただいている。英文学の先生方では、藤田実、齋藤衛、石田久の諸先生がいらした。いずれもシェイクスピアのご専門で、さまざまなことを教えていただいた。同年代では、二年のイギリス留学を終えて帰ってきたばかりの高田康成さんがいた。めくるめくような新しい文学情報を聞かされて、酒にもお話にも酔っていたような気がする。語学系の永嶋大典先生ともよく飲んだ。先生はドクター・ジョンソンのご専門で同じ一八世紀ということもあり、帰る方向が同じで、途中の川西能勢口の駅前で途中下車をしてお話をきいた。不二家の二階だったと思うのだが、西日のさす頃から夜遅くまでビールを飲んだことを覚えている。同世代や少し下の方々には、木村茂雄、広瀬雅弘（故人）、森祐司、小澤博（現在、関西学院大学）、伊勢芳夫、山田雄三・里内克巳・小杉世の諸氏がいる。今でも時折会って飲んでもらっているのは嬉しい。一番飲んでさまざまな面で教えていただいたのは、齋藤衛先生だろう。今もご健在で、体調のいい折には、時折飲んでいただいている。当時は非常に厳しく、飲んでいるときにやおら、送っていた私の論文をかばんから取り出して厳しい点をつけるのである。きつい批評を受けて悪酔いしていると、お前は打たれ強いから大丈夫だなと優しく慰めてもいただけるのだ。ありがたくも嬉しくもある苦い思い出である。無論、昔の話である。

内田能嗣先生には、本の編者として、さまざまなところに論文を書く機会を与えていただいた。第四章の「クルーソーとガリヴァー―実話からフィクションへ―」はその大部分は先生にいただいた機会に書かれたものだし、第七章の「『カーネル・ジャック』とピカレスク小説の変貌」、第八章の「アンチ・ロマンスとしての『シングルトン船長』」も同様である。いずれも原型をとどめないほどの大幅に加筆訂正をおこなっている。先生には女房を紹介してもいただいているので、足を向けては寝られない。

藤井治彦先生にもお世話になった。学生の頃には教えていただく機会はなかったのだが、大阪大学の文学部に助教授としてこられたときからお話をよくしていただいた。阪大坂と呼ばれる大学構内から石橋駅にかけての坂道ではときおりご一緒して歩いた。お渡しした論文は必ず目を通していただいているようで、君の論文は長すぎる、もっともっと簡潔に論旨をはっきりしなければいかん、と独特の口調でおっしゃられた。とにかく、ぐしゃぐしゃと長たらしい文章を書く癖があった私には、頭の痛い指摘だった。ほめ言葉は人づてに聞いた。先生のお人柄なのだろうとおもった。若くしてお亡くなりになったのはかえすがえすも残念であった。

また忘れられないのは、関西で行われていた一八世紀文学研究会のメンバーの方々である。当時同志社女子大におられた小林章夫さんのお世話で、（のちには能口盾彦さんのお世話で同志社大学にて行われており、現在も続いているが、）一八世紀英文学の専門家の集まりで、関西の主だった会員の方が参加・発表をし、それに対するコメントを行う場だった。第六章の「『モル・フランダース』のカズイストたち」はここでの発表に基づくものでる。同志社女子大のデイトン館（？）だったか、その妙に薄暗い会場で、岡照雄、織田稔、樋口欣三、榎本太、椈澤雅子、神尾美津雄、などの諸先生を前に緊張して発表したことを思い出す。厳しい批評にその場でうなだれた記憶がある。この論文に多少ともいいところがあるとしたら、これらの、またその他のこの会のメンバーの方々の叱咤激励のゆえではなかろうか。

この発表を、「デフォーの"amphibious Creature"たち─カズイストたちの灰色の空間─」と題して論文にした場所は、『英国小説研究』という同人誌であった。このメンバー制の同人会は一九五四年に第一号を出している、そして今も続いている老舗の同人誌だ。比較的長い論文を書かせてもらえるので、このデフォーやその他に「ホガース論」や「スウィフト論」などを書かせていただいている。第一〇章の「「ジョナサン・ワイルド」と犯罪小説」も、大分加筆してはいるが、その元の論文はこの『英国小説研究』に載せていただいたものだ。

この会に紹介していただいたのは、大阪大学で大学院のときに教えていただいた米田一彦先生と、言語文化部におられて、当時は大阪学院大学に移られていた柴田徹士先生だった。米田先生はE・M・フォースターのご専門だったが、研究翻訳書も多く出されていて、細部の読みの大切さを教えていただいた。退官後に武庫川のお宅に、書庫が出来たから遊びにおいでと言われて、ずうずうしくも一人で伺ったことがある。ちょうど先生が叙勲をされたときのことで、奥様と皇居に行かれたことを楽しそうに話してくださったことを覚えている。ヴァージニア・ウルフの研究者であった柴田先生は、同人会の会合でよく声をかけていただいて、岡田虎二郎を始祖とする岡田式静座をよくされる先生は、「座ること」をよく話されていた。先生は苦労人で、英語と文学が一つになっていた時代の最後を生きた方だった。『アンカー英和辞典』の初代編集主幹でもあった。お二人には英文学のみならず、人生をも教えていただいた気がする。

また、「デフォー研究会」の皆さんにもお世話になった。これは関西を中心にしたデフォー好きの面々が集まっていた研究会で、発表ありの飲み会ありの楽しい会だった。当時はなかなか活字で読めなかった『神の掟』というデフォーの作品を、たまたま私が持っていたデフォー出版時の古書をコピーして輪読したり、デイヴィッド・ブルーエットの『ロビンソン・クルーソー挿絵物語』を翻訳していたりした。織田稔先生のいらした関西大学でよく会合をもっていたこの会のメンバーである、河崎良二、小林順、五幣久恵、服部典之、藤原浩一、干井洋一の諸氏に感謝したい。会が終ってよく行ったスパゲティ屋を思い出す。

大阪大学の旧言語文化部（現在では言語文化研究科だが）の皆さんには、言い尽くせないほどのお世話になっている。とてもすべての方々にお礼は申し上げられないのだが、ただ、細谷行輝、渡部眞一郎の両氏にはここで名前を挙げて感謝のことばを述べておきたい。このお二方は今でもよく会ってカラオケに一緒に行っていただいているお仲間なのだ。両氏ともにお忙しい中を、三馬鹿大将よろしくカラオケのはしごに付き合ってくださるのには、頭が下がる想いである。今後ともよろしくお願いしたい。すみません。

そしてまた、今私が勤務している関東学院大学国際文化学部の皆さんにお礼を申し上げておきたい。学部長大橋一人、文学系の同僚である多ヶ谷有子、西原克政、安藤潔、萩原美津、福圓容子、児玉晃二、そして語学系ではあるがよく飲みにつきあってくださる草山学の諸先生にはいくら感謝しても感謝し切れない。もうおやめになってはいるものの、プロはだしの美声でカラオケを教えていただいた深沢広助、語学教育の御園和夫、もと同僚の山邊省太、本村浩二の諸先生にもお礼を申し上げる。国際文化学部には他にもお世話になっている方々は多いのだが、きりがないので英語文化学科の文学系と飲み会にお付き合いの多い方々のみになってしまった。お許し願いたい。そして、第一章の「身の上相談と小説の起源」は、これら同僚の諸氏と一緒に出した『英語のしくみとところ』(関東学院大学文学部英語英米文学科編　二〇〇九年)に載せたものを、かなり加筆したものである。

本書は、二〇〇九年に大阪大学に提出した博士学位請求論文に大幅な加筆・訂正をしたものである。審査の主査をつとめていただいた玉井暲氏には、タイトルや全体の方向性への多大な助言をいただき、またデフォーの専門家でもある服部典之氏には、細部にわたってのご助言をいただいた。

本書にどこかいいところがあるとするならば、お二人の助言の賜物であると思われる。

最後に、本書は関東学院大学人文学会の助成を得て出版のはこびとなった。出版にあたっては多大なご尽力をいただいた、佐藤茂樹、中村克明、および同僚各位にあらためて感謝したい。また、編集・校正に綿密かつ有益な助言を賜った関東学院大学出版会の四本陽一氏にも心から感謝の気持を述べておきたい。

ありがとうございました。

二〇一七年一二月

仙葉　豊

引用・参考文献

英語テキストは，各章で述べてあるものを使用した．ただし，本文中の日本語訳は，『ロビンソン・クルーソー』（上・下）平井正穂訳 岩波文庫．『ガリヴァー旅行記』平井正穂訳 岩波文庫．『ペスト』平井正穂訳 中央公論社『世界の文学 2 デフォー』所収．『ロクサーナ』山本和平訳 集英社版『世界文学全集 10』所収．『シングルトン船長』は『名高き海賊船長　シングルトンの冒険一代記』織田稔・藤原浩一訳 ユニオンプレス．「非国教徒処理の近道」は宮崎孝一『ダニエル・デフォー』研究社所収のもの．チャールズ・ジョンソンの『海賊実録総史』は『海賊列伝』朝比奈一郎訳 中公文庫を使わせていただいた．なお，引用にあたっては，原文をもとに一部変えたところもある．その他はすべて拙訳である．

英語文献

I. Primary Sources

Anon. *The Life and Adventures of Capt. John Avery*. in The Augustan Reprint Society Pub. Nos., 203-204.

Cleland, John. *Fanny Hill or Memories of Woman of Pleasure*. Penguin Classics, 1985.

The Complete Newgate Calender. Vol.I. London, 1926. Kyoto: Rinsen Book Co., 1990.

Defoe, Daniel. *The Novels and Miscellaneous Works of Daniel Defoe*, 20 vols., Oxford: 1840-41, New York: AMS, 1973.

——. *Consolidator*, in *The Earlier Life and the Chief Earlier Works of Daniel Defoe*, ed. Henry Morley. London, 1889.

——. *Romances and Narratives by Daniel Defoe*, 16 vols., edited by George Aitken. Oxford: 1895.

——. *The Shakespeare Head Edition of the Novels and Selected Writings of Daniel Defoe*, 14 vols., Oxford: 1927-28.

——. *Daniel Defoe: His Life and Recently Discovered Writings*, 3 vols. Edited by William Lee. New York: Burt Franklin, 1969.

——. *Defoe's Review, 22 Books.* Ed. A. W. Secord. New York: AMS, 1965.

——. *Daniel Defoe.* Ed. James T. Boulton. New York: Schocken, 1965.

——. *The Letters of Daniel Defoe.* Ed. G. H. Healey. London: Oxford U. P., 1955.

——. *Moll Flanders.* Ed. G. A. Starr. World Classics, 1971.

——. *A Journal of the Plague Year.* Ed. Louis Landa. Oxford U.P., 1972.

——. *Roxana.* Ed. Jane Jack. Oxford English Novels, 1964.

——. *The True and Genuine Account of the Life and Actions of the Late Jonathan Wild.* In *Henry Fielding. Jonathan Wild.* Ed. David Nokes. Penguin Classics, 1982.

——. *Colonel Jack.* Ed. Samuel Holt Monk. Oxford English Novels, 1965.

——. *Life and Adventures of Mrs. Christian Davis.* in *The Novels and Miscellaneous Works of Daniel De Foe.* Ed. Walter Scott. Vol.8. Oxford, 1840. AMS Press, 1973.

——. *Serious Reflections during the Life and Surprising Adventures of Robinson Crusoe.* In *Romances and Narratives by Daniel Defoe.* Ed. G. A. Aitken. J. M. Dent and Co, 1895. Vol.III.

——. *The Four Years Voyages of Captain George Roberts.* 1726; rpt. New York: Garland, 1972.

——. *Madagascar; Or Robert Drury's Journal, During Fifteen Years' Captivity on That Island.* Ed. Captain Pasfield Oliver. 1890; rpt. New York: Negro U. P., 1969.

——. *Conjugal Lewdness or Matrimonial Whoredom.* Ed. Maximillian E. Novak. Florida: Scholar's Facsimiles & Reprints, 1967.

——. *The History of the Devil.* Ed. Richard G. Landon. London: EP Publishing Ltd, 1972.

——. *The Complete English Gentleman.* Ed. Karl D. Bulbring. 1890; New York: Folcroft, 1972.

——. *The Complete English Tradesman.* 2 vols. 1726; New York: Augustus M. Kelley Publishers, 1969.

——. *Memoirs of An English Officer and two other short novels.* Ed. J.T. Boulton. London: Victor Gollanez Ltd., 1970.

——. *Moll Flanders.* Ed. G. A. Star. The World Classics. Oxford, U.P., 1971.

——. *The Fortunes and Misfortunes of the Famous Moll Flanders.* Ed.

Liz Bellamy. *The Novels of Daniel Defoe*. Vol.6. Pickering & Chatto, 2009.

——. *An Enquiry in to the Occasional Conformity of Dissenters, in Case of Preferment* (*1697*). *The Shortest Way with the Dissenters* (1702) in *Political and Economic Writings of Daniel Defoe*. Vol.3. *Dissent*. Ed. W.R. Owens. Pickering & Chatto, 2000.

Fielding, Henry. *Tom Jones*. Ed. Sheridan Baker. Norton Critical Edition, 1973.

Gay, John. *Polly*. *The Poetical, Dramatic and Miscellaneous Works of John Gay*. London, 1775. AMS Press, 1970.

——. *Beggar's Opera*. In *The Restoration and the Eighteen-Century*. *The Oxford Anthology of English Literature*. Ed. Martin Price. Oxford U. P., 1973.

Gildon, Charles. *Robinson Crusoe, Examin'd and Criticis'd or A New Edition of Charles Gildon's Famous Pamphlet, Now Published with an Introduction and Explanatory Notes by Paul Dottin*. J. M. Dent and Sons Ltd., 1923.

Hogarth, William. *Hogarth's Graphic Works*. Ed. Ronald Paulson. Yale U. P., 1965.

Middleton and Dekker. *The Roaring Girl*. Ed. Andor Gomme. London: Ernest Benn Limited, 1976.

Richardson, Samuel. *Pamela*. Ed. Peter Saber. Penguin Classics, 1980.

——. *Clarissa*. Ed. Angus Ross. Penguin Classics, 1985.

II. Secondary Sources

Adams, Percy. *Travellers and Travel Liars 1660-1800*. 1962; rpt. Dover Publications: 1980.

Aitken, G. A. "Defoe's Apparition of Mrs. Veal," *Nineteenth Century* 37 (1895), 95-100. In *Romances and Narratives by Daniel Defoe*, ed. G. A. Aitken (London: Dent, 1895) vol. XV, xiv-xx.

Alkon, Paul K. *Defoe and Fictional Time*. Athens: The U. of Georgia Press, 1979.

Amory, Hugh. "De facto Copyright? Fielding's Works in Partnership, 1769-1821," *ECS* 17 (1984)

Armstrong, Nancy. *Desire and Domestic Fiction: A Political History of the Novel*. Oxford U. P., 1987.

Ayers, R. W. "*Robinson Crusoe* : 'allusive allegorick history'", *PMLA* 132 (1967)

Backscheider, Paula R. *Daniel Defoe: Ambition and Innovation*. Lexington: U.P. of Kentucky, 1986.

——. *Daniel Defoe: His Life*. The Johns Hopkins U. P., 1989.

——. *Moll Flanders: The Making of a Criminal Mind*. Boston: Twayne Publishers, 1990.

Baine, Rodney M. "*The Apparition of Mrs. Veal*. a Neglected Account," *PMLA* 69 (1954) 532-41.

——. "Defoe and Mrs. Bargrave's Story," *PQ* 33 (1954), 388-95.

——. *Daniel Defoe and the Supernatural*. Athens: U. of Georgia Press, 1968.

Bastian, F. " Defoe's *Journal of the Plague Year* Reconsidered," *Review of English Studies* 16 (1965), 151-73.

Batten, Charles L. Jr. *Pleasurable Instruction: Form and Convention in Eighteenth-Century Travel Literature*. Los Angeles: U. of California Press, 1978.

Beasley, Jerry C. *Novels of the 1740s*. Athens: The U. of Georgia Press, 1982.

Bell, Walter George. *The Great Plague in London*. 1920; rpt. AMS: 1979.

Benjamin, Edwin B. "Symbolic Elements in *Robinson Crusoe*," in *The Twentieth Century Interpretations of Robinson Crusoe*, ed. Frank H. Ellis. New Jersey, 1970.

Blewett, David. *Defoe's Art of Fiction*. Toronto: U. of Toronto Press, 1979.

Boorstin, Daniel J. *The Americans: The Colonial Experience*. New York: vintage Books,1958.

Brown, Laura. *Ends of Empire: Women and Ideology in Early Eighteenth-Century English Literature*. Ithaca and London: Cornell U. P., 1993.

Byrd, Max. *London Transformed: Images of the City in the Eighteenth Century*. Yale U. P., 1978.

Carretta, Vincent. *The Snaring Muse: Verbal and Visual Political Satire from Pope to Churchill*. U. of Pennsylvania Press, 1983.

Carswell, John. *The South Sea Bubble*. Camelot Press, 1960.

Collins, A. S. *Authorship in the Days of Johnson*. 1927; rpt. New York:

Augustus M. Kelly Publishers, 1973.

Cook, Richard I. *Jonathan Swift as a Tory Pamphletter.* Seattle: U. of Washington Press, 1967.

Cowley, Robert L. S. *Hogarth's Marriage A-La-Mode.* Ithaca: Cornel U. Press, 1983.

Davis, Lennard J. *Factual Fictions: The Origin of The English Novel.* New York: Columbia U.P., 1983.

Dennis, Nigel. *Jonathan Swift: A Short Character.* In *The Writings of Jonathan Swift.* Eds. Robert A. Greenberg and William B. Piper. Norton, 1973.

Dictionary of the History of Ideas. Charles Scribner's Sons, 1968.

Dictionary of National Biography.

Oxford Dictionary of National Biography.

Doody, Anne Margaret. *A Natural passion: A Study of the Novels of Samuel Richardson.* Oxford at the Clarendon Press, 1974.

Dottin, Paul. Ed., *Robinson Crusoe Examin'd and Criticis'd.* 1923; rpt. Pennsylvania: Folcroft, 1974.

Downie, J. A. *Robert Harley and the Press: Propaganda and Public Opinion in the Age of Swift and Defoe.* London: Cambridge U. P., 1979.

——. *Jonathan Swift: Political Writer.* London: Routledge and Kegan Paul, 1984.

Dugaw, Dianne. *Warrior Women and Popular Balladry 1650-1850.* Cambridge U. P., 1989.

Eddy, William. *Gulliver's Travels: A Critical Study.* New York: Russell and Russell, 1983.

Ehrenpreis, Irvin. *Swift: the Man, his Works, and the Age.* London: Methuen, 1983. Vol.I. II. III.

Eighteenth Century Fiction. Jan.-Apr. 2000. Special Number on *The Rise of the Novel.*

Erickson, Robert A. "Mother Jewkes, Pamela, and The Midwives," *ELH* 43 (1976), 500-516.

——. *Mother Midnight: Birth, Sex, and Fate in Eighteenth Century Fiction (Defoe, Richardson, and Stern)* . New York: AMS Press, 1986.

Faller, Lincoln B. "In Contrast to Defoe: The Rev. Paul Lorrain, Historian of Crime," *HLQ* 60 (1976).

——. *Turned to Account: The Forms and Functions of Criminal Biogra-*

phy in Late Seventeenth-Century and Eighteen-Century England. Cambridge U. P., 1985.

——. *Crime and Defoe: A New Kind of Writing.* Cambridge U. P., 1994.

Firth, C. H. "Defoe's *True Relation of the Apparition of Mrs. Veal,*" *RES* 7, NO. 25 (1931), 1-6.

Fletcher, Angus. *Allegory: The Theory of a Symbolic Mode.* Ithaca and London, 1964.

Foucault, Michel. "What Is an Author?" in Josué V. Harari, ed. *Textual Strategies: Perspectives in Post-Structuralist Criticism.* New York: Cornell U. P., 1979.

Frantz, R. W. "Gulliver's Cousin Sympson," *HLQ* 3 (1938).

Frantz, R. W. *The English Traveler and the Movement of Ideas 1660-1732.* 1934; rpt. New York: Octagon Books, 1968.

Fritz, Paul S. *The English Ministers and Jacobitism between the Rebellions of 1715 and 1745.* Toronto: U. of Toronto Press, 1975.

Furbank, P. N & W. R. Owens, *The Canonization of Daniel Defoe.* New Haven: Yale U. P., 1988.

——. *Defoe, De-Attributions: A Critique of J. R. Moore's Checklist.* London: Hambledon Press, 1994.

——. *A Critical Bibliography of Daniel Defoe.* London: Pickerinf and Chatto, 1998.

Gardiner, Dorothy. "What Canterbury Knew of Mrs. Veal and Her Friends," *RES* 7, NO. 26 (1931), 1-10.

Genette, Gérard. *Narrative Discourse: An Essay in Method.* Ithaca: Cornell U. P., 1980.

George, Dorothy. *London Life in the Eighteenth Century.* 1925; rpt. Harmondsworth: Penguin Books, 1976.

Goldgar, Bertrand A. "*Gulliver's Travels* and the Opposition to Walpole," in H. K. Miller, Eric Rothstein, G. S. Rousseau, eds., *The Augustan Milieu: Essays Presented to Louis A. Landa.* London: Oxford U. P., 1970.

——. *Walpole and the Wits: The Relation of Politics to Literature, 1722-1742.* U. of Nebrasca Press, 1976.

Gove, Philip B. *The Imaginary Voyage in Prose Fiction.* 1941; rpt. New York: Octagon Books, 1975.

Hazard, Paul. "The Muses are Silent," *The European Mind 1680-1715,*

tr., J. Lewis May. Penguin U. Books, 1973.

Henderson, A. J. *London and the National Government, 1721-1742.* Duke U. P., 1945.

Higenbottam, Frank. "The Apparition of Mrs. Veal to Mrs. Bargrave at Canterbury, 8th of September, 1705: Two New Contemporary Manuscript Accounts," *Archaeologica Cantiana,* 73 (1959), 154-66.

Howson, Gerald. *Thief-Taker General: Jonathan Wild and the Emergence of Crime and Corruption as a Way of Life in Eighteenth-Century England.* New Brunswick: Transaction Books, 1970.

Hunter, J. Paul. *The Reluctant Pilgrim: Defoe's Emblematic Method and Quest for Form in Robinson Crusoe.* Baltimore: Johns Hopkins Press, 1966.

Ireland, J. and Nichols J. *Hogarth's Complete Works.* 3vols. Oliphant, Anderson, and Ferrier, 1883.

Jonsen, Albert & Stephen Toulmin. *The Abuse of Casuistry: A History of Moral Reasoning.* U. of California Press, 1988.

Kahn, Medeleine. *Narrative Transvestism: Rhetoric and Gender in the Eighteen-Century English Novel.* Cornell U. P., 1991.

Karraker, Cyrus H. *Piracy was a Business.* Richard Smith. 1953.

Laroon, Marcellus. *The Criers and Hawkers of London: Engravings and Drawings by Marcellus Laroon.* Ed. Sean Shesgreen. Stanford U. P., 1990.

Leites, Edmund. "Casuistry and Character" in *Conscience and Casuistry in Early Modern Europe.* Ed. Edmund Leites. Cambridge U.P., 1988.

Linebaugh, P. "The Ordinary of Newgate and His Account," *Crime in England:1550-1800.* Ed. J. S. Cockburn. London: Methuen, 1977. 246-69.

Locke, John. *The Works of John Locke.* 1823; rpt. Germany: Scientia Verlag Allen, 1965. Vol.II. 288.

Miller, Perry. *The New England Mind; The Seventeenth Century.* Beacon Paperback, 1961.

McBurney, William H. "Colonel Jack: Defoe's Definitions of the Complete English Gentleman," *SEL* 11 (1962), 321-36.

McKillop, Alan Dugald. *The Early Masters of English Fiction.* U. of Cansas Press, 1975.

McLynn, Frank. *Crime and Punishment in Eighteenth-Century England.* Oxford U. P., 1989.

Michie, J. A. "The Unity of *Moll Flanders*," in *Knaves and Swindlers*, ed., Christine J. Whitbourn. London: Oxford U. P., 1974. 75-92.

Mish, Charles C. "Early Eighteenth-Century Best Sellers in English Prose Fiction," *PBSA* 75 (1981)

Moore, Cecil A. *Backgrounds of English Literature,* 1700-1760. 1953; rpt. Octagon Press, 1979.

Moore, J. R. *Defoe's Sources for Robert Drury's Journal.* 1943: rpt. New York: Haskell House Publishers, 1973.

——. *Daniel Defoe: Citizen of the Modern World.* Chicago: The U. of Chicago Press, 1958.

——. "Defoe's Persona as Author: the Quaker's Sermon," *SEL* 11 (1971),

——. *A Checklist of the Writings of Daniel Defoe.* 1960; Connecticut: Archon Books, 1971.

Morgan, Charlotte. *The Rise of Novel of Manners.* 1911; rpt. New York: Russell & Russell, 1963.

MucMullan, John L. *The Canting Crew; London's Criminal Underworld, 1550-1700.* New Brunswick: Rutgers U. P., 1984.

Nokes, David. *John Gay: A Profession of Friendship.* Oxford U. P., 1995.

Novak, Maximillian E. *Economics and the Fiction of Daniel Defoe.* 1962; New York: Russell and Russell, 1976.

——. *Defoe and the Nature of Man.* London: Oxford U. P., 1963.

——. "The Uses of Irony," *in Papers on Defoe and Swift Read at a Clark Library Seminar.* Apr. 11 2. 1966. Los Angels: U. of California.

——. "Defoe's 'Indifferent Monitor': The Complexity of *Moll Flanders,"* in *Moll Flanders.* Ed., Edward Kelly. New York: Norton, 1973.

——. Ed., *English Literature in the Age of Disguise.* Los Angeles: U. of California Press, 1977.

——. "Defoe and the Disordered City," *PMLA*, 92 (1977), 241-52.

——. *Daniel Defoe: Master of Fictions.* Oxford U. P., 2001.

Oliver, Pasfield. Ed., *Madagascar: or, Robert Drury's Journal, during Fifteen Year's Captivity on That Island.* 1890; rpt. New York: Negro U. P., 1969.

Paulson, Ronald. *Hogarth. Vol.I. The 'Modern Moral Subject', 1697-1732.* New Brunswick: Rutgers U. P., 1991.

——. *Hogarth. Vol.II. High Art and Low, 1732-1750.* New Brunswick: Rutgers U. P., 1991.

Payne, William L. *The Best of Defoe's Review.* 1951; New York: Books For Libraries Press, 1970.

Peterson, Spiro. "The Matrimonial Theme of Defoe's Roxana," *PMLA* 70 (1955), 166-91.

Richetti, John J. *Defoe's Narratives : Situations and Structures.* London: Oxford U. P., 1975.

——. *The Life of Daniel Defoe.* Blackwell Publishing, 2005.

Rogers, Pat. Ed., *Defoe: The Critical Heritage.* London: Routledge and Kegan Paul, 1972.

——. "Gulliver's Glasses," in *The Art of Jonathan Swift.* Ed. Clive T. Probyn. London: Vision Press, 1978.

——. *Robinson Crusoe.* Unwin Critical Library, 1979.

——. "The breeches part" in *Sexuality in Eighteenth Century Britain.* Ed. Purl-Gabriel Boucé. Manchester U. P., 1982. 244-258.

Ross, John F. *Swift and Defoe: A Study in Relationship.* 1941. rpt.: Norwood Editions, 1974.

Rousseau, G. S. "The Pursuit of Homosexuality" in *Perilous Enlightenment: pre- and post-modern discourses, sexual, historical.* Manchester U. P., 1991, 32-43.

Schonhorn, Manuel, ed., *Accounts of the Apparition of Mrs. Veal.* Augustan Reprint Society Publication, N0. 115. 1965.

——. "Defoe's *Journal of the Plague Year*: Topography and Intention," *RES* 76 (1968), 387-401.

——. "Defoe's *Captain Singleton*: A Reassessment with Observations," *PLL* 7 (1971).

——. Ed., *A General History of Pyrates.* London: J. M. Dent & Sons, 1972.

——. "Defoe: The Literature of Politics and the Politics of Some Fictions," in Maximillian E. Novak, ed., *English Literature in the Age of Disguise.* Los Angeles; U. of California Press, 1977.

Scouten, Arthur H. "An Early Printed Report on the Apparition of Mrs. Veal," *RES* 6, N0. 23 (1955), 259-63.

——. "A Rare Queen Anne Newspaper and Daniel Defoe," *Bulletine of the New York Public Library,* 69 (1955), 195-97.

Secord, Arthur W. *Studies in the Narrative Method of Defoe.* U. of Illinois

Press, 1924.
——. "A September Day in Canterbury: The Veal-Bargrave Story," *JEGP* 54 (1955), 639-50.
——. *Robert Drury's Journal and Other Studies*. Urbana: U. of Illinois Press, 1961.
Schulz, Dieter. "'Novel' 'Romance' and Popular Fiction in the First Half of the Eighteenth Century," *SP* 70 (1973), 70-85.
Shevelow, Kathryn. "The Production of the Female Writing Subject: Letters to the *Athenian Mercury*," *Genre* 19 (1986), 380-91.
Shrewsbury, J. F. D. *A History of Bubonic Plague in the British Isles*. Cambridge, 1974.
Sieber, Harry. *The Picaresque*. London: Methuen, 1977.
Singleton, Robert. "Defoe, Moll Flanders, and the Ordinary of Newgate," *HLB* 4 (1976)
Slights, Camille Wells. *The Casuistical Tradition in Shakespeare, Donne, Herbert, and Milton*. Princeton: Princeton U. P., 1981.
Sontag, Susan. *Illness as Metaphor*. Vintage Books, 1979.
Spacks, Patricia Meyer. *Desire and Truth: Functions of Plots in Eighteenth-Century English Novels*. U. of Chicago Press, 1990.
Stamm, Rudolf G. "Daniel Defoe: An Artist in the Puritan Tradition," *Philological Quarterly*, No. 3 (1936) 235.
Stannard, David E. *The Puritan Way of Death: A Study in Religion, Culture, and Social Change*. New York: Oxford U. P., 1977.
Stanzel, F. K. *A Theory of Narrative*. Cambridge: Cambridge U. P., 1984.
Starr, G. A. *Defoe and Spiritual Autobiography*. Princeton U.P., 1965.
——. *Defoe and Casuistry*. New Jersey: Princeton U. P., 1971.
Stewart, Keith. "History, Poetry and the Terms of Fiction in the Eighteenth Century," *MP* Nov. (1968).
Stone, Lawrence. *The Family, Sex and Marriage in England 1500-1800*. London: Weidenfeld and Nicolson, 1977.
Sutherland, James. *Defoe*. 1937; London: Methuen Library Reprints, 1971.
——. *Daniel Defoe: A Critical Study*. Cambridge, Massachusetts: Harvard U. P., 1971.
Thomas, Keith. *Religion and the Decline of Magic*. 1971; rpt. Harmondsworth: Penguin Books, 1973.
Tieje, Arthur J. "The Expressed Aim of the Long Prose Fiction From

1519 to 1740," *JEGP* 11 (1912), 403-405.

Todorov, Tzvetan. *The Poetic of Prose*. Ithaca: Cornell U. P., 1977.

Turbervill, A. S. *English Men and Manners in the Eighteenth Century*. Oxford: Oxford Clarendon Press, 1926.

Underwood, Peter. *Dictionary of the Supernatural*. London: George G. Harrap, 1978.

Watt, Ian. *The Rise of the Novel: Studies in Defoe, Richardson and Fielding*. Penguin Books, 1957.

——. "Serious Reflections on *The Rise of the Novel*," in *Towards a Poetics of Fiction*. Ed. Mark Spilka. Indiana U. P.,1977.

——. *Myth of Modern Individualism: Faust, Don Quixote, Don Juan, Robinson Crusoe*. Cambridge U. P., 1996.

Wasserman, George R. "John Norris and the Veal-Bargrave Story," *MLN* 75 (1960), 648-51.

Weigert, Laura. "Autonomy as Deviance: Sixteenth-Century Images of Witches and Prostitutes," in *Solitary Pleasures: The Historical, Literary, and Artistic Discourses of Autoeroticism*. Eds. Puala Bennett and Vernon A. Rosario Ⅱ. Routledge, 1995. 19-47.

Weinstein, Arnold. *Fictions of the Self: 1550-1800*. New Jersey: Princeton U.P., 1981.

Wiley, Basil. *The Seventeenth Century Background*. 1934; rpt. Harmondsworth: Penguin Books Ltd, 1972.

Williams, Harold. *The Text of Gulliver's Travels*. 1952; rpt. Pennsylvania: Folcroft, 1969.

Willson, F. P. *The Plague in Shakespear's London*. 1927; rpt. Oxford Paperbacks, 1963.

Salzman, Paul. *English Prose Fiction 1558-1700*. New York: Oxford U. P., 1985.

Zimmerman, Everett. *Defoe and the Novel*. U. of California Press, 1971.

邦語文献

天川潤次郎『デフォー研究』未来社 1957.

W. イーザー『行為としての読書—美的作用の理論—』轡田収訳 岩波現代選書 岩波書店 1982.

石井達朗『男装論』 青弓社 1994.

伊藤哲『ノヴェルの考古学—イギリス近代小説前史—』法政大学出版局 2012.

今中比呂志『イギリス革命政治思想史研究』御茶の水書房 1977.

岩尾龍太郎『ロビンソン変形譚小史』みすず書房 2000.

岩切正介『男たちの仕事場—近代ロンドンのコヒーハウス—』法政大学出版局 2009.

内多　毅『Henry Fieldingの小説 *The Life of Mr. Jonathan Wild the Great* における風刺の研究』垂水書房 1961.

梅津順一「ピューリタン決疑論と契約神学—パーキンズ，エイムズ，バクスター—」『歴史と神学』（上）古谷安雄他編 聖学院大学出版会 2006.

ジョン・エクスケメリング『カリブの海賊』石島晴夫編訳 誠文堂新光社 1983.

榎本　太「幽霊と死の恐怖」『日本ジョンソン協会会報』No. 8（1979）1-7.『ドン・キホーテの影の下に—十八世紀イギリス小説の諸相』中教出版 1980 所収.

大塚久雄『社会科学の方法』岩波新書 1966.

——『社会科学における人間』岩波新書 1977.

大宮 溥 「教理史における死と葬儀」『死と葬儀』日本基督教団信仰職制委員会編 1974.

小川和夫「Shakespeare on Imagination」『英語青年』1968 年 3，4，5 月号.

織田　稔「Col. Jack の修業時代—‘real ’と‘ideal ’—」『大阪学芸大学英語英文学』1967.

——「デフォーと *The Family Instructor*（1715）」『18 世紀英文学研究』あぽろん社 1968.

越智武臣『近代英国の起源』ミネルヴァ書房 1966.
ルイ・カザミアン『イギリスの社会小説』石田憲次・臼田昭訳 研究社 1958.
川喜田愛郎『近代医学の史的基盤』(上) 岩波書店 1977.
川本静子『イギリス教養小説の系譜』 研究社 1973.
ポミアン・クシシトフ『コレクション』吉田城・吉田典子訳 平凡社 1992.
J. M. クッツェー『敵あるいはフォー』本橋哲也訳 白水社 1992.
M. グリーン『ロビンソン・クルーソー物語』岩尾龍太郎 みすず書房 1993.
楠　明子「ジェイムズ朝の"男女"("Hic-Mulier")—男装の意味—」『シェイクスピアリアーナ』Vol.10 (1990) 丸善 78-93.
ジョン・ケリー『黒死病—ペストの中世史—』野中邦子訳 中央公論新社 2008.
小池　滋『幸せな旅人たち』南雲堂 1962.
香内三郎『活字文化の誕生』晶文社 1982
——『読者の誕生—活字文化はどのようにして定着したか—』晶文社 2004.
小林章夫『コーヒー・ハウス—都市生活史・18 世紀ロンドン—』駸々堂 1984.
——『クラブ—18 世紀イギリス・政治の裏面史—』駸々堂 1985.
五幣久恵「*Moll Flanders* における Casuistry」同志社女子大学英文学会 *Asphodel* 24 (1990) 19-46.
小山路夫『西洋社会事業史論』光生館 1978.
A. S. コリンズ『十八世紀イギリス出版文化史—作家・パトロン・書籍商・読者』青木健・榎本洋訳 彩流社 1994.
近藤直樹「『ジョナサン・ワイルド』とフィールディングの語り」*Quest*, 京都大学大学院英文学研究会 1 (1987) 41-59.
作田啓一『個人主義の運命—近代小説と社会学—』岩波新書 1981.
櫻井正一郎『女王陛下は海賊だった—私掠で戦ったイギリス—』ミネルヴァ書房 2012.
櫻庭信之『絵画と文学：ホガース論考』研究社 1964;1987 増補版.
G. サルガードー『エリザベス朝の裏社会』松村赳訳 刀水書房 1985.

マイケル・サンデル『これから「正義」の話をしよう』鬼澤忍訳 早川書房 2010.
塩谷清人『ダニエル・デフォーの世界』世界思想社 2011.
チャールズ・ジョンソン『海賊列伝』(上・下) 中公文庫 2012 と改題.『イギリス海賊史』(上・下) 朝比奈一郎訳 リブロポート 1983.
ルネ・ジラール『欲望の現象学―ロマンティークの虚偽とロマネスクの真実―』古田幸男訳 法政大学出版局 1971.
関口尚志・梅津順一・道重一郎『中産層文化と近代―ダニエル・デフォーの世界から―』日本経済評論社 1999.
仙葉　豊「宗教人 Robinson Crusoe」*Osaka Literary Review* 第12号 (1973) 37-45.
――「Moll Flanders と内なる悪魔」『防衛大学紀要』第22輯 305-24.
――「Defoe と Swift―作者の誕生前夜―」『内多毅博士喜寿記念論集』東海大学出版会 (1987) 81-8.
――「Defoe の 'amphibious Creature' たち―casuist たちの灰色の空間」『英国小説研究』16 英潮社 (1992) 73-108.
――「ホガースの『兎を生んだ女』について―想像と妊娠の間―」『英米文学の可能性―玉井暲教授退職記念論文集―』英宝社 2010.
高山　宏『ふたつの世紀末』青土社 1986.
多田幸三・櫻庭信之・榎本　太『講座英米文学史 (8)・小説』大修館 1971.
ユベール・デシャン『海賊』田辺貞之助訳 白水社 1965.
ダニエル・デフォー『ロビンソン・クルーソー (上)』平井正穂訳 岩波文庫 1967.
――『ロビンソン・クルーソー (下)』平井正穂訳 岩波文庫 1971.
――『ロクサーナ』山本和平訳 集英社世界文学全集 10 1981.
――『ペスト』平井正穂・平野敬一訳 中央公論社 1973.
――『疫病流行記』泉谷治訳 現代思潮社 1974.
――『ペストの記憶』武田将明訳 研究社 2017.
――『名高き海賊船長シングルトンの冒険一代記』織田稔・藤原浩一訳 ユニオンプレス.

R. H. トーニー『宗教と資本主義の興隆』山口勇蔵・越智武臣訳 岩波文庫 1956.
中田耕治『冒険する女の世紀：男装の女性史』新書館 1983.
中村雄二郎『パスカルとその時代』東京大学出版会 1965.
夏目漱石『文学評論』講談社学術文庫 1977.
──『三四郎』岩波文庫（1938）1991.
蓮見重彦『物語批判序説』中央公論社 1985.
服部典之「増殖と収斂―『ロクサーナ』における自己参照性―」『言語文化研究』大阪大学言語文化部 16（1990）133-56.
──『詐術としてのフィクション―デフォーとスモレット―』英宝社 2008.
原　英一『〈徒弟〉たちのイギリス文学―小説はいかに誕生したか―』岩波書店 2012.
クリストファー・ヒバート『倫敦路地裏犯科帳』山本雅男訳 東洋書林 1999.
平井呈一「百洋ひゅーどろ三夜噺」『牧神』3 号 牧神社 1975 年 8 月.
J. B. ビュアリ『思想の自由の歴史』森島恒夫訳 岩波新書 1983.
ミシェル・フーコー『監獄の誕生』田村俶訳 新潮社 1977.
──『作者とは何か』清水徹・豊崎光一訳 哲学書房 1990.
藤井治彦「アレゴリーをめぐって」『シェイクスピア饗宴』英宝社 1996.
デイヴィッド・ブルーエット『「ロビンソン・クルーソー」挿絵物語』ダニエル・デフォー研究会訳 関西大学出版部 1998.
ヘンリー・フィールディング『トム・ジョウンズ』朱牟田夏雄訳 岩波文庫 1951.
クリントン・V・ブラック『カリブ海の海賊たち』増田義郎訳 新潮選書 1990.
アラン・ブレイ『同性愛の社会史』田口孝夫・山口雅男訳 彩流社 1993.
別枝達夫『キャプテン・キッド』中公新書 1965.
──『海賊の系譜』誠文堂新光社 1980.
ジョゼフ・ベディエ編『トリスタン・イズー物語』佐藤輝夫訳 岩波文庫 1985.
北条文緒『ニューゲート・ノヴェル―ある犯罪小説群―』研究社 1981.

シセラ・ボク『嘘の人間学』古田暁訳 TBSブリタニカ 1982.
干井洋一「デフォーの自負と不安—彼のジェントルマン論をめぐって—」『彦根論叢』滋賀大学 1990.
ギュスターフ・ルネ・ホッケ『文学におけるマニエリスム』I 種村季弘訳 現代思潮社 1987.
ジョン・マクリーン『アレゴリー』安西徹雄訳 文学批評ゼミナール 14 研究社 1971.
益子政史『スコットランドヤード：ロンドン悪の系譜』朝日イブニングニュース社 1986.
宮崎孝一『ダニエル・デフォー—アンビヴァレンスの航跡—』研究社 1991.
宮崎芳三「著作権の成立をめぐって」『英国小説研究』(第1冊) 文進堂 (1954) 139-58.
——「あいまいなるデフォー」『英国小説研究』Ⅳ 1958. 後に,『文集』山口書店 1988 に所収.
村井直之『近代ジャーナリズムの誕生—イギリス犯罪報道の社会史から』岩波書店 1995.
桃井治郎『海賊の世界史』中公新書 2017.
矢口孝次郎編『イギリス資本主義の展開』有斐閣 1957.
山田奨治『〈海賊版〉の思想—18 世紀英国の永久コピーライト闘争—』みすず書房 2007.
山本利治「決疑論者B夫人—『パミラ』第二部について—」『英文学評論』京都大学教養部 1972.
サミュエル・リチャードソン『パメラ』原田範行訳 研究社 2011.
渡邊孔二「ジョン・シェパードの黙劇—18 世紀前半ロンドンのモザイク風景」『風景の修辞学』(森晴秀編) 英宝社 1995.
——『愛された脱獄囚ジョン・シェパード』角川学芸出版 2008.
イアン・ワット『イギリス小説の勃興』橋本宏他訳 鳳書房 1998.
——『小説の勃興』藤田永祐訳 南雲堂 1998.

注

序　章

1)　宮崎芳三「あいまいなるデフォー」『英国小説研究』篠崎書林 IV (1958) 後に，宮崎芳三『文集』I. 255-79. に所収.

2)　この『海賊実録総史』(*General History of the Pyrates*)は，現在ではデフォーの作品としてかなり疑われている存在である．Moore の *Checklist* の杜撰な議論の典型として，Furbank & Owens は，*A Critical Bibliography of Daniel Defoe* (xx) のなかで，この作品の例をあげ，この作品がデフォーの作品ではないことを強調している.

3)　Furbank & Owens. *Critical Bibliography* および，John Robert Moore. *A Checklist of the Writings of Daniel Defoe* 参照.

4)　Maximillian E. Novak. *Daniel Defoe: Master of Fictions*, 702.

5)　James Sutherland. *Defoe*, Methuen, 1937, 1950.
ジェームズ・サザランド『『ロビンソン・クルーソー』を書いた男の物語—ダニエル・デフォー伝—』織田稔・藤原浩一訳 ユニオンプレス 2008. 以下，『デフォー伝』と省略.

6)　日本語訳は宮崎孝一『ダニエル・デフォー—アンビヴァレンスの航跡—』研究社 1991 を利用させていただいた．多少変えさせていただいたところもある.

7)　*Political and Economic Writings of Daniel Defoe*. Vol.3. *Dissent*. Ed. W.R. Owens. Pickering & Chatto, 2000. Notes 361.

8)　Defoe. *An Enquiry into the Occasional Conformity of Dissenters, in Case of Preferment* (1697). 同上書. 48. 日本語訳は拙訳による.

9)　サザランド『デフォー伝』171.

10)　Edmund Leites. "Casuistry and Character." *Conscience and Casuistry in Early Modern Europe*. Cambridge Univ. Press, 2001.

11)　梅津順一「ピューリタン決疑論と契約神学—パーキンズ，エイムズ，バクスター—」『歴史と神学』(上) 古谷安雄他編 聖学院大学出版会 (2005) 125-60.

12)　G. A. Starr. *Defoe and Casuistry*. Princeton Univ. Press. 1971.

13）マイケル・サンデル『これから「正義」の話をしよう』鬼澤忍訳 早川書房 2010.

第一章

1） 山田邦紀『明治時代の人生相談』幻冬舎 2007 年.
2） Faulkner, Howard. J. and Virginia D. Pruitt. *Dear, Dr. Menninger: Women's Voices from the Thirties*. U. of Missouri Press, 1997.
3） 小倉恵実「科学言説的アイコンとしてのフロイト・心理学及び精神分析—両大戦間期アメリカの大衆向け雑誌・文学におけるフロイト及び心理学イメージの受容について—」『京都産業大学論集』人文科学系列 43（2011）123-153.
4） *Nathaniel West: Novels and Other Writings*. Literary Classics of the United States, Inc.（1997）806.
5） *Miss Lonely Heart Nathaniel West,* 108.
6） *Defoe's Review*. 22 Books. Ed. A. W. Secord. New York: AMS, 1965.
7） John McVeagh. *The Works of Daniel Defoe. A Review of the State of the English Nations*. Vol.6: 1709-10. Intro. ii. Pickering and Chatto, 2008.
8） William Payne. *The Best of Defoe's Review*. 1951; New York: Books For Libraries Press, 1970, ix.
9） サザランド『デフォー伝』149.
10）小林章夫『クラブ—18 世紀イギリス・政治の裏面史—』駸々堂 1985.
——『コーヒー・ハウス』駸々堂 1984.
岩切正介『男たちの仕事場—近代ロンドンのコーヒーハウス—』法政大学出版局 2009. 参照.
11）*Spectator* Ⅰ, 6.
12）John Dunton. *Athenian Gazette, or Casuistical Mercury*.
13）Helen Berry. *Gender, Society and Print Culture in Late-Stuart World: The Cultural World of the Athenian Mercury*. Ashgate, 2003, 18.
14）Maximillian E. Novak. *Daniel Defoe: Master of Fictions*. Oxford U.P., 2001.
15）Charles Gildon. *The History of Athenian Mercury*.（1710）13.

16) デフォー『シングルトン船長』織田稔・藤原浩一訳 ユニオンプレス 300.
17) デフォー『ロクサーナ』山本和平訳 集英社世界文学全集 10 (1981) 478.

第二章

1) テキスト中では，"Mrs. Veal" とあるが，実際には未婚である．
2) Frank Higenbottam. "*The Apparition of Mrs. Veal to Mrs. Bargrave at Canterbury, 8th of September, 1705*: Two New Contemporary Manuscript Accounts," *Archaeologica Cantiana,* 73 (1959) 154-66.
3) Peter Underwood. *Dictionary of the Supernatural* (London: George G. Harrap, 1978) 82, 124.
4) 平井呈一，「百洋ひゅーどろ三夜噺」『牧神』3 号（牧神社 1975 年 8 月）158.
5) full title は *A True Relation of the Apparition of One, Mrs. Veal, the next day after her death: to one Mrs. Bargrave at Canterbury, the 8th of day of September, 1705.* テキストとしては，*Daniel Defoe*, ed. James T. Boulton. (New York: Schocken,1965) 所収のものを使用する．なおこの作品の成立時期，流布形態，原話者バーグレーヴ夫人とデフォーの接触の有無に関しては，未解決の点が多い．現存する最古の版は 1706 年 7 月 5 日発行で，版元は Benjamin Bragg. J. R. Moore は Bragg がデフォーの本の海賊出版者であった事実から，この版以前の版を想定しているが未発見である．Baine はこの版を初版としている．この作品は 1706 年 9 月以降 Charles Drelincourt の *Christian's Defense against the Fear of Death* の売れ残りの版と一緒に出版され，18 世紀だけで 20 版を越す評判をとる．ヴィール嬢の幽霊がこの作品を最良と推奨しており，また最古版より，末尾に Advertisement として，「Drelincourt の作品，売り切れ近し，お早いお買いもとめを」という主旨の広告が出ていたためだ．Baine によれば，このような広告と Drelincourt との作との結びつきは，デフォーの方針というより，出版者 Bragg の手になるという．デフォーとバーグレーヴ夫人の会見の真否についても不明だが，Moore のいうように "extremely probable" としておこう．John Robert Moore. *A Checklist of the*

Writings of Daniel Defoe (1960; rpt. Connecticut: Archon Books, 1971) 43-4. Rodney M. Baine. *Daniel Defoe and the Supernatural* (Athens: U. of Georgia Press, 1968) 107. 208-09. John Robert Moore. *Daniel Defoe; Citizen of the Modern World* (Chicago: U. of Chicago Press, 1958) 169.

6) G. A. Aitken. "Defoe's *Apparition of Mrs. Veal*," *Nineteenth Century* 37 (1895) 95-100. 後に *Romances and Narratives by Daniel Defoe*, ed. G. A. Aitken (London: Dent, 1895) vol. XV, xiv-xx に補筆所収. C. H. Firth. "Defoe's *True Relation of the Apparition of Mrs. Veal*," *RES* 7, N0. 25 (1931) 1-6. Dorothy Gardiner. "What Canterbury Knew of Mrs. Veal and Her Friends," *RES* 7, N0. 26 (1931) 1-10. Rodney M. Baine. "*The Apparition of Mrs. Veal*: a Neglected Account," *PMLA* 69 (1954) 532-41. Baine. "Defoe and Mrs. Bargrave's Story," *PQ* 33 (1954) 388-95. 後者は Baine. *Defoe and Supernatural* に再録. Arthur H. Scouten, "An Early Printed Report on the Apparition of Mrs. Veal,"*RES* 6, N0. 23 (1955) 259-63. Scouten. "A Rare Queen Anne Newspaper and Daniel Defoe," *Bulletine of the New York Public Library*, 69 (1955) 195-97. A. W. Secord. "A September Day in Canterbury: The Veal-Bargrave Story," *JEGP* 54 (1955) 639-50. 邦語文献としては，榎本太「幽霊と死の恐怖」『日本ジョンソン協会会報』N0. 8 (1979) 1-7. がある.

7) これら資料はすべて *Accounts of the Apparition of Mrs. Veal*, ed. Manuel Schonhorn (Augustan Reprint Society Publication,1965), N0. 115 に所収されている．ただし，拙論では，*Gray*, *EB* については，Higenbottam, *LP* は，Scouten. "An Early Printed Report on the Apparition of Mrs. Veal," *Payne* は Baine. "The Apparition of Mrs. Veal: a Neglected Account," *Lukin* は，Firth 所収のものを使用している．各資料は短いものであるから，以後 *Defoe*, *EB*, *Lukin*, *Gray*, *LP*, *Spavan*, *Payne* と略記するにとどめる.

8) Rodney M. Baine. *Daniel Defoe and the Supernatural*, 91-108.

9) George R. Wasserman, "John Norris and the Veal-Bargrave Story," *MLN* 75 (1960) 648-51. もっとも，Wasserman は Norris をデフォーの押入したものと考えているが，これは性急である.

10) この家系図の作成，および以下の伝記的記述は，主にSecordに依っている．
11) *Defoe*で言及されている“old Mr. Breton”である．
12) Secord, 642.
13) Secord, 645.
14) ただし家系図で明らかなように，事実は，母方ではなく，祖母の血統である．
15) Lawrence Stone. *The Family, Sex and Marriage in England 1500–1800*（London: Weidenfeld and Nicolson, 1977）310.
16) Bargrave夫人は夫の死後（1707年）女性霊視者的風貌を備えてゆく．*Payne*には女性の魂の擁護の一節が加えられるし，1726年5月の*The Family London Post*誌には，Londonに二つしかない女性霊友会（Society of the Fair Sex）の片方の会長となって，土曜ごとに例会をひらく彼女へのあてこすりの記事が載っている．（Baine. *Defoe and the Supernatural*, 92）これではウィリアムとの対立が収まらないわけである．
17) Keith Thomas. *Religion and the Decline of Magic*（1971; rpt. Harmondsworth: Penguin Books, 1973）712.
18) David E. Stannard. *The Puritan Way of Death: A Study in Religion, Culture, and Social Change*（New York: Oxford U. P.,1977）107.
19) 大宮溥「教理史における死と葬儀」日本基督教団信仰職制委員会編『死と葬儀』116.
20) Daniel Defoe. *The History and Reality of Apparitions, The Novels and Miscellaneous Works of Daniel Defoe*, ed. Walter Scott（1840; rpt. New York: AMS, 1973）vol. XIII, 186.

第三章

1) Daniel Defoe. *Applebee's Journal* in *Daniel Defoe; His Life and Recently Discovered Writings,* ed. William Lee（1869; rpt. New York : Burt Franklin, 1969）Ⅲ, 355.
2) ミシェル・フーコー『狂気の歴史』田村俶訳 新潮社 49, 65, 81.
3) John Locke. *The Works of John Locke*（1823; rpt. Germany: Scientia Verlag Allen, 1965）Vol. II, 288.

4) *OED*1 による．小川和夫「Shakespeare on Imagination」『英語青年』1968 年 3, 4, 5 月号参照.

5) "The Muses are Silent", Paul Hazard. *The European Mind 1680–1715,* tr., J. Lewis May（Penguin University Books, 1973）381.
なお ,「冷たき哲学」に関しては，Basil Willey. "The Touch of Cold Philosophy," in *The Seventeenth Century: Studies in the History of English Thought and Literature from Bacon to Pope*（Stanford University Press, 1951）369–376. 参照.

6) Daniel Defoe. Preface to *The Serious Reflections during the Life and Strange Surprising Adventures of Robinson Crusoe*, ed. Michael Shinagel（Norton Critical Edition, 1975）259.

7) Addison の理論が画期的であればある程この磁場から遠くはなれていた.

8)『ロビンソン・クルーソー』（下）平井正穂訳 岩波文庫，解説 411.

9) Rudolf G. Stamm. "Daniel Defoe : An Artist in the Puritan Tradition," *Philological Quarterly,* No.3（1936） 235.

10) Daniel Defoe. *The Further Adventures of Robinson Crusoe, The Novels and Miscellaneous Works of Daniel Defoe,* ed. Walter Scott（1840; rpt. New York: AMS, 1973）II. ただし以下，この作品の引用は『ロビンソン・クルーソー』（下）平井成穂訳により引用頁数を記す.

11) フーコーは狂気の治療法として，「覚醒」「芝居」とともに「自然の充足性」をあげてこういっている．「農耕者の無媒介な世界が狂気を治し・・・．その世界が欲望，ならびに欲望によってかき立てられる情念の動きを無駄にする・・・（そして）想像作用および妄想のあらゆる可能性を鎮圧してしまう」『狂気の歴史』356.

12) Defoe. *Robinson Crusoe*, ed. Michael Shinagel. ただし以下，この作品の引用は『ロビンソン・クルーソー』（上）平井正穂訳により引用頁数を記す.

13) Perry Miller. *The New England Mind; The Seventeenth Century*（Beacon Paperback, 1961）262.

14) Basil Wiley. *The Seventeenth Century Background*（1934; rpt. Harmondsworth: Penguin Books Ltd, 1972）176.

15) Defoe. *A Vision of the Angelic World* in *Romances and Narratives by*

Daniel Defoe, ed. George A. Aitken (London: Dent, 1895) Ⅲ, 295.

16) Defoe. *The History of the Devil*, ed. Richard G. Landon. EP Publishing Ltd. (1972) 134.

17) Defoe. *A System of Magic, The Novels and Miscellaneous Works of Daniel Defoe*, ed. Walter Scot. 1840: rpt. New York: AMS, 1973. XII, 116.

18) J. Paul Hunter. *The Reluctant Pilgrim; Defoe's Emblematic Method and Quest for the Form in Robinson Crusoe* (Baltimore: Johns Hopkins Press,1966) 23ff.

19) ジョン・マクイーン『アレゴリー』安西徹雄訳 文学批評ゼミナール 14 研究社 25.

20) Defoe. Preface to *The Serious Reflections* in *Robinson Crusoe*, ed. Michael Shinagel. A. Norton Critical Edition, 1975, 260.

21) *Ibid*. 280.

22) Samuel Johnson. *A Dictionary of the English Language* "exist" の項, Robert South の Sermon よりの引用.

23) G. A. Starr. *Defoe and Casuistry,* Princeton University Press, 1971, 9-20.

24) グスタフ・ルネ・ホッケ『文学におけるマニエリズム』I 種村季弘訳 現代思潮社 130.

25) Defoe. *Consolidator,* in *The Earlier Life and the Chief Earlier Works of Daniel Defoe*, ed. Henry Morley (London,1889) 351.

26) Defoe. *Roxana*, ed. Jane Jack (Oxford English Novels, 1964) 68-69. 以下この作品の引用はこの版による．この章にかぎり，日本語訳は拙訳による．引用のページ数は，上述の英語版のページ数である．

27) Maximillian E. Novak. *Defoe and the Nature of Man*. Oxford U.P., 1963.

28) Defoe. *Conjugal Lewdness or Matrimonial Whoredom*, ed. Maximillian E. Novak, Florida: Scholar's Facsimiles & Reprints, 1967, 350, 351.

29) Quakeress の奇妙な嘘の合理化については，Starr. *Defoe and Casuistry*, 230-8.

30) Margaret Anne Doody. *A Natural Passion: A Study of the Novels of*

Samuel Richardson. Oxford at the Clarendon Press, 1974. 参照.

第四章

テキストは，*The Shakespeare Head Edition of the Novels of Daniel Defoe*（1927; rpt. London: William Clowes and Sons, 1974）と，*The Prose Works of Jonathan Swift,* Herbert Davis. *et al.* eds. 14 vols.（Oxford: 1939-68）を使った．訳は，『ガリヴァー旅行記』，『ロビンソン・クルーソー』（上）（下）いずれも，岩波文庫版，平井正穂訳をお借りした．引用にあたっては，原文をもとに一部変えたところもある．いずれも限られた箇所からの引用であるので，頁数は省略している．

1） Michel Foucault. "What Is an Author?" in Josué V. Harari (ed.) *Textual Strategies: Perspectives in Post-Structuralist Criticism*（New York: Cornell U. P., 1979）参照.

2） 高山　宏『ふたつの世紀末』青土社（1986）149.

3） 蓮實重彦『物語批判序説』中央公論社（1985）76.

4） Lennard J. Davis. *Factual Fictions: The Origin of the English Novel*（New York: Columbia U. P., 1983）67.

5） Jerry C. Beasley. *Novels of the 1740s*（Athens: The U. of Georgia Press, 1982）, 184.

6） フィールディング『トム・ジョーンズ』（I）朱牟田夏雄訳 岩波文庫 15.

7） デフォー『ロクサーナ』山本和平訳 集英社世界文学全集 10, 245.

8） Charles L. Batten Jr. *Pleasurable Instruction: Form and Convention in Eighteenth-Century Travel Literature*（Los Angeles: Univ. of California Press, 1978）59.

9） デフォーとスウィフトは，相当明確な対立項がある．もっともこのような図式は，後代からみたものであって，スウィフトにとっては，デフォーはライヴァルとは意識されなかった．金のために書いたことは決してないと明言するスウィフトにとって，デフォーは，金のためならなんでも書く三文文士なのであり，「あのさらし台に立たされた奴で名前も忘れた」（the Fellow that was pilloried I have forgot his Name...）（Rogers. Critical Heritage 38）という彼のデフォー評に明ら

かなように，デフォーは軽蔑するにも値せぬ黙殺の対象であったのだろう．二人の直接の応酬といわれる，スウィフトの『エグザミナー誌』（The Examinor），デフォーの『レヴュー誌』（The Review）間のやりとりは，無学と謗られたデフォーの側での一人相撲だったと言われる．John F. Ross. Swift and Defoe: A Study in Relationship（1941, rpt: Norwood Editions, 1974）32. 共通項としては，当時の宰相ロバート・ハーレー（Robert Harley）の下で共にプロパガンディストとして働いたことが挙げられる．デフォーは機関銃として，スウィフトは大砲として政党間の紙つぶて戦争に参加し，ともにハーレーの政敵を攻撃した．Richard I. Cook. *Jonathan Swift as a Tory Pamphleteer*（Seattle: Univ. of Washington press, 1967）および，J. A. Downie. *Robert Harley and the Press: Propaganda and Public Opinion in the Age of Swift and Defoe*（London: Cambridge U. P., 1979）を参照.

10）Charles C. Mish. "Early Eighteeth-Century Best Sellers in English Prose Fiction," *PBSA*, 75（1981）414-15. Philip B. Gove. *The Imagi-*

	デ フ ォ ー	ス ウ ィ フ ト
宗 教 的	非 国 教 徒	国教徒でありしかもダブリンの聖パトリック教会の主任司祭
政 治 的	ホイッグ寄り	ト ー リー 寄り
精 神 基 盤	都市新興商人的	地 方 地 主 的
人 間 観	楽 観 的進 歩 的	悲観的 保守的
植 民 地 観	拡 張 論 者	小英国 主義者
文 学 観	文化的表層を担う三文文士共和国の王にして，この時代のあらゆるテーマを扱う幅の広さがあり，その知のありようは水平的	古典的教義の深さを誇り，賢者の才人（Leaned wit）の伝統に連なる垂直的知の持主
文体上の特 徴	表や数字を好んで使う	糞 尿 趣 味
笑 い	ピューリタン的真面目さと乾いた笑い	しやれ・地口・パロディなどを好む遊びの精神

nary Voyage in Prose Fiction (1941; rpt. New York: Octagon Books, 1975).

11) Quoted by Irvin Ehrenpreis. *Swift: the Man, his Works, and the Age* (London: Methuen, 1983) vols.3, 329.

12) William Eddy. *Gulliver's Travels: A Critical Study* (New York: Russell and Russell, 1963)

13) R. W. Frantz. "Gulliver's 'Cousin Sympson'" *HLQ*, 3 (1938) 332.

14) Percy G. Adams. *Travelers and Travel Liars 1660-1800* (1962; rpt. Dover Publications: 1980) 1-2.

15) R. W. Frantz. *The English Traveler and the Movement of Ideas 1660-1732* (1934; rpt. New York: Octagon Books, 1968) 30.

16) Adams は，これを "truth-lie dichotomy" と呼んでいる．Percy G. Adams. *Travel Literature and the Evolution of the Novel* (Lexinton: The U. P. of Kentucky, 1982) 81.

17) (Defoe ?). *Madagascar; Or Robert Drury's Journal, During Fifteen Years' Captivity on That Island.* Ed. Captain Pasfield Oliver (1890; rpt. New York: Negro Univ. Press, 1969) 29.

18) *Ibid.*, 28.

19) John Robert Moore. *Defoe's Sources for Robert Drury's Journal* (1943; rpt. New York: Haskell House Publishers, 1961) および Arthur W. Secord. *Robert Drury's Journal and Other Studies* (Urbana: U. of Illinois Press, 1961) を参照.

20) (Defoe ?). *Madagascar: Or Robert Drury's Journal*, 313.

21) (Defoe?). *The Four Years Voyages of Captain George Roberts* (1726; rpt. New York: Garland, 1972) 458.

22) Pat Rogers. "Gulliver's Glasses" in Clive T. Probyn. ed., *The Art of Jonathan Swift* (London: Vision Press, 1978) 189.

23) 仙葉　豊「Defoe と Swift―作者の誕生前夜―」『内多毅博士喜寿記念論集』(東海大学出版会 1987) 81-8. 参照.

24) "embedding" "frame-narrator" "metanarrative" については，それぞれ，Tzvetan Todorov, *The Poetic of Prose* (Ithaca: Cornell U. P., 1977) 70. F. K. Stanzel. *A Theory of Narrative* (Cambridge: Cambridge U. P., 1984) 205. 267. Gérard Genette, *Narrative Discourse:*

An Essay in Method (Ithaca: Cornell U. P., 1980) 228.

25) *DNB*. George Psalmanazar. の項.

26) Nigel Dennis. *Jonathan Swift: A Short Character*. In *The Writings of Jonathan Swift*. Eds. Robert A. Greenberg and William B. Piper (New York: Norton, 1973) 662.

27) Harold Williams. Ed., *The Correspondence of Jonathan Swift* (London: Oxford U. P., 1963) Vol. III. 102. なお,『ガリヴァー旅行記』の出版経緯については, おもに Harold Williams, *The Text of Gulliver's Travels* (1952; rpt. Pennsylvania: Folcroft, 1969) によっている.

28) *Ibid*., 181.

29) *Ibid*., 181.

30) *Ibid*., 153.

31) Swift. *Correspondence*, vol. II, 44.

32) Swift. *Correspondence*, vol. IV, 82.

33) James T. Boulton. Ed., *Daniel Defoe* (New York: Schocken Books, 1965) 96.

34) John Robert Moore. *Daniel Defoe: Citizen of the Modern World* (Chicago: The U. of Chicago Press, 1958) 118.

35) *Ibid*., 114.

36) Pat Rogers. Ed., *Defoe: The Critical Heritage* (London: Routledge and Kegan Paul, 1972) 38.

37) Paul Dottin. Ed., *Robinson Crusoe Examin'd and Criticis'd* (1923; rpt. Pennsylvania: Folcroft, 1974) 113.

38)『ロビンソン・クルーソー』(上) 平井正穂訳 岩波文庫 (1967) 7.

39) Daniel Defoe. *Serious Reflections during the Life and Surprising Adventures of Robinson Crusoe* in *Romances and Narratives by Daniel Defoe*. Ed. George A. Aitken. (London: Dent, 1895) III, ix.

40) John Robert Moore. "Defoe's Persona as Author: the Quaker's Sermon" *SEL* 11 (1971) 507.

41) John Robert Moore. *A Checklist of the Writings of Daniel Defoe* (1960; Connecticut: Archon Books, 1971) 121, 172.

42) Pasfield Oliver. Ed., *Madagascar: or, Robert Drury's Journal, during Fifteen Year's Captivity on That Island* (1890; rpt. New York: Negro

U. P., 1969) 29. これが Defoe の作であることの考証は，John Robert Moore. *Defoe's Sources for Robert Drury's Journal*（1943: rpt. New York: Haskell House Publishers, 1973）. また Drury が実在する人物だったという点は，Arthur W. Secord. *Robert Drury's Journal and Other Studies*（Urbana: U. of Illinois Press, 1961）参照.

43）Swift. *Correspondence*, III, 182.

44）Bertrand A. Goldgar. "*Gulliver's Travels* and the Opposition to Walpole" in H. K. Miller, Eric Rothstein, G. S. Rousseau. Eds., *The Augustan Milieu: Essays Presented to Louis A. Landa*（London: Oxford U. P., 1970）158.

45）J. A. Downie. *Jonathan Swift : Political Writer*（London: Routledge and Kegan Paul, 1984）243.

46）Swift. *Correspondence*, III, 182.

47）A. S. Collins. *Authorship in the Days of Johnson*（1927; rpt. New York: Augustus M. Kelly Publishers, 1973）60. なお 18 世紀の著作権に関しては，宮崎芳三「著作権法の成立をめぐって」『英国小説研究』第 1 冊（1954）文進堂，139–58. 参照.

48）Irvin Ehrenpreis. *Swift: the Man, his Works, and the Age*（London: Methuen, 1983）Vol. III, 783.

49）Hugh Amory. "De facto Copyright? Fielding's Works in Partnership, 1769–1821" *ECS* 17（1984）453.

50）Swift. *Correspondence*, IV, 154.

51）*Ibid.*, 414.

52）Maximillian E. Novak. Ed., *English Literature in the Age of Disguise*（Los Angeles : U. of California Press, 1977）7.

53）伝記は主に，John Robert Moore. *Daniel Defoe: Citizen of the Modern World*（The U. of Chicago Press, 1958）; Paula R. Backscheider. *Daniel Defoe: His Life*（The Johns Hopkins U. P., 1989）; Maxmillian Novak. *Daniel Defoe: Master of Fictions: His Life and Ideas*（Oxford U. P.,2001）による.『ロビンソン・クルーソー』の批評史の概観は，Pat Rogers. *Robinson Crusoe*（Unwin Critical Library, 1979）が手際よくまとめてある．なお，デフォーのテキストに関しては問題が多い．匿名で書かれた政治的なパンフレットでは，まだ著作性が確立されて

いないものも多く，定評のあるMooreの*Checklist*で500冊以上のデフォー作品があるとされていたが，最近，Furbank & Owens. *A Critical Bibliography of Daniel Defoe*（London: Pickerinf and Chatto, 1998）によって，デフォー作品の見直しが行われており，その数も半数ほどに減らされている．

54）デイヴィッド・ブルーエット『「ロビンソン・クルーソー」挿絵物語』ダニエル・デフォー研究会訳 関西大学出版部（1998）は，時代によるクルーソー物語の受容の相違が挿絵に表れることを例証している．

55）岩尾龍太郎『ロビンソン変形譚小史』みすず書房（2000）は，このような「ロビンソナード」を分類整理していて便利である．また，クルーソーが，ファウスト，ドン・キホーテ，ドン・ジュアンと並んで，西欧近代の個人主義の神話的人物像になっていることは，Ian Watt. *Myth of Modern Individualism: Faust, Don Quixote, Don Juan, Robinson Crusoe*（Cambridge U. P.,1996）を参照．

56）M・グリーン『ロビンソン・クルーソー物語』岩尾龍太郎訳 みすず書房（1992），また，J・M・クッツェー『敵あるいはフォー』本橋哲也訳 白水社（1992）は，原題が*Foe*であり，デフォーの実名と「敵」という意味のfoeが掛け合わされている．いわゆるポスト・コロニアル的視点からの，植民地主義者としてのデフォー批判である．

57）Charles Gildon. *The Life and Strange Surprising Adventures of Mr. D-De-F-, Hosier,* in *Robinson Crusoe, Examin'd and Criticis'd or A New Edition of Charles Gildon's Famous Pamphlet, Now published with an Introductory Notes by Paul Dottin*（J. M. Dent and Sons Ltd., 1923）.

58）物語が，事実としてしか提示できなかった創作上の制約の強さは，暴かれた書簡や偶然発見された物語などの，事実としての提示侔が必要であったことからも分かるだろう．蓮實重彦『物語批判序説』中央公論社（1985）参照

59）Charles C. Mish. "Early Eighteenth-Century Best Sellers in English Prose Fiction,"*Papers of the Bibliographical Society of America* 75 (1981), 414-15.

60）Arthur W. Secord. *Studies in the Narrative Method of Daniel Defoe*（U. of Illinois Press, 1924）参照.

61) Moore. *Daniel Defoe*, 223.

62) Ian Watt. *The Rise of the Novel: Studies in Defoe, Richardson and Fielding* (Chatto and Windus, 1957) なお，邦訳は二種類ある．イアン・ワット『イギリス小説の勃興』橋本宏他訳 鳳書房（1998）と，イアン・ワット『小説の勃興』（藤田永祐訳）南雲堂（1999）である．また，*Eighteenth Century Fiction*, Jan-Apr (2000) はワットのこの研究書の特集号であり，今なお，この書が大きな影響をもっていることを示している．

63) 大塚久雄『社会科学における人間』岩波新書（1977）参照．

64) クルーソー物語の宗教的パターンに関しては，J. Paul Hunter. *The Reluctant Pilgrim: Defoe's Emblematic Method and Quest for Form in Robinson Crusoe* (The Johns Hopkins U. P., 1966), 89. また，G. A. Starr. *Defoe and Spiritual Autobiography* (Princeton U. P., 1965) も同趣旨である．

65) R. W. Ayers. "*Robinson Crusoe:* 'allusive allegorick history'," *PMLA* 132 (1967), 405.

66) Ian Watt. "Serious Reflections on *The Rise of the Novel*," in Mark Spilka ed., *Towards a Poetic of Fiction* (Indiana U. P., 1977).

67) Lennard J. Davis. *Factual Fictions: The Origin of the English Novel* (U. of Pennsylvania Press, 1983).

68) ミシェル・フーコー『作者とは何か』清水徹・豊崎光一訳 哲学書房（1990）.

69) Davis. *Factual Fictions*, 67.

70) 図版は，Ronald Paulson ed., *Hogarth's Graphic Works* (Yale U. P., 1965) より．

71) Charles Gildon. *An Epistle to D…D'F…e, the Reputed Author of Robinson Crusoe Examin'd and Criticis'd*, 81.

72) Daniel Defoe. *Serious Reflections during the Life and Surprising Adventures of Robinson Crusoe (1720)*, in G. A. Aitken. Ed., *Romances and Narratives by Daniel Defoe* (J. M. Dent and Co., 1895) vol. III.

73) Defoe. *Serious Reflections*, xii.

74) その代表的なものが，Michael Mckeon. *The Origins of the English*

Novel, 1600–1740（The Johns Hopkins U. P., 1987）である.

75）ヘンリー・フィールディング『トム・ジョーンズ』朱牟田夏雄訳 岩波文庫（1975）15.

76）Nancy Armstrong. *Desire, and Domestic Fiction: A Political History of the Novel*（Oxford U. P.,1987）109.

第五章

1）テキストは，Daniel Defoe. *A Journal of the Plague Year,* ed. Louis Landa（Oxford U.P., 1972）とする．なお，邦訳として，『ペスト』（平井正穂・平野敬一訳，中央公論社）と『疫病流行記』（泉谷治訳，現代思潮社）を利用させていただいた．本文中では，『ペスト』で統一してある．引用にあたっては，原文をもとに一部変えたところもある．また，『適切なる疫病対策』は，Daniel Defoe. *Due Preparations for the Plague, as well for soul as body. Romances and Narratives by Daniel Defoe,* ed. G. A. Aitken. London : Dent, 1895. を利用している．日本語訳は拙訳である．

2）この記述は，主に，Alfred James Henderson. *London and the National Government, 1721–1742*（Duke U. P., 1945）による．

3）天川潤次郎『デフォー研究』未来社（1996），John Carswell. *The South Sea Bubble*（Camelot Press, 1960）Maximillian Novak. "Defoe and the Disordered City," *PMLA*, 92（1977）241–52. 参照.

4）Landa. ed., *A Journal of the Plague Year,* xxvi.

5）Mark Shorer. Ed., *Moll Flanders*（Modern Library, 1950）xi. F. Bastian. " Defoe's *Journal of the Plague Year* Reconsidered," *Review of English Studies,* 16（1965）151–73. Manuel Schonhorn. "Defoe's *Journal of the Plague Year*: Topography and Intention," *RES* 76（1968）387–401. などを参照.

6）「ペスト評論」は，デフォーが，*Applebee's Original Weekly Journal* 誌に掲載したもので，ここでは，*Life and Writings of Daniel Defoe,* ed. William Lee（1869; rpt. New York: Burt Franklin, 1969）vol. II 所収のものを利用している．『ミスト』誌は，ナサニエル・ミストの *Mist's Weekly Journal* のことである.

7）F. P. Willson. *The Plague in Shakespear's London*（1927; rpt. Oxford

Paperbacks, 1963）参照.

8） Walter George Bell. *The Great Plague in London*（1920; rpt. AMS : 1979）113. によると，nurse の給料は，週に 5-8 シリング watchman のそれは，週に 7 シリングだったという．ちなみに，この本は，医学史家で，*A History of Bubonic Plague in the British Isles*（Cambridge, 1970）を書いた J. F. D. Shrewsbury をして，私はこの本の appendix を書いたにすぎない，といわしめたほどの名著である．

9） G. A. Starr. *Defoe and Casuistry*（Princeton U. P., 1971）71-3.

10） Examiner が実在の役職であったか，デフォーの創作したものだったのか，まだ決着がついていない．これを創作とする Bell に Bastian は反証を提出したが，まだ完全なものとはいえないと思う．Bell. *The Great Plague in London*, 106. および，Bastian. "Defoe's *Journal of the Plague Year* Reconsidered," 155. 参照.

11） ミシェル・フーコー『監獄の誕生』田村俶訳，新潮社 200.

12） 医学史的な背景に関しては，川喜田愛郎『近代医学の史的基盤』（上）岩波書店，328.

13） メランコリーという心の病の当時の医学的な体内イメージについては，Cecil A. Moore. *Backgrounds of English Literature*, 1700-1760（1953; rpt. Octagon Press, 1979）190. および Susan Sontag. *Illness as Metaphor*（Vintage Books, 1979）75-8. を参照.

14） Everett Zimmerman. *Defoe and the Novel*（U. of California Press, 1971） Max Byrd. *London Transformed: Images of the City in the Eighteenth Century*（Yale U. P., 1978）なお，typology に関しては，Paul J. Korshin. *Literary Uses of Typology*. Ed. Earl Miner（Princeton U. P., 147-203）がある．

第六章

1） Maximillian E. Novak. "Defoe's 'Indifferent Monitor': The Complexity of *Moll Flanders,*" in *Moll Flanders*, ed., Edward Kelly（New York: Norton, 1973）418.

2） Lennard Davis. *Factual Fictions: The Origins of the English Novel*（New York: Columbia U. P., 1983）42.

3） G. A. Starr. *Defoe and Casuistry*（Princeton : Princeton U. P., 1971）.

4) Choose the lesser of two evils.
5) 中村雄二郎『パスカルとその時代』東京大学出版会(1965).
6) *Dictionary of the History of Ideas* (Charles Scribner's Sons, 1968), casuistry の項による.
7) Circumstances alter cases.
8) Camille Wells Slights. *The Casuistical Tradition in Shakespeare, Donne, Herbert, and Milton* (Princeton: Princeton U. P., 1981).
9) G. A. Starr. *Defoe and Casuistry*. 50.
10) Daniel Defoe. *His Life and Recently Discovered Writings*, ed. William Lee (1869; New York: Burt Franklin, 1969) vol.2, 186, 271.
11) Daniel Defoe. *The History of the Devil*, 166, 304.
12) G. A. Starr. *Defoe and Casuistry*. 51.
13) Daniel Defoe. *Serious Reflections during the Life and Surprising Adventures of Robinson Crusoe* vol.3 *of Romances and Narratives*, ed. G. A. Aitken (London: Dent, 1895) 以下の引用はこの版による. 日本語訳は拙訳である. また, この点に関しては, 一人しか助からない板切れを二人の海上遭難者が争うという Carneades の板の場合と同質である. 自分が助かるためには相手を見殺しにしていいのかという倫理問題がそこに発生する. Maximillian E. Novak の *Defoe and the Nature of Man* (London: Oxford, 1963) 70, および松本清張の『カルネアデスの舟板』角川文庫, 42. 参照.
14) William L. Payne. *The Best of Defoe's Review* (1951; New York: Books For Libraries Press, 1970) 271.
15) Daniel Defoe. *Robinson Crusoe*, ed. J. D. Crowley (London: Oxford U. P., 1972) 以下引用はこの版による. 日本語訳は『ロビンソン・クルーソー』(上) 平井正穂訳 岩波文庫を使用している。原文をもとに一部変えたところもある.
16) Daniel Defoe. *The Complete English Tradesman*, vol. 2 (1726; New York: Augustus M. Kelley Publishers, 1969) 85-6. 以下引用はこの版による. 日本語訳は拙訳.
17) Daniel Defoe. *The Complete English Gentleman*, ed. Karl D. Bulbring (1890; New York: Folcroft, 1972) 5. 以下引用はこの版による. 日本語訳は拙訳.

18) Lawrence Stone. *The Family, Sex and Marriage in England 1500-1800* (London: Weidenfeld and Nicolson, 1977) 426-32.

19) *Daniel Defoe*, ed. James T. Boulton (New York: Schocken Books, 1965) 59. なおこの例は発表の質疑中に，岡照雄氏より御教授いただいたものである．

20) *Everyman's Business is Nobody's Business*. Vol.19, *The Novels and Miscellaneous Works of Daniel De Foe* (1841; New York: AMS Press, 1973) 8.

21) Paula R. Backscheider. *Daniel Defoe: Ambition and Innovation* (Lexington: U.P. of Kentucky, 1986) 202.

22) シセラ・ボク『嘘の人間学』古田暁訳 TBS ブリタニカ（1982）14.

23) 以下，日本語訳は『モル・フランダース』（上・下）伊澤瀧雄訳 岩波文庫 1968 年．をお借りしている．ただし変えたところもある．

24) ローレンス・ストーン『家族・性・結婚の社会史―1500 年 -1800 年のイギリス―』北本正章訳 勁草書房 1991 年 199.

25) Murial B. Williams. "Marriage Law to 1753," in *Marriage; Fielding's Mirror of Morality*, Univ. of Alabama Press, 1973.

26) Albert R. Johnson & Stephen Toulmin. *The Abuse of Casuistry: A History of Moral Reasoning*, Univ. of California Press, 1988, 152-157.

27) サンドラ・ギルバート＆スーザン・グーバー『屋根裏の狂女―ブロンテと共に―』朝日出版社 1985 年.

28) ジョゼフ・ペディエ編『トリスタンとイズー物語』佐藤輝夫訳 岩波文庫 1953.

29) 夏目漱石『三四郎』岩波文庫 1938.

30) シセラ・ボク『嘘の人間学』.

31) Daniel Defoe. *Moll Flanders. The Novels of Daniel Defoe*, Vol.6. *The Fortunes and Misfortunes of the Famous Moll Flanders*. Ed. Liz Bellamy, Pickering & Chatto, 2009, 291.

32) Daniel Defoe. *Moll Flanders*, World Classics. Ed. G. A. Starr, 1971, 369.

33) 香内三郎『読者の誕生―活字文化はどのようにして定着したか』晶文社 2004.

第七章

テキストは，Daniel Defoe. *Colonel Jack*, Samuel Holt Monk, ed. (London: Oxford U. P., 1965) を使用する．日本語訳は拙訳である．

1) 織田稔「Col. Jack の修行時代—'real' と 'ideal'—」『大阪学芸大学英語英文学』第 12 号 (1967) 39.
2) James Sutherland. *Daniel Defoe: A Critical Study* (Cambridge, Massachusetts: Harvard U. P., 1971) 189.
3) 塩谷清人『ダニエル・デフォーの世界』世界思想社 (2011) 343.
4) 夏目漱石『文学評論』(三) 櫻庭信之校注 講談社学術文庫 (1977) 160.
5) Ian Watt. *The Rise of the Novel: Studies in Defoe, Richardson and Fielding* (1957; rpt. Harmondsworth; Penguin Books, 1972) 95.
6) 大塚久雄『社会科学の方法』岩波新書 (1966) 97-131，および『社会科学における人間』岩波新書 (1977) 21-69.
7) J. P. Hunter. *The Reluctant Pilgrim: Defoe*'s *Emblematic Method and Quest for Form in Robinson Crusoe* (Baltimore: The Johns Hopkins Press, 1966).
8) R. H. トーニー著『宗教と資本主義の興隆』(下) 出口勇蔵・越智武臣訳 岩波文庫 (1956) 143.
9) J. R. Moore. *Daniel Defoe: Citizen of the Modern World* (Chicago and London: The U. of Chicago Press, 1958) 242.
10) Maximillian E. Novak. *Defoe and the Nature of Man* (London: Oxford U. P., 1966) 66.
11) Maximillian E. Novak. *Economics and the Fiction of Daniel Defoe* (1962; rpt. New York: Russell and Russell, 1976) 76.
12) 越智武臣『近代英国の起源』ミネルヴァ書房 (1966) 311.
13) M. Shinagel, *Defoe and middle-Class Gentility* (Cambridge, Massachusetts: Harvard U. P., 1968), William H McBurney. "Colonel Jack: Defoe's Definitions of the Complete English Gentleman," *SEL* 11 (1962) 321-36.
14) Harry Sieber. *The Picaresque* (London: Methuen, 1977) 51-5.
15) Everett Zimmerman. *Defoe and the Novel* (California: U. of California

Press, 1975) 134.

16) McBurney. "Colonel Jack: Defoe's Definitions of the Complete English Gentleman," 325.

17) Novak. *Economics and the Fiction of Daniel Defoe*, 70.

18) William Lee. ed., *Daniel Defoe: His Life and Recently Discovered Writings* (1869; rpt. New York: Burt Franklin, 1967) vol. III, 158.

19) 天川潤次郎「18 世紀を中心とするワークハウス制度の展開」矢口孝次郎編『イギリス資本主義の展開』有斐閣(1957) 149-208.

20) 小山路男『西洋社会事業史論』光生館(1978) 57.

21) J. A. Downie. *Robert Harley and the Press* (London: Cambridge U.P., 1979) 80-8.

22) Daniel Defoe. *Giving Alms No Charity* (New York: Johnson Reprint Corporation) 13.

23) Daniel J. Boorstin. *The Americans: The Colonial Experience* (1958; rpt. New York: Vintage Books) 101.

24) A. S. Turbervill. English Men and Manners in the Eighteenth Century (Oxford: Oxford Clarendon Press, 1926) 122. および Dictionary of National Biography の Oglethorpe の項.

25) Dorothy George. *London Life in the Eighteenth Century* (1925; rpt. Harmondsworth: Penguin Books, 1976) 149.

26) Boorstin. *The Americans*, 97.

27) Hunter. 89.

28) Monk, Defoe. *Colonel Jack*, vi.

29) Defoe. *Conjugal Lewdness or Matrimonial Whoredom*. A Facsimile Reproduction with an Introduction by Maximillian E. Novak (Florida: Scholars' Facsimiles and Reprints, 1967) 340.

30) A. W. Secord. Ed., *Defoe's Review*, Appendix, Book III (New York: AMS, 1965).

31) Paul S. Fritz. *The English Ministers and Jacobitism between the Rebellions of 1715 and 1745* (Toronto: U. of Toronto Press, 1975) 6.

32) John Robert Moore. *A Checklist of the Writings of Daniel Defoe* (Connecticut: Archon Books, 1971) 184.

33) 小池滋『幸せな旅人たち』南雲堂(1962) 32.

34) 川本静子『イギリス教養小説の系譜』研究社（1973）17.
35) Arnold Weinstein. *Fictions of the Self: 1550-1800*（New Jersey: Princeton U.P., 1981）15.

第八章

1) 17世紀の多種多様なロマンスを一言でいうのはむずかしい．Tiejeは8種，Morganは少なくとも7種，Salzmanは9種を挙げている．Arthur J. Tieje. "The Expressed Aim of the Long Prose Fiction From 1519 to 1740," *JEGP* 11（1912）403-405. Charlotte Morgan, *The Rise of Novel of Manners*（1911; rpt. New York: Russell & Russell, 1963）3. Paul Salzman. *English Prose Fiction 1558-1700*（New York: Oxford U. P., 1985）355-78.
2) John J. Richetti. *Popular Fiction Before Richardson: Narrative Patterns 1700-1739*（London: Oxford U. P., 1969）172.
3) Dieter Schulz. "'Novel' 'Romance' and Popular Fiction in the First Half of the Eighteenth Century," *SP* 70（1973）83.
4) Keith Stewart. "History, Poetry and the Terms of Fiction in the Eighteenth Century," *MP* Nov.（1968）110.
5) Joel H. Baer. Introd., The Augustan Reprint Society, Publication Numbers 203-4（Los Angeles: U. of California, 1980）
6) Defoe. *The King of Pirates, The Shakespeare Head Edition of the Novels of Daniel Defoe*, II（1927; rpt. London: William Clowes & Sons, 1974）202. この作品は，Furbank & Owensの*Critical Bibliography*にはデフォーの作品とはされていないが，Novakの*Daniel Defoe*では，これをデフォー作品としており，後の海賊物語を予想させるもの（a proleptic sketch 580）としている．ここでは，後者を入れている．
7) *The Life and Adventures of Capt. John Avery* in The Augustan Reprint Society Pub. Nos., 203-204. 8.
8) *The King of Pirates*, 258.
9) Richetti. *Popular Fiction Before Richardson*, 208.
10) Bare. op. cit., iii.
11) *The King of Pirates*, 272.

12）John J. Richetti. *Defoe's Narratives : Situations and Structures*（London: Oxford U.P., 1975）76.

13）Salzman. *English Prose Fiction*, 280.

14）Shiv K. Kumar, ed., *Captain Singleton*（London: Oxford U.P., 1969）154. 日本語訳はダニエル・デフォー『名高き海賊船長シングルトンの冒険一代記』織田稔・藤原浩一訳 ユニオンプレス 2015. を使わせていただいた．引用にあたっては，原文をもとに一部変えたところもある．以後『シングルトン船長』とする．

15）J. R. Moore. "Defoe's Persona as Author: The Quaker's Sermon," *SEL* 11（1971）507.

16）Ezra K. Maxfield. "Daniel Defoe and the Quakers," *PMLA* 47（1932）184.

17）Timothy C. Cockburn. "The Coherence of Defoe's *Captain Singleton*," *HLQ* 41（1978）131.

18）Manuel Schonhorn. "Defoe's *Captain Singleton*: A Reassessment with Observations," *PLL* 7（1971）45.

19）Kumar. Ed., *Captain Singleton*, XV.

20）Everett Zimmerman. *Defoe and the Novel*（Univ. of California Press, 1975）61.

21）Manuel Schonhorn. Ed., *A General History of Pyrates*（London: J. M. Dent & Sons, 1972）. なお，この作品が Defoe のものであることについての考証は，J. R. Moore. *Defoe in the Pillory and Other Studies*（1939; rpt. New York: Octagon Books, 1973）参照．もっとも，最近では，この作品はデフォーのものではないとの意見もある．Furbank & Owens. *A Critical Bibliography of Daniel Defoe*（1998）は，この作品をムアがデフォーの作品としたことを，"hopelessly flawed"（xix）としていて，デフォー作品であることを否定している．

22）日本語訳はチャールズ・ジョンソン『海賊列伝』（上・下）朝比奈一郎訳　中公文庫 2012 を使わせていただいた．引用にあたっては，原文をもとに一部変えたところもある．

23）Cyrus H. Karraker. *Piracy was a Business*. Richard Smith（1953）.

第九章

1) テキストは *Roxana,* Jane Jack 編（Oxford English Novels）の版を使用した．日本語訳は，デフォー『ロクサーナ』山本和平訳 集英社世界文学全集 10（1981）を使わせていただいた．引用にあたっては，原文をもとに一部変えたところもある．
Ian Watt. *The Rise of the Novel*（London,1957）; G. A. Starr. *Defoe and Spiritual Autobiography*（Princeton, 1965）; J. Paul Hunter. *The Reluctant Pilgrim: Defor's Emblematic Method and Quest for Form*（Baltimore, 1966）なお，これら三人の議論に関しては，拙稿「宗教人 Robinson Crusoe」*Osaka Literary Review* 第 12 号（1973）に述べておいた．
2) J. A. Michie. "The Unity of *Moll Flanders,*" in *Knaves and Swindlers,* ed. Christine J. Whitbourn（London: Oxford U.P., 1974）75-92.
3) この書き足しの部分に関しては，Spiro Peterson の "Defoe's *Roxana* and Its Eighteenth Century Sequels," MS Dissertation in Harvard College Library に詳しいそうだが筆者未見．および，Alan Dugald McKillop. *The Early Masters of English Fiction,* 222. 参照．
4) *Romances and Narratives by Daniel Defoe,* ed. George A. Aitken. Vol.Ⅲ. *Serious Reflections during the Life and Surprising Adventures of Robinson Crusoe, With his Vision of the Angelic World*（London, 1895）241. *The History of the Devil,* with an Introduction by Richard G. London（London, 1972）. 以下引用はこの版による．
5) *The History of the Devil,* with an Introduction by Richard G. London（London, 1972）. 以下引用はこの版による．
6) このようなロクサーナの置かれた case は，1690 年代にデフォーが関係したといわれる新聞 *The Athenian Oracle* 紙上の読者投稿身上相談欄に，またはそれ以後のデフォーの *Review* 誌上にもあらわれる case に酷似しているという指摘がある．G. A. Starr. *Defoe and Casuistry*（Princeton U. P., 1971）14. また，当時の婚姻関係の解消についての法律的背景については，Spiro Peterson. "The Matrimonial Theme of Defoe's Roxana," *PMLA* 70（1955）174.
7) この Necessity の概念に Grotius や Pufendorf の law of nature の影

響をみているものに Maximillan E. Novak. *Defoe and Nature of Man*（Oxford U. P., 1963）がある．『ロクサーナ』に関しては，第三章 "The Problem of Necessity in Defoe's Fiction" に詳しい．

8） この free woman の原型について，Sutherland は Congreve の *The Way of the World* の Millamant を，Starr は Nicholas Rowe の *The Fair Penitent*（1703）の女主人公 Calista をそれぞれ考えている．James Sutherland. *Daniel Defoe: A Critical Study*（Harvard U.P., 1971）214. G. A. Starr. *Defoe and Spiritual Autobiography*（New York: Gordon Press, 1791）175.

9） この小説中に実名で登場する唯一の人物である Sir Robert はまさに Shinagel がいうように "a puzzle to Defoe scholars" である．Shinagel によれば，彼は 17 世紀末から 18 世紀初頭にかけて実在した人物で，scrivener から身を起こし，money lending で蓄財を果たしたいわば典型的な新興ブルジョアで当時も有名であり，デフォーも *The Tour* 中に引用しているほどだというのである．この小論で使っているテキストの編者 Jane Jack もこの説を入れ，"a well-known economist: whom Defoe greatly admired."（382）としているが，伝記作家 John Robert Moore によると，デフォーが Clayton を好意的に見ていたはずがないという．彼は 1703 年のデフォー裁判の時の判事であり，デフォーの生涯の敵 Charles Duncomb と通じていたから，ロクサーナの "good Sir Robert" という口調にむしろデフォーの satiric remark を読みとるべきだとしている．Michael Shinagel. *Daniel Defoe and Middle-Class Gentility*（Harvard U.P., 1968）185-6. John Robert Moore. *Defoe in the Pillory and Other Studies*（1939; rpt. New York: Octagon Books, 1973）44-9. ただ，小論の骨子である pattern の関係からいうと，前者の意見を入れたい気がする．Starr も次のようにいっている．"In other words, it seems to me quite mistaken to regard the debate between Roxana and her Dutch Merchant simply as an extreme statement of Defoe's characteristic feminism." Starr, *Spiritual Autobiography* 176.

第一〇章

デフォーの「ジョナサン・ワイルド」のテキストとしては，Henry

Fielding. *Jonathan Wild,* ed. David Nokes（Penguin Books, 1982）に収められている，デフォーの「ワイルド伝」，*The True and Genuine Account of the Life and Actions of the Late Jonathan Wild*（1725）を使用した．日本語訳は拙訳である．なおこの作品も，*The King of Pirates* 同様，デフォーのものであるか，まだ決着がついていない．Furbank & Owens の *A Critical Bibliography* では，デフォーの作品から除外されているが，Novak は，*Daniel Defoe* のなかで，この作品には「明らかなデフォーのサイン」（obvious signs of Defoe 641）があるとして，異論を唱えている．筆者もデフォーのものと考えている．

1） Wild に関しては Fielding 研究者の側からのアプローチが多い．邦語文献でいくつかあげておく．内多毅『Henry Fielding の小説―*The Life of Mr. Jonathan Wild the Great* における風刺の研究―』垂水書房（1961）．益子政史『スコットランドヤード』朝日イブニングニュース社（1986）．近藤直樹「『ジョナサン・ワイルド』とフィールディングの語り」*Quest*（京都大学大学院英文学研究会）1（1987）41-59.
2） Gerald Howson. *Thief-Taker General: Jonathan Wild and the Emergence of Crime and Corruption as a Way of Life in Eighteenth Century England.*（New Brunswick: Transaction Books, 1970）116.
3） P. Linebaugh. "The Ordinary of Newgate and His Account," *Crime in England 1550-1800.* Ed. J. S. Cockburn（London Methuen, 1977）246-269. Lincoln B. Faller. "In Contrast to Defoe: Rev. Paul Lorrain, Histrian of Crime," *HLQ* 60（1976）62. 北条文緒『ニューゲイト・ノヴェル』研究社 1981. 参照.
4） William Lee. *Daniel Defoe*, vol.Ⅲ, 83.
5） Robert Singleton. "Defoe, Moll Flanders, and the Ordinary of Newgate," *HLB* 4（1976）408.
6） John Robert Moore. *Daniel Defoe; Citizen of the Modern World*（Chicago: The U of Chicago Press, 1958）269.
7） Daniel Defoe. *Memoirs of An English Officer and two other short Novels*, ed. J.T. Boulton（London: Victor Gollanez Ltd., 1970）. 以下引用はこのテキストによる.
8） Camille. W. Slights. *The Casuistical Tradition*, 35.
9） Samuel Richardson. *Clarissa*, ed. Angus Ross（Penguin Books, 1985）

482.

10) Gerald Howson. *Thief-Taker General,* 30.

11) ホガースの図版解説は，主に Ronald Paulson. *Hogarth: His Life, Art, and Times.* Vol. I, II. Yale Univ. Press, 1971. および，Ronald Paulson. *Hogarth* ,Vol. I. The 'Modern Moral Subject,' 1697-1732. Vol. II. *High Art and Low,* 1732-1750. New Brunswick: Rutgers Univ. Press 1991. によった.

12) John Cleland. *Fanny Hill or Memoris of Woman of Pleasure.* Penguin Classics 1985. 日本語訳は拙訳.

13) *The Spectator.* Ed. Donald F. Bond. Oxford at the Clarendon Press, 1965. Vol. II. 536.

14) Paulson. Vol. II. 244.

15) Bertrand A. Goldgar. *Walpole and the Wits: The Relation of Politics to Literature,1722-1742.* Univ. of Nebrasca Press 1976. 108.

16) Vincent Carretta. *The Snaring Muse: Verbal and Visual Political Satire from Pope to Churchill.* Univ. of Pennsylvania Press 1983. 65.

17) John Gay. *Polly. The Poetical, Dramatic and Miscellaneous Works of John Gay.* London, 1775. (AMS Press. 1970). 日本語訳は拙訳.

18) David Nokes. *John Gay: A Profession of Friendship.* Oxford Univ. Press 1971. 455.

19) Frank Mclynn. *Crime and Punishment in Eighteenth-Century England,* Oxford Univ. Press 1989. 23.

20) クシシトフ・ポミアン『コレクション』吉田城・吉田典子訳 平凡社 1992.

21) G. サルガードー『エリザベス朝の裏社会』松村赳訳 刀水書房 1985.

22) Middleton and Dekker. *The Roaring Girl.* Ed. Andor Gomme. Ernest Benn Limited 1976.

23) John L. MucMullan. *The Canting Crew: London's Criminal Underworld, 1550-1700.* New Brunswick: Rutgers Univ. Press 1984.

24) *The Complete Newgate Calender.* Vol. I. London, 1926. Kyoto Rinsen Books Co. 1990.

25) 石井達郎『男装論』青弓社 1994. および，Pat Rogers. "The Breeches part," *Sexuality in Eighteenth-Century Britain.* Ed. Paul-Gabriel

Bouce. Manchester Univ. Press 1982. 244-258.

26) G.S. Rousseau. "The Pursuit of Homosexuality," *Perilous Enlightenment: pre- and post-modern discourses, sexual, historical.* Manchester Univ. Press 1991. 2-43.

27) アラン・ブレイ『同性愛の社会史』田口・山本訳 彩流社 1993.

28) Dianne Dugaw. *Warrior Women and Popular Balladry 1650-1850* Cambridge Univ. Press 1989.

29) Robert L. S. Cowley. *Hogarth's Marriage A -La-Mode*. Ithaca; Cornel Univ. Press. 1983.

30) Laura Weigert. "Autonomy as Deviance: Sixteen-Century Images of Witches and Prostitutes," *Solitary Pleasures: The Historical, Literary and Artistic Discourses of Autoeroticism*. Eds. Paula Bennet and Vernon A. Rosalio. Routledge, 1995. 19-47.

31) Laura Brawn. *Ends of Empire: Woman and Ideology in Early Eighteenth-Century English Literature*. Ithaca Cornel Unv. Press, 1993.

32) 楠明子「ジェイムズ朝の"男女"("Hic-Mulier")—男装の意味—」『シェイクスピアリアーナ』Vol.10 (1990) 丸善 78-93.

33) Henry Fielding. *Tom Jones*. Ed. Sheridan Baker. Norton Critical Edition, 1973. 日本語訳は拙訳.

34) Samuel Richardson. *Pamela*. Ed. Peter Saber. Penguin Classics, 1980. 日本語訳は拙訳.

35) ルネ・ジラール『欲望の現象学—ロマンティークの虚偽とロマネスクの真実—』古田 幸男訳 法政大学出版局 1971. 117.

36) 作田啓一『個人主義の運命—近代小説と社会学—』岩波書店 1981. 120.

著者の略歴と主要業績

仙　葉　　豊（せんば・ゆたか）

略　歴

1947年生まれ

大阪大学名誉教授

関東学院大学教授

主要業績

「『ロビンソン・クルーソー』と小説の生成」（沼野充義編『岩波講座　文学3　物語から小説へ』岩波書店　2002年），「Hogarthの*A Rake's Progress*——消費と激情による狂気」（『英国小説研究』第21冊 英潮社 2003年），「クラリッサの死因——メランコリーとショックと神経と」（玉井暲・仙葉豊共編『病いと身体の英米文学』英宝社 2004年）「オースティン，ショック，神経——『説得』を中心に」（『ジェイン・オースティン研究』第6号　2012年）翻訳，サミュエル・ジョンソン『イギリス詩人伝』（共訳 筑摩書房 2009年），その他，イギリス18世紀小説に関する論文多数.

さまざまなるデフォー

2018年3月30日　第1刷発行

著　者　仙　葉　　豊

発行者　関東学院大学出版会
代表者　規　矩　大　義
236-8501　横浜市金沢区六浦東一丁目50番1号
電話・(045)786-5906／FAX・(045)785-9572

発売所　丸善出版株式会社
101-0051　東京都千代田区神田神保町二丁目17番
電話・(03)3512-3256／FAX・(03)3512-3270

印刷／製本・藤原印刷株式会社

ISBN 978-4-901734-71-4　C3098　Printed in Japan